Un amant de rêve

Virginia HENLEY

Un amant de rêve

ROMAN

*Traduit de l'américain
par Nicole Ménage*

Titre original
DREAM LOVER

Éditeur original
Published by arrangement with Delacorte Press,
an imprint of Dell Publishing,
a division of Bantam Doubleday Dell Publishing Group Inc.

© 1997 by Virginia Henley

Pour la traduction française
© Éditions J'ai lu, 1998

1

La petite tête lisse et luisante émergea de l'eau sous l'œil amusé d'Esmeralda. Puis le reste du corps apparut, robuste et soyeux.

D'humeur joueuse, il ne cessait de couler, de refaire surface, de bondir et de plonger. Il s'approcha peu à peu, jusqu'à frôler la jeune fille accroupie sur la berge, la défiant de l'embarquer pour la chevauchée de sa vie.

Esmeralda ne résista pas au plaisir de le caresser encore. Elle avança la main vers sa peau ruisselante et si douce. Sans prévenir, il lui aspergea le visage en soufflant par les narines. Esmeralda adorait le goût salé de la mer. Se tenant d'une main à la rive, elle releva de l'autre sa chemise et enroula ses jambes nues autour de son compagnon de jeux.

Ce n'était pas la première fois qu'ils se livraient à cet exercice et il savait exactement ce qu'il avait à faire. Tout d'abord un tour complet sur lui-même, sans oublier de remonter à la surface de façon à la laisser aspirer une longue goulée d'air. Accrochée à lui, Esmeralda se mit en apnée et se laissa entraîner dans les profondeurs noires et secrètes qu'il rejoignit d'une poussée puissante. Ils s'adonnaient à ce sport chaque jour depuis qu'ils s'étaient rencontrés et ne semblaient pas s'en lasser.

Sean FitzGerald O'Toole resta hypnotisé à l'entrée de la grotte marine. Le visage de l'exquise jeune fille chevauchant ce dauphin lui coupa le souffle. Elle évoquait une ondine échappée d'un conte de fées, venue honorer de sa grâce cette caverne de cristal de roche dont les parois miroitaient de tous leurs feux.

Au premier regard, elle avait l'air d'une enfant avec son petit visage en forme de cœur auréolé d'un halo de cheveux sombres, des cheveux de brume. A travers le coton détrempé de sa courte chemise se dessinaient ses seins fermes, des fruits à peine mûrs où il aurait aimé mordre. A la finesse de son corps encore juvénile, il estima qu'elle n'avait pas plus de seize ans, mais elle était suffisamment femme pour exalter ses sens.

Quand son rire argentin résonna dans la grotte, il songea que jamais il n'avait entendu musique plus envoûtante. Elle et cette créature marine formaient un couple mythique lié par une entente instinctive et absolue. Il se sentit soudain comme un intrus venu troubler un accord parfait. La fille et le dauphin disparurent sous l'eau et il se demanda soudain s'il n'avait pas été victime d'une hallucination.

Les yeux sombres de Sean parcoururent les hautes voûtes de la grotte dont les parois éclaboussées de lumière se reflétaient dans le bassin. Ses eaux frémissantes parées d'éclats magiques semblaient dotées d'étranges sortilèges. Sean se ressaisit. Il se trouvait tout simplement sur l'île d'Anglesey, au large du pays de Galles, dans une grotte d'anglésite, ce minerai de plomb riche en fragments de cristal dont l'éclat évoque la lumière du diamant.

Tout à coup la nymphe réapparut, ses longs cheveux noirs collés sur ses épaules. Elle quitta le dos du dauphin et nagea jusqu'au bord du bassin où elle se hissa. Malgré sa petite taille et sa minceur, elle avait un corps de femme fatale. Sean rougit de ses propres pensées.

Comme elle rejetait ses cheveux en arrière pour les tordre, elle écarquilla ses immenses yeux d'émeraude à la vue de l'intrus. Elle détailla sans ciller ses traits réguliers, son large cou, ses épaules puissantes et sa poitrine nue. Le jeune homme eut l'impression qu'elle caressait chaque muscle de son corps et il frissonna.

Sean O'Toole avait l'habitude d'attirer l'attention des femmes, mais jamais aucune d'entre elles ne lui avait fait passer un examen aussi minutieux, comme s'il eût été un jeune étalon dont elle s'attardait à évaluer les qualités.

— Qui êtes-vous ? demanda-t-elle, telle une reine sur le trône de son royaume de cristal.

Il releva la tête dans un mouvement de fierté naturelle.

— Sean O'Toole.

Le visage de la sirène s'illumina.

— Oh ! Vous êtes irlandais, dit-elle avec une sorte de révérence. Ma mère aussi est irlandaise. C'est une FitzGerald, de Kildare, la plus belle femme que j'aie jamais vue. Et la plus adorable qui soit.

Sean sourit. Il savait maintenant qui elle était.

— Ma propre mère est une FitzGerald. Nous sommes parents par alliance, fit-il en s'inclinant légèrement.

— Oh, voilà qui explique que vous soyez si beau !

— Si beau ? répéta-t-il, choqué par tant d'effronterie tandis que la naïade recommençait à le déshabiller du regard.

Jamais Esmeralda n'avait vu un homme en tenue aussi légère. Son torse était puissamment musclé. Sa peau lisse, cuivrée par le soleil, offrait un contraste saisissant avec sa culotte de drap blanc coupée aux genoux. Ses cheveux noirs formaient une masse rebelle de boucles folles et ses yeux, d'un gris étrange, avaient des reflets argentés dans la pénombre de la grotte. Son incroyable beauté la fascinait. C'était la première fois qu'elle rencontrait pareil apollon.

— Allons au soleil pour que je vous voie mieux, décida-t-elle.

Sidéré, Sean acquiesça en songeant confusément qu'il en profiterait pour mieux voir ses seins. Ils quittèrent la grotte côte à côte. Il la dépassait d'une bonne tête. Comme ils arrivaient sur la plage, Sean eut honte de nourrir des pensées aussi impures. Cette exquise jeune fille était totalement inconsciente de son corps. Elle ignorait que sa chemise devenait transparente une fois mouillée. Elle avait l'innocence d'une enfant mais à sa façon de le contempler avec cette franche adoration, il devina qu'elle n'était pas loin d'être une femme.

Au mépris des convenances, ils s'allongèrent sur le sable chaud.

— Ce n'était pas la première fois que vous nagiez avec ce dauphin, n'est-ce pas ? dit-il, encore sous le charme du spectacle rare qu'elle lui avait offert.

— C'est un marsouin.

— C'est pareil, à peu de chose près. Il faut toujours que les Anglais s'imaginent tout savoir, la taquina-t-il.

— Je ne suis qu'*à demi* anglaise, répliqua-t-elle avec véhémence.

— Et à moitié sirène. Je n'ai jamais vu de delphinidés par ici. En général, ils préfèrent les eaux plus chaudes de la France ou de l'Espagne.

— Celui-ci a dû suivre le Gulf Stream. Anglesey jouit d'un microclimat océanique, ce qui explique ses printemps précoces et chauds.

Il eut un sourire en coin.

— Vous parlez comme un almanach.

— Une encyclopédie, corrigea-t-elle.

Sean éclata de rire, révélant une rangée de dents d'un blanc éclatant.

— Et vous l'avez apprise par cœur, jolie sirène ?

— Je m'appelle Esmeralda FitzGerald Montagu. Je suis à moitié *irlandaise* ! insista-t-elle avec fougue.

Le soleil avait séché sa chemise et ses cheveux noirs raidis par l'eau recommençaient à boucler autour de son visage.

— Heureusement que votre père ne vous entend pas !

Ce fut comme si la nuit tombait soudain sur le visage d'Esmeralda et elle frissonna involontairement.

— Vous connaissez mon père ?

Si je le connais ? Je n'étais pas né qu'il était déjà le compagnon de crime du mien. Nos géniteurs sont inextricablement liés, pas seulement par alliance familiale mais par leurs méfaits, contrebande, vol, piraterie et autres vétilles, en passant par la corruption et la trahison.

— Avez-vous peur de lui ?

— Il me terrifie, reconnut-elle. Et mon frère Johnny le craint encore plus que moi.

Cet aveu fit vibrer en lui la corde sensible de la compassion. Comment diable un suppôt de Satan tel que William Montagu avait-il pu engendrer une créature aussi adorable ? Malgré la confiance qu'elle semblait lui témoigner, Sean se mit sur ses gardes. Il ne devait pas oublier qu'elle était la fille de cet aristocrate anglais, l'ennemi ancestral de l'Irlande. Si les O'Toole et les Montagu étaient devenus alliés depuis vingt ans, ce n'était que dans un but lucratif. En réalité, les deux hommes se haïssaient.

— Mais ma mère est un ange. Elle nous protège de ses colères dévastatrices. Quand elle sent qu'il va céder à la fureur, elle l'emmène dans sa chambre pour le calmer. Elle doit user de quelque charme irlandais, je ne sais pas, mais quand il redescend, il est toujours apaisé.

Sean imaginait sans peine quels «charmes» la superbe Amber FitzGerald utilisait pour protéger ses enfants.

— On n'apaise pas un tyran, jeta-t-il avec dégoût.

— Oui, c'est un tyran. Il ne lui permettra jamais de retourner en Irlande pour revoir les siens mais elle a réussi à le convaincre de nous laisser venir à Anglesey pendant qu'il conduit les affaires de l'Amirauté de Liverpool. C'est seulement à deux heures d'ici. La maison possède une tour de guet où maman passe des heures à admirer son île bien-aimée, au large, l'île Emeraude. C'est à combien d'ici?

— Dublin est juste en face, à une cinquantaine de milles. On effectue la traversée en un temps record, de nos jours.

— Et vous êtes ici pour affaires?

De sales affaires, pensa-t-il.

— Pour affaires, oui.

Il se demanda si elle connaissait l'existence des caves qui servaient de repaire aux contrebandiers sous la maison où elle vivait. Pour sa sécurité, il valait mieux qu'elle en ignorât tout. Il leva les yeux vers la grande bâtisse perchée sur la falaise. Amber devait être au courant des trafics qui se déroulaient sous ses yeux. De la tour, on ne perdait rien des allées et venues des bateaux.

Son frère Joseph avait effectué la dernière livraison à Anglesey tandis que lui-même était à Liverpool. Aujourd'hui on avait eu besoin d'eux pour décharger une importante cargaison de contrebande, et plus particulièrement de l'habileté tranquille de Sean à déjouer les douaniers. Après avoir rechargé les cales du bateau, Joseph avait suggéré à Sean de visiter l'île.

— Prends ton temps, lui avait-il dit. Les hommes d'équipage ont bien mérité une petite pause. Je les ai invités à aller faire trempette pendant une heure. Le printemps est aussi chaud que l'été, ici.

La remarque avait aussitôt éveillé les soupçons de Sean. Que pouvait bien fabriquer Joseph pendant que tout le monde barbotait ?

Il s'assit soudain.

— Votre père rentre-t-il aujourd'hui ?

— Non, Dieu merci ! Si c'était le cas, je ne serais pas là et maman n'aurait pas chanté toute la journée dans sa jolie robe de soie.

Les doutes de Sean se muèrent en certitude. Bien qu'il fût de deux ans son aîné, Joseph n'avait aucune jugeote : il était parti retrouver Amber en l'absence de son mari ! Sean se leva d'un bond et se mit à courir. Avec un peu de chance, il arriverait avant que l'irréparable ne soit commis.

Esmeralda se mit debout à son tour.

— Où allez-vous ?

— Eteindre un feu ! rétorqua-t-il par-dessus son épaule.

Esmeralda éclata de rire. Il disait des choses tellement drôles ! C'était assurément un lieu magique où les vœux se réalisaient. Son prince venait d'apparaître et il était irlandais. *Comme dans mes rêves*, se dit-elle. *Un jour il reviendra me chercher sur son grand voilier et nous cinglerons vers l'Irlande où nous vivrons heureux pour toujours*. Esmeralda tâta l'eau du bout des orteils et frissonna délicieusement.

Amber FitzGerald frissonnait tout aussi délicieusement tandis que Joseph O'Toole s'amusait à lui lécher les pieds. Etendus sur l'immense lit, ils se reposaient de leurs ébats amoureux.

— Mais tu es affamé ! feignit-elle de se plaindre. Tu voudrais me manger maintenant ?

Les yeux bleu outremer s'assombrirent.

— Oui, je vais te manger, dit-il en enfouissant la tête entre ses cuisses d'albâtre.

Amber gémit.

— J'ai rêvé de toi la nuit dernière, Joseph, murmura-t-elle avec langueur.

— Alors tu es aussi affamée que moi.

— Quoi d'étonnant, après dix-huit ans d'un mariage sans amour ?

Les lèvres chaudes de Joseph s'attardèrent au creux de son ventre.

— Dis-moi encore que je suis ton premier amour !

— C'est la vérité. Mon premier et mon seul amour. William est tellement jaloux, tellement suspicieux... Il me surveille sans relâche, tel un aigle épiant sa proie.

— Le vieux Montagu me fait plutôt penser à un vautour.

Amber frissonna mais cette fois, les lèvres brûlantes de Joseph n'y étaient pour rien. Montagu *était* un vautour qui la dévorait, corps et âme, pour la punir d'être belle, d'être jeune et d'être *irlandaise*.

La haine qu'il sentait en elle pour son mari exacerba le désir de Joseph. Montagu était un être vil qui aurait vendu père et mère pour un peu d'or. Il ne respectait rien ni personne, mais cela se retournait contre lui, finalement.

Joseph oublia vite ce triste individu pour s'allonger sur le corps impatient de la femme qu'il aimait. Sa beauté le rendait fou et elle avait tant besoin de lui, de sa jeunesse, de sa tendresse...

Quand il fut en elle, Amber s'efforça de prolonger le plaisir le plus longtemps possible. C'était si bon qu'une vie entière ne lui suffirait pas pour s'en lasser. Mais Joseph était trop jeune et trop ardent pour se contenir. Haletant, il accéléra son mouvement de va-et-vient, l'intensifia. En quelques coups de reins, il laissa exploser son plaisir et Amber se plia à son rythme. Une jouissance aiguë s'épanouit au plus secret de son être, amplifiée par une succession de pulsations involontaires qui se répandirent jusqu'au bout de ses ongles qu'elle enfonça dans le dos de son amant en criant son nom.

— Joe... Oh... Joe !

Le cri arrêta Sean net dans son élan. Trop tard. Le mal était fait. Il ne lui restait plus qu'à rebrousser chemin et à attendre un moment plus propice pour mettre son frère en garde contre les risques qu'il prenait. Et puis le plaisir de cette femme semblait si intense qu'il ne voulait pas gâcher les rares moments d'extase qu'elle devait connaître. Après tout, qui pouvait lui reprocher de voler quelques instants de bonheur à sa vie d'esclavage ?

Il quitta la maison aussi silencieusement qu'il était entré et regagna la longue jetée de pierre où était mouillé le *Half Moon*. Dès qu'ils l'aperçurent, les membres de l'équipage remontèrent à bord. Ils étaient tous parents par alliance, neveux, oncles, cousins et petits-cousins. Le grand-père maternel de Sean, Edward FitzGerald, comte de Kildare, comptait parmi les vingt-trois descendants de la lignée. Trois générations de FitzGerald avaient constitué un véritable clan. La plupart des hommes travaillaient dans la flotte marchande des O'Toole.

— Danny, Davie, descendez. Nous allons vérifier la cargaison.

Sean O'Toole jouissait d'une autorité naturelle qui lui conférait l'aisance requise pour commander. Shamus, son père, le tenait pour un meneur d'hommes-né parce que, contrairement à Joseph, il avait le sens de l'humour. Son charme, allié à son intelligence, lui permettait de se sortir des situations les plus délicates. Joseph était attiré par la politique irlandaise, ce qui requérait des qualités différentes.

Shamus O'Toole était le roi des petits malins. Pour

déjouer les lois pénales, il avait déclaré que lui et les siens étaient protestants. Greystones, son magnifique manoir, était surnommé «le château des Mensonges» pour de nombreuses raisons, et notamment pour la messe catholique que l'on célébrait chaque matin dans sa chapelle. *Qui ne sait nager va au fond*, se plaisait-il à répéter à ses fils.

Dans la cale, Sean vérifia la solidité des cordes qui arrimaient les fûts de cognac, puis il ordonna aux hommes de les cacher sous les tonneaux de whisky. En ce XVIIIe siècle où la boisson était le vice le plus répandu, les O'Toole avaient fait fortune en exportant du whisky de contrebande et en important tout aussi illégalement du cognac français destiné à satisfaire la demande toujours croissante des riches Anglo-Irlandais qui dirigeaient le pays, ou tout au moins le croyaient.

Quand Joseph monta enfin à bord, les hommes d'équipage levèrent l'ancre et hissèrent les voiles sans attendre les ordres. Tandis que le bateau glissait sans bruit vers la sortie du port pour gagner la mer d'Irlande, Joseph rejoignit Sean dans la cabine où il s'employait à falsifier les factures concernant leur chargement.

— Désolé de t'avoir laissé t'occuper des papiers, mais tu le fais beaucoup mieux que moi, de toute façon.

— Sûr que ce n'est pas dans l'encre que tu préfères tremper ta plume.

Joseph se raidit instantanément.

— Qu'est-ce que tu insinues ?

Sean planta ses yeux gris dans ceux de son frère.

— Exactement ce que tu penses, rétorqua Sean en s'attardant sur l'échancrure de la chemise que son frère n'avait même pas pris le temps de renouer. Tu as des marques de morsures sur la gorge.

Joseph s'empourpra, puis se mit à rire.

— Oh, c'est une servante de la maison qui ne peut s'empêcher de me sauter dessus dès qu'elle me voit !

Sean s'efforça de garder son sérieux.

— Tu n'as aucun intérêt à me mentir, Joseph. Comment veux-tu que je te couvre si je ne suis au courant de rien ?

— Si tu la voyais, tu comprendrais.

Sean poussa un soupir et rassembla les papiers.

— Je n'ai pas besoin de la voir. C'est une Fitz-Gerald, c'est tout dire. Ce qui est fait est fait, mais imagine un peu la réaction de Montagu s'il venait à l'apprendre ? Il a tous les espions qu'il veut à sa solde, et il n'y a pas plus bavard qu'un domestique.

Joseph déglutit avec peine en s'imaginant castré par le tyran lui-même mais il réagit aussitôt à sa façon bravache.

— Je n'ai pas peur de ce vieux porc !

Eh bien, tu devrais, songea Sean, *parce qu'il n'a pas d'âme*. Cachant son appréhension, il tapota l'épaule de son frère.

— Tu n'es qu'un jeune écervelé. C'est pour Amber FitzGerald que je m'inquiète.

Quand le navire des O'Toole arriva au port de Dublin, placé sous l'autorité de l'amirauté anglaise, Sean eut tôt fait de déjouer la douane. Appuyé au bastingage, ses papiers falsifiés à la main, il se tourna vers son frère.

— N'aie pas l'air aussi soucieux, Joseph. Le douanier était acheté par Montagu. Pour le prix d'une pinte de bière, il m'aurait vendu son mousquet et sa sœur en prime ! plaisanta Sean.

Le *Half Moon* continua sa route plus au nord, vers son port privé de Greystones.

— Père va être satisfait, dit Joseph.

— Mais il n'en laissera rien paraître, rétorqua Sean. Je te parie un souverain en or que ses premiers mots seront : *Par les feux de l'enfer, qu'est-ce que vous fichiez, sacripants ?*

2

— Par les feux de l'enfer, qu'est-ce que vous fichiez, sacripants ? s'écria Shamus O'Toole. Voilà deux heures que je vous attends !

— Pourquoi, que s'est-il passé ? riposta aussitôt Sean en gardant son sérieux.

Joseph, lui, s'esclaffa, aussitôt imité par Paddy Burke, l'intendant. Paddy était dans le secret de tout ce qui se passait à Greystones.

— Ces sacripants n'ont pas besoin d'encouragements, Paddy, lui reprocha Shamus.

— Tu ne veux pas connaître le détail de notre expédition, père ? demanda Joseph, souriant jusqu'aux oreilles.

— Inutile. Ton frère et toi avez l'air de deux coqs satisfaits.

Shamus parcourut du regard les visages radieux des matelots.

— Vous avez fait du bon travail, les gars. M. Burke va désigner une autre équipe pour décharger. Filez voir Mary Malone pour qu'elle vous remplisse la panse.

Greystones était connu pour posséder la meilleure cuisinière de tout le comté de Dublin. Avec des cris de joie, les hommes se bousculèrent, chacun jouant des coudes pour atteindre le premier la porte des cuisines.

— Les deux sacripants, vous restez là ! précisa Shamus. Vous ne croyez tout de même pas que je vais surveiller moi-même le déchargement? Vous êtes bien des FitzGerald, tiens! Toujours partisans du moindre effort!

Une fois seul avec son frère, Joseph déclara, pince-sans-rire:

— Il n'a jamais été aussi content de nous!

— C'est sa façon à lui de nous apprendre à aller jusqu'au bout des choses.

Joseph étira ses muscles endoloris, songeant qu'ils avaient pris assez d'exercice pour la journée.

— On n'est pas couchés avant minuit... maugréa-t-il.

Sean lui donna une claque affectueuse dans le dos.

— De quoi te plains-tu? N'as-tu pas passé tout l'après-midi au lit?

Le seul membre de la famille FitzGerald qui trouvât grâce aux yeux de Shamus O'Toole était sa femme, Kathleen. Il éprouvait pour elle une véritable vénération. Quand il regagna leur chambre, un verre de cognac à la main, il constata avec humeur qu'elle n'était pas seule. Nora Kennedy, la femme de charge de Greystones, qui exerçait aussi les fonctions de femme de chambre particulière de Kathleen, s'apprêtait à lui brosser les cheveux. Nora était une maîtresse femme, capable de tenir tête à la terre entière.

— Du vent, Nora Kennedy! Je suis assez grand pour m'occuper de ma femme.

— Cent coups de brosse, n'est-ce pas au-dessus de vos forces? rétorqua effrontément Nora.

— Shamus! intervint Kathleen. Je te préviens: pas de remarque déplacée!

Nora s'esquiva, mais juste avant qu'elle eût fermé la porte, Shamus cria:

— Langue de vipère!

Il jeta la brosse et traversa la chambre à grandes enjambées.

— Je vais te les donner, tes cent coups! ajouta-t-il en baissant la voix.

— Et pas un de moins! Mais je gage que tu déclareras forfait à cinquante.

— Dis-moi, ma belle... qui fait des remarques déplacées, au juste?

Kathleen, vêtue d'une sage chemise de nuit boutonnée jusqu'au col, était assise devant sa coiffeuse. La perspective d'ouvrir les boutons un par un mit l'eau à la bouche de Shamus. Posant le verre de cognac devant Kathleen, il porta à sa joue l'une des longues tresses de la jeune femme.

— Goûte-moi ça, ma Kathe. Ce breuvage va t'embraser les sens.

— Ce breuvage... et les idées que tu as derrière la tête. (Kathleen prit le verre et se dirigea vers le lit.) D'abord nous devons parler.

Voyant la déception assombrir le visage encore beau de son mari, elle s'empressa d'ajouter:

— Ensuite, nous partagerons ce cognac comme nous l'avons fait la nuit de nos noces.

Devant les souvenirs qui affluaient, Shamus secoua la tête.

— C'est indécent d'être toujours aussi amoureux au bout de vingt-deux ans!

Le matelas de plume se creusa sous son poids.

— Scandaleux, renchérit Kathe en se glissant entre les draps.

Elle frotta sa joue contre le bras de Shamus et il l'attira contre lui.

— Nous devons discuter de l'anniversaire de nos fils.

— Encore! Tu ne penses qu'à ces deux sacri-pants, ma parole!

— Ah oui? Et qui leur a acheté deux voiliers pour l'occasion?

— De pures merveilles, Kathe. Des schooners qui filent plus vite que le vent. Il est temps qu'ils aient leur propre bateau. Joseph va avoir vingt et un ans. Quand je pense qu'ils sont presque du même jour et qu'ils se ressemblent si peu !

— Ils ne sont pas nés sous la même étoile, voilà tout. Joseph a le sang chaud et prend facilement la mouche.

— Oui. Il pique des colères pour un oui, pour un non. C'est un bagarreur.

— Sean est plus posé. Il réfléchit toujours avant d'agir.

Kathe avait un faible pour son cadet. Beau comme un dieu, il faisait des ravages dans les cœurs féminins, et ce, dans toutes les classes de la société. Doté d'un sens de l'humour à toute épreuve, il ne se prenait pas au sérieux et s'adaptait aux circonstances, tour à tour drôle ou brutal, impudique ou cruel, spirituel ou charmeur.

Ce qui fait de lui un adversaire redoutable, songea Shamus.

— Il nous reste à peine une semaine, Shamus, et un minimum d'organisation me semble indispensable. L'anniversaire de Sean tombe samedi, celui de Joseph, lundi. La logique voudrait qu'on les fête dimanche, mais n'est-ce pas un sacrilège ?

— Pas du tout. Ne sommes-nous pas protestants ?

Kathleen leva les yeux au ciel.

— Bon, si nous passions aux choses sérieuses ? enchaîna-t-il en déboutonnant le haut de la chemise de nuit de sa femme.

— Nous n'avons pas fini, l'interrompit-elle en posant une main sur la sienne pour l'empêcher d'aller plus loin. Il faut que je sache combien d'invitations envoyer. Les FitzGerald, à eux seuls, sont déjà plus de cinquante.

— Tu ne vas pas les inviter tous ! s'alarma-t-il.

— Tu as quelque chose contre les FitzGerald ? rétorqua Kathe, la prunelle soudain belliqueuse.

— Eh bien, je n'ai rien contre la présence de ton

père, concéda-t-il. Pas plus que contre celle des gars de l'équipage. Mais ces satanées bonnes femmes qui font la loi dans ta famille sont pires qu'une nuée de sauterelles !

— Est-ce ma faute si les hommes meurent comme des mouches alors que les femmes ont une santé de fer ? Tu devrais remercier le ciel, au contraire. Ton fils Joseph sera comte de Kildare à la mort de mon père — Dieu me pardonne de dire ces choses tout haut !

— Ne te fâche pas, ma belle. Bien sûr que tu peux inviter tes sœurs.

— Ainsi que mes nièces, mes cousines et mes tantes.

— Y compris celle qui se prend pour une princesse celte et se drape dans des voiles pourpres ?

— Oui, Tiara. Elle a un léger grain.

— Elles sont toutes folles à lier, oui !

— Tu ne connais même pas leurs noms !

— Détrompe-toi. Il y a Meggie, Maggie, Meagan et puis les autres, celles qui ont des noms de pierres précieuses, Opal, Beryl, Amber...

— Amber est l'épouse de William Montagu. Je leur ai déjà envoyé une invitation, mais il viendra seul, j'en mettrais ma main au feu. Je plains cette pauvre Amber.

— Elle n'avait qu'à pas l'épouser pour son argent et son nom anglais tellement aristocratique !

— Shamus, elle n'avait que quinze ans ! Dans son innocence, elle a sauté sur l'occasion de quitter Maynooth Castle et de s'affranchir de la tutelle de toutes ces femmes que tu aimes tant !

Shamus enlaça Kathleen et s'empara de ses lèvres. Kathleen était la fille aînée du comte de Kildare, et de loin la plus belle et la plus intelligente de toutes les FitzGerald. Chaque jour, Shamus remerciait le destin qui avait permis à leurs chemins de se croiser.

Dans la vaste cuisine de Greystones, Mary Malone préparait du porridge pour le petit déjeuner. Au moment où Nora Kennedy entrait pour chercher un plateau, Paddy Burke arriva de dehors.

Mary Malone sourit, et des fossettes creusèrent ses joues.

— Quel temps fait-il, monsieur Burke ?

— Il pleut des hallebardes, madame Malone.

Elle lui servit un bol de porridge et l'allongea d'un doigt de whisky.

— Avalez ça, monsieur Burke. Ça vous réchauffera le cœur.

— Vous êtes trop bonne, madame Malone. Comment va votre rage de dents, ce matin ?

— Un peu mieux, monsieur Burke, Dieu soit loué !

Nora Kennedy étendit une serviette de lin blanc sur le plateau et fit un clin d'œil à Paddy Burke.

— Ça ne m'étonne pas. Le whisky que vous avez sifflé hier soir aurait pu tuer un bœuf.

— Parfaitement, Nora Kennedy. D'ailleurs, une petite rasade vous rendrait peut-être plus aimable, pas vrai, monsieur Burke ?

— Laissez-moi en dehors de ça, madame Malone.

— Il me faudrait des galettes de froment pour Madame, dit Nora.

— Elle est souffrante ? s'inquiéta Mary.

— Pas du tout, Mary Malone. C'est Monsieur qui a décidé de déjeuner au lit avec elle.

— Quelle indécence !

Nora roula les yeux.

— C'est le mot. Si vous saviez ce qui se passe dans cette chambre, Mary Malone, vos cheveux se dresseraient sur votre tête.

Elle n'avait pas fini sa phrase que Shamus surgissait dans la pièce, fronçant les sourcils pour dissimuler sa satisfaction. Il fusilla les deux femmes du regard et prit le plateau des mains de Nora.

— Je le monte moi-même. Kathleen et moi souhaiterions ne pas être dérangés pendant un bon moment.

Nora et Mary en restèrent bouche bée. Paddy Burke faillit s'étrangler avec son porridge devant leur mine effarée. Il se hâta de terminer son bol. Les intendants des plus riches maisons de Dublin n'allaient pas tarder à arriver pour acheter du cognac de contrebande. Shamus ne s'était pas privé de monter les prix, sachant que cela doublerait la demande.

— Avez-vous mis deux tonneaux de côté pour la fête, Paddy ? s'enquit Shamus en descendant dans le premier cellier.

— Oui. C'est pour quand ?

— Dimanche.

Paddy se frotta le nez.

— N'est-ce pas le jour où arrive la cargaison pour le Captain Moonlight ?

— En effet.

Le *Captain Moonlight* était le nom du chef d'une société secrète révolutionnaire créée au temps où l'Angleterre était en guerre contre l'Amérique. Quand la flotte anglaise s'était révélée incapable de défendre ses côtes, celles de l'Ecosse et de l'Irlande, on avait levé des troupes de volontaires. Toutes avaient juré fidélité à la Couronne britannique mais, à la fin de la guerre, elles étaient entrées dans la clandestinité.

Décidé à libérer l'Irlande du joug anglais, Edward FitzGerald, comte de Kildare et beau-père de Shamus O'Toole, avait obtenu l'indépendance législative du parlement irlandais. Mais dix ans après, les catholiques irlandais ne pouvaient toujours pas y siéger, voter ou en élire les membres. Edward FitzGerald était l'un des fondateurs de la «Society for United Irishmen», mais il agissait dans l'ombre en prenant les risques les plus fous pour défendre les paysans catholiques opprimés. Immensément riche, il avait puisé dans ses richesses pour acheter des armes destinées aux rebelles et nourrir les paysans affamés installés sur ses terres.

Shamus O'Toole, lui, n'avait pas de compassion à revendre. Contrairement à son beau-père, il n'était pas né avec une cuillère en argent dans la bouche. Son père avait abandonné sa mère, et, dès l'âge de cinq ans, le gamin aidait celle-ci à couper de la tourbe pour subsister.

Le clan O'Toole avait autrefois été puissant et Shamus s'était juré très tôt de devenir quelqu'un. Intelligent et débrouillard, il s'était embarqué à douze ans sur un navire marchand. A quinze, il en était propriétaire. A vingt ans, il était suffisamment riche et habile pour séduire la fille d'un comte.

Quelques années après son mariage, il avait conclu une alliance avec William Montagu — un véritable coup de maître. Le frère de Montagu, le comte de Sandwich, était premier lord de l'Amirauté britannique. Pour Shamus O'Toole, ce fut la poule aux œufs d'or. Pouvant s'adonner en toute impunité à ses trafics lucratifs, il avait fait construire pour Kathleen le manoir de Greystones, véritable petit palais de style georgien. Aucune demeure des plus riches Anglo-Irlandais ne pouvait rivaliser avec celle de Shamus. Quand Sandwich devint vice-trésorier et fut chargé de collecter et de gérer les revenus de l'Irlande, ce fut une véritable manne. Avec l'aide de Montagu, O'Toole eut dès lors le comté de Dublin dans sa poche — une poche au demeurant bien remplie.

En se voyant convier à Greystones, William Montagu conçut une vive satisfaction. Sa position importante à l'Amirauté lui permettait de contrôler hommes, bateaux et cargaisons. Grâce à son association avec

O'Toole, il était devenu plus riche que son frère le comte, mais plus que la richesse, Montagu aimait le pouvoir. Il s'imagina dans l'uniforme qu'il revêtirait pour la circonstance et un sentiment d'omnipotence fit courir en lui des frissons de plaisir. Il se rendrait à Dublin à bord de son propre bateau, chargé d'armes destinées à la guerre qui sévissait entre l'Angleterre et la France.

Un sourire carnassier déforma sa bouche quand il songea à l'effet que l'invitation produirait sur Amber. Que ne ferait-elle pas pour avoir le droit de l'accompagner! Il se frotta les mains en imaginant les perversités sexuelles qu'il lui imposerait puis ouvrit à la volée la porte de son bureau.

— Jack! cria-t-il.

Son neveu, fils illégitime du comte de Sandwich, lui servait de secrétaire. Très vite, le jeune homme s'était débrouillé pour se rendre indispensable.

— T'es-tu renseigné sur la maison close de Lime Street?

— Oui, milord.

Un simple *Monsieur* aurait suffi — William Montagu n'était pas titré —, mais Jack savait que le sentiment de puissance exerçait sur son oncle l'effet d'un aphrodisiaque.

— Elle propose des plaisirs exotiques, avec des filles spécialisées dans la soumission... orientale, ajouta-t-il, incapable de contrôler une érection soudaine qui n'échappa pas à William.

— Parfait, mon garçon. Tu es mûr pour m'accompagner.

Les plaisirs de la chair ne choquaient pas Jack Raymond. Son père, débauché notoire surnommé le «lord libertin», avait épousé la fille d'un vicomte irlandais qui avait gardé l'esprit dérangé à la suite d'innombrables fausses couches. Le comte avait alors installé sa maîtresse, Martha Raymond, sous son toit, et un ménage à trois s'était établi. Cinq enfants illégitimes

étaient nés de cette union coupable, dont un seul garçon, Jack. Bien que son avenir fût probablement
assuré, Jack souffrait de sa bâtardise et ne rêvait que
de troquer son nom contre celui de Montagu.

Quand les deux hommes quittèrent les bâtiments
de l'Amirauté, William était d'humeur euphorique.

— Cela te ferait plaisir que je t'emmène à une
fête d'anniversaire chez les O'Toole, dimanche prochain ? Je compte faire la traversée sur le *Defense*.
Tu me serviras de lieutenant, qu'en dis-tu ?

— J'en serais ravi, milord. Je ne connais pas l'Irlande. De quel anniversaire s'agit-il ?

— Celui des fils O'Toole.

Montagu s'assombrit. Il enviait Shamus sur ce
point. Comme lui, il avait épousé une FitzGerald,
mais Amber ne lui avait donné qu'une fille et une
mauviette de fils qui tremblait dès qu'il posait les
yeux sur lui. Et s'il aimait la peur chez une femme,
il la méprisait chez un homme.

— Comptez-vous emmener Esmeralda et John,
milord ?

Montagu n'y avait pas songé un seul instant.
Pourquoi pas, au fond ? La présence de ses enfants
écarterait les soupçons. Son fils était loin d'avoir la
maturité des fils O'Toole, ou de ce jeune bâtard que
son frère avait engendré. Les mettre en rapport ne
pourrait qu'être bénéfique à John — cela le dégour-
dirait.

3

Esmeralda était étendue sur le sable brûlant. Une
joyeuse impatience, portée par la brise marine, s'emparait peu à peu d'elle. Son prince était en route.

Elle garda les yeux fermés jusqu'à ce qu'un frôlement à peine perceptible, un battement d'aile, lui chatouillât les lèvres. Elle sourit et souleva lentement les paupières. Agenouillé devant elle, il l'observait, ses yeux gris pétillant de gaieté. Esmeralda se mit à genoux, son regard rivé au sien.

Leur besoin fiévreux de se toucher rendait toute parole inutile. D'un même geste, ils s'effleurèrent — la joue, le cou, l'épaule... Elle sentit son cœur battre sous sa main. Il était l'homme de ses rêves, son prince irlandais. Il se pencha, mais au moment où il allait capturer ses lèvres, elle se réveilla en murmurant son nom.

— Sean, Sean...

Esmeralda FitzGerald Montagu rejeta les couvertures, passa la main dans son épaisse chevelure de jais et posa ses longues jambes sur le tapis près de son lit. Sans prendre le temps de se vêtir, elle grimpa quatre à quatre dans la chambre de sa mère. Dès que son père n'était pas là, elle se glissait dans la couche d'Amber et passait en revue les projets de la journée.

Amber adorait sa fille. Très proche d'elle, elle devinait ses humeurs, ses pensées.

— Tu n'es pas comme d'habitude, ma chérie.

Au grand étonnement de sa mère, Esmeralda s'empourpra.

— J'ai fait un rêve, expliqua-t-elle.

— Ton prince charmant t'est-il apparu?

Esmeralda acquiesça et croisa les bras sur sa poitrine dont elle prit conscience pour la première fois.

Amber s'attendrit.

— Tu grandis, ma chérie. A quoi ressemblait-il?

Une expression d'extase transforma le visage de sa fille.

— Il était irlandais.

— Alors prends garde à toi, ma chérie, prends garde à toi! Les Irlandais sont des fripons!

Amber embrassa sa fille sur le front et se leva. Ouvrant la porte-fenêtre, elle sortit sur le balcon qui surplombait la mer. Scrutant l'horizon, elle distingua les voiles d'un bateau venant de Liverpool. Sans doute le navire marchand qui venait chercher la cargaison de whisky irlandais dissimulée dans les caves.

Une prémonition soudaine l'incita à le regarder de plus près et elle s'aperçut qu'il était trop petit pour être un navire de commerce. C'était William sur son voilier favori, le *Swallow*! Oh, non... Un étau glacé lui enserra le cœur et elle rentra aussitôt dans la chambre.

— Nous irons explorer les gorges une autre fois, ma chérie. Ton père est de retour. Va vite prévenir Johnny et reviens aussitôt. Il faut nous habiller.

Quand Esmeralda arriva dans la chambre de son frère, elle était vide. Sans hésiter, elle dévala les deux volées de marches, traversa la cuisine et sortit par la porte de derrière. Au passage, elle saisit la cape d'une servante accrochée à une patère et s'en enveloppa.

Johnny se trouvait aux écuries où il sellait son poney. Le garçon avait le teint rubicond de son père, ainsi que ses cheveux ternes et plats.

— Ne sors pas, Johnny. Père arrive, annonça-t-elle, hors d'haleine.

Une telle expression de panique se peignit sur les traits de Johnny qu'Esmeralda crut un instant qu'il allait enfourcher le poney et s'enfuir. Mais non. Il était bien incapable de tant de bravoure. La nouvelle l'avait cloué sur place.

— Que dois-je faire? demanda-t-il en pâlissant.

— Il nous reste à peu près une heure. Va te changer et mets ta plus belle perruque. Je t'aiderai à nouer ta cravate, mais surtout, Johnny, ne lui montre pas qu'il te fait peur.

— Facile à dire, Esmeralda. Dès la rentrée, maman t'envoie à St. Albans Academy, cette école pour jeunes filles. Moi, il me destine à l'Amirauté et il sera sur mon dos jour et nuit. Je vais mener une vie de chien !

— Je suis désolée, Johnny. Je changerais volontiers ma place pour la tienne, si je le pouvais.

Esmeralda pensait parfois qu'elle aurait dû naître garçon et Johnny fille.

— Maman saura bien le calmer, comme d'habitude. Allez, viens. Nous devons faire vite.

Moins d'une heure plus tard, William Montagu contemplait sa famille parée de ses plus beaux atours. Son regard dur glissa sans s'attarder sur ses enfants, puis s'arrêta sur sa superbe et jeune épouse qui se hâtait à sa rencontre.

Amber plongea dans une profonde révérence, dévoilant des seins opulents que rehaussait encore le corset qu'elle portait sous le décolleté très échancré de sa robe de brocart crème.

— Quelle agréable surprise, William ! Tu te fais trop rare, ces temps-ci, mentit-elle avec le sourire.

Il vit qu'elle avait poudré sa chevelure ambre et l'avait relevée très en hauteur avec une profusion de rubans et de dentelles. Il ne tarderait pas à la faire cascader sur ses seins nus. Il lui baisa la main, impatient de la soumettre.

Plissant les yeux, il porta son attention sur ses enfants. Esmeralda était vêtue d'une robe-tablier blanche empesée sur des pantalons brodés et des bottines de petite fille.

— As-tu été sage ? s'enquit-il d'un ton brusque.

— Oui, père, répondit Esmeralda d'une voix posée.

A la façon dont elle relevait le menton, il savait que pour rien au monde elle ne lui aurait laissé voir qu'il l'intimidait. Il tourna les yeux vers son fils.

— Et toi ? ajouta-t-il encore plus durement.

— O-oui, père, murmura Johnny.

— Ah, c'est bien ce que je craignais, petit saint !

A ton âge, tu devrais forniquer avec tout ce qui porte jupon à dix lieues à la ronde !

Johnny devint cramoisi et son père éclata d'un rire méprisant.

— Attends de rentrer dans la marine, tu seras à bonne école.

— J'espère que tu comptes passer la nuit ici, William, intervint Amber.

Oh, oui… pensa-t-il en salivant. Toute la nuit, ma chérie. Il sortit une enveloppe de sa poche.

— J'ai fait un saut pour vous apporter cette invitation. Nous sommes conviés à l'anniversaire des fils O'Toole et j'ai l'intention de vous y emmener tous.

Amber retint son souffle, le cœur empli d'espoir. En dix-huit ans de mariage, William ne l'avait jamais autorisée à retourner en Irlande. Mais ne vendons pas la peau de l'ours, se dit-elle. Rien n'était encore fait. Pourtant, malgré elle, elle se voyait déjà sur sa terre natale, retrouvant les FitzGerald. Et Joseph. Elle ferma les yeux un instant pour contenir son impatience.

William sourit en voyant son expression ravie.

— Montons, fit-il en lui tendant la main. Nous devons prendre des dispositions pour dimanche. Je compte armer le *Defense* pour l'occasion.

Amber mit docilement sa main dans celle de son mari. Ce retour en Irlande allait lui coûter très cher, mais elle était prête à en payer le prix.

Le cœur d'Esmeralda battait la chamade. Elle ne parvenait pas à y croire. La seule idée de revoir Sean O'Toole lui donnait déjà le vertige… Alors, voguer jusqu'en Irlande pour assister à son anniversaire, c'était comme voir une bonne fée exaucer son vœu le plus secret d'un coup de baguette magique.

— Oh, Johnny ! gémit-elle. Je ne peux pas y aller vêtue comme une petite fille !

— Ne te fais pas d'illusions, il ne nous emmènera pas. Il méprise les Irlandais, il les considère comme des êtres inférieurs.

— Maman saura le persuader.

— Cela va durer des heures, jeta Johnny avec un air de dégoût.

— Maman le retient autant que possible pour qu'il ne s'en prenne pas à nous.

Esmeralda était trop innocente pour imaginer de quelle manière leur mère se sacrifiait pour eux, et Johnny s'en félicitait. Il aurait préféré avoir la même candeur et ne pas se sentir aussi coupable de son impuissance.

— Père t'a reproché de ne pas forniquer avec tout ce qui porte jupon. Que voulait-il dire ?

Johnny fronça les sourcils.

— Je ne peux pas t'expliquer. Cela te choquerait.

— Mais comment veux-tu que j'apprenne quoi que ce soit si tu ne m'expliques rien ? Je demanderai à maman, elle me dit tout, elle.

— Non, Em, ne lui en parle pas. Je vais te le dire, moi. Forniquer, c'est... se mettre nu et... coucher... avec des filles.

Des images indécentes se formèrent dans l'esprit d'Esmeralda qui parut encore plus offusquée qu'il ne le craignait.

— Je ne te crois pas, murmura-t-elle d'une voix blanche.

Sean O'Toole se rendit à Maynooth à cheval pour transmettre son invitation en personne. Une vingtaine de kilomètres séparaient Greystones du château où vivait son grand-père, Edward FitzGerald. Le comte possédait des dizaines d'hectares dans le magnifique comté de Kildare, traversés par la Rye. La rivière mêlait ses eaux à celles de la Liffey dans un site magnifique appelé Salmon Leap.

C'est là que s'étaient rassemblés une bande de jeunes FitzGerald pour voir les saumons revenir comme chaque année à la période du frai. Dès que les filles aperçurent Sean, elles se précipitèrent à sa rencontre, suivies de près par les garçons. Il était le chouchou de tout le clan.

Tout le monde se mit à parler en même temps.

— Sean! Quelle surprise! Qu'est-ce qui t'amène? Sean! Sean!... C'est toi, Sean?

Le jeune homme descendit de cheval en riant.

— Et qui d'autre, à votre avis?

— C'est bientôt ton anniversaire. Qu'est-ce que tu aimerais comme cadeau? demanda l'une de ses cousines en s'accrochant à son bras.

— Fiona, ne commence pas à le monopoliser! Pense un peu à nous! cria Deirdre.

— Ne vous disputez pas, il y en aura pour tout le monde! plaisanta Sean. La fête d'anniversaire aura lieu dimanche. Vous êtes tous invités.

Les filles poussèrent des cris de joie.

— Tu ne comptes pas inviter toutes les femmes? s'inquiéta Rory.

— Toutes, sans exception.

Elles chuchotaient en gloussant à propos de ce qu'elles allaient lui offrir et ce qu'elles *aimeraient* lui donner en secret.

— Vous aurez droit à une danse chacune, lança Sean en ébouriffant les cheveux des deux plus proches.

— Promis? s'écrièrent-elles à l'unisson.

— Je viens de vous le dire.

Ils approchaient du château où marteaux et burins s'activaient à grand fracas. Le grand-père de Sean faisait restaurer la vieille demeure médiévale.

Edward FitzGerald vint au-devant de son petit-fils.

— Sean, plus ça va, plus tu deviens beau garçon!

— Je pourrais te retourner le compliment, grand-père.

Les deux hommes s'embrassèrent affectueusement.

— Viens, entrons boire un verre en l'honneur de ton anniversaire. Je n'arrive pas à croire que tu as déjà dix-neuf ans.

Dès que Sean apparut dans le vaste vestibule du château, ses tantes FitzGerald se ruèrent sur lui.

— Sean chéri, quel plaisir de te voir ! cria Meagan. Comment s'en sort Kathleen avec son diable de mari ?

— Elle ne se plaint jamais, rétorqua le jeune homme, feignant l'étonnement.

— Ne fais pas attention à elle, intervint Maggie. Elle a laissé son fromage rancir trop longtemps avant de le mettre dans une tapette.

Une façon bien imagée d'évoquer le célibat de sa sœur, comprit Sean.

— Ton veuvage te monte à la tête, ma pauvre Maggie ! riposta Meagan aussi sec.

Une nuée de femmes touchaient Sean, l'embrassaient, le caressaient, tandis qu'il s'efforçait de traverser le vestibule.

— Vous l'étouffez, le pauvre garçon ! s'interposa Edward. Ce n'est pas son anniversaire qu'on va célébrer, mais ses funérailles !

— Vous êtes toutes invitées ! lança gaiement Sean comme son grand-père l'entraînait vers la bibliothèque avant d'en refermer la porte.

— Les femmes ont toujours été la malédiction de Maynooth ! bougonna le vieil homme.

Sean baissa la voix.

— La fête est prévue pour dimanche. La marchandise arrive le même jour.

Le comte de Kildare emplit deux petits verres de whisky.

— J'apprécie que ton père n'ait pas envoyé Joseph pour transmettre le message. Je tiens à ce que sa réputation reste sans tache. En sa qualité de futur comte de Kildare, il ne doit en aucun cas se trouver mêlé à un acte de trahison. Je ne veux pas qu'on établisse le moindre lien entre lui et le Captain Moonlight.

— Joseph en est conscient. Je suis à ta disposition, grand-père, tu le sais. J'aimerais agir à tes côtés.

Edward FitzGerald était très fier du jeune homme qui se tenait devant lui.

— Sean, tu as hérité du meilleur des FitzGerald et du meilleur des O'Toole. Tu es intelligent, intuitif, plein de charme et de courage, mais je ne t'emmènerai pas dans mes expéditions. Ta mère ne me le pardonnerait pas.

Il finit son whisky pour signifier que le sujet était clos.

— Quand pourrons-nous transporter la marchandise à Maynooth ?

— La nuit même, dans les chariots qui amèneront les FitzGerald à la fête.

Le comte secoua la tête.

— C'est terrible d'être irlandais !

— Si l'on veut, dit Sean en laissant courir ses doigts sur une rangée de livres reliés de cuir.

— Cette bibliothèque sera à toi quand je ne serai plus là. Joseph pourra disposer des ouvrages de droit et de politique, mais je tiens à ce que le reste te revienne.

— Pour moi, ces livres sont comme de vieux amis.

— Tu les as presque tous lus, même ceux écrits en gaélique. Tu es le seul qui saura les apprécier.

Ils regagnèrent le vestibule où s'attardaient encore quelques femmes. Maintenant que Sean allait avoir dix-neuf ans, il pouvait songer à se marier, et qui pourrait lui convenir mieux qu'une FitzGerald ?

Kathleen, la mère de Sean, et ses sœurs étaient des femmes de principes et de haute moralité, mais la nouvelle génération se moquait bien des convenances. Durant l'heure qui suivit, sept jeunes filles rivalisèrent entre elles pour essayer d'attirer Sean dans leur chambre. Il repoussa adroitement les assauts.

S'il se montra circonspect ce jour-là, ses conquêtes par ailleurs n'en étaient pas moins nombreuses et variées. La maison grand-paternelle de Dublin lui offrait une garçonnière de premier ordre et il ne se privait pas d'en user à son gré.

A un moment, Sean aperçut sa tante Tiara drapée dans des soieries extravagantes.

— Toutefois, lança-t-il à l'adresse des jeunes filles qui ne désarmaient pas, si la princesse Tiara me proposait de me faire visiter la chambre où se trouve son trône, je ne dirais pas non.

— Gare à toi, petit galopin! le menaça Tiara. Je vais te tirer l'oreille!

Sean glissa un bras autour d'elle et l'embrassa affectueusement.

— N'oublie pas de me réserver une danse dimanche!

— Tu pourras assurer Kathleen de notre présence.

Tiara parlait-elle au nom de tous les FitzGerald ou s'agissait-il d'un pluriel de majesté? Sean aperçut une autre de ses cousines vêtue d'une robe blanche de novice. Décidément, Maynooth était un bien étrange endroit.

Dans sa résidence insulaire, Amber Montagu était sans doute plus heureuse que toutes les FitzGerald réunies à l'idée de se rendre à l'anniversaire des O'Toole.

Elle s'était pliée à toutes les exigences de son mari, se montrant douce, gracieuse, abjecte. Que n'aurait-elle accepté pour revoir l'Irlande et Joseph? Il lui semblait flotter sur un nuage. L'impatience la faisait haleter. Elle savait exactement quelle toilette elle allait porter et passait mentalement en revue la garde-robe d'Esmeralda.

Comme elle serait fière de présenter sa jolie fille et son fils aux FitzGerald et aux O'Toole! La tête lui tournait à la pensée de retrouver son pays natal. Elle sentait déjà la fumée des feux de tourbe, se mélangeant subtilement à l'odeur des pâturages.

— A quelle heure partons-nous dimanche, William ? demanda-t-elle en remettant ses bas.

— Tu m'as mal compris, Amber, très chère. Il n'a jamais été question que tu viennes.

Amber crut que son cœur allait cesser de battre. Ses yeux perdirent leur expression rêveuse.

— Tu ne crois pas sérieusement que j'exposerais ma femme parmi cette bande de bouseux ?

— Enfin, William, tu parles de ma famille ! Mon oncle est le comte de Kildare.

— C'est précisément pourquoi je t'ai épousée. Mais, chez les O'Toole, une fête ne peut que dégénérer en beuverie paillarde. Je ne jetterai pas ma perle à pareils pourceaux. Je n'offrirai pas un tel morceau de choix à ces Irlandais en rut.

Amber eut un goût de cendre dans la bouche. Si elle le suppliait, il se rengorgerait comme un paon. Mais il ne reviendrait pas sur sa décision.

— J'ai l'intention d'emmener Esmeralda et John, ainsi que mon neveu. Cette petite escapade sera salutaire à notre fils. Je veux qu'il devienne un homme, et pour ça, il faut qu'il apprenne à boire et à trousser les filles au lieu de rester fourré dans les jupes de sa mère.

Amber faillit crier : *Si la fête tourne à la beuverie paillarde, pourquoi emmener Esmeralda ?* Elle se retint à temps. Elle ne voulait pas priver sa fille bien-aimée du plaisir de connaître l'Irlande et la branche Fitz-Gerald de sa famille. Amber soupira, le cœur brisé. Une fois de plus, ce n'avait été qu'un jeu cruel.

Pour parachever son humiliation, William lui tendit la cravache dont il se servait pour la corriger et, implacable, attendit qu'elle la baisât.

4

Dès potron-minet le dimanche suivant, Grey-stones bourdonnait comme une ruche. Afin de ménager l'effet de surprise, les présents d'anniversaire avaient été livrés à la faveur de la nuit. Des lads des FitzGerald de Maynooth avaient discrètement amené deux pur-sang dans les écuries après minuit. Le comte possédait quelques-uns des plus beaux chevaux de course de Kildare. Il avait choisi un superbe bai pour Joseph et un étalon noir pour Sean.

Deux capitaines de Shamus, les frères Murphy, arrivèrent au petit matin à bord de deux schooners tout droit sortis des chantiers navals de Birkenhead, près de Liverpool. Shamus les avait prévenus qu'il ne voulait pas voir l'ombre d'une voile se dessiner sur la mer avant le lever du soleil.

Les Murphy se trouvaient encore aux cuisines quand Joseph et Sean descendirent prendre leur petit déjeuner.

— Regarde un peu ce que le vent mauvais nous apporte ! dit Sean à son frère.

— Ces deux brigands ne sont pas invités, répondit Joseph.

— Ce n'est pas parce qu'ils ont épousé des FitzGerald qu'ils font partie de la famille, renchérit Sean.

— Sales petits morveux ! jura Pat Murphy. Moi vivant, vous ne mettrez plus jamais les pieds à bord de l'un de mes bateaux !

Sur un hochement de tête de Sean, Joseph poussa Pat Murphy tandis que son cadet crochetait le tabouret où Tim était assis. L'instant d'après, les quatre hommes roulaient à terre dans une mêlée effrénée.

— Quelle honte de se conduire comme des sauvages en ce jour de fête ! s'écria Mary Malone en leur jetant une cruche d'eau froide au visage. Déguerpissez de ma cuisine, faut que je prépare à manger pour plus de cent personnes, moi !

Après un instant de stupeur, les garçons éclatèrent de rire. Au même moment, Shamus O'Toole fit irruption dans la pièce.

— Ce n'est qu'un jeu, Mary Malone. Si ce n'était pas le cas, ce n'est pas un peu d'eau froide qui les calmerait, croyez-moi. Vous, les deux démons, debout ! ajouta-t-il à l'adresse de ses fils. Vous avez chacun un bateau à décharger avant de déjeuner.

Les quatre gaillards se relevèrent sans cesser de rire.

— Les Murphy n'ont qu'à s'en occuper. Ces bateaux leur appartiennent, que je sache, répondit Sean en s'essuyant les yeux.

— Erreur, capitaine O'Toole, rétorqua Shamus, incapable de réprimer plus longtemps son sourire.

Sean et Joseph échangèrent un regard perplexe, puis, comprenant brusquement, se précipitèrent dehors avec des cris de joie.

Au pied des pelouses du manoir qu'ils dévalèrent en courant, deux magnifiques voiliers étaient mouillés dans le petit port privé de Greystones.

Dans la lumière transparente des premiers rayons du soleil, ils étincelaient tels des diamants, si neufs qu'ils sentaient encore le brai et la peinture fraîche. Bien que similaires, ils étaient différents. Le plus haut était bleu et or, le plus long, noir et argent.

— Vous trouverez les titres de propriété dans le livre de bord ! leur cria Shamus.

Les Irlandais étaient peu démonstratifs. Ils ne s'embrassaient pas en public, ils n'étalaient pas leurs sentiments. Shamus observa ses fils avec un regard étincelant de fierté. Ils n'eurent pas besoin de discuter pour savoir lequel choisir. Joseph se dirigea instinctivement vers le bleu et or tandis que

Sean montait à bord du noir et argent, conquis d'emblée par son élégance et la pureté de ses lignes.

Sean lui parla comme à une femme. Un bateau, à l'instar d'une maîtresse, pouvait se montrer possessif et jaloux, mais était capable de loyauté et d'obéissance quand on le menait d'une main ferme et aimante. Tout en murmurant des mots doux, il caressa le bastingage verni. Une vraie beauté, assurément. Le cœur empli d'allégresse, Sean se projeta dans l'avenir, impatient d'accomplir son destin.

Quand les premiers chariots transportant les FitzGerald commencèrent à arriver, de longs tréteaux recouverts de nappes étaient disposés sur les pelouses de Greystones. Une armée de domestiques affairés ne cessaient d'apporter des tonnes de victuailles des cuisines.

La plupart des autres convives appartenaient aux vieilles familles irlandaises. La souche anglo-irlandaise, plus récente, était en minorité. Bientôt, le son des violons se mêla aux éclats de rire dans l'allégresse générale.

Edward FitzGerald sourit affectueusement à sa fille Kathleen. Bien qu'il n'eût pas engendré de fils pour perpétuer son nom, son aînée avait largement remédié à ce manque en lui donnant deux superbes petits-fils qui faisaient l'admiration de tous.

— Je te préviens, père : tu ne disposeras que de la moitié de la journée pour parler de politique. L'autre moitié sera consacrée aux réjouissances.

Les yeux bleus du vieil homme pétillèrent.

— Ah, ces femmes ! Toujours prêtes à vous empêcher de tourner en rond !

Escortés d'une foule animée, Sean et Joseph quittèrent la jetée pour gagner les écuries où d'autres surprises les attendaient. Quelques minutes plus tard, ils ressortaient de la longue bâtisse sur leurs pur-sang. Un tonnerre d'applaudissements les accueillit.

— Merci, père, il est magnifique, dit Sean en flattant l'encolure lustrée de son étalon noir. Je l'appellerai Lucifer.

— Mes deux démons ont-ils aussi baptisé leurs bateaux ? voulut savoir Shamus.

Sean sourit à Joseph.

— Quels noms pouvaient choisir deux jeunes démons, à ton avis, père ? La *Géhenne* et l'*Enfer*, évidemment !

Esmeralda Montagu était excitée comme un boisseau de puces. Depuis sa plus tendre enfance, sa mère la berçait de contes et de légendes sur l'Irlande et son peuple. Les premières comptines qu'elle avait apprises lui chantaient la terre maternelle, la verte Erin, l'île Emeraude, et depuis toujours elle rêvait de rencontrer l'excentrique famille des FitzGerald.

Si Amber avait la mort dans l'âme de ne pouvoir accompagner ses enfants à l'anniversaire des O'Toole, elle s'efforçait de n'en rien laisser paraître pour ne pas gâcher leur plaisir.

La garde-robe de John, coupée sur mesure par les meilleurs faiseurs de Londres, ne posait aucun problème. Il n'en allait pas de même pour Esmeralda.

— J'ai presque seize ans, maman, remarqua l'adolescente avec un sourire d'excuse. Mes pantalons à ruchés et mes chasubles sont charmants mais plus de mon âge, j'en ai peur. Je ne voudrais pas que Sean... je veux dire les FitzGerald se moquent de moi !

Sean O'Toole... Ainsi c'était lui, l'homme qui avait ravi le cœur de sa fille ! Sans doute avait-il débarqué à Anglesey avec Joseph, la dernière fois. Que Dieu préserve sa petite Esmeralda si le cadet avait ne fûtce que la moitié du charme de son frère...

— Tu as raison, ma chérie. Je veux que ta beauté

éclipse celle de toutes les FitzGerald réunies. Tu porteras ta capeline de velours neuve pour le voyage, il fera froid sur le bateau. Mais quand tu l'enlèveras, je te promets que toutes te regarderont avec envie. Viens dans ma chambre. Nous allons arranger pour toi la plus seyante de mes toilettes.

Le dimanche matin, pour la première fois de sa vie, Esmeralda gaina ses longues jambes de bas de soie. Quand sa mère l'aida à revêtir la robe de velours vert, elle s'inquiéta :

— Mon Dieu... je n'ai pas de corset !

Amber se mit à rire.

— Tu n'en as pas besoin, ma chérie !

— Mais... que vais-je faire de... ça ? dit la jeune fille en couvrant ses seins de ses mains.

— *Ça*, comme tu dis, rendra vertes de jalousie toutes les Irlandaises, tu peux me croire.

Par la fenêtre, Esmeralda aperçut les voiles du *Defense*. Mère et fille poussèrent le même cri d'effroi.

— Je m'occupe de ton père, dit Amber. Je file vérifier si John est prêt à passer l'inspection. Attache tes cheveux avec un ruban ! lança-t-elle encore par-dessus son épaule en relevant ses jupes pour se hâter vers la chambre de son fils.

John avait revêtu un veston de drap bleu marine qui lui allait à la perfection. Sa culotte fauve lui moulait les cuisses sans le moindre faux pli et ses bas étaient d'un blanc immaculé. Un gilet de brocart vieil or ajoutait une note raffinée à l'ensemble.

— Ta cravate ferait pâlir d'envie le prince de Galles lui-même, Johnny. Ta tenue te donne un air plus mûr.

Amber souhaitait certes, par ses remarques, accroître l'assurance de son fils, mais le fait était que le bleu marine le flattait particulièrement.

— Ton père est là. Je veux qu'il te voie en premier, parce qu'il ne pourra rien trouver à redire.

Amber ne se trompait pas. Montagu se radoucit imperceptiblement devant l'allure plus virile de son fils. Il se plut également à constater que sa femme se soumettait sans broncher. Quand il vit qu'elle ne pleurnichait pas à la dernière minute pour tenter de le fléchir, il se sentit gonflé d'un sentiment d'omnipotence. Ses yeux s'attardèrent sur la rondeur des seins qu'il devinait sous la fine étoffe du négligé.

— Au retour, je passerai la nuit ici. Inutile de m'attendre, je me ferai un plaisir de te réveiller, ma très chère.

— William, dit Amber avec la voix douce qu'elle prenait quand elle voulait le plier à son insu à sa volonté, j'ai voulu que ta fille ressemble aujourd'hui à une lady. Je ne suis pas retournée en Irlande depuis des années, mais je suppose que les jeunes filles portent toujours ces sarraus de lin qui s'arrêtent aux chevilles. Par une espèce d'orgueil mal placé, elles dédaignent les soies et les brocarts importés au profit des étoffes plus grossières tissées en Irlande. Quand elles verront Esmeralda dans sa robe de velours, elles souhaiteront rentrer sous terre.

A cet instant, Esmeralda apparut en haut de l'escalier qu'elle descendit lentement, ses boucles brunes dansant sur ses épaules. William prit soudain conscience que sa fille était presque une femme.

— Elle ressemblerait à une lady sans cette crinière indomptable. N'a-t-elle pas de perruque?

La flamme de la rébellion fit étinceler les yeux d'Esmeralda.

— C'est un oubli de ma part, William, s'empressa de dire Amber. Esmeralda, va vite en chercher une!

Jack Raymond se porta vivement à la rencontre d'Esmeralda pour l'aider à monter à bord. Dès qu'elle fut sur le pont, elle s'éloigna de lui au plus vite. La révolte couvait toujours en elle. Elle l'observa tandis qu'il serrait la main de Johnny. Avec ses lèvres épaisses, il ressemblait à son père, le comte de Sandwich. En dépit de son air avenant, elle devinait en lui une menace indéfinissable.

Heureusement, il s'en fut donner des ordres aux matelots. Il avait une fâcheuse tendance à s'accrocher à elle dès qu'ils se retrouvaient ensemble quelque part.

— Johnny, je n'arrive pas à croire que nous voguions vers l'Irlande !

Juste avant de se réveiller, Esmeralda avait refait son beau rêve et, à présent, elle éprouvait un bonheur indicible à l'idée de revoir son prince irlandais. Elle murmura son nom au rythme des battements de son cœur :

— Sean, Sean, Sean…

La voix de Johnny mit fin à sa rêverie :

— J'espère que la mer ne sera pas trop mauvaise au sortir du détroit. Je ne voudrais pas être malade devant père.

— Respire à fond, le voilà qui arrive.

— De grâce, Esmeralda, tâche de détourner son attention !

Elle lui pressa la main et fit face à son père.

— Ton uniforme est splendide, père ! lança-t-elle.

— L'uniforme pose son homme. Tu en porteras bientôt un, Johnny. Nous ferons de toi un homme, mon garçon, crois-moi !

Du coin de l'œil, Esmeralda vit Johnny réprimer un haut-le-cœur. Aussitôt, elle se pencha par-dessus le bastingage pour faire diversion. Le vent lui arracha sa perruque, la faisant ricocher sur la crête des vagues.

— Oh, non ! feignit-elle de se lamenter. Ma plus belle perruque !

Son père, cramoisi, la saisit rudement par le bras et l'entraîna jusqu'à l'escalier menant aux cabines.

— Tu sais ce qu'il y a dans ce sac ? fit-il en désignant une bourse de tissu accrochée à la rampe.

Muette de peur, Esmeralda secoua la tête.

— Un martinet. Prends bien garde de ne plus me contrarier une seule fois si tu ne veux pas y goûter!

Elle soupira de soulagement quand il la lâcha. L'un dans l'autre, elle était assez contente d'elle. Elle avait épargné une nouvelle rebuffade à Johnny et, faisant d'une pierre deux coups, s'était débarrassée de sa hideuse perruque!

Dès que Shamus aperçut le pavillon de Montagu, il descendit sur la jetée pour s'assurer que le *Defense* aurait la place de s'amarrer et de décharger. Il salua son complice, dissimulant son amusement à la vue de son uniforme. *Il avait besoin de se donner du courage pour acheminer les fusils jusqu'ici*, songea-t-il.

— Vous êtes arrivé sans encombre, on dirait.

— Comme toujours, rétorqua Montagu avec sa morgue coutumière.

Il jeta un regard d'envie sur les deux voiliers neufs.

— Ils sont à vous, Shamus?

— A mes fils. Le plus grand appartient à Joseph, l'autre à Sean, répondit fièrement O'Toole.

— A propos, je vous présente mon aîné, John. Et voici ma fille, Esmeralda. Vous connaissez déjà Jack.

Shamus serra la main de John et s'inclina galamment devant sa sœur. Peu de choses échappaient à son œil aiguisé; la rougeur qui avait coloré les joues de cette exquise jeune fille dès qu'il avait mentionné ses fils ne dérogea pas à la règle.

— Bienvenue chez nous, mes enfants. La fête bat déjà son plein. Les jeunes de votre âge fourmillent dans tous les coins. Allez les rejoindre et amusez-vous bien.

Se tournant vers Montagu, il ajouta:

— Votre équipage peut décharger sur le quai.

Fidèle à lui-même, Montagu ne posa aucune question sur la destination de la cargaison. Seul l'or l'intéressait, et cela convenait à O'Toole. Laissant Jack superviser les opérations, Montagu suivit son hôte vers le manoir.

— Je n'ai pas embarqué beaucoup de munitions pour les fusils, mais je vous fournirai une nouvelle cargaison la semaine prochaine.

— Très bien, répondit Shamus. Vous n'aurez qu'à l'acheminer jusqu'à Anglesey. Nous nous chargerons du reste.

A l'air soulagé de Montagu, Shamus devina que les munitions se trouvaient déjà à Anglesey. Montagu était bien trop froussard pour transporter des explosifs. Avec tout ce qu'il avait sur la conscience, il n'était pas pressé de se présenter devant son créateur.

Kathleen, en voyant les deux hommes approcher, serra brièvement le bras de son père et se porta au-devant de leur hôte.

— Bienvenue, William.

Montagu, après lui avoir baisé la main, la dévisagea d'un regard ouvertement admiratif. Kathleen ne s'en formalisa pas. L'Anglais n'avait jamais caché son penchant pour les femmes FitzGerald.

— Je suis venu avec mes enfants afin de leur présenter la branche maternelle de la famille.

— Et Amber ? Où est-elle ?

— Elle vous prie de l'excuser. Les voyages en mer sont un vrai calvaire pour sa constitution fragile.

Si elle peut vous supporter, elle est forte comme un roc au contraire ! Quant au calvaire, c'est sa vie qui en est un depuis le jour où elle a commis l'erreur de vous épouser !

— Je vais m'assurer que vos enfants s'amusent. Père, servez un double whisky à William, voulez-vous ?

Edward FitzGerald et William Montagu n'avaient pas traité d'affaires ensemble depuis des années. Il lui avait donné en mariage l'une des filles de son frère. La toute jeune Amber avait séduit l'aristocrate anglais, mais elle s'était refusée à lui jusqu'au mariage.

— Vous êtes un homme heureux, Montagu, dit Edward en lui tendant un verre. Vous avez une chose que le destin m'a refusée, un fils. Les FitzGerald sont plus doués pour faire des filles.

— Je crois savoir que vous appartenez à une famille de vingt-trois enfants. Votre père a manifestement engendré au moins un fils.

— Quelques-uns, en vérité, mais je suis le seul à avoir survécu. L'un est mort en bas âge, trois autres ont vécu le temps de se marier et d'engendrer des filles.

— Ainsi donc, tous les mâles FitzGerald qui conduisent la flotte marchande appartiennent à la troisième génération, conclut pensivement Montagu.

— Eh oui! répondit Edward en levant son verre. A la santé de mes petits-fils! Heureusement qu'ils sont là pour assurer la relève!

Montagu jura en silence contre lui-même. Que n'avait-il songé plus tôt à la succession des Fitz-Gerald? Le fils aîné de Shamus O'Toole était l'héritier d'Edward et de son titre. Il était le futur comte de Kildare... Un plan se dessina peu à peu dans son esprit tortueux. Et s'il fiançait sa fille Esmeralda à Joseph FitzGerald O'Toole? Finalement, elle lui serait peut-être utile, cette péronnelle...

5

Esmeralda resta muette d'admiration devant la splendeur du manoir. *Voilà donc le château des Mensonges*, se dit-elle avec un frisson d'anticipation tout en scrutant la foule à la recherche d'un certain visage aux traits parfaits. Ne le trouvant pas, elle s'arma de courage et s'approcha d'un groupe de jeunes Fitz-Gerald.

— Bonjour! Je suis tellement contente de faire votre connaissance...

Un silence glacial accueillit ses paroles. Les filles la détaillèrent sans scrupules, s'attardant sur la robe de velours vert qui moulait les seins haut remontés.

— N'est-ce pas là la reine d'Angleterre? lança Fiona.

Des rires malicieux fusèrent. Esmeralda ravala la pique sans broncher.

— Ma mère est une FitzGerald... Je suis... pour moitié irlandaise.

— Pour moitié? Laquelle? Celle du haut? répliqua Fiona comme deux garçons fixaient, captivés, la poitrine d'Esmeralda.

— Si elle est irlandaise, elle ne peut appartenir qu'au peuple des fées, déclara Deirdre.

Esmeralda pâlit. Jamais elle n'avait eu autant conscience de sa petite taille et de son teint mat.

— Et elle s'appelle comment, cette FitzGerald? demanda l'une des filles.

— Cette demoiselle s'appelle Esmeralda, intervint une voix profonde, derrière elle.

Esmeralda fit volte-face et se retrouva happée par les yeux rieurs de Sean O'Toole. Elle en oublia aussitôt les remarques cruelles des jeunes pimbêches. Son prince était là, et cela seul importait. Proche d'elle à la toucher, il la contemplait en souriant. Rejetant ses boucles brunes dans son dos, elle répondit à son sourire.

— Joyeux anniversaire, Sean.

Elle soutenait hardiment son regard sans cacher l'admiration qu'il lui inspirait. Sean se troubla. Il s'attarda sur la robe de velours qui moulait ses courbes si féminines, puis se pencha pour lui glisser à l'oreille :

46

— Esmeralda Montagu, quelle élégance ! Comment avez-vous pu vous métamorphoser en femme en si peu de temps ?

Ravie, elle lui rit au nez. Sean prit ses mains entre les siennes et les porta à ses lèvres, conscient de l'émoi qu'il provoquait en elle. Jamais un homme ne l'avait embrassée et elle brûlait de connaître le goût de ses baisers.

— Je devine ce que vous aimeriez, la taquina-t-il.

— Quoi ? fit-elle dans un souffle, rose de confusion.

— Danser, bien sûr. Vous venez ?

Il lui offrit son bras et, l'instant d'après, ils tourbillonnaient sur la pelouse.

— Nous attendrons d'être seuls pour exaucer votre autre vœu, chuchota-t-il.

Dans les bras puissants de Sean, Esmeralda avait l'impression de voler. Il la faisait vibrer jusqu'au plus secret d'elle-même. Il ne la lâcha pas quand la musique se tut et l'entraîna bientôt dans la danse suivante.

Fiona lui tapa sur l'épaule.

— Sean, tu as promis de danser avec chacune d'entre nous.

— Et je vais tenir ma parole, répondit-il galamment.

Avant de quitter Esmeralda, il lui murmura à l'oreille :

— Venez me rejoindre plus tard aux écuries.

Toutes les femmes, jeunes et moins jeunes, se pressèrent ensuite autour de lui et il honora sa promesse sans faillir, surveillant Esmeralda du coin de l'œil. Quand il la vit se diriger vers les écuries, il planta là ses cousines. Shamus choisit ce moment pour lui parler :

— As-tu vérifié la cargaison du *Defense* ?

— Oui. Nous avons le compte de fusils, mais il manque des munitions.

— Je sais. Nous devrons aller les chercher à Anglesey.

Ils rejoignirent Montagu qui bavardait avec Edward FitzGerald et Joseph.

Quand celui-ci avait constaté qu'Amber n'accompagnait pas son mari, il en avait éprouvé une amère déception. Depuis, en dépit de son aversion pour le bonhomme, il ne quittait plus l'Anglais d'une semelle, dans l'espoir de l'entendre prononcer le nom de sa femme. A l'évidence, il était bel et bien pris aux rets de l'amour.

— Je suis sensible à votre invitation, Shamus, et j'aimerais vous en remercier à ma façon, dit Montagu. Puisque Joseph se destine à la politique, je lui propose de passer l'été chez moi, à Londres. Cela lui donnera l'occasion d'aller prendre la température du Parlement et de la Chambre des communes. Il verra ainsi les choses de l'intérieur et je lui présenterai des gens influents. N'oubliez pas que mon frère, le comte de Sandwich, a ses entrées dans toutes les grandes maisons de la capitale, y compris chez les personnalités politiques les plus en vue. Le prince de Galles compte parmi ses intimes.

Shamus guetta la réaction de son beau-père, qui haïssait le parlement britannique. Toutefois, Fitz-Gerald sourit à Shamus et répliqua, magnanime :

— Un séjour à Londres serait effectivement des plus enrichissants pour Joseph. Mon cynisme naturel m'incline à penser qu'un jour ou l'autre les parlements anglais et irlandais fusionneront, même si j'espère de tout cœur que cela n'arrivera jamais.

De ces propos, Joseph n'avait entendu qu'un détail : Amber allait bientôt rentrer à Londres, et cette invitation tombée du ciel leur permettrait de se revoir... Il tendit la main à Montagu.

— Merci pour votre invitation. De Londres, je ne connais que le port ; la vie mondaine de la capitale m'est totalement inconnue.

— Je compte y retourner plus tôt cette année, dans une quinzaine de jours, précisa Montagu. L'Amirauté est fort inquiète à cause des agissements de la France.

Sean se mordit les lèvres pour ne pas éclater de rire. Son frère était démoniaque ! Pour sa part, il n'aurait pas non plus refusé un séjour à Londres, la plaque tournante du commerce maritime où se concluaient pour l'heure nombre de bonnes affaires grâce à la guerre.

Sean capta enfin le regard de son frère, et tous deux s'excusèrent afin de gagner les écuries.

— As-tu perdu la tête, Joseph ? Il t'a offert l'hospitalité, rien d'autre. Bon sang, entretenir une liaison avec une femme mariée ! Et sous son propre toit ! Profite plutôt de l'après-midi pour prendre du bon temps. Ce ne sont pas les jolies filles qui manquent.

Joseph ne suivit pas Sean à l'intérieur du bâtiment. Une seule pensée l'occupait : Montagu était là pour la journée tandis qu'Amber était seule à Anglesey. Le jeune homme sourit. *Oui, je vais prendre du bon temps cet après-midi !* Il retourna au manoir chercher le cadeau qu'il destinait à celle qu'il aimait. Dès qu'il avait vu les boucles d'oreilles en ambre serties d'or sur ce bateau venu de la Baltique, il avait su qu'elles n'étaient faites que pour elle.

Dans l'écurie, Esmeralda admirait le nouveau pur-sang de Sean.

— Re-bonjour, déesse. Je vous présente Lucifer.

— Il est à vous, n'est-ce pas ? Il vous va bien. Il semble dangereux.

— Vous voulez dire, comme son propriétaire ? fit Sean en riant.

— Peut-être… le défia-t-elle.

— Nous sommes doux comme des agneaux, lui et moi. Vous allez voir.

Sean caressa l'encolure de l'animal puis, s'accrochant à la crinière, sauta en selle.

— Vous venez?

Esmeralda hésita.

— N'ayez pas peur.

— Je n'ai pas peur.

Sans lui laisser le temps de changer d'avis, il se pencha, la prit à la taille, la souleva d'un seul bras et l'assit devant lui.

— Ooh! s'écria-t-elle en s'agrippant à la crinière.

Il la serra entre ses cuisses.

— Je ne vous laisserai pas tomber, dit-il.

Entourant d'un bras sa taille de guêpe, il respira le parfum de ses cheveux, en souleva la lourde masse et posa les lèvres au creux de sa nuque. Il la sentit frissonner.

— Vous êtes la plus jolie fille de la fête. Oh, la barbe! ajouta-t-il soudain en tournant la tête vers la porte que quelqu'un venait d'ouvrir.

— Esmeralda, je te cherchais!

Esmeralda se laissa prestement glisser à terre.

— Johnny! Tu connais Sean O'Toole, n'est-ce pas?

— Vous devez être le frère d'Esmeralda, devina Sean. Bienvenue à Greystones.

Johnny s'empourpra.

— Bonjour, je... j'adore les chevaux et je n'ai pas pu résister à l'envie de venir les voir. J'espère que vous ne m'en voulez pas...?

— Bien sûr que non, répondit Sean, s'efforçant de mettre le jeune homme à l'aise.

Voilà donc le fils de Montagu. Il a peur de son ombre. Pas étonnant que son père le terrifie.

— Quelle bête superbe! s'exclama Johnny en caressant Lucifer. Comptez-vous le faire courir?

— Je ne sais pas encore. Les courses vous intéressent?

— Oh, oui! Ma mère m'a dit que Kildare était le

centre des courses de chevaux irlandais. Je donnerais n'importe quoi pour voir le Curragh. Est-il resté comme à l'époque où elle vivait ici ?

— Oui, c'est un immense champ d'herbe grasse qui s'étend sur cinq mille acres sans un seul arbre.

— Johnny s'y connaît en chevaux, dit fièrement Esmeralda.

Encouragé par l'accueil chaleureux de Sean, Johnny s'enhardit :

— J'aimerais faire de l'élevage, mais mon père ne l'entend pas de cette oreille. Il veut que j'entre à l'Amirauté, bien que je déteste l'eau et que je souffre du mal de mer dès que j'ai le malheur de mettre un pied sur un bateau.

— Ah oui ? Et moi qui voulais vous emmener visiter mon voilier neuf...

Sean jeta à Esmeralda un regard appuyé, l'invitant en secret à le rejoindre à bord.

— Je préfère rester ici, avec les chevaux, si vous n'y voyez pas d'inconvénient, déclara Johnny.

— Faites comme chez vous, répliqua aimablement Sean. Il faudra que vous reveniez sans votre père. Je vous ferai visiter Greystones et je vous emmènerai au Curragh voir une course.

Le visage de Johnny s'illumina.

— Qu'est-ce que ça me plairait ! s'exclama-t-il en serrant impulsivement les mains de son hôte.

Rares étaient les jeunes hommes de son âge qui se montraient amicaux envers lui et il ne parvenait pas à croire que Sean O'Toole, capitaine de son propre bateau, le traitait en égal.

— Il est temps que j'aille retrouver les autres invités, s'excusa Sean.

Dès qu'il fut sorti, Johnny se tourna vers sa sœur.

— Cet endroit est fabuleux ! Tu t'amuses ?

Esmeralda plissa le nez.

— Je m'amusais avant que tu nous interrompes.

— Tu n'aurais pas dû rester seule avec lui.

— Tu ne nous en as pas laissé l'occasion !

— Désolé ! Allez, file le rejoindre !

Kathleen dévala l'escalier dans une envolée de jupes.

— Vous voilà ! Je vous cherchais, ma chérie ! s'écria-t-elle en prenant les mains d'Esmeralda dans les siennes. Suivez-moi, j'aimerais vous dire deux mots en privé.

Elle entraîna Esmeralda à l'écart et elles s'installèrent sur une petite banquette capitonnée placée devant l'une des fenêtres du vestibule ouverte sur le jardin.

— Je suis Kathleen O'Toole, dit-elle en lui tendant un verre. Et j'ai hâte de savoir comment se porte ma chère cousine Amber.

C'était donc la mère de Sean ! Esmeralda but une gorgée de vin.

— Ma mère va bien, mais elle se languit de revoir son pays. Mon père l'en empêche... Il a peur, sans doute, qu'elle ne revienne jamais.

L'innocence de l'aveu émut Kathleen.

— Votre maman est une femme superbe. Comment reprocher à votre père de se montrer possessif ?

— Le clan FitzGerald lui manque cruellement. J'ai essayé de lier amitié avec mes cousines, mais elles me battent froid parce que je suis à demi anglaise.

Kathleen admira l'exquise créature, fine et gracieuse comme un elfe dans sa robe de velours. Pas étonnant que les FitzGerald lui aient fait grise mine. Elles devaient être jalouses comme des tigresses.

— Ma chère enfant, il leur a suffi de vous voir pour comprendre que vous alliez leur voler la vedette. Retournez danser et amusez-vous. N'est-ce pas l'anniversaire de mes garçons ?

Esmeralda finit son vin délicieux.

— J'ai rencontré votre fils à Anglesey où il venait pour ses affaires avec l'Amirauté, osa-t-elle lui confier.

Elle baissa les yeux en battant des cils et ses joues rosirent sous le regard scrutateur de Kathleen. Leur attention fut alors attirée par une haute silhouette descendant le grand escalier. Esmeralda, croyant qu'il s'agissait de Sean, retint sa respiration.

— Joseph! appela Kathleen. Cette jeune personne de ta connaissance aimerait retourner danser.

Joseph tourna la tête et s'efforça de rester courtois.

— Je m'apprêtais à aller faire un tour sur mon schooner, dit-il avec un sourire d'excuse, impatient de réunir son équipage et de hisser les voiles.

— Cela tombe bien! Cette charmante jeune fille adore les promenades en mer.

Joseph ne voyait pas Esmeralda à cause du contre-jour, mais dès qu'ils furent dehors, il s'étonna de ne l'avoir jamais remarquée parmi ses cousines.

— Est-ce qu'on se connaît, jeune demoiselle?

— Non, mais j'ai rencontré votre frère Sean, dit-elle.

— J'aurais dû m'en douter. Il fait toujours perdre la tête aux filles les plus belles. Il doit être à bord de son schooner. Venez.

Esmeralda sentit son cœur s'emballer en imaginant Sean à la barre de son voilier.

— Méfiez-vous de ce vil séducteur! l'avertit-il avant de partir à la recherche de son équipage.

Quand William Montagu aperçut sa fille au bras de l'aîné des O'Toole, il se pencha vers Shamus.

— Les dieux sont avec nous. Joseph aurait tout intérêt à épouser une Anglaise, particulièrement la nièce du vice-trésorier de l'Irlande.

Espèce de vieux filou! Si Joseph n'était pas l'héritier d'un comté, tu ne tiendrais pas ce langage...

— L'idée mérite qu'on y accorde attention, William. J'en parlerai à Kathleen. Cela dit, je vous préviens : la décision appartiendra au seul Joseph. Mes fils sont des hommes, c'est à eux de prendre leur vie en main.

Esmeralda n'était pas la seule à chercher Sean. Bridget FitzGerald jugeait le moment venu d'offrir à Sean son cadeau d'anniversaire. Certaine que son nouveau bateau l'attirerait comme un aimant, elle le guetta près du schooner. Effectivement, elle le vit arriver sur la jetée et attendit qu'il fût monté à bord pour le rejoindre.

Sean ouvrit le journal de bord où il consigna ses premières impressions. Des pas résonnèrent sur le pont et il leva les yeux, espérant qu'il s'agissait d'Esmeralda. Mais non, c'était Bridget dans sa robe blanche de novice, et l'idée que cette jeune délurée se destinait au couvent alluma dans ses yeux une lueur de gaieté.

— Joyeux anniversaire, Sean ! lança Bridget en lui tendant un paquet. C'est une chemise.

— Quelle bonne idée, Biddy ! répondit-il en déballant le vêtement de lin fin.

— Essaie-la, je voudrais voir si elle n'est pas trop étroite pour tes larges épaules.

Avec un sourire étincelant, Sean se mit torse nu. Aussitôt, la jeune fille se jeta contre lui.

— Sean, finalement, je ne compte pas vouer ma vie au Christ !

— Comment ? Mais c'est un sacrilège ! s'exclama Sean en éclatant de rire.

A cet instant, Esmeralda monta à bord. Ne voyant personne sur le pont, elle hésita puis descendit.

— Sean ? appela-t-elle. Vous êtes là ?

Embarrassé, Sean fit signe à Bridget de se taire et se rhabilla à la hâte. Refermant la porte de la cabine, il entraîna Esmeralda dans la direction opposée.

— Je sais que vous auriez préféré faire visiter

votre bateau à mon frère, le défia-t-elle de ses yeux verts pétillants de malice.

— Je savais que vous viendriez, s'enhardit-il.

— Je n'ai pas pu résister... à voir votre voilier.

— C'est à moi que vous ne pouvez résister, Esmeralda.

— Pas du tout. Je n'avais jamais vu de schooner flambant neuf, dit-elle en glissant un regard dans l'échancrure de sa chemise.

Comme dans son rêve, une exquise sensation d'anticipation la parcourut.

— Je suis sûr qu'il y a beaucoup de choses que vous ne connaissez pas encore.

Il brûlait de la toucher. Il tendit la main et effleura la fourrure qui bordait l'encolure de la robe de velours avant de lui caresser la joue, la gorge, les épaules.

Profondément troublée, Esmeralda laissa errer ses doigts sur les broderies qui ornaient sa chemise. Fascinée par la peau brune qu'elle entrevoyait, elle s'aventura à poser les doigts sur son cœur. Il battait fort, comme sous l'effet d'une émotion violente. Sean se pencha lentement vers elle pour capturer ses lèvres et elle comprit enfin qu'elle ne rêvait pas.

Sa bouche était ferme, exigeante. Elle entrouvrit celle de la jeune fille pour en goûter la saveur. Il sembla s'en délecter et le baiser se prolongea, se prolongea... Quand il la lâcha enfin, Esmeralda se sentait complètement étourdie.

— Votre bouche a le goût enivrant du vin et de la femme, murmura-t-il d'une voix rauque, prêt à l'attirer de nouveau contre lui.

Un courant incontrôlable courait dans tout le corps d'Esmeralda et elle comprit, légèrement choquée, qu'il s'agissait de la flamme du désir. Déconcertée, elle recula pour tenter de reprendre ses esprits.

— Ce... ce bateau est vraiment magnifique, brédouilla-t-elle en regardant autour d'elle. C'est la cabine du capitaine ?

Avant qu'il ait pu l'en empêcher, elle ouvrit la porte et se figea. Bridget FitzGerald avait ôté sa robe de novice. Entièrement nue, elle était étendue sur la couchette dans une pose lascive.

— Je pensais que tu te serais débarrassé d'elle, ironisa-t-elle.

Esmeralda couvrit sa bouche de sa main pour ne pas crier. Elle comprit pourquoi la chemise de Sean O'Toole était ouverte... Il devait être en train de se rhabiller quand elle était venue le déranger...

— Vous... vous étiez en train de... forniquer !

Sean mesura l'ampleur du malentendu dont il était victime mais il ne put s'empêcher de céder à l'humour de la situation.

— Vous passez décidément beaucoup de temps dans les encyclopédies, jeune Anglaise !

— Ooh ! s'écria-t-elle en s'enfuyant dans une volte-face.

— Esmeralda ! la rappela-t-il.

Brusquement, Sean n'avait plus envie de rire.

— Regarde ce que tu as fait ! jeta-t-il sèchement à Bridget dont les avances ne l'amusaient plus du tout. Tu ne pouvais pas te comporter comme une lady, pour une fois ?

Avec un soupir rageur, il s'élança derrière Esmeralda.

Aveuglée par les larmes, elle cherchait la passerelle pour quitter l'*Enfer* mais, dans sa précipitation, elle avait pris le chemin inverse, celui de la proue. Elle se retourna et se retrouva face à Sean. Il lui bloqua le passage.

— Esmeralda, ne vous sauvez pas. Vous vous méprenez, ce n'était rien.

— Ce « rien » signifie sans doute que cela se produit tous les jours ?

Les cheveux en désordre, Esmeralda fixait celui

qui hantait ses nuits depuis l'instant où elle l'avait rencontré avec des yeux flambants de colère. Eblouie par sa beauté rare, elle l'avait pris pour le Prince Charmant.

Sean avait conscience que l'innocence de la jeune fille venait de souffrir cruellement, mais d'un autre côté, il se réjouissait de la découvrir aussi candide et pure.

— Vous êtes plus belle que jamais quand vous êtes en colère, murmura-t-il.

Remarque qui eut le don de mettre un comble au courroux d'Esmeralda.

— Je hais l'Irlande et tous les Irlandais, mais par-dessus tout, je vous hais, Sean O'Toole! jeta-t-elle avec passion.

Il n'en fallut pas plus à Sean pour succomber à sa beauté si fière. Il l'attira dans ses bras et s'empara de ses lèvres pour s'abreuver de l'élixir ensorcelant de la fureur où se mêlaient dédain et candeur.

Esmeralda ne put résister mais quand il la lâcha, elle le gifla à toute volée.

Pris de court et surpris par la violence du soufflet, il lui saisit les poignets. Comment cette minuscule jeune fille pouvait-elle le rendre aussi furieux et l'enchanter en même temps? Il la plaqua contre lui et plongea son regard de nuit dans le vert de ses yeux.

— Un jour, ma reine, je vous donnerai une bonne raison de me gifler comme vous venez de le faire!

L'attention de Sean fut soudain attirée par la *Géhenne* qui quittait le quai. Il se pencha sur la rambarde et appela son frère.

— Où vas-tu, nom d'un chien?

Joseph mit ses mains en porte-voix:

— Devine!

— Tu es fou? cria Sean, comprenant qu'il se rendait à Anglesey. Reviens!

Il songea un instant à le poursuivre mais, s'il le rattrapait, Joseph passerait un mauvais quart d'heure.

Il soupira. *Que le diable t'emporte, Joseph. Tu joues avec le feu!*

Il se retourna. Esmeralda avait disparu.

6

Kathleen alla jeter un coup d'œil aux agneaux qui rôtissaient dans les cuisines, puis rejoignit son mari qui surveillait dehors la cuisson des cochons de lait.

— Où est Joseph? demanda Shamus.

— Il a emmené la jeune Esmeralda faire un tour sur son voilier. Ils ont l'air de se plaire, tous les deux.

— Qu'est-ce que je vous avais dit! s'exclama Montagu avec un clin d'œil.

— Et où est Sean? s'enquit Shamus.

— Aux écuries, avec les FitzGerald et John Montagu. Ils organisent une course de chevaux. Bon, tu penses que les cochons seront prêts en même temps que les agneaux?

— Oui, mon amour. Paddy Burke vient d'attiser les feux.

Shamus regarda Kathleen rejoindre ses sœurs, le cœur gonflé de fierté. Pas une femme, dans six comtés à la ronde, ne lui arrivait à la cheville. Se tournant vers son beau-père et William Montagu, il s'écria :

— Les frères Murphy ont prévu un match de boxe cet après-midi. Vous qui aimez les paris, faites voir un peu la couleur de votre argent!

Jack Raymond bouillait d'envie. On lui répétait depuis toujours que les Irlandais étaient un peuple opprimé vivant dans un pays opprimé, ce qu'il trouvait parfaitement justifié : les Irlandais étaient des êtres inférieurs. Or, les FitzGerald et surtout les O'Toole faisaient mentir cette théorie.

Son père avait beau être un aristocrate anglais, la fortune favorisait de ses bienfaits les fils d'un simple paysan irlandais. Sean et Joseph O'Toole avaient tout : beauté, force, intelligence, richesse. De plus, ils vivaient au sein d'une famille unie qui les entourait d'affection. Quelle injustice ! Mais ce que Jack enviait le plus, c'était leur aptitude au bonheur.

Ces gens avaient une façon de profiter de la vie qu'il trouvait insupportable. Ils mettaient de la passion dans tout ce qu'ils faisaient, qu'il s'agisse de boire, de manger ou de danser. Et ils ne cessaient de rire, comme s'ils se fichaient éperdument d'être méprisés par les nations civilisées.

Jack n'allait certes pas s'abaisser à se joindre à ces vulgaires réjouissances. Il resterait à l'écart, en observateur. Il regrettait d'être venu, mais surtout, surtout, il aurait donné ce qu'il avait de plus cher au monde pour qu'Esmeralda ne voie pas cet étalage de bonheur éhonté. Jack la convoitait en secret et la tenait pour sienne. Il la désirait à cause de sa beauté... et du nom qu'elle portait. Or il venait de se découvrir deux rivaux de taille : Sean et Joseph O'Toole.

Johnny Montagu n'avait jamais été aussi heureux de toute sa vie. Chose inouïe, les Irlandaises semblaient le trouver à leur goût. Il sentait confusément que ses vêtements, sa façon de parler, sa nationalité le rendaient différent, mais les jeunes filles appréciaient apparemment cette différence. Elles ne le lâchaient pas d'une semelle, l'interrogeant sur Londres, buvant ses paroles. Devançant ses moindres désirs, elles couraient lui chercher qui un verre, qui une part de gâteau. Voulait-il danser, il n'avait que l'embarras du choix. Il fixa son dévolu sur une jolie blonde qui se prénommait Nan.

Pour ajouter à son bonheur, Sean O'Toole lui proposa un cheval pour concourir et lorsqu'il arriva deuxième, Nan le félicita en lui volant un baiser. Johnny Montagu songea que l'Irlande était le paradis sur terre.

Amber, elle aussi, était au septième ciel. Ne portant que les boucles d'oreilles d'ambre que lui avait offertes Joseph, elle s'étirait sur le lit dans un abandon délicieux.

— J'ai une autre surprise pour toi, ma beauté, murmura Joseph contre sa gorge. Je vais aller en Angleterre.

N'osant y croire, Amber retint son souffle.

— Le plus drôle, figure-toi, c'est que je suis invité par William.

— William ?

Une ombre voila son magnifique regard. Joseph lui caressa les cheveux.

— La perspective de ton prochain départ me rendait à moitié fou, mais ton mari a résolu le problème. Il m'a convié à Londres pour que j'étudie de près la politique anglaise.

— Oh, Joseph, promets-moi d'être prudent ! Si jamais il soupçonnait quoi que ce soit, il te tuerait !

— M'aurait-il offert l'hospitalité s'il se doutait de quelque chose ?

— Il ne faut pas que tu habites chez nous. Loue une maison où je pourrai venir te rejoindre.

Il s'agenouilla dans sa nudité de jeune dieu grec.

— Rejoins-moi maintenant.

— Que Dieu me pardonne, mais je t'aime tant, Joseph ! Possède-moi encore une fois, mais jure-moi de t'en aller pendant que je n'aurai plus la force de te retenir.

A Greystones, leur assiette à la main, les convives attendaient que Mary Malone, Paddy Burke et Shamus O'Toole aient fini de découper agneaux et cochons tendres à souhait.

Sean maudissait secrètement la grossièreté de son frère. Disparaître ainsi le jour de son anniversaire! Pour compenser, Sean se faisait un point d'honneur de dire un mot aimable à chacun, de lever son verre avec les uns et les autres, bien qu'il sentît croître sa fureur.

Shamus resservit William et Jack.

— Et vos matelots, William?

— Le *Defense* est équipé d'une cuisine. Ils prennent leur repas à bord.

— Ah non, pas aujourd'hui! Jack, soyez gentil d'aller les chercher pour qu'ils viennent goûter au cochon grillé et boire une pinte d'ale.

— Et profites-en pour vérifier si Joseph O'Toole est revenu avec ma fille, dit Montagu.

Jack se raidit à l'idée qu'Esmeralda avait eu la permission d'aller faire une promenade en tête à tête avec son rival.

— Ne vous inquiétez pas, elle ne risque rien avec notre Joseph, déclara Shamus.

— Je l'espère, sinon il ne nous restera plus qu'à les marier avant ce soir! répliqua Montagu, ne plaisantant qu'à moitié.

Quand Jack monta à bord du *Defense* pour envoyer les hommes se distraire, il eut la surprise de trouver Esmeralda recroquevillée sur les marches de l'escalier menant aux cabines.

— Que faites-vous ici toute seule, Esmeralda?

Elle leva vers lui des yeux pleins de défi.

— Je voulais être seule. Je préfère ma propre compagnie à celle de la racaille!

Il descendit quelques marches et s'assit près d'elle.

— Tout le monde vous croyait partie pour une promenade en mer avec Joseph O'Toole.

— Jamais je n'irais en mer avec un O'Toole, fût-il le dernier homme sur terre! Ce sont des goujats dépourvus de manières et de sens moral!

— Ils ne sont même pas dignes de cirer vos bottes. Ce sont des sauvages.

— Qui vous a demandé votre avis? Ma mère est irlandaise, l'auriez-vous oublié?

Esmeralda était prête à décharger sa bile sur le premier venu pour soulager son cœur.

Petite garce! jura Jack en silence. Son père et son oncle avaient raison lorsqu'ils imposaient aux femmes une soumission totale. L'envie lui démangeait de la réduire à merci. Mais elle ne perdait rien pour attendre. Un jour viendrait où il la mettrait à genoux devant lui.

— Il se fait tard, je ne peux vous laisser seule ici dans le noir.

— Gardez votre pitié. Allez plutôt dire à mon père que je suis prête à partir.

Ils se turent soudain. Un bateau approchait. Ils reconnurent le bruit de l'ancre plongeant dans l'eau sombre, des voiles que l'on amenait. Tout à coup, la voix coléreuse de Sean retentit:

— Eh bien, ce n'est pas trop tôt! A quoi joues-tu, Joseph? Pendant que tu honorais ta catin, j'ai dû justifier ton absence auprès de tous nos invités.

— Surveille ton langage, mon cher frère. Amber n'est pas ma catin. C'est la femme que j'aime.

— Allons, sois honnête, Joseph! Si tu l'aimais, tu ne l'exposerais pas à de tels risques. Montagu la tuerait si jamais il découvrait votre petit trafic.

Esmeralda crut qu'elle allait suffoquer. Jack lui emprisonna les mains et la plaqua contre lui.

— Silence! ordonna-t-il.

Des mensonges! Rien que des mensonges! ne cessait-elle de se répéter, éperdue.

— Montagu n'en saura rien, poursuivit Joseph. Il est trop occupé à troquer ses armes contre des espèces sonnantes et trébuchantes. Bon sang, pourquoi ces fusils n'ont-ils pas été transférés dans les chariots de Maynooth?

— Qu'est-ce qui te prend de crier comme ça? Tu ne vois pas que le *Defense* est encore là? Nous ne pouvons charger les chariots tant que Montagu n'est pas parti.

Jack Raymond se sentait quasiment pris de vertige devant ces révélations. Savoir égale pouvoir. Il s'abandonna à une douce griserie. Il allait répéter incontinent à Montagu une partie des informations qu'il venait de surprendre; il garderait le reste pour la bonne bouche. Reprenant brusquement pied dans la réalité, il s'aperçut qu'Esmeralda agrippait à deux mains le devant de son uniforme. Une violente envie de rire le prit. Elle qui ne voulait pas entendre le moindre mot contre sa mère, elle était servie!

Esmeralda pensa mourir de douleur. En l'espace d'un après-midi, son univers, son bonheur, ses illusions venaient de voler en éclats, brisés à jamais à cause d'un Irlandais! Que Dieu les maudisse tous, jusqu'au dernier!

— Esmeralda, vous devez retourner au manoir pour prendre congé de vos hôtes.

— Je ne peux pas...

— Donnez-moi le bras. Je resterai près de vous.

Jack ramassa sa capeline et lui en enveloppa les épaules. Hagarde, Esmeralda le suivit sans protester. Rires et musique lui écorchèrent douloureusement les oreilles. Comme elle regrettait d'être venue au château des Mensonges!

William Montagu observa sa fille avec des yeux neufs.

— Je suis fier de toi. Tu as fait honneur à notre nom, aujourd'hui.

— Père, j'aimerais rentrer, murmura-t-elle.

— Comment? Tu ne veux pas danser? Mmm, tu as peut-être raison. Une lady ne doit pas se donner en spectacle. Jack, va chercher John, nous rentrons.

Esmeralda fit ses adieux à leurs hôtes dans un état second, un sourire figé aux lèvres. Elle n'entendit pas les plaisanteries de Shamus, ne sentit pas le baiser que Kathleen posa sur sa joue.

Pendant la traversée, Johnny fut intarissable. Greystones avait fait sur lui une profonde impression. Il n'était plus le même. Etreignant le bastingage, Esmeralda l'écoutait d'une oreille distraite. Elle comprit seulement qu'il était tombé éperdument amoureux de l'Irlande et de tout ce qui s'y rapportait.

Sur le gaillard d'arrière, Jack faisait un rapport expurgé à Montagu.

— Greystones possède une chapelle privée où on célèbre la messe catholique. J'ai également appris que les fusils seraient transportés à Maynooth cette nuit dans des chariots.

— Il n'y a pas grand-chose que j'ignore des O'Toole et des FitzGerald, Jack, répondit tranquillement Montagu.

Mais ça, je l'ignorais, se dit-il. *Bon Dieu, ce satané comte de Kildare est mouillé jusqu'au cou dans la sédition!*

Jack garda pour lui le plus croustillant — la liaison adultérine d'Amber. Il pourrait faire chanter tant de monde, y compris Amber, avec une révélation pareille, qu'il ne savait comment procéder. Pour l'instant, mieux valait garder cette carte dans sa manche et ne l'abattre que lorsqu'il aurait la partie bien en main.

Dès qu'Amber vit le visage de sa fille, elle comprit qu'un drame s'était produit. Esmeralda, pâle comme une morte, tenait à peine sur ses jambes.

William, en revanche, affichait un air satisfait qui ne lui disait rien qui vaille. Quant à Johnny, il ne cessait de parler des chevaux des O'Toole. Elle devina qu'ils avaient bu et se demanda si c'était cela qui bouleversait sa fille.

— Esmeralda? dit-elle doucement.

La longue frange de cils noirs se souleva pour révéler le vert intense et brûlant des prunelles.

— Mère? jeta-t-elle d'un ton accusateur, plein de mépris.

Amber frémit jusqu'au plus profond d'elle-même. Le lien très fort qui avait toujours uni mère et fille, quelque chose l'avait-il brisé aujourd'hui? Se sentant gagnée par l'appréhension, elle se tourna vers son fils :

— John, je suis si heureuse que tu te sois amusé! Tu me raconteras tout demain matin.

Un nouveau regard d'Amber à sa fille confirma ses craintes. *Quelqu'un l'a gravement blessée. Mon Dieu, que lui a-t-on fait?* Et son mari qui semblait impatient de lui annoncer une nouvelle...

— Souhaites-tu me dire quelque chose, William?

— Oui, en effet. J'ai convaincu Shamus O'Toole de fiancer Esmeralda et son fils Joseph. Je te présente la future comtesse de Kildare!

Amber tourna des yeux incrédules vers sa fille qui semblait elle-même stupéfaite.

— Joseph? C'est impossible! s'écria Amber.

— Non! s'exclama Esmeralda.

Elle fit quelques pas chancelants vers son père, puis tomba sans connaissance sur le sol.

Amber se précipita auprès d'elle et lui tint la tête.

— Elle est malade!

— Mais non, dit Montagu en soulevant sa fille et en grimpant l'escalier d'un pas mal assuré. Elle s'est trop amusée, c'est tout.

Il la déposa sur son lit et dès qu'il eut quitté la

chambre, Esmeralda ouvrit les yeux et repoussa sa mère qui tentait de lui ôter sa robe.

— Ma chérie… tu t'es évanouie.

— Je vais mieux. Laisse-moi seule, murmura Esmeralda.

Elle lut dans les yeux de sa mère un même chagrin, aussi insupportable que le sien.

— Nous parlerons demain, dès que ton père sera parti, dit Amber. Repose-toi, ma chérie.

Esmeralda tourna la tête vers le mur, priant de toute son âme pour se réveiller le lendemain et découvrir que cette épouvantable journée n'était qu'un affreux cauchemar.

En proie à l'inquiétude, Amber rejoignit son mari dans leur chambre et réunit tout son courage pour l'affronter.

— Esmeralda est trop jeune pour se marier, William.

Il détailla ses courbes voluptueuses d'un regard concupiscent.

— Tu n'avais même pas son âge quand tu m'as pris au piège.

— C'était différent. J'étais beaucoup plus mûre qu'Esmeralda.

— Ne t'inquiète pas, ma chère, je n'ai fait que semer une graine. Mais c'est une graine que j'ai l'intention de voir germer. Fais les bagages ; nous rentrerons à Londres dès que j'aurai réglé mes affaires. Nous allons accueillir sous peu le futur comte de Kildare.

Ah, voilà donc ce qu'il a derrière la tête ! Il n'a choisi Joseph que parce qu'il est l'héritier de Kildare !

Montagu s'avança vers Amber et lui pressa les seins.

— Et tu as un rôle capital à jouer dans cette affaire. Si la douce petite Esmeralda n'arrive pas à attirer ce jeune démon, je doute qu'il résiste à tes charmes.

7

Esmeralda ferma les yeux, trop épuisée nerveusement pour vouloir ajouter foi à ces calomnies au sujet de sa mère et de Joseph, pas plus qu'à ce mensonge concernant ses fiançailles.

Elle sombra dans un sommeil salvateur et se laissa bercer par son rêve, toujours le même...

... Elle était étendue sur le sable brûlant. Une joyeuse impatience, portée par la brise marine, s'emparait peu à peu d'elle. Son prince était en route.

Elle garda les yeux fermés jusqu'à ce qu'un frôlement à peine perceptible, un battement d'aile, lui chatouillât les lèvres. Elle sourit et souleva lentement les paupières. Agenouillé devant elle, il l'observait, ses yeux gris pétillant de gaieté. Esmeralda se mit à genoux, son regard rivé au sien.

Leur besoin fiévreux de se toucher rendait toute parole inutile. D'un même geste, ils s'effleurèrent la joue, le cou, l'épaule... Elle sentit son cœur battre sous sa main. Il était l'homme de ses rêves, son prince irlandais. Il se pencha mais au moment où il allait capturer ses lèvres, il murmura :

— *Je vais te donner à Joseph.*

— *Je ne veux pas de ta catin, je veux la mienne, Amber ! exigea Joseph.*

— Non, non ! Nous ne sommes pas des catins ! cria Esmeralda en ouvrant les yeux dans l'obscurité.

Son rêve ! Son rêve merveilleux était lui aussi devenu laid...

Au matin, Esmeralda sortit dès les premiers rayons du soleil. Elle ne voulait pas affronter sa mère, ni même se trouver sous le même toit qu'elle. Elle n'aspirait qu'à être seule, qu'à se réfugier dans le secret de sa grotte de cristal.

Dans son bureau de Liverpool, William Montagu vérifiait les comptes concernant les sommes versées par l'Irlande dans un registre auquel Jack n'avait pas accès. Montagu n'était pas fou au point de partager avec son frère tous ses gains mal acquis. Le comte de Sandwich avait le titre, William l'intelligence et la ruse.

Il n'était pas mécontent à l'idée de quitter Liverpool. C'était le port le plus sale de toute l'Angleterre. Même les maisons closes étaient de seconde classe. Il nota le montant au bas de la page et ferma le registre. Avant de rentrer à Londres, il ne lui restait plus qu'à collecter les redevances de l'Irlande. Un rapide voyage jusqu'à Dublin Castle lui suffirait pour s'acquitter de cette tâche. Il récupérerait ensuite sa famille à Anglesey.

Ses yeux bouffis s'étrécirent quand il repensa au schooner de Joseph O'Toole. Shamus avait refusé d'engager l'un de ses bateaux dans une affaire de transport d'esclaves, mais le jeune Joseph lui semblait plus facile à convaincre. Il le sonderait lorsqu'il serait à Londres. Une chose était sûre : quand le vieux FitzGerald serait mort et que Joseph entrerait en possession de son titre, plus un seul gramme d'or n'échouerait dans les caisses de l'Irlande et de sa cause perdue. En tout cas, pas tant qu'il aurait son mot à dire sur la question.

Une idée se mit à poindre dans le cerveau diabolique de William Montagu. Il se servit un verre de whisky tout en examinant les conséquences de son plan sous tous les angles. Un sourire joua lentement sur ses lèvres, découvrant des dents jaunies. Peut-être Joseph entrerait-il en possession de son titre plus tôt que prévu, tout compte fait…

Une semaine s'était écoulée depuis la dernière visite de Joseph à Amber. Elle lui manquait de plus en plus et son humeur s'en ressentait. Shamus laissa libre cours à son irritation.

— Tu n'as pas desserré les dents de la semaine, lui reprocha-t-il. Si tu allais chercher une cargaison aujourd'hui?

— Je comptais aller m'acheter de nouveaux vêtements à Dublin. Je ne peux partir pour Londres avec mes vieilles guenilles.

— S'il s'agit des munitions qu'il faut récupérer à Anglesey, j'y vais, décida Sean.

— Anglesey? s'enquit aussitôt Joseph. Je m'en charge.

— Il vaudrait mieux que j'y aille, insista Sean.

Shamus réprima un sourire.

— Laisse faire Joseph. Il veut revoir la belle Montagu.

Joseph blêmit avant de se tourner lentement vers son frère. *Seigneur, je ne peux pas croire que tu m'aies trahi!*

— Il veut parler d'Esmeralda, précisa Sean.

— Esmeralda? répéta Joseph sans comprendre. Qui est-ce?

— La jeune personne que tu as emmenée sur ton bateau, expliqua Shamus. La fille de Montagu à qui il aimerait te fiancer.

— Sa fille? dit Joseph, interdit.

— Sa fiancée? demanda Sean.

— Etiez-vous tellement ivres que vous ne vous souveniez de rien? fit Shamus en se levant, soupçonnant ses fils de se payer sa tête comme ils se plaisaient souvent à le faire. Décidez-vous pour savoir lequel de vous deux ira à Anglesey. J'ai du travail.

Les deux frères se regardèrent, incrédules.

— Montagu veut me fiancer à sa fille?

— Il faudra d'abord me passer sur le corps! déclara théâtralement Sean.

— C'est décidé, je vais à Anglesey, dit Joseph. Je dois prévenir Amber de ce que mijote son vieux porc de mari.

Sean se rendit à cet argument. Montagu regagnait Londres ce week-end. Plus tôt Amber serait hors de portée de Joseph, mieux cela vaudrait. Il commençait à se demander s'il était bien raisonnable que son frère aille à Londres.

Il se pencha ensuite sur ses propres sentiments envers Esmeralda. Cette histoire de fiançailles avait éveillé en lui des élans possessifs des plus inattendus. Qu'éprouvait-il pour elle exactement ? Il se souvint de leur première rencontre, de sa beauté qui l'avait subjugué, de ses propos qui dénotaient un esprit vif et profond, une riche imagination. Puis il se souvint de la gifle qu'elle lui avait donnée, le jour de son anniversaire. Une lueur d'amusement pétilla dans ses yeux. Machinalement, il se frotta la joue. Un homme n'oubliait sans doute jamais la première femme qui le giflait...

Pendant que Joseph O'Toole faisait voile vers Anglesey, William Montagu était reçu avec tous les honneurs à Dublin Castle par sir Richard Heron, l'officiel envoyé par Londres pour assister lord Castlereagh, le premier secrétaire chargé de l'Irlande.

Une fois réglée la question des redevances, Montagu sollicita un entretien privé avec lord Castlereagh. Ce dernier était chargé de maintenir la paix en Irlande. Pour l'heure, sa tâche se compliquait. Des insurrections avaient éclaté dans quatre comtés. Castlereagh avait immédiatement envoyé des soldats anglais pour étouffer dans l'œuf toute menace de révolution générale.

Dès qu'il fut seul avec Castlereagh, Montagu ne perdit pas de temps en préambules.

— Je détiens des informations qui pourraient se révéler capitales pour vous, dit-il.

— Et combien me coûteront-elles, Montagu? s'enquit le secrétaire en chef avec cynisme.

William prit un air offensé.

— Mais pas un sou, milord! Je n'agis que par loyauté envers la Couronne, ainsi que me le dicte mon devoir.

— Alors parlez, Montagu. La situation s'aggrave d'heure en heure. L'insurrection s'étend de Belfast à Cork.

— Mes informations concernent ce fameux capitaine Moonlight.

— Le capitaine Moonlight! explosa Castlereagh. Il y en a des douzaines comme lui à armer les paysans et à les inciter à la sédition!

— Je n'en doute pas, milord. Mais si vous n'en appréhendiez ne serait-ce qu'un seul, vous n'auriez pas de mal à lui arracher les noms des autres.

— Vous n'imaginez pas à quel point les Irlandais perdent leur langue dès qu'il s'agit de préserver leur clan. Ils se serrent tous les coudes. Bon, venons-en au fait. Qui est ce capitaine Moonlight?

— Il s'agit d'un noble très puissant. Vous comprendrez que je doive garder un anonymat total dans cette affaire.

— Vous avez ma parole.

Deux gardes armés de Dublin Castle transportèrent le coffre-fort à bord du *Swallow*. Comme le bateau sortait du port, Montagu se sentit l'âme patriotique. Après tous les mauvais services rendus à son pays, aujourd'hui il se rachetait. Qu'il en tirât profit par la même occasion le comblait d'aise. Rien n'était plus agréable que ce sentiment grisant de donner un coup de pouce au destin pour faire pencher la balance en sa faveur.

— Tu n'aurais pas dû venir. Ce n'est pas bien, Joseph. Nous devons cesser de nous voir.

— Tais-toi, Amber! Jamais je n'ai ressenti ça auparavant. Je ne peux pas tirer un trait sur notre amour comme sur une vulgaire aventure.

L'ombre d'Esmeralda se dressait entre eux.

— Je pourrais être ta mère, dit-elle pitoyablement.

— Seigneur, tu as à peine plus de trente ans! Tu es jeune, Amber, pleine de vie et mariée à un vieillard!

— J'ai peur qu'Esmeralda n'ait appris notre liaison quand elle était à Greystones. Elle me regarde à présent avec répugnance et elle quitte la maison à l'aube pour ne rentrer qu'au crépuscule, comme si l'idée de rester sous le même toit que moi lui était insupportable.

— Je ne sais même pas à quoi ressemble ta fille, Amber. Ce projet de nous fiancer est grotesque.

— J'ai dit à William qu'elle était trop jeune. Joseph, nos bagages sont prêts, nous rentrons demain.

— J'irai à Londres, dit-il d'un ton sans réplique.

Amber plongea un regard plein de tristesse dans les beaux yeux bleus du jeune homme. Elle allait devoir lui faire entendre raison.

Mais Joseph sut déployer des trésors de persuasion bien supérieurs aux siens. Le sentiment qu'ils faisaient peut-être l'amour pour la dernière fois décupla leur ardeur. Ils s'étreignirent avec une passion désespérée, échangeant des serments, des promesses, se jurant un amour éternel.

Cédant à la douce langueur où l'avaient plongée leurs ébats, Amber s'assoupit. Joseph la contempla longuement, résistant au sommeil. Ses hommes avaient chargé les munitions à bord et étaient impatients de regagner Greystones sans encombre.

Au moment où la *Géhenne* bleu et or de Joseph émergeait de la rade de Menai Strait, William Montagu arpentait le pont du *Swallow* en fredonnant. Il avait presque doublé Anglesey quand une idée de génie lui était venue à l'esprit : pourquoi attendre le lendemain pour récupérer sa famille ? Autant passer la nuit avec Amber et fermer la maison dans la matinée. Plus il aurait mis de distance entre lui et l'Irlande quand le mandat d'arrêt serait lancé, moins Shamus risquerait de le soupçonner.

Il donna l'ordre de barrer au sud. Le *Swallow* contourna Penmon Point, dépassa Beaumaris Castle et s'engagea dans la rade de Menai Strait par l'est. Il aperçut la *Géhenne* et supposa que FitzGerald était venu prendre livraison des munitions.

Une fois débarqué, il gravit les marches taillées dans le roc en s'étonnant du silence qui régnait aux abords de la demeure. Sans doute Amber avait-elle déjà congédié les domestiques.

Des malles et des cantines étaient entreposées dans l'entrée. Les pièces désertes renvoyaient l'écho de ses pas. Dans l'escalier, une robe de soie jetée sur les marches attira son attention.

Il hâta le pas.

Quand il entra dans la chambre, il huma aussitôt l'odeur musquée de l'amour. Il s'arrêta près du lit, figé d'horreur. Sensuellement alangui dans le sommeil, le corps nu de sa femme portait encore la trace des plus lascifs abandons.

Amber s'agita, puis étendit un bras sur les draps froissés. Elle avait perçu le son de ses pas. Un sourire langoureux se dessina sur ses lèvres.

— Joseph ? murmura-t-elle.

Les traits décomposés par la rage, Montagu comprit tout sur l'instant. Tous les plans qu'il avait minutieusement échafaudés s'écroulaient. Cette traînée d'Irlandaise avait ruiné sa vie ! Non seulement elle le trompait, mais elle avait choisi pour amant l'homme qu'il destinait à sa fille ! Celui qui, par ses soins, allait se retrouver comte de Kildare bien avant l'heure ! C'était comme si l'Irlande tout entière se liguait contre lui. Maudit soit le jour où il avait posé les yeux sur Amber FitzGerald !

Le voile rouge de la haine obscurcit sa vision et une folie meurtrière s'empara de lui. Saisissant Amber par le cou, il lui écrasa le visage sur le drap encore humide de la semence de son amant.

— Putain ! rugit-il. Coucher avec un porc d'Irlandais dans *mon propre lit* ! Je vais te tuer !

Il prit sa cravache qu'il gardait toujours à portée de main sur la commode. La frayeur qu'il vit dans les yeux de sa femme décupla son désir de vengeance. Il se mit à la fouetter sauvagement, prenant un plaisir pervers à entendre ses cris. Quand elle voulut protéger ses seins de ses bras, il la frappa au visage. Elle lui abandonna donc son corps, sur lequel il s'acharna comme un dément.

Amber tenta de lui échapper en roulant sur le sol, mais il se mit à la bourrer de coups de pied. Bientôt les hurlements de la jeune femme se transformèrent en gémissements, puis elle perdit connaissance.

— Retourne dans ton pays ! Jamais tu ne reverras tes enfants !

Montagu lança un dernier coup de pied sur le corps inerte avant de cracher dessus et de quitter la chambre dont il ferma la porte à double tour.

— John ! Esmeralda ! cria-t-il du haut des marches.

Sa fureur ne faiblissait pas. L'idée de n'avoir pas su imposer sa loi à sa femme le mettait hors de lui. Au vrai, son foyer tout entier échappait à son contrôle, mais il allait y remédier sans délai. Où étaient ses enfants ? Il se rua dehors, hurlant leurs noms comme un forcené.

Esmeralda était dans la grotte de cristal quand elle entendit les vociférations paternelles. En proie à un sombre pressentiment, elle sentit la peur la gagner. Un peu plus tôt, elle avait aperçu le bateau de Joseph O'Toole à l'horizon et elle avait fui loin de la maison. Peu à peu, cependant, la colère qu'elle éprouvait envers sa mère cédait le pas à l'angoisse.

Son père ne devait pas rentrer avant le lendemain. Et s'il avait surpris Amber dans les bras de Joseph? Le cœur battant à se rompre, Esmeralda ramassa sa serviette et regagna la maison en toute hâte. Arrivée en vue de la jetée, elle constata avec soulagement que seul le *Swallow* était à l'ancre.

William Montagu aperçut sa fille le premier et n'en crut pas ses yeux. Elle ne portait qu'une chemise mouillée qui révélait outrageusement son corps! Ses longs cheveux noirs tombaient librement en mèches humides sur son dos et ses jambes étaient nues. Elle ressemblait à une fille à matelots! A une... A une Irlandaise!

Quand il se dirigea vers elle, la cravache à la main et le visage congestionné de rage, Esmeralda s'arrêta net.

— Va t'habiller! Tu n'as pas honte de te promener dans cette tenue?

Comme Esmeralda ne bougeait pas, il hurla, écumant de fureur:

— Eh bien? Tu entends ce que je te dis?

Galvanisée, la jeune fille s'élança vers la maison. Au passage, Montagu lui cingla les jambes de sa cravache. Réprimant un cri de douleur, elle accéléra l'allure et monta quatre à quatre l'escalier qui menait à sa chambre. Elle entendit ses pas derrière elle et, soudain, la peur qu'elle éprouvait pour sa mère balaya celle qu'elle éprouvait pour elle-même. Tremblant de tous ses membres, elle enfila un jupon et une robe.

La silhouette menaçante de Montagu se découpa dans l'encadrement de la porte.

— Où est maman ? souffla-t-elle.

A son grand effroi, elle vit le visage de son père se convulser de haine.

— Ne t'avise plus de prononcer son nom devant moi ! Cette traînée s'est enfuie avec son amant ! Un pouilleux d'Irlandais ! Elle est morte pour moi ! On s'en va tout de suite, monte sur le bateau !

— Où… où est Johnny ?

— Je vais le trouver !

Dès qu'il fut sorti, Esmeralda se laissa tomber sur son lit. Il avait découvert la liaison de sa mère et de Joseph O'Toole. Que s'était-il passé pendant qu'elle se cachait dans la grotte ? Jamais sa mère ne les aurait abandonnés, John et elle. Elle les aimait trop pour cela !

Esmeralda se mit à pleurer. *C'est ma faute si elle est partie. Je la dévisageais avec un tel dégoût qu'elle a dû penser que je ne l'aimais plus.* Comment sa mère avait-elle pu s'enfuir avec O'Toole ? Lui sacrifier ses enfants ?

Folle d'inquiétude, elle monta à l'étage supérieur où se trouvait la chambre d'Amber. Elle tourna la poignée. Fermée.

— Maman ? appela-t-elle doucement, la bouche collée au battant.

Seul le silence lui répondit. L'avait-il tuée ? Elle se baissa pour regarder par le trou de la serrure, mais elle ne vit que le lit défait. Elle se redressa lentement. La pièce était vide. Son père lui aurait-il dit la vérité ?

Des bruits lui parvinrent du rez-de-chaussée et elle regagna sa chambre à pas de loup. Après avoir mis ses affaires dans une petite malle, elle souleva sa robe pour examiner les marques que la cravache de son père avait imprimées sur ses jambes. Les chairs étaient rouges et tuméfiées. Sa mère aurait su quelles herbes appliquer pour soulager la douleur.

Elle enfila des bas, des chaussures, et se regarda dans le miroir. Ses cheveux presque secs bouclaient naturellement. Elle jeta un dernier regard à sa chambre. Sa vie de liberté allait lui manquer. Elle avait été heureuse ici jusqu'à ce jour fatal où elle était allée en Irlande. *Maman, pourquoi a-t-il fallu que tu sois irlandaise?*

Esmeralda descendit sa malle. L'équipage du *Swallow* emportait déjà les bagages entassés dans l'entrée. Soudain, elle se glaça. Son père hurlait encore. Cette fois, il s'en prenait à Johnny. Quand elle vit le visage de son frère, elle blêmit. La joue déchirée, Johnny semblait sur le point de s'évanouir.

— Esmeralda, dit-il d'une voix rauque.

— Je t'interdis désormais de l'appeler par ce nom ridicule! Un nom vulgaire d'Irlandaise! A partir d'aujourd'hui elle s'appellera Emma, un prénom décent, un prénom *anglais*!

Le regard haineux de son père la détailla.

— Et cache-moi cette tignasse immonde par la même occasion! ajouta-t-il.

— Oh, Johnny! Tu saignes! murmura-t-elle.

— Il s'appelle *John*! Je vais faire de lui un homme, dût-il y laisser sa peau! Et si jamais j'apprends que vous avez aidé votre traînée d'Irlandaise de mère à me cocufier, je vous tuerai tous les deux!

Emma écoutait son père, la mort dans l'âme. *Maman, pourquoi as-tu fait ça? Comment as-tu pu nous trahir en t'enfuyant avec un homme qui pourrait être ton fils!*

— Montez sur le *Swallow*! Je ne peux plus supporter votre vue. Je vous jure que j'effacerai toute trace de l'Irlande en vous, dussé-je vous écraser à coups de talon pour y parvenir!

8

Le cheval de Rory FitzGerald était couvert d'écume quand il pénétra dans la cour de Greystones.

— Où est ton père?

Sean s'apprêtait à dire à son cousin ce qu'il pensait de sa façon de traiter sa monture quand son expression l'arrêta. Il devina un problème.

— Parti à Belfast. Que se passe-t-il?

— Dieu du ciel…

— Entre, Rory! Il s'agit de grand-père?

Rory hocha le menton. Il aurait préféré annoncer la nouvelle à Shamus dont il admirait le sang-froid.

— Que se passe-t-il? s'alarma Kathleen en voyant le visage décomposé de Rory.

— On a lancé un mandat d'amener contre Edward. Quatre soldats en uniforme sont venus à Maynooth. Ils ont fouillé le château et les dépendances et ils ont trouvé les armes dans les caves secrètes.

Sean aurait préféré que Rory tienne sa langue devant sa mère.

— Je vais partir à la recherche de grand-père et lui faire quitter le pays, décida Sean.

— Sois prudent, mon fils. Ton père risque d'avoir une attaque.

— Les soldats sont-ils toujours à Maynooth?

— Deux d'entre eux sont restés pour attendre ton grand-père. Les deux autres sont repartis avec les armes, répondit Rory.

Sean fit quérir Paddy Burke et le mit aussitôt au courant.

— Bon sang! Ton père est parti transmettre des informations du comte pour Wolfe Tone.

— Si vous savez où est mon grand-père ou comment lui faire parvenir un message, dites-le-moi, monsieur Burke, je vous en conjure !

Paddy Burke hésita. Shamus l'étranglerait si jamais ses fils se trouvaient mêlés à la rébellion.

— Monsieur Burke, il faut absolument que je le fasse sortir d'Irlande. On l'attend à Maynooth pour l'arrêter !

— Notre contact à Dublin est Bill Murphy. Il habite Thomas Street.

Ainsi le père des frères Murphy faisait lui aussi partie des rebelles, songea Sean. Mais au fond, était-ce tellement surprenant ? Les deux frères avaient épousé des FitzGerald.

— Ma mère est bouleversée. Je file à Dublin, mais je tâcherai de vous apporter des nouvelles dès que possible.

Sean trouva Edward FitzGerald assis dans le salon des Murphy comme si de rien n'était.

— Grand-père, un mandat d'amener a été lancé contre toi. La milice t'attend à Maynooth.

— Seigneur Dieu ! Je ne veux pas que tu sois mêlé à tout ça. Je m'étonne que ton père t'ait envoyé, Sean.

— Ce n'est pas lui, il est en route pour Belfast. Le jeune Rory est venu ventre à terre à Greystones pour nous prévenir et maman est folle d'inquiétude. Je dois te faire quitter l'Irlande avant qu'on ne surveille les ports.

— S'il y a un mandat, les ports sont déjà surveillés et si ces chiens m'arrêtent à bord de ton bateau, ta mère en mourra.

— L'*Enfer* a une cale secrète, insista Sean, tout en sachant que son grand-père ne changerait pas d'avis. Sinon demande à l'un des frères Murphy de t'emmener en France.

— Je suis le comte de Kildare. Crois-tu un seul

instant que je laisserais les *Anglais* me chasser de mon propre pays ?

— Je reconnais bien là l'entêtement légendaire des Irlandais ! Et leur fierté à toute épreuve !

— Sean, mon garçon, écoute-moi. Si notre peuple veut survivre, nous devons nous libérer de l'emprise des Anglais. Ce sont des hommes comme moi qui doivent s'en charger. Si un comte du royaume irlandais ne résiste pas à l'oppresseur, qui le fera ?

— Dans ce cas, je me battrai à tes côtés.

— Pas question ! Joseph et toi appartenez à la nouvelle génération. Si nous échouons, vous serez le seul espoir de l'Irlande. Il vous faudra obtenir l'indépendance, non plus par les armes, mais par la négociation. Promets-moi de ne rien dire à Joseph. Tu sais quelle tête brûlée il fait.

Malgré sa frustration, Sean dut s'incliner devant les raisons de son grand-père. Le comte de Kildare savait ce qu'il faisait et ce n'était pas à son petit-fils de lui dicter sa conduite. Sean regagna directement Greystones en espérant que son père rentrerait dans la journée. Du moins pourrait-il dire à sa mère qu'il avait prévenu Edward et que celui-ci ne risquait rien dans l'immédiat.

Le jour déclinait quand Joseph rentra de Dublin où il avait renouvelé sa garde-robe en prévision de son séjour à Londres. Il s'engouffra dans la maison comme s'il avait le diable aux trousses. A son expression, les siens comprirent qu'il apportait de mauvaises nouvelles.

— On dit dans tout Dublin que grand-père a été arrêté !

— Mais je lui ai parlé moi-même pas plus tard que cet après-midi, chez les Murphy ! protesta Sean.

— C'est justement là qu'ils sont venus, Thomas Street... et il paraît qu'il y a eu des coups de feu !

— Sainte Mère de Dieu, ils l'ont enfermé dans les oubliettes de Dublin Castle! s'écria Kathleen. Il faut que j'y aille.

— Je crois que vous devriez attendre Shamus, intervint Paddy Burke.

— Je devrais, mais je n'en ferai rien, riposta-t-elle.

— Nous t'accompagnons, décida Joseph.

— Sûrement pas!

— J'irai avec Kathleen, dit Paddy. Notre devoir est de vous tenir à l'écart de tout ça.

Sean planta son regard dans le sien.

— J'emmène ma mère à Dublin Castle. Quant à vous, empêchez Joseph ici présent de nous suivre. J'ai promis à grand-père de le laisser en dehors de l'affaire.

Une fois à Dublin, Sean laissa sa mère s'adresser aux geôliers.

— Je suis Kathleen FitzGerald, la fille aînée du comte de Kildare, annonça-t-elle avec hauteur. Je veux voir mon père.

L'attente fut interminable. Kathleen dut répéter sa requête à une succession de bureaucrates. Excuses, manœuvres dilatoires, fins de non-recevoir, rien ne put entamer sa détermination. Admiratif, Sean vit ces hommes battre en retraite devant sa mère, personnification de l'Irlandaise fière et indomptable, capable de prendre en main n'importe quelle situation.

On les escorta finalement dans la cellule où le comte de Kildare était incarcéré. Quand elle s'aperçut que son père était blessé, Kathleen s'en prit vertement au gardien.

Edward, quant à lui, s'irrita fort de voir sa fille et son petit-fils se compromettre en venant lui rendre visite en prison.

Sean soudoya le garde pour qu'il les laisse seuls un moment.

Kathleen, à présent, se sentait plus inquiète que furieuse.

— Si tu meurs, père, s'exclama-t-elle, je ne t'adresserai plus jamais la parole !

— Tu te dois d'abord à tes fils, pas à moi, répondit Edward. Ils devraient déjà être à des lieues de l'Irlande à l'heure qu'il est !

— Tu n'avais pas le droit de te sacrifier, père !

Sean se rendit compte que son grand-père souffrait le martyre et que le sang qu'il avait perdu l'avait beaucoup affaibli. Quand leurs regards se croisèrent, il comprit qu'Edward se savait à l'agonie.

— Je me suis battu pour la survie de notre nation, contre le tyran anglais qui nous humilie, qui nous persécute, qui nous écrase sous sa botte. Sean, jure-moi de veiller sur ton frère.

Leurs mains s'étreignirent.

— Je le jure, grand-père !

Edward n'eut pas la force d'empêcher sa fille de s'occuper de sa blessure. Bravement, elle la nettoya et, déchirant son jupon, la pansa du mieux qu'elle put.

Le garde ouvrit la porte.

— La visite est terminée, annonça-t-il.

— Et vous, c'est votre visite de l'Irlande qui touche à son terme, sale Anglais !

Le garde leva son fusil. Sean se plaça aussitôt devant sa mère, le regard si menaçant que l'homme recula malgré lui.

— Si quoi que ce soit devait arriver au comte, nous engagerions contre vous des poursuites pour meurtre, jeta-t-il tandis que l'autre se plaquait contre le mur.

Quand ils regagnèrent Greystones, Shamus était de retour. Il écouta leur récit en silence, puis étreignit Kathleen.

— Les deux démons, vous partez pour Londres cette nuit même ! ordonna-t-il à ses fils.

Peu après minuit, Sean et Joseph embarquèrent à bord de l'*Enfer* avec trois FitzGerald pour tout équipage. Il avait été convenu qu'ils les laisseraient à Londres et reviendraient les chercher dans un mois, à condition que leurs têtes ne fussent plus mises à prix.

Les frères O'Toole étaient déchirés d'avoir dû abandonner leur famille en ces temps troublés. Certes, c'était le vœu de leurs proches et l'attitude la plus sage mais ils se sentaient coupables comme s'ils avaient déserté un navire sur le point de sombrer.

En sécurité sur l'*Enfer* qui cinglait vers l'Angleterre, Sean prit le premier quart. Tels des diamants, les étoiles rehaussaient de leur éclat le velours sombre de la nuit. Perdu dans ses pensées, Sean contemplait le ciel, réfléchissant à ce qui venait d'arriver.

Edward FitzGerald avait été donné. Et le nom de William Montagu ne cessait de s'imposer à son esprit, sans qu'il comprît pourquoi. Car cela défiait toute logique : Montagu était compromis jusqu'au cou dans la trahison de son pays. C'était lui qui avait volé les armes à ses compatriotes. Les O'Toole et les Montagu étaient unis depuis dix-huit ans dans le crime, et personne n'avait jamais dénoncé quiconque.

Sean poursuivit ses réflexions, à la recherche d'un motif plausible. Quel bénéfice escomptait tirer le vieux renard de sa trahison ? Et la lumière se fit. Pourquoi voulait-il fiancer sa fille à Joseph ? Pour qu'elle devienne *comtesse de Kildare* ! Sean soupira. En vérité, s'il soupçonnait Montagu, c'était uniquement parce qu'il était anglais. Et la raison suffisait amplement !

Un peu plus tard, dans sa cabine, quand il finit par sombrer dans le sommeil, il fit un rêve qui lui parut incroyablement réel. *Une femme était assise devant lui. Complètement nue, elle lui tournait le dos. Elle avait un corps superbe, délicatement galbé, la*

peau satinée. Ses cheveux sombres l'auréolaient d'un
nuage vaporeux. Il soulevait cette masse soyeuse pour
dégager la nuque. Il y posait les lèvres et s'enivrait de
son odeur. S'enhardissant, sa bouche glissait le long
de la colonne vertébrale jusqu'au creux des reins, où
elle s'attardait. Empli de désir, il brûlait de lui faire
l'amour. Sans avoir vu son visage, il savait fort bien
qui elle était. Elle appartenait à William Montagu, à
Joseph O'Toole. Pas à lui. Pas encore.

Ses lèvres descendirent encore, goûtant la ferme
rondeur des fesses. Il frémit d'impatience et, lente-
ment, la tourna vers lui. Il la lâcha soudain, horrifié.
Du sang coulait à flots d'une blessure qu'elle avait au
ventre. Ses yeux étaient ceux d'Edward FitzGerald.
« Sean, jure-moi de veiller sur Joseph. »

Sean se réveilla en sursaut et reprit peu à peu
conscience de la réalité. Maudits soient les Montagu, William, Amber et Esmeralda !

De fait, Esmeralda Montagu se croyait maudite.
L'affreuse maison de brique rouge de Portman
Square, avec son mobilier austère, ressemblait à un
mausolée sans le rire joyeux de sa mère. Amber lui
manquait terriblement. Elle avait hâte d'entrer au
pensionnat pour fuir cette atmosphère sinistre, mais
son père s'empressa de réduire cet espoir à néant. Il
n'était pas question que sa fille échappe à son contrôle, aussi engagea-t-il une gouvernante, Mme Irma
Bludget. Une forcenée de la discipline, une geôlière
inflexible, une espionne, une moucharde. Une
matrone auprès de laquelle la frêle Esmeralda, non,
« Emma », paraissait encore plus minuscule.

Quel contraste avec la beauté radieuse de sa
mère ! Rien n'échappait à ses yeux globuleux. Sa
bouche était quasiment dépourvue de lèvres, ses
dents étaient petites et pointues.

Montagu lui avait expliqué de façon fort explicite ce qu'il attendait d'elle.

— Je veux que vous éradiquiez tout ce qu'il y a d'irlandais en elle. J'exècre les Irlandais! Elle ne se prénomme plus Esmeralda, mais Emma. Je veux qu'elle change aussi d'apparence, à commencer par ses cheveux. Même chose pour ses vêtements, sa façon de parler, ses lectures, son attitude et, par-dessus tout, son insolence. Sa mère était une dévergondée, faites en sorte qu'elle reste pure. J'exige d'elle obéissance, chasteté et soumission.

A partir du moment où Mme Bludget s'installa à Portman Square, la vie d'Esmeralda devint un vrai calvaire. Tous les miroirs de la maison disparurent, la nourriture fut rationnée. A la moindre parole, au moindre geste, Esmeralda était réprimandée. On coupa ses beaux cheveux, on l'obligea à prier des heures durant pour se garder du péché et se délivrer du diable.

Mme Bludget donnait entièrement raison à William Montagu quant à la valeur éducative des châtiments corporels. Quand Esmeralda se plaignit à son père d'avoir été battue par la gouvernante, il lui répondit que si, d'aventure, elle fournissait encore à la brave femme motif à la corriger, elle pourrait s'attendre à recevoir double ration.

Dans sa détresse silencieuse, la jeune fille en voulut plus que jamais à sa mère de l'avoir abandonnée à cette vie sans joie. Dès lors, elle scinda son existence en deux périodes : avant l'anniversaire des O'Toole et après.

Comme pour compenser la tristesse de ses journées, Esmeralda rêvait toutes les nuits — de sa mère, mais ces rêves-là étaient pleins de rancœur et de larmes — et de Sean — toujours le même rêve, sauf que la fin, désormais, était différente.

... *Esmeralda était étendue sur le sable brûlant. Une joyeuse impatience, portée par la brise marine, s'emparait peu à peu d'elle. Son prince était en route. Elle garda les yeux fermés jusqu'à ce qu'un frôlement à peine perceptible, un battement d'aile, lui chatouillât les lèvres. Elle sourit et souleva lentement les paupières. Agenouillé devant elle, il l'observait, ses yeux gris pétillant de gaieté. Esmeralda se mit à genoux, son regard rivé au sien.*

Leur besoin fiévreux de se toucher rendait toute parole inutile. D'un même geste, ils s'effleurèrent — la joue, le cou, l'épaule... Elle sentit son cœur battre sous sa main. Il était l'homme de ses rêves, son prince irlandais. Il se pencha, et... ce n'était pas Sean O'Toole mais Joseph. «Je te veux. J'ai Amber, mais ce n'est pas suffisant!»

Esmeralda se réveillait tenaillée par la culpabilité. Dans son rêve, elle était prête à suivre Joseph pour rejoindre sa mère.

— Je hais l'Irlande et les Irlandais! murmura-t-elle.

Jusqu'ici, Esmeralda ignorait tout de la haine, mais elle commençait à en découvrir le goût amer. Elle haïssait Irma Bludget, elle haïssait son père, elle haïssait les O'Toole et, secrètement, elle haïssait sa mère.

Quand Amber reprit connaissance, Montagu et ses enfants étaient partis depuis un jour et une nuit.

Elle l'ignorait encore, mais elle avait une épaule démise, trois côtes cassées et un rein gravement contusionné. Elle tenta de bouger, mais la douleur fut telle qu'elle demeura immobile, espérant que quelqu'un viendrait à son secours.

Quand la nuit tomba de nouveau, torturée par la soif, elle se traîna jusqu'à la porte. Fermée à clé. Elle était trop faible pour la forcer. Elle attendit l'aube, oscillant entre conscience et inconscience.

S'aidant de son bras gauche, elle rampa jusqu'à

l'autre bout de la pièce où se trouvait un bouquet de delphiniums qu'elle avait cueilli en prévision de la visite de Joseph. Ôtant les fleurs fanées, elle approcha le pot de cuivre de ses lèvres. L'eau avait un goût tellement épouvantable qu'elle la recracha. Mais elle n'avait pas le choix, aussi avala-t-elle coup sur coup trois gorgées du liquide fétide.

Elle se souvint alors du cognac que Montagu gardait dans la commode, près de sa cravache. Se mettant à genoux, elle leva le bras. Elle souffrait tellement qu'elle faillit laisser tomber la carafe. D'une main tremblante, elle en porta le goulot à ses lèvres. L'alcool lui brûla la gorge, la poitrine, les entrailles, anesthésiant la douleur.

Elle se servit ensuite du pot de cuivre pour faire sauter le loquet de la porte. Il lui fallut un temps fou, et elle y épuisa ses dernières forces. Quand elle eut repris son souffle, elle enfila à gestes lents les seuls vêtements qui lui restaient, ceux que Joseph lui avaient enlevés avant de lui faire l'amour pour la dernière fois. Dans un geste de défi, elle orna ses oreilles des boucles qu'il lui avait offertes.

Descendre les deux volées de marches fut un épouvantable calvaire. Elle y parvint à plat ventre, progressant centimètre par centimètre. Les malles contenant toutes ses affaires avaient disparu. Il ne lui restait rien, à part ce qu'elle avait sur le dos. S'aidant de son bras valide, elle se redressa pour se regarder dans le miroir de l'entrée. Elle recula sous le choc. Son visage était noir du front au menton. Quand elle lâcha la table qu'elle agrippait, elle tomba à la renverse et se reçut sur son épaule blessée. Elle faillit s'évanouir, banda sa volonté et la douleur reflua peu à peu. Elle se rendit compte que, dans sa chute, l'épaule déboîtée s'était remise en place.

Le garde-manger était vide. Les domestiques avaient tout emporté après avoir nettoyé la maison. Dans le potager, elle trouva de la ciboulette et du persil qu'elle dévora à belles dents. A cause de ses côtes cassées, elle ne put tirer de l'eau du puits, mais il en restait dans le seau un fond qu'elle but avidement.

Gagner l'Irlande et retrouver Joseph était désormais son seul espoir. A la tombée de la nuit, elle rampa jusqu'au village et attendit le lever de l'aube. C'était l'heure à laquelle partaient les premiers pêcheurs. Ils la regardèrent d'abord avec frayeur, comme s'ils voyaient un spectre, puis l'un d'entre eux finit par la reconnaître et ils lui firent traverser la mer pour l'emmener sur cette terre où elle n'avait pas remis les pieds depuis dix-huit ans.

Quand le capitaine l'eut aidée à débarquer, elle retira son alliance et la lui glissa dans la main.

— Je n'en ai plus besoin maintenant, murmura-t-elle.

9

L'*Enfer* pénétra dans l'estuaire de la Tamise en fin d'après-midi. Il dépassa peu après Tower Wharf, puis la sinistre Tour de Londres. Il franchit la douane sans problème et fut autorisé à poursuivre sa route jusqu'au mouillage situé en aval de London Bridge.

— Je pense que nous devrions loger ailleurs que chez Montagu, dit Joseph.

Bien que Sean fût impatient de revoir Esmeralda, il donna raison à son frère. Mieux valait que Joseph ne dorme pas sous le même toit qu'Amber.

— Tout à fait d'accord. Inutile de prévenir ce cher William de notre arrivée. Cherchons d'abord un hôtel.

Quoi qu'il en soit, «ce cher William» eut connaissance de leur présence dans l'heure même. Il reçut un billet du poste de douane et un autre de l'Office maritime lui indiquant que les O'Toole venaient d'entrer dans la capitale à bord de leur schooner, l'*Enfer*.

Sean et Joseph montaient leurs malles sur le pont quand le vaisseau de l'Amirauté, le *Defense*, glissa à leur hauteur. A bord se trouvaient William Montagu, son fils John et son neveu, Jack.

— Quelle heureuse coïncidence! lança William avec chaleur.

Une coïncidence? Mon œil! songea Sean.

— J'ignorais que vous deviez venir à Londres ce mois-ci, mais soyez les bienvenus. Tout va bien à Greystones?

— A merveille, s'empressa de répondre Sean avant que Joseph ait pu ouvrir la bouche.

Si ce sale porc était responsable de leurs ennuis, de près ou de loin, il ne ferait pas le fier bien longtemps.

— Jack, John, chargez leurs bagages à bord, ordonna Montagu.

Sean se tourna vers ses hommes d'équipage et leur dit à voix basse:

— Rendez-vous dans un mois, ici même, les gars. Si nous en avons notre claque avant, nous rentrerons à la nage, ajouta-t-il avec un clin d'œil.

— Venez nous chercher sur la *Géhenne* pour le retour. J'en ai assez que Sean donne les ordres! s'écria Joseph.

Puis les deux frères reprirent leur sérieux.

— Tâchez d'aider grand-père, les pressa Joseph.

— Que Dieu vous garde! s'écria Sean. Puisse-t-il vous prendre dans ses mains et ne pas serrer trop fort!

Une fois à bord du *Defense*, Sean perçut que seul Johnny était sincèrement ravi de les voir.

— Je tiens à fêter dignement l'événement, déclara Montagu en donnant aux deux frères une cordiale poignée de main. J'ai une idée! Quand mon frère est revenu des lupanars d'Orient, il a ouvert le Divan Club. Je vous garantis que vous n'avez jamais rien vu de pareil!

Sean nota à part soi la mine affolée de Johnny et l'air émoustillé de Jack. Quant à Joseph, ces plaisirs le laissaient froid, car la seule femme qu'il eût envie de tenir dans ses bras était Amber. Sean, quant à lui, éprouvait une vague curiosité. Il ignorait tout de l'Orient et ne demandait qu'à s'enrichir l'esprit, fût-ce au détriment de la morale.

Les cinq hommes descendirent dans le carré. Montagu leur tendit un verre de cognac afin de porter un toast.

— A la luxure! s'exclama-t-il.

Sean surprit le coup d'œil furtif qu'il lançait à Joseph, ce qui ne fit que confirmer ses soupçons. Il décida de s'en ouvrir à son frère sans tarder et de le mettre en garde au cas où Montagu aurait découvert l'infidélité d'Amber. Il lui parlerait également du rôle qu'avait dû jouer l'Anglais dans l'arrestation de leur grand-père, mais lui cacherait l'état alarmant de celui-ci.

Jack Raymond fit une plaisanterie grivoise et Joseph éclata de rire. Sean remit leur conversation au lendemain. Pourquoi gâcher la première nuit de son frère à Londres?

Dans la voiture qui les conduisait au club, Montagu leur relata le périple du comte de Sandwich.

— Après avoir affrété un bateau en Italie, dit-il, mon frère a visité la Grèce, Chypre, puis l'Egypte. Il a été fasciné par le sultan de l'Empire ottoman, un despote richissime particulièrement cruel envers son harem. Mon frère s'est senti attiré par la religion musulmane qui tolère la polygamie et prône la soumission totale des femmes. A juste titre, je dois dire. La vie est beaucoup plus agréable lorsque le sexe faible sait rester à sa place.

Sean vit les lèvres de Joseph se serrer. A l'évidence, il pensait à Amber... Ce serait un miracle que Montagu et lui finissent la soirée sans en venir aux mains !

Quand ils franchirent les portes du Divan Club, ce fut comme s'ils pénétraient dans un autre monde. L'air sentait l'encens ; des accords de flûte, de cithare et de cymbales retentissaient dans toutes les pièces.

Des eunuques les accueillirent et leur proposèrent un vaste choix de vêtements et de turbans colorés, ainsi que des dagues. Montagu jeta aussitôt son dévolu sur une tunique ceinturée, assortie d'un turban et d'une dague dorés ; Jack, sur une tunique rouge et une dague argentée.

Les frères O'Toole étaient stupéfaits. Devant l'allure grotesque de Montagu, Joseph refusa de se changer. Hésitant, Johnny se tourna vers Sean :

— Qu'allez-vous choisir ?

Sean réprima un fou rire et opta pour un compromis : ôtant sa veste et sa chemise, il passa une djellaba par-dessus son pantalon. Johnny sourit de soulagement et suivit son exemple.

Les cinq hommes furent ensuite introduits dans une pièce au décor surchargé. Les murs étaient tapissés de miroirs, le plancher disparaissait sous des tapis persans égayés par une profusion de poufs et de coussins de brocart. Au centre, de l'eau jaillissait des seins d'une nymphe d'albâtre. Des palmiers en pots achevaient de donner l'illusion d'une oasis dans le désert. Sean se mordit la lèvre pour ne pas éclater de rire. *Il ne manque plus qu'un chameau...*

Une porte s'ouvrit et cinq femmes entrèrent, portant de petits plateaux. Vêtues de pantalons diaphanes, visage voilé et poitrine nue, elles s'agenouillèrent devant eux et leur offrirent une tasse de café turc. Quand Sean le goûta, il devina qu'on y avait ajouté une substance qu'il ne put identifier.

Un fouet était posé en travers de chaque plateau. Montagu et Jack s'emparèrent immédiatement des leurs.

— Ce sont des esclaves, expliqua l'Anglais aux deux frères. Elles sont là pour obéir au moindre de vos désirs. Si elles ne satisfont pas leur maître, elles sont fouettées.

— Ne puis-je choisir la mienne ? s'enquit Joseph d'un ton sarcastique.

— Celles-ci ne sont là que pour étancher notre soif ! répliqua Montagu. Derrière cette porte, il y en a des dizaines destinées à assouvir nos autres besoins et prêtes à se plier à toutes nos fantaisies. Et, surtout, n'en choisissez pas qu'une… La polygamie est de mise en ces lieux.

Deux énormes eunuques noirs ouvrirent une porte à double battant, révélant un harem où d'innombrables beautés à demi dévêtues se prélassaient sur des divans. Il faisait chaud et des esclaves, disséminées un peu partout dans la pièce, agitaient de grands éventails en plumes d'autruche. Des rideaux de perles dissimulaient de petites alcôves privées, pour ceux que ne tentaient pas les orgies.

Du bout de son fouet, Montagu désigna une femme qui vint s'agenouiller devant lui. Il prit la place qu'elle venait de libérer sur le divan et entreprit de choisir d'autres partenaires.

Joseph se laissa tomber sur un coussin où trois houris se passaient une pipe à eau. Il n'avait pas envie d'une prostituée, mais l'idée d'essayer l'un de ces excitants le séduisait. Johnny ne quittait pas Sean qui faisait de son mieux pour l'aider à se détendre. Il repéra une fille qui semblait la plus jeune du groupe et suggéra à Johnny de la choisir avant d'en aborder une à son tour.

— Tu veux bien venir avec moi? fit-il en lui tendant la main.

Les yeux baissés, la jeune femme acquiesça et le conduisit derrière un rideau de perles. Se prosternant devant lui, elle lui demanda ce qu'il désirait.

— Tu feras tout ce que je te demanderai?

— Oui, maître.

— Dans ce cas, j'aimerais que nous parlions.

La fille le considéra avec stupeur. Une lueur rieuse dansait dans les yeux gris argent. Il s'étendit sur le divan et l'invita à le rejoindre, ce qu'elle fit sans se faire prier, ses seins tendus vers lui avec insolence.

— Vous n'êtes pas comme mes clients habituels, des vieux impuissants pour la plupart. Seul le jeu du maître et de l'esclave parvient à les exciter, et encore! Ils nous obligent à leur lécher les pieds, ou d'autres endroits dégoûtants, et souvent il faut qu'ils nous fouettent pour arriver à quelque chose.

— Pourquoi travailles-tu ici?

— C'est bien payé. Je me fais une centaine de piastres par nuit.

— C'est-à-dire une livre. Ce n'est pas beaucoup.

— Les autres boîtes paient moins. Et puis, un de ces rupins peut toujours nous prendre pour maîtresse.

— Comment t'appelles-tu?

— Délices de Turquie, lança-t-elle en riant. Mon vrai nom, c'est Nellie Carter. Vous n'allez pas vous contenter de parler, n'est-ce pas?

Elle glissa la main sous la djellaba de Sean et remonta le long de ses cuisses. Il durcit aussitôt sous ses doigts.

— Seigneur, quand je pense que je suis obligée de masser tous ces barbons avec du baume pour arriver à la moitié de ce résultat!

Sean se mit à rire.

— Tu ne t'appelles pas Délices pour rien! Et si

nous faisions l'amour tout simplement, avant de
fumer quelque chose d'exotique?

— Oh, oui! Oui! susurra-t-elle. Tabac turc,
haschisch, opium… Faites votre choix!

Quand ils quittèrent le Divan Club, Jack tenait à
peine sur ses jambes. Quant à Montagu, il avait
l'ivresse mauvaise.

Sean trouvait que les effets du haschisch n'étaient
pas désagréables, mais il dut aider Joseph à marcher droit. Qu'avaient-ils mis dans cette pipe à eau
pour qu'elle produise sur lui un effet pareil?

Le temps d'arriver au *Defense*, cependant, Joseph
parut avoir repris du poil de la bête et Sean le lâcha
pour s'accouder au bastingage, contemplant la ville
réputée la plus grande du monde. Les lanternes des
bateaux luisaient dans la nuit et, au-delà, la cité baignait dans un halo de brume noire.

Dans son dos, Sean entendit quelqu'un marmonner!

— Salaud d'Irlandais! Je vais te montrer ce qu'il
en coûte de prendre la femme d'un autre!

Une bagarre éclata entre Jack Raymond et Joseph.
William Montagu cria des ordres à l'équipage. Sans
hésiter, Sean saisit un cabillot d'amarrage et se lança
dans la mêlée en insultant les Anglais. Il assomma
trois hommes pour arriver jusqu'à son frère.

— Pendez-les par les pouces! rugit Montagu.

Quatre molosses immobilisèrent Sean. Il se débattit comme un beau diable, jetant force coups de pied
et coups de poing, et il constata avec impuissance
que Joseph subissait le même sort. Il eut juste le
temps de capter le regard épouvanté de Johnny
Montagu avant de sombrer dans les ténèbres.

Quand Sean commença à émerger de l'inconscience, il crut d'abord que le haschisch lui avait donné des cauchemars. Il ne sentait plus ses mains, mais ses épaules étaient horriblement douloureuses. Secouant la tête pour reprendre ses esprits, il s'aperçut qu'il se balançait dans les airs. Grimaçant de douleur, il finit par comprendre qu'il était suspendu comme un vulgaire quartier de bœuf.

Malgré la douleur insupportable, il parvint à lever la tête et se rendit compte qu'il était attaché par les pouces. Seigneur! la circulation du sang dans ses mains était bloquée. Voilà pourquoi elles étaient insensibles. Au prix d'un effort surhumain, il baissa la tête et tenta de percer l'obscurité. *Dieu du ciel! Non!* De l'autre côté du pont, un autre corps se balançait.

— Joe! Joe! appela-t-il.

Son frère ne répondit pas. Mieux valait, finalement, qu'il eût perdu connaissance. Du moins ne souffrait-il pas. Montagu avait découvert la liaison de Joseph et de sa femme, il n'en doutait plus. L'infâme personnage avait soigneusement orchestré sa vengeance. Il les avait invités dans le bouge à dessein, sachant que la débauche amoindrirait leurs facultés. Et ils avaient suivi, comme des moutons allant à l'abattoir! *Pas étonnant que les Anglais considèrent les Irlandais comme des idiots!* se dit-il, dégoûté.

Epuisé par la douleur, il s'évanouit. Quand il rouvrit les yeux, le jour se levait. La tête de Joseph pendait sur sa poitrine, inerte. Horrifié, Sean remarqua que du sang coulait sur le pont d'une blessure que Joseph portait au ventre.

Si Sean avait les mains et les bras paralysés, il avait encore sa voix. Il se mit à crier comme un forcené. Des marins en uniforme se rassemblèrent peu à peu autour de lui, mais aucun d'entre eux n'osa le détacher sans en avoir reçu l'ordre. Finalement, Jack Raymond s'approcha. Il examina Joseph, tourna un regard sinistre vers Sean et partit réveiller son oncle.

Quand Jack ouvrit la porte de la cabine, Montagu s'efforçait d'entrer dans son uniforme.

— Qui est-ce qui fait un raffut pareil ? aboya-t-il.

— Sean O'Toole... Joseph est mort, répondit Jack, le visage blême.

Une expression de triomphe enflamma les prunelles de Montagu, puis les conséquences de son acte lui apparurent peu à peu.

— Bon Dieu ! Qu'allons-nous faire ?

Jack prit immédiatement avantage de cet aveu de vulnérabilité.

— Sean O'Toole a tué son frère, bien sûr, un meurtre de sang-froid.

— Magnifique, Jack ! soupira Montagu, soulagé.

Il n'eut pas besoin d'ajouter qu'il avait dès lors une dette envers son neveu, ce dernier ne l'oublierait pas.

Montagu sortit sur le pont.

— Détachez-les ! ordonna-t-il.

Jack libéra d'abord Joseph et allongea son corps déjà raide sur le pont. Sean écarquilla les yeux avec horreur quand il comprit quel sort avait subi son frère.

Quand il eut coupé ses liens, Jack s'écarta. Précaution superflue. Sean n'éprouvait plus la moindre sensation dans ses membres supérieurs et il s'écroula sur le sol comme une poupée désarticulée.

Il se traîna tant bien que mal jusqu'à son frère. Ce fut le plus terrible moment de sa vie. Il se trouvait à genoux devant l'homme qui avait saigné celui-ci à mort.

— Joseph est mort ! cria-t-il, incapable de se résoudre à cette fatalité.

— Oui, et c'est vous qui l'avez tué, dit Montagu.

— Qu'est-ce qu'un mensonge de plus pour votre âme maudite, espèce d'Anglais dégénéré !

— Enchaînez-le !

Ils durent s'y mettre à quatre pour y parvenir.

— C'est vous ou votre lèche-bottes de neveu qui l'avez tué — vous aviez les dagues du bordel — parce qu'il a donné à Amber le seul plaisir qu'elle ait jamais eu !

— Tenez-le bien, ordonna Montagu.

Et il envoya un violent coup de pied dans l'entrejambe de l'homme enchaîné.

— J'ai tous les témoins que je veux, ici, pour attester de ce qui s'est passé sur le *Defense* cette nuit.

Le regard de William se fixa sur son fils.

— John, parle. Tu les as vus se battre !

Johnny ouvrit la bouche trois fois avant d'émettre un son :

— J'étais ivre, père.

— Dis la vérité, Johnny ! lança Sean.

Mais quand il vit la peur sur le visage du jeune homme, il comprit qu'il n'y avait plus d'espoir. Tandis que les hommes l'emmenaient dans la cale, le cœur déchiré, il riva les yeux sur le corps sans vie de Joseph.

Lorsque le sang se remit à circuler dans ses bras, il souffrit le martyre, mais en bénit le ciel. La souffrance lui évitait de s'abandonner au chagrin. Etendu dans la cale, il sentit son corps frissonner de fièvre. Puis la culpabilité se mit à le torturer.

— Joseph, Joseph ! Moi qui avais juré à grandpère de veiller sur toi !

Il sombra dans le désespoir, puis fut pris de délire, quand ses pouces devinrent noirs et enflèrent. Durant vingt-quatre heures, il demeura dans un état de semi-conscience. Quelqu'un s'occupait de lui, l'obligeant à boire, lui rafraîchissant le front avec une éponge mouillée, lui massant les mains, murmurant son nom.

— Ça va aller, Sean, ça va aller.

Sean éprouvait un immense réconfort chaque fois qu'il entendait la voix de Joseph. Il cessait de s'agiter. Quand il finit par ouvrir les yeux, il s'aperçut qu'il s'agissait de Johnny Montagu, et non de Joseph.

— Je suis désolé, Sean. Votre pouce est gangrené. Le médecin du bord dit qu'il faut l'amputer.

Des larmes coulaient sur les joues du jeune homme.

— Je viens de perdre mon frère, que veux-tu que cela me fasse de perdre un pouce ?

Johnny le libéra de ses chaînes et l'emmena dans la cabine du médecin, aussi crasseuse que son occupant. Le praticien remplit un verre de rhum que Sean repoussa avec mépris. L'homme le vida d'un trait et, visiblement, ce n'était pas le premier de la journée. Il plaça la main gauche de Sean sur un épais rondin de bois et saisit une hache de boucher.

— Ça va te faire plus mal qu'à moi, vieux.

D'un coup sec, il trancha le pouce noirci au niveau de la troisième phalange. Sean se coupa la langue tant il serra les dents pour éviter de crier. Quand le médecin cautérisa la plaie avec un tison rougi au feu, Sean O'Toole s'évanouit.

Le procès de l'Amirauté fut expéditif. Sean O'Toole fut accusé du meurtre de son frère sur les témoignages de William Montagu et de Jack Raymond. Il eut beau protester de son innocence, la parole d'un Irlandais ne pesait pas lourd dans un tribunal de la marine anglaise.

Quarante-huit heures après son arrivée à Londres, Sean FitzGerald O'Toole fut condamné à dix ans de travaux forcés sur le *Woolwich*, un bagne flottant.

10

Amber FitzGerald — désormais, en effet, elle ne
se considérait plus comme une Montagu — marcha
jusqu'à Castle Lies. Les ecchymoses violettes de son
visage commençaient à virer au jaune.

Elle ne pouvait frapper à la porte et demander à
voir Joseph. Les domestiques se poseraient des questions. Elle se dissimula donc dans le parc en attendant la tombée de la nuit. Elle vit alors un homme
pénétrer dans le pavillon du gardien. Paddy Burke...
Les années n'avaient pas effacé ses souvenirs.

Paddy ouvrit la porte et fronça les sourcils.

— Seigneur tout-puissant ! Qui vous a fait ça, ma
fille ? s'exclama-t-il.

— Monsieur Burke, je suis Amber FitzGerald. Il
faut que je voie Joseph !

— Mon Dieu, je ne vous avais pas reconnue !
Entrez, vous paraissez plus morte que vive !

Il lui versa aussitôt un remontant.

— Auriez-vous du lait, monsieur Burke ? J'ai l'estomac vide.

Il la fit asseoir devant l'âtre et lui donna un bol de
lait.

— C'est Montagu qui vous a fait ça ?

Amber hocha la tête. Et Paddy Burke devina
pourquoi lorsqu'elle murmura :

— Joseph...

— Sainte Mère de Dieu, Joseph et Sean sont les
hôtes de votre mari... à Londres !

La frayeur remplaça l'expression d'accablement
sur le visage tuméfié de la jeune femme.

— Je ferais mieux de prévenir Monsieur.

— Ma cousine Kathleen est là ?

Paddy hésita. La journée avait été tragique pour

sa maîtresse. Le comte était mort dans la prison de Dublin et elle avait ramené son corps à Greystones. Les funérailles devaient avoir lieu le lendemain à Maynooth. Paddy se rappela alors qu'Edward Fitz-Gerald était l'oncle d'Amber.

— Nous sommes en deuil. Le père de Kathleen, votre oncle Edward, a été arrêté par les Anglais et n'a pas survécu à ses blessures.

— Oh, non... gémit Amber.

Paddy posa sa grosse main sur son épaule et elle lui sut gré de ce réconfort.

— Je vais chercher Shamus, décida-t-il.

Dans la vaste cuisine, Mary Malone et Nora Kennedy portaient le deuil.

— Il est mort dans la force de l'âge, dit Mary en se signant.

— Où est Monsieur? demanda Paddy Burke en arrivant.

— Il vient de la monter dans son lit. Elle était épuisée, répondit Nora. Une Irlandaise a la force d'affronter n'importe quoi, mais quand la mort vous prend quelqu'un de votre famille...

Paddy monta et Shamus le rejoignit peu après sur le palier.

— Nous avons une visiteuse inattendue au pavillon du garde. Je ne vous aurais pas dérangé si cela ne s'était imposé.

En traversant le parc, Paddy exposa la situation à son maître, mais celui-ci ne s'attendait pas à trouver Amber dans un tel état.

— Seigneur, quel sauvage! s'exclama Shamus. Mais pourquoi?

La question resta en suspens le temps qu'Amber trouve une manière décente d'expliquer que Joseph et elle étaient amants. Il n'y en avait pas.

— Shamus, Joseph et moi nous nous aimions. Je n'avais personne d'autre vers qui me tourner.

O'Toole eut un mouvement de recul comme s'il avait reçu un coup en plein cœur.

— Joseph est chez Montagu !

— Je sais, je viens de l'apprendre, dit Amber en éclatant en sanglots.

Shamus la regarda froidement :

— Un malheur n'arrive jamais seul, déclara-t-il.

Puis il monta avec Paddy dans la tour de guet.

— Il faut que j'aille à Londres, mais pas demain. Je dois rester près de Kathleen pour l'enterrement. Surtout, qu'elle ne sache rien de tout ça. Elle souffre déjà assez.

Shamus arpentait la petite pièce ronde comme un ours en cage.

— Débarrassez-moi de cette traînée. Donnez-lui de l'argent, tout ce qu'elle voudra, mais qu'elle quitte Greystones !

Quatre jours plus tard, Shamus O'Toole arrivait à Londres. William Montagu l'attendait à l'Amirauté où il se sentait particulièrement puissant et important.

— Montagu, je dois voir mes fils. Où sont-ils ? demanda O'Toole sans préambule.

— Asseyez-vous, Shamus. J'ai de mauvaises nouvelles. Votre maudit Sean s'est battu avec son frère et il l'a tué la première nuit de leur arrivée à Londres.

— Menteur ! explosa Shamus en tapant du poing sur le bureau.

— Cela s'est passé à bord de mon propre bateau, le *Defense*. Je l'ai vu de mes propres yeux, ainsi que mon neveu Jack et John, mon fils.

— Une belle trinité de menteurs ! Où est Sean ?

— Condamné pour meurtre à dix ans de travaux forcés. Notre cour anglaise s'est montrée clémente en ne le pendant pas sur-le-champ.

— Où est le corps de Joseph?

Shamus tremblait violemment tant il se retenait d'étrangler Montagu. Ce n'était pas le moment opportun et la vie lui avait appris à ne jamais se précipiter.

— C'est arrivé il y a cinq jours. L'Amirauté l'a fait enterrer au cimetière d'All Hallows. Je suis profondément désolé de cette tragédie qui vous frappe, Shamus.

— Epargnez-moi votre sympathie de pacotille!

— Comment pouvez-vous me dire une chose pareille?

— Parce que j'ai vu Amber FitzGerald.

Montagu recula.

— Ecoutez-moi bien, Montagu. Si jamais vous remettez le pied dans mon domaine, vous êtes un homme mort.

Shamus O'Toole se rendit directement au tribunal d'Old Bailey pour se renseigner au sujet du procès de son fils. Les juges n'en avaient aucune trace et Shamus apprit que tout ce qui se passait sur un vaisseau de l'Amirauté était traité par le tribunal de l'Amirauté.

A sa tête siégeait le comte de Sandwich, le frère de William Montagu, et Shamus comprit qu'il avait perdu. Mais seulement pour l'instant. Il reviendrait avec un plan, il se ruinerait s'il le fallait, mais il obtiendrait la libération de Sean.

Deux jours plus tard, on lui accordait le permis d'exhumer le corps de Joseph et il le ramena chez lui à bord du propre schooner de son fils, la *Géhenne*. Combien de temps avait-il été comte de Kildare? Un jour, peut-être. Shamus souffrait comme un damné. Une boule lui obstruait la gorge, lui alourdissait le cœur, l'empêchait d'avaler la moindre bouchée. Il avait envoyé ses deux fils à Londres. A présent, il en laissait un derrière lui et ramenait l'autre dans un cercueil. *Comment annoncer une chose pareille à Kathleen ?*

Amber FitzGerald se demandait où aller. Après avoir écarté Dublin, car elle ne voulait pas que les FitzGerald apprennent son sort, elle finit par se décider pour le port de Wicklow, dans le comté voisin.

Shamus O'Toole s'était montré plus que généreux en lui donnant de quoi survivre pendant au moins un an. Que deviendrait-elle ensuite ? Cette perspective l'angoissait, mais elle se jura de ne plus jamais dépendre du bon vouloir d'un homme.

Si elle employait cet argent pour ouvrir une affaire, elle devait réussir, elle n'avait pas le choix. Sans hésiter, elle décida de jouer le tout pour le tout. Elle s'acheta une maison à Wicklow et s'employa dix-huit heures par jour à la conduite de ses affaires, se jurant qu'un jour elle se vengerait.

Cinq cents bagnards vivaient dans la promiscuité et la crasse sur le *Justicia*. En tant que nouveau prisonnier, Sean O'Toole avait été affecté au troisième pont inférieur. Pour tous vêtements, il portait un pantalon de toile grossière, des espadrilles et une chemise en coton.

Les prisonniers effectuaient les tâches les plus pénibles : charger et décharger des navires, transporter du bois, récurer des bateaux à quai. La corvée la plus rude était incontestablement le dragage de la Tamise.

Les bagnards étaient infestés de vermine et souffraient de mille et une maladies dues au manque d'hygiène et de nourriture. La nuit, on les enchaînait par deux à un anneau scellé dans le mur. On fermait ensuite les écoutilles, laissant les cinq cents malheureux suffoquer dans le noir et la puanteur.

Conséquence inévitable de ces conditions de détention, la mort faisait des ravages. On enterrait les cadavres dans le marécage le plus proche et les hautes herbes se chargeaient d'effacer les funestes traces.

Au cours des premiers mois, Sean tenta à sept reprises de s'évader. Chaque fois il fut repris et faillit mourir sous les coups. Il finit par comprendre qu'il lui fallait échafauder minutieusement ses plans. Il apprit la patience, la persévérance. Il ne craignait pas la mort. Combien de fois regretta-t-il de n'avoir pas été à la place de Joseph! Peu à peu, il se rendit compte que le pire des châtiments était de vivre enchaîné.

Les privations l'affectaient plus que le travail de titan et la brutalité des geôliers. Heureusement pour lui, il prit conscience très vite qu'il devait compter sur lui-même, et non sur la justice divine, pour se sortir de là.

Une seule chose lui importait désormais : survivre pour se venger. Pour cela il devait impérativement manger, dormir et travailler, éviter de gaspiller son énergie à se lamenter sur son sort, à se languir des femmes. Il concentra tous ses efforts sur l'unique but qu'il s'était fixé : ne pas mourir.

Dieu merci, il lui restait la liberté de penser et de rêver. Au début de sa détention, l'épuisement le faisait sombrer dans un sommeil de plomb, un trou noir salvateur mais désert. Puis, petit à petit, il retrouva un sommeil normal. Il rêvait de croisières luxueuses, de dîners succulents, d'étreintes amoureuses avec une femme, toujours la même, auréolée d'un nuage vaporeux de cheveux noirs, une brume de boucles légères. L'érotisme intense de ses songes lui donnait l'impression de chevaucher un cheval sauvage sur un tapis volant...

La première année fut la plus terrible, mais elle

eut le mérite de l'endurcir. O'Toole se forgea une carapace qui le protégeait de toute émotion sauf d'une seule : son désir de vengeance. Sa haine était un véritable brasier.

Il apprit à vaincre la douleur, la faim, l'épuisement, le désespoir. Il s'obligea à ne pas penser à sa famille tant qu'il ne serait pas libre. En revanche, pas un instant il n'oublia son ennemi mortel et ses proches qu'il exécrait autant — le comte de Sandwich, son neveu Jack, sa femme Amber, son fils John et sa fille Esmeralda. Il comptait se venger de chacun d'entre eux, sans exception. Et chaque nuit, avant de s'endormir, il répétait, telle une litanie : *Je les aurai, dussé-je aller les chercher en enfer !*

Sean O'Toole dévorait tout ce qui lui tombait sous la main. Qu'importait que le pain fût truffé de charançons, le gruau rance, la viande avariée et l'eau nauséabonde. Tout lui faisait ventre. Sa jeunesse et sa force intimidaient les plus vieux, les plus faibles, et il volait leur part sans le moindre remords. Sean n'avait plus de conscience.

La dureté du travail qu'il accomplissait cisela ses traits, affina son corps. Il devint le travailleur le plus acharné du *Justicia* et il y prenait du plaisir parce qu'il avait un but. L'activité physique l'amincit, le muscla, lui donna une endurance hors du commun. Au bout de la deuxième année, on cessa de l'enchaîner aux parois du bateau et il put choisir son compagnon de fers. Cela avait au moins l'avantage de lui laisser un côté libre.

La troisième année, il avait appris à maîtriser sa colère au point de la rendre insoupçonnable. Il la canalisait en sarcasmes et mots d'esprit auxquels riaient les gardiens. L'instinct de survie des Irlandais était inscrit dans ses gènes, étrange mélange de fatalisme et d'espoir qui formait un curieux paradoxe. Depuis plus de six cents ans, son peuple subissait l'oppression, la famine, les massacres et l'esclavage, mais il se défendait, la tête haute, alors ce n'était pas le bagne qui aurait raison de lui. La seule chose qu'il ne contrôlait pas — et qu'il n'avait pas l'intention de contrôler —, c'était sa soif de vengeance.

Cette perspective était le seul plaisir qui lui restât et il portait un talisman pour être bien sûr de ne jamais l'oublier : la phalange qu'on lui avait coupée. La mort serait un châtiment trop doux pour ses ennemis. Il transformerait leur vie en enfer, en un long, très long calvaire. Ils endureraient la souffrance, le chagrin, l'humiliation chaque jour de leur existence.

La quatrième année d'incarcération s'écoula. Sean dormait maintenant sur le deuxième pont. Son travail favori était le plus redouté de tous : draguer la vase du fond de la Tamise. Il était devenu un nageur exceptionnel et plongeait en apnée sans rencontrer la moindre difficulté. Il ne se souciait ni de l'eau glacée, ni des vêtements mouillés qui séchaient plus ou moins vite sur son dos, selon le temps et les saisons.

Son corps souple n'était plus que muscles d'acier et esprit, affûté comme une lame de rasoir. Il guettait sans relâche la moindre opportunité d'évasion. Quand sa cinquième année de bagne commença, plusieurs tentatives de fuite avaient tourné court, mais cette fois, il n'était pas question d'échouer. La prochaine serait la bonne.

Sean O'Toole émergea à regret des brumes du sommeil. L'odeur répugnante dans laquelle il baignait fit frémir ses narines. Il avait l'impression d'être imprégné de cette puanteur écœurante où se mêlaient des relents d'urine, d'excréments, de sueur, de vomi, de pourriture.

Les bruits familiers de l'aube se firent entendre comme chaque jour, toux, crachats, gémissements. Sans parler du cliquetis des chaînes et du clapotis de la Tamise contre la coque du bateau. Sean se redressa et étira ses muscles endoloris. A ses pieds, des cafards se dispersèrent. Ils reviendraient en colonie dès la nuit venue.

Il ne souffrait plus ni du froid ni de l'humidité. Il scruta l'obscurité à travers laquelle il s'était exercé à voir, comme un chat. La fétidité, les quintes graveleuses et la faim qui lui nouait le ventre ne le gênaient pas, au contraire. Elles lui rappelaient qu'il était en vie. Qu'il avait survécu un jour de plus, qu'il était plus proche d'un jour de la liberté.

Glorieuse vengeance !

Le garde le débarrassa des menottes qui le reliaient à un pauvre diable.

— Ça sent le printemps, aujourd'hui ! lança le geôlier.

Sean leva un sourcil et huma l'air autour de lui.

— Et moi qui croyais que ces effluves inhabituels émanaient de vous !

Habitué aux reparties de Sean, le gardien s'efforça de la retenir pour la resservir à ses copains.

Sean engloutit son gruau et, sans hésiter une seconde, celui de son compagnon de chaînes, qui paraissait au reste singulièrement apathique.

Quand peu après ils montèrent sur le pont pour se voir attribuer leur tâche de la journée, Sean sourit en coin en apprenant qu'il devait de nouveau plonger pour draguer le fleuve.

— Quelle chance de pouvoir faire ses ablutions tout en travaillant ! lança-t-il.

Il ne croyait pas si bien dire. Une heure plus tard, il découvrit un couteau au fond de l'eau. Il ne le prit pas tout de suite, remontant d'abord à la surface pour voir où étaient les gardiens. Quand il constata qu'ils ne le surveillaient pas particulièrement, il replongea et s'empara du couteau comme d'un trésor.

Mais où allait-il le cacher ? Pas question de le coincer dans sa ceinture : tout le monde le verrait. Il songea à le laisser au fond pour le récupérer à la fin de la journée mais le courant risquait de l'emporter et, de toute façon, il ne supportait pas l'idée de s'en séparer.

Une seule possibilité s'offrait à lui : le dissimuler entre ses fesses. C'était risqué, mais il n'avait pas le choix.

Durant les longues heures où il plongea et replongea pour remonter la vase, la lame lui entailla la peau à plusieurs reprises, il souffrit de crampes dues à la contraction inhabituelle de ses fessiers, mais rien ne transparut sur son visage. Il s'appliqua davantage à réprimer son exaltation. Son dernier jour de bagne était venu !

Combien d'hommes vais-je devoir tuer pour gagner ma liberté ? se demanda-t-il soudain. Il chassa cette pensée. Peu importait le nombre. Cette fois, il ne pouvait échouer.

Pendant la pause de midi, il avala debout son quignon de pain et sa ration de soupe aux choux.

— Assieds-toi donc, lui proposa un garde.

— Merci bien ! répliqua Sean avec un sourire en coin. Avec un dépuratif pareil, je risquerais de ne plus pouvoir me relever de sitôt.

La journée lui parut interminable. Avant d'être enchaînés pour la nuit, les bagnards dînèrent de lentilles aux charançons. Le compagnon de fers de Sean ne montra pas plus d'appétit que le matin ; il tendit spontanément son écuelle à celui-ci.

Quand tous furent enfermés pour la nuit, Sean garda les yeux grands ouverts dans le noir, refrénant son impatience. Il attendait ce moment depuis cinq ans ; cinq heures de plus représentaient une bagatelle… Par rapport aux prisonniers logés à fond de cale, ceux du deuxième pont jouissaient de deux hublots protégés par des barreaux d'acier. Quand ses yeux se furent accoutumés à l'obscurité, Sean vit parfaitement tout ce qui l'entourait.

Pour passer le temps, il compta ses inspirations. Quand il en eut dénombré quatre cents, la plupart de ses compagnons d'infortune dormaient depuis trois heures.

Il souleva sa chaîne pour l'empêcher de faire du bruit et secoua l'homme dont le poignet était attaché au sien.

Rien.

Il le secoua encore, sans plus de résultat. Se penchant sur lui, il s'aperçut avec stupeur qu'il ne respirait plus. Il fallut quelques secondes à Sean pour surmonter le choc. Il tenta vainement d'ouvrir les bracelets avec son couteau. Ne voulant pas risquer de casser la lame, il réfléchit puis, sans hésiter, il trancha le bras du mort au niveau du poignet, dégagea lentement la main du bracelet et s'approcha du hublot le plus proche. Tout en enjambant ses compagnons, il intima le silence à ceux qui s'étaient réveillés. Il entreprit de desceller les barreaux, aidé par quelques bagnards pour qui l'évasion de l'un d'eux symbolisait une belle victoire sur l'oppression.

Le passage était très étroit. Sean fut pris de panique à l'idée que ses épaules ne passeraient pas, mais il réussirait, dût-il se rompre les os ! Quand enfin il plongea dans l'eau noire, une ovation retentit.

11

Assise devant son miroir, Esmeralda contemplait son reflet d'un air morne. Aujourd'hui, elle fêtait ses vingt et un ans et n'en éprouvait aucune joie.

En cinq ans, l'éducation rigide d'Irma Bludget avait porté ses fruits : Esmeralda n'était plus la même. Elle était devenue docile, presque soumise. Au début, elle s'était rebellée, mais les châtiments corporels infligés par la gouvernante et par son père lui avaient vite fait comprendre que sa vie serait plus supportable si elle se pliait à leur volonté.

Sa chevelure brune et son éclat naturel avaient été jugés *trop irlandais*. Elle avait dû porter une perruque et se poudrer le visage. Les vêtements qu'on lui choisissait étaient rose ou bleu pastel, et elle avait tout d'une bergère en porcelaine de Meissen.

Elle s'efforçait de ne jamais penser à sa mère. Cela la bouleversait trop.

La jeune fille n'était pas autorisée à paraître à l'Almack ou à ce genre d'assemblées jugées trop vulgaires. Sa vie mondaine se réduisait à quelques thés en compagnie de respectables piliers du beau monde et à de rares dîners avec son père, quand celui-ci estimait que sa présence pouvait servir ses intérêts.

Elle avait dû apprendre à tempérer la haine que lui inspirait le sinistre hôtel particulier de Portman Square. Une jeune fille bien née ne manifestait pas de sentiments aussi tranchés. Parfois, le mariage lui apparaissait comme la seule issue à l'enfer qu'était devenue sa vie.

Heureusement, personne ne pouvait régenter ses rêves et elle passait de nombreuses nuits dans les bras de Sean FitzGerald O'Toole, bien qu'il fût un être dépravé. Elle se sentait terriblement coupable de le laisser hanter son sommeil. Comme elle avait été naïve de l'avoir pris pour le Prince Charmant ! En tuant sa personnalité, son père avait réussi à la convaincre qu'elle ne devait pas ressembler à sa mère, devenir une femme facile et se laisser gouverner par son sang irlandais.

Une larme coula sur sa joue et elle l'essuya d'un geste rageur. Elle n'allait pas pleurer le jour de son anniversaire ! Comment osait-elle s'apitoyer sur son sort quand elle vivait dans un tel luxe, entourée de meubles sans prix et servie par une armée de domestiques ?

Avec un soupir, elle sonna sa femme de chambre. Jane apparut, Mme Bludget sur ses talons. Esmeralda s'efforça de dissimuler sa déception. Quelle que soit la robe qu'elle choisirait pour son repas d'anniversaire, Mme Bludget lui ordonnerait d'en porter une autre. Au fond, quelle importance ? Rose pastel, bleu pastel, cela ne faisait aucune différence.

Son oncle George, comte de Sandwich, et son fils Jack avaient été conviés au dîner. Pendant toute la soirée, il sembla à Esmeralda que son père, son frère, son oncle et son cousin lui cachaient quelque chose et son impression se confirma un peu plus tard, quand Jack l'escorta dans la serre pour la demander en mariage.

Bien que ce ne fût pas une surprise, elle demeura interdite. Son père et son cousin étaient très proches et se vouaient une mutuelle admiration. Esmeralda ne souhaitait pas épouser Jack. Elle ne l'aimerait jamais. Mais avait-elle le choix ? Elle n'avait aucun autre prétendant en vue, pas la moindre chance d'en avoir jamais un. La perspective de rester vieille fille et de vivre enfermée dans cet horrible mausolée jusqu'à la fin de ses jours la glaçait d'effroi.

En acceptant la proposition de Jack, elle échapperait au moins à son père et à Irma Bludget qui irait transformer la vie d'une autre malheureuse en enfer. Cette décision lui apparut comme un moindre mal.

Elle avait désespérément besoin d'être aimée, d'avoir des enfants qui combleraient ce manque. Elle serait la meilleure des mères.

Et rien ni personne ne me contraindra jamais à abandonner mon *enfant!*

Avant de prendre cette délicate décision, Esmeralda se tourna vers son frère, le seul être au monde à qui elle pût demander conseil.

— Jack m'a demandée en mariage, lui annonça-t-elle, tandis que les autres s'étaient retirés dans le fumoir.

— Il fallait s'y attendre.

— Mais… pourquoi ne m'as-tu pas prévenue?

— Em, je croyais que tu le savais. Voilà des années qu'il est pendu à tes jupes.

— Peut-être ai-je préféré ne pas le voir…

John comprenait sa sœur. Il était tellement plus facile d'enfouir certaines pensées dans un recoin éloigné de son esprit afin que la vie ne soit pas insupportable…

— Est-ce que tu as accepté?

— Pas encore. Il m'attend dans la serre.

— Personne ne peut prendre une telle décision à ta place, Em.

— Cela me permettrait d'échapper à cette prison, mais je n'aime pas Jack, et je ne l'aimerai jamais, j'en ai peur.

— A toi de choisir, Em, répéta-t-il.

— Vraiment? La vérité, c'est que… je n'ai plus le courage de tenir tête à notre père.

Johnny regarda sa sœur d'un air consterné. Où était la jeune fille fière et hardie qui jetait ses perruques par-dessus bord? Bien qu'elle eût trois ans de moins que lui, elle avait toujours été la plus courageuse et il lui avait envié des millions de fois son audace. Particulièrement la nuit où Joseph O'Toole avait été assassiné. S'il avait eu la force de se dresser contre Montagu en disant la vérité, il aurait gardé la tête haute aux côtés de Sean O'Toole.

Lui qui admirait tant Sean et sa vaillance, qu'était-il devenu ? Un être misérable et lâche qui se méprisait. Il n'avait jamais su qui, de son père ou de Jack, avait tué Joseph, mais c'était l'un des deux et ils étaient complices. Cette nuit-là, il avait compris que c'était la conduite de sa mère qui était à l'origine de ce drame. Il se demanda fugitivement si elle l'avait aussi payé de sa vie mais il chassa cette pensée. Il préférait l'imaginer saine et sauve, quelque part en Irlande. Quoi qu'elle eût fait, il souhaitait de toute son âme qu'elle eût échappé à la cruauté perverse de son père.

Durant l'année qui avait suivi le départ d'Amber, son père s'était acharné à faire de lui un officier de marine. Mais John n'avait jamais pu mettre le pied sur un bateau sans souffrir du mal de mer. De guerre lasse, son père lui avait finalement octroyé un poste dans un bureau. John avait pris la place de Jack, qui, de secrétaire, avait été promu lieutenant de la marine britannique.

Aujourd'hui, John excellait dans son travail, bien qu'il dût continuer à obéir aveuglément à son père, à présent responsable des services de l'Amirauté. Dieu, qu'il le haïssait ! Son regard revint sur le visage livide de sa sœur et il souhaita contre toute raison qu'elle envoie Jack au diable, et William avec !

— Eh bien, je suppose que je ne peux retarder plus longtemps l'inévitable, se résigna Esmeralda.

Soudain, son visage s'éclaira.

— Comme cadeau de noces, je demanderai la démission d'Irma Bludget !

Sean O'Toole nagea de Woolwich à Greenwich puis il sortit de la Tamise pour parcourir à pied les huit kilomètres qui le séparaient de Londres. Jamais de sa vie il ne s'était senti aussi euphorique ! L'idée de prendre un bain, de manger un vrai repas et de coucher avec une femme lui donnait des ailes. Il se promit de tout faire avec lenteur. Il dégusterait sa nourriture, en savourerait chaque bouchée. Il s'attarderait dans l'eau chaude, se savonnerait soigneusement, sécherait sa peau avec une serviette. Puis il ferait l'amour sans hâte. Jamais plus, jusqu'à la fin de ses jours, il ne prendrait une femme à la hussarde.

Il s'engagea dans les rues sombres où se trouvaient les salles de jeu et les maisons closes les plus luxueuses. Avec une dextérité diabolique, il s'empara de la pèlerine du premier passant venu. L'homme se retourna pour protester, mais quand il vit l'allure de son agresseur, il crut que sa dernière heure était venue et se garda bien d'insister.

Sean enfila le vêtement et continua sa route jusqu'à St. James's Street. D'un œil perçant, il sélectionna ses proies, de préférence des hommes riches et ivres, ce dont Mayfair ne manquait pas à cette heure de la nuit.

Il subtilisa sans la moindre difficulté trois bourses coquettement garnies. Il suffit à ses victimes de poser les yeux sur ce barbu impressionnant affublé d'une longue tignasse noire pour filer sans demander leur reste.

Sean se dirigea vers les bas quartiers, riant sous cape. Il avait réussi à s'évader et à se remplir les poches sans avoir été obligé de tuer. La chance avait tourné pour lui. Que Satan vînt en aide à ses ennemis !

Il entra dans une auberge et s'assit le dos au mur, face à la porte. L'odeur de la nourriture et de la bière lui mit l'eau à la bouche. Il commanda une pièce de bœuf, un pâté en croûte et une pinte de *stout*.

Quand la serveuse posa les plats fumants devant lui, il contempla longuement la viande juteuse, la pâte croustillante et huma le fumet qui s'en dégageait. A la première bouchée, il ferma les yeux de plaisir.

Il ne laissa pas une miette dans son assiette, vida sa bière jusqu'à la dernière goutte et paya avec une pièce de six pence en argent. Quand la serveuse lui rapporta la monnaie, elle vit tout de suite le souverain en or posé sur la table. Il brillait à la lueur de la bougie comme une invitation silencieuse. Elle eut du mal à en détacher les yeux pour regarder l'étrange client.

— Y a-t-il quelque chose que j'pourrais faire pour vous, milord?

Il n'avait rien d'un lord, mais quiconque pouvait se permettre de dépenser autant d'or s'attirait le respect.

— Que ferais-tu pour un souverain?

— N'importe quoi.

— N'importe quoi? répéta-t-il doucement.

Elle se mordit les lèvres avec appréhension. L'homme lui paraissait dangereux, mais combien de fois dans sa vie avait-elle eu l'occasion de gagner un souverain en or en une nuit? Elle hocha la tête.

— Je voudrais une chambre pour la nuit, avec un tub, du savon, un rasoir, ainsi qu'une grosse lime.

Il paya au tenancier le prix de la chambre et suivit la fille à l'étage. Avec l'aide d'un garçon, elle monta un baquet et, pendant que le valet le remplissait d'eau chaude, elle descendit à l'écurie chercher une lime.

A son retour, Sean O'Toole se tenait au milieu de la pièce, toujours enveloppé dans sa cape.

— Comment t'appelles-tu?

— Lizzy, milord.

— Bien. Lizzy, j'ai besoin qu'on me taille la barbe et les cheveux et qu'on m'épouille.

Lizzy se mit à rire.

— Ça, milord, je m'en serais doutée!

— Avant tout, je voudrais que tu m'aides à me débarrasser d'une paire de menottes.

— Ah, voilà donc ce que vous dissimulez sous cette cape!

— Ne crains rien, Lizzy, je ne te ferai aucun mal.

Un sourire flotta sur ses lèvres sans atteindre ses yeux. Lizzy rassembla son courage.

— D'accord, je vous crois...

Ils s'attaquèrent à tour de rôle au bracelet de fer. Captivée, Lizzy le regarda enfoncer la pointe de la lime dans la serrure, sans se soucier d'entamer la peau, qui bientôt se mit à saigner à plusieurs endroits. C'eût été plus facile si la menotte avait été placée à son poignet gauche. Elle céda enfin.

Sean la posa sur la table et la recouvrit de sa cape avant de se dévêtir et d'entrer dans l'eau.

— Votre bain a refroidi... Je vais demander de l'eau chaude.

— Laisse. De toute façon, j'aurai besoin d'un deuxième bain. Ce ne sera pas du luxe !

Lizzy était fascinée par le corps de dieu grec qui s'était révélé sous les haillons.

— Tu veux bien me couper les cheveux, Lizzy ?

La jeune fille ouvrit le rasoir et se plaça derrière lui. Sa main tremblait un peu quand elle coupa les premières mèches, mais elle s'enhardit peu à peu.

— Si vous me racontiez votre histoire ? osa-t-elle lui demander tandis qu'elle s'attaquait à la barbe.

— A quoi bon, Lizzy ? répondit-il tranquillement mais d'un ton sans réplique.

Ses cheveux bouclaient à présent sur sa nuque et sa barbe était assez courte pour qu'il achève de se raser lui-même, devant le miroir.

Lizzy fut émerveillée par la métamorphose qui en résulta. Dans son visage mince taillé à la serpe, son regard sombre brillait d'une fièvre ardente. Il dégageait une virilité si troublante que Lizzy sentit son cœur s'emballer. L'incarnation de Satan, songea-t-elle en frissonnant.

Sean O'Toole émergea de l'eau et noua une serviette autour de ses reins.

116

— Tu peux appeler le garçon pour un deuxième bain ?

Avant de se plonger dans l'eau claire et fumante, Sean donna un pourboire au garçon d'étage, qui s'éclipsa aussitôt, et mit le souverain d'or dans la main de Lizzy.

— Tu viens ? lui proposa-t-il.

— Doux Jésus, j'ai cru que vous ne me le demanderiez jamais !

Quand Sean s'endormit, le soleil se levait. Lizzy quitta le lit à regret et s'habilla en admirant l'homme magnifique qui venait de lui faire l'amour à plusieurs reprises.

— Eh bien, murmura-t-elle, les Irlandais devraient p't-être ben donner quelques leçons aux Anglais...

Sean O'Toole dormit du sommeil du juste jusqu'en fin d'après-midi. Il découvrit ses vêtements lavés et pliés près du lit. *Cette Lizzy est trop gentille. Cela ne la mènera nulle part !* songea-t-il.

Il enfila la cape sur ses habits râpés, noua une serviette autour de sa main gauche pour cacher son infirmité et descendit se restaurer. Il commanda du ragoût de mouton, suivi d'un fromage du Lancashire sur du pain croustillant. Il eut l'impression de n'avoir jamais rien mangé d'aussi délicieux de sa vie.

Lizzy s'affairait autour de lui, tout sourire, et il s'amusa de la voir rougir à une ou deux reprises.

— Vous partez déjà ? lui demanda-t-elle avec une pointe de tristesse.

— Oui, Lizzy. Mais je ne t'oublierai pas.

Il la gratifia d'un nouveau pourboire généreux avant de lui faire ses adieux.

— Que Dieu vous garde, dit-elle.

Sean la regarda, un peu déconcerté. Il avait oublié que l'on pouvait croire en Dieu.

Il se rendit chez un tailleur de Cork Street, Schweitzer & Davidson, et montra ostensiblement son or. Comme par magie, l'accueil changea du tout au tout et l'on s'empressa autour de lui avec obséquiosité. Sean choisit une tenue complète qu'il enfila sur-le-champ, en commanda deux autres — une pour le soir, l'autre pour l'après-midi — et exigea qu'on les lui livre le lendemain en fin de journée.

Il faisait nuit noire quand il sortit de la boutique et il ne put résister à l'attrait d'une promenade dans le Londres nocturne. Ivre de sa liberté retrouvée, il déambula dans les rues, puis gagna le Strand. Il prit une chambre à l'hôtel Savoy.

— Mes bagages n'arriveront pas avant demain soir, dit-il au réceptionniste sans ciller. Je tiens à ce qu'on change draps et serviettes de toilette deux fois par jour. Soyez aimable de m'indiquer l'adresse du gantier le plus réputé de Londres et faites-moi monter une bouteille de votre meilleur whisky irlandais.

Sean FitzGerald O'Toole se planta devant le miroir de sa chambre. Il n'avait pas vu son image depuis presque cinq ans et il constata avec nostalgie que sa jeunesse s'en était allée. Son type celte s'était accentué. Sa peau tannée, ses yeux gris et ses cheveux noirs lui donnaient l'air menaçant, un vrai Prince des Ténèbres.

Au douzième coup de minuit, il quitta l'hôtel et dirigea ses pas vers Portman Square.

12

John Montagu se réveilla en sursaut. Qu'est-ce qui... Seigneur! La lame d'un couteau se trouvait entre ses cuisses!

La terreur l'empêcha de crier. Il n'osa plus ni bouger ni respirer.

— Johnny, tu te souviens de moi ?

Il reconnut aussitôt la voix profonde, teintée d'un accent irlandais.

— Sean… Sean O'Toole. Ce doit être un cauchemar…

— Un cauchemar devenu réalité, Johnny.

— Que… que voulez-vous ?

— Devine.

Pendant quelques instants, seule la respiration saccadée du jeune homme troubla le silence.

— Vous… venez vous venger.

— Tu es un garçon intelligent, Johnny.

— Sean, je suis désolé… Je me suis conduit comme un lâche ce soir-là. Mon père me terrifiait et je n'ai pas osé me dresser contre lui. Je vous jure que j'ignore qui a poignardé Joseph, mais c'est soit mon père, soit Jack Raymond.

Sean ne répondit mot.

— Depuis, il ne se passe pas un seul jour sans que je regrette de m'être tu, ajouta Johnny.

— Ton silence m'a valu cinq ans de bagne, Johnny, cela ne s'efface pas comme ça !

— Je vous assure que, si c'était à refaire, je vous défendrais en disant la vérité !

— Mais on ne refait pas l'histoire, merci, Satan ! Joseph n'aimerait pas mourir une deuxième fois et je n'apprécierais guère de passer encore cinq ans dans les fers.

— Pardon, Sean, pardon ! Vous étiez une idole pour moi. Si vous saviez à quel point je me méprise !

— Ne t'avise pas de me décevoir de nouveau, Johnny, parce que non seulement je te tranche les deux pouces mais je t'émascule !

Johnny tremblait si fort qu'il faillit se blesser. Sean ôta le couteau d'entre ses jambes.

— Remets-toi, ce ne sera pas pour tout de suite.

Johnny poussa un soupir de soulagement, sans se sentir plus tranquille pour autant.

Sean alluma le chandelier posé sur la table de chevet et John découvrit le changement incroyable qui s'était opéré en lui. Seuls sa voix et l'éclat d'acier de son regard étaient restés les mêmes.

— Je ne veux pas te tuer. Je veux que tu m'appartiennes, corps et âme, Johnny Montagu.

— Qu'attendez-vous de moi ? Dites-le-moi, et je le ferai.

Johnny s'assit au bord du lit tandis que Sean prenait place dans un fauteuil en face de lui.

— Tu travailles à l'Amirauté. Je veux que tu subtilises les dossiers concernant mon procès et que tu les détruises. Mon nom ne doit plus figurer nulle part, tu m'entends ? Toute trace de mon arrestation et de ma condamnation doit disparaître, c'est clair ? Si tu échoues, je reviens, et cette fois...

— Je vous obéirai à la lettre. Vous ne serez pas arrêté une seconde fois, car vous ne figurerez plus dans les archives.

Sean esquissa une ombre de sourire. Il étendit les jambes sur le lit et croisa les mains derrière la tête.

— Je suis resté coupé du monde. Que s'est-il passé ces cinq dernières années, Johnny ?

— Ma mère s'est enfuie quelques jours après votre fête d'anniversaire. Ma sœur et moi ne l'avons jamais revue. Elle aimait votre frère et j'ignore si elle a appris sa mort... de même que j'ignore si elle est toujours en vie.

— Personnellement, je me moque de ce qu'a pu devenir cette...

— Je suppose que vous savez que votre grand-père Edward est mort de ses blessures après avoir été arrêté pour trahison ?

— Je savais qu'il ne s'en remettrait pas. Je crois que c'est ton père qui l'a donné.

John fut frappé de stupeur. Comment ne s'en était-il pas douté plus tôt ?

— Mon père est un être méprisable. Je le hais !

— Bien, tu n'en seras qu'un meilleur allié pour moi, à moins que tu ne préfères être mon ennemi ?

— Je suis votre allié *consentant*, Sean, pas votre ennemi.

— La fortune des Montagu a joliment prospéré depuis, je suppose ?

— Oui, avoua John. Nous possédons une flotte de navires marchands, la Montagu Line.

— Mmm... Tu feras décidément un allié précieux, Johnny. Je te verrai samedi, cela te laisse le temps de t'occuper de mon dossier.

— Ma sœur se marie samedi.

— Avec qui ?

— Avec notre cousin Jack.

Le visage de Sean était un masque. Puis il sourit.

— Le comte de Kildare y assistera peut-être, fit-il en s'inclinant.

Il fallut un moment à John Montagu pour réaliser que Sean FitzGerald O'Toole était désormais le comte de Kildare.

Sean passa la plus grande partie de sa journée chez le gantier recommandé par le Savoy. Le prince de Galles lui-même et son grand ami George Bryan Brummell se fournissaient chez lui, lui disait-on.

Sean montra sa main gauche et demanda qu'on lui confectionnât un gant susceptible de masquer son infirmité. La dernière phalange du pouce manquante fut remplacée par un bourrelet de laine. L'illusion était parfaite. Satisfait, Sean commanda deux douzaines de paires, six en chevreau gris perle, six en cuir noir.

Il employa le reste de la journée à s'acheter des vêtements : bottes de ville, bottes cavalières, pantalons et tenues de cheval. Il commanda des chemises en lin, en soie, des vestes et des gilets, des cravates, des foulards de mousseline, des chapeaux hauts de forme et un pardessus. Il s'enticha même d'une canne de rotin avec une poignée en ébène et se fit livrer le tout au nom de Kildare, hôtel Savoy.

Sur le chemin du retour, il s'arrêta devant une joaillerie de Bond Street où il remarqua une broche en argent massif représentant un dauphin dont les yeux étaient constitués par des émeraudes. Il entra dans la boutique pour la voir de plus près et, songeant qu'elle ferait un cadeau idéal pour une femme prénommée Esmeralda, il la fit envelopper, puis demanda un écrin vide de la même taille.

Quand il examina tous ses achats de la journée, il s'aperçut qu'il n'avait choisi que du blanc ou du noir. Un sourire de dérision étira ses lèvres quand il comprit qu'il ne supporterait plus jamais de porter autre chose que du linge aussi immaculé que de la neige fraîchement tombée. Quant au noir, il lui permettrait d'asseoir son autorité.

Cette nuit-là, Sean FitzGerald O'Toole sortit le pouce tranché de sa cachette en haut de l'armoire et le plaça dans l'écrin vide. Il se lava les mains et, prenant deux cartes à l'en-tête gravé du Savoy, il écrivit sur l'une : *Pour la mariée*, et, sur l'autre : *Pour le marié.*

Quand Esmeralda s'éveilla, au matin de ses noces, mille et une émotions se bousculaient en elle, mais la résignation prédominait nettement. Elle ne s'était pas opposée à ce que son futur époux prenne le nom de Montagu. Il le convoitait depuis toujours, afin d'effacer son illégitimité.

La perspective que le couple vivrait à Portman Square la contrariait davantage. Elle avait déployé des trésors de persuasion auprès de Jack pour l'inciter à quitter le toit paternel, arguant qu'une petite maison de location leur suffirait, dès l'instant où ils étaient chez eux. Mais pour rien au monde Jack n'aurait accepté de se sentir à l'étroit alors qu'il pouvait jouir de l'hôtel particulier de Montagu.

Esmeralda avait alors tenté de fléchir son père ; en pure perte. William estimait que les nouveaux mariés devaient habiter dans la demeure familiale. Il les autorisa toutefois — insigne concession — à s'installer au troisième étage.

Comme elle se préparait, Esmeralda comprit que, loin d'échapper à la tutelle de son père, elle allait se retrouver soumise à deux maîtres. Dans sa robe blanche, ornée d'une couronne de fleurs d'oranger posée sur l'inévitable perruque poudrée, elle était pâle comme la mort. Même la cérémonie se déroula à Portman Square, ce qui accentua son impression d'avoir resserré autour d'elle les murs de sa prison.

Quand Jack prononça son « oui » d'une voix claire et ferme, Esmeralda sursauta. Le sien fut inaudible, notamment quand elle prêta serment d'obéir à son mari.

Les nombreux invités lui étaient pour la plupart inconnus. Au moment d'ouvrir les cadeaux, les époux s'installèrent côte à côte dans des fauteuils sculptés placés sur une estrade.

Le comte de Kildare glissa les deux petits écrins sur la table prévue à cet effet et alla se planter au fond de la pièce. Sa haute taille lui permettait de voir tous les convives. Ses yeux d'acier cherchèrent tout d'abord William Montagu. Il le trouva un peu vieilli, plus repoussant que jamais, mais globalement identique à celui qu'il était cinq ans plus tôt.

Son désir de vengeance était tel qu'il eut presque pitié du vieux Willy. Son regard s'arrêta sur Jack Raymond Montagu, puisque tel était son nom désormais. En songeant au sort qu'il lui réservait, il esquissa un sourire et soupira d'aise.

Presque par hasard, ses yeux se posèrent sur la jeune mariée. Cette fille blafarde et totalement éteinte ne pouvait être la créature sauvage et vibrante de vie qu'il avait rencontrée dans la grotte de cristal ! Son imagination lui avait peut-être joué des tours, façonnant à son goût celle qui hantait ses rêves. En tout cas, il ne se sentait guère déçu de la trouver aussi insignifiante. D'ailleurs, il n'éprouvait rien pour elle.

A part Johnny, personne ne reconnut le ténébreux inconnu au regard d'acier. Dès qu'il l'aperçut, le jeune homme le rejoignit.

— L'Amirauté ne possède plus aucune archive vous concernant, dit-il tout bas.

Un petit sourire pétilla dans les yeux de Sean.

— Je veux une liste des ennemis du comte de Sandwich, murmura-t-il. *Tous les ennemis des Montagu sont mes alliés*.

— Compris, dit Johnny avant de se fondre de nouveau dans la foule.

Sean attendit patiemment que les nouveaux mariés ouvrent tous leurs cadeaux. Quand ce fut le tour des siens, une lueur de plaisir anima le visage d'Esmeralda à la vue du dauphin. Sean observa Jack et constata avec satisfaction que le marié se décomposait.

Quand il eut rejoint son beau-père pour lui montrer son macabre présent, le comte de Kildare avait quitté les lieux.

Assise dans son lit, Esmeralda attendait son mari. Elle se sentait nerveuse. Il s'était passé quelque chose durant la réception car, depuis deux heures, son père et Jack étaient enfermés dans la bibliothèque. Par expérience, elle savait que William ne lui dirait rien. Les femmes ne se mêlaient pas des affaires masculines. Peut-être son époux serait-il plus loquace.

Elle prit le petit écrin dans le tiroir de la table de nuit. Quand elle souleva le couvercle, les souvenirs affluèrent. Elle se revit chevauchant le marsouin, le jour où son prince irlandais l'avait surprise dans la grotte de cristal.

— Esmeralda, murmura-t-elle en effleurant du doigt l'œil du dauphin.

Depuis combien de temps ne l'avait-on appelée par son vrai prénom ?

La carte jointe indiquait seulement : *Comte de Kildare*. Sean O'Toole devait toutefois avoir choisi la broche avant de la confier à Edward FitzGerald. Elle ne se souvenait pas d'avoir vu le vieil homme parmi les invités… Mais aussi, il y avait tellement de monde !

Son cœur battit plus vite. Elle n'avait pas montré la broche à Jack, et elle n'en ferait rien. Il semblait tellement préoccupé qu'il n'avait même pas pensé à lui demander ce que contenait son écrin à elle. Le temps passait et son mari n'arrivait toujours pas. Si seulement il pouvait la laisser seule ! La jeune femme bâilla, posa la tête sur l'oreiller sous lequel elle glissa la broche et s'endormit.

Esmeralda était étendue sur le sable brûlant. Une joyeuse impatience, portée par la brise marine, s'emparait peu à peu d'elle. Son prince était en route.

Elle garda les yeux fermés jusqu'à ce qu'un frôlement à peine perceptible, un battement d'aile, lui chatouillât les lèvres. Elle sourit et souleva lentement les paupières. Agenouillé devant elle, il l'observait, ses yeux gris pétillant de gaieté. Esmeralda se mit à genoux, son regard rivé au sien.

Leur besoin fiévreux de se toucher rendait toute parole inutile. D'un même geste, ils s'effleurèrent — la joue, le cou, l'épaule… Elle sentit son cœur battre sous sa main. Il était l'homme de ses rêves, son prince irlandais. Il se pencha, mais au moment où il allait capturer ses lèvres, elle se réveilla.

Quand elle reconnut l'homme qui la pressait contre lui, elle eut un mouvement de recul.

— Emma, qu'est-ce qui ne va pas ?

— Euh… rien. Je dormais… Tu m'as réveillée.

Il la reprit dans ses bras et écrasa sa bouche sur la sienne tandis que ses mains se glissaient sous la chemise de nuit.

Esmeralda frémit comme sous un assaut. Elle fut choquée de constater que Jack était entièrement nu et que d'une minute à l'autre, elle le serait aussi.

— Jack, non! Arrête, je ne veux pas!

— Bon sang! Qu'est-ce qui te prend?

— Ce n'est pas bien... C'est... Je ne peux pas.

— Emma, tu es ma femme! J'ai attendu d'être marié pour te toucher, mais je n'attendrai pas davantage.

Il la débarrassa de sa chemise sans la moindre douceur et emprisonna ses seins dans ses mains moites.

Esmeralda laissa échapper un sanglot.

— Mon Dieu, tu ne sais donc pas ce qui se passe entre un mari et sa femme?

— Je... Si... Mais c'est tellement... impudique! Je ne suis pas comme ma mère. J'ai été éduquée dans la chasteté... la décence.

Jack s'efforça d'être patient, ce qui ne lui était guère coutumier.

— Oui, mais c'était avant de te marier. A présent, j'ai le droit d'user de ton corps chaque fois que j'en aurai envie. Cesse de te conduire comme une enfant et laisse-moi faire. Tu verras, ça va te plaire.

Esmeralda en doutait de toutes les fibres de son corps.

— Ne bouge pas et cesse de me repousser.

Esmeralda savait qu'un homme et une femme devaient s'unir pour concevoir un enfant, mais jamais elle n'aurait cru que ce serait aussi désagréable. Elle ferma les yeux, le corps rigide.

Ce que Jack lui infligea s'avéra aussi écœurant que douloureux. Quand il eut fini, il s'allongea près d'elle pour reprendre son souffle. Esmeralda se sentit souillée et, en même temps, infiniment soulagée que ce fût terminé.

— Tu es une petite créature de glace, jeta Jack en se penchant sur elle, appuyé sur un coude. Mais j'y remédierai, ne t'inquiète pas.

Il s'endormit et se mit à ronfler tandis qu'Esmeralda versait des larmes silencieuses. *Je hais tous les hommes! Je les déteste!* Elle aurait voulu s'endormir elle aussi, pour oublier, mais le sommeil ne vint pas et la nausée la prit quand elle songea que le lendemain soir elle endurerait le même calvaire. Dans son innocence, elle avait cru que le mariage la libérerait de sa prison. Elle se retrouvait condamnée à une vie entière de souffrance.

13

Sean O'Toole se rendit au Pool of London afin d'acheter un billet pour l'Irlande. Il en profita pour glaner le maximum de renseignements sur la Montagu Line. La compagnie possédait huit navires et Sean eut tôt fait d'en connaître le nom, le tonnage et les routes habituelles.

Il attendit ensuite John Montagu à la sortie de l'Amirauté. Ce dernier lui remit la liste de tous les ennemis des frères Montagu. Sean la parcourut. Il ne connaissait pas tous les noms, mais il repéra ceux de politiciens très influents.

— Comment puis-je vous joindre?

— Tu ne peux pas. Quand j'aurai besoin de toi, je saurai où te trouver.

John Montagu n'en douta pas une seconde.

Le lendemain matin, le comte de Kildare prit la mer pour Dublin avec une impressionnante quantité de bagages. Quand les côtes de l'Irlande se dessinèrent à travers la brume, Sean O'Toole se dit que jamais il n'avait admiré de plus beau spectacle. Il retrouva le port en forme de fer à cheval, les étendues verdoyantes et vallonnées de son pays avec un bonheur infini.

Il loua un cheval aux écuries de Brazen Head et fit acheminer ses bagages en chariot jusqu'à Greystones. L'idée de retrouver les siens l'emplissait de plaisir et de crainte. Il se sentait comme le fils prodigue. Son père tuerait-il son veau le plus gras pour célébrer son retour? Sans Joseph à ses côtés, il en doutait.

Bien qu'il eût beaucoup changé, Paddy Burke le reconnut au premier regard.

— Seigneur Jésus! s'écria-t-il en se signant avant de saisir la bride du cheval de son maître. Dieu soit loué, vous voilà de retour... Bienvenue chez vous, milord!

— Monsieur Burke, Dieu n'a rien à voir là-dedans. C'est grâce au diable que je me suis évadé pour assouvir ma vengeance. Où est mon père?

Paddy hésita.

— Là-haut, dans la tour, milord.

Sean s'élança aussitôt dans l'escalier qu'il gravit quatre à quatre. Shamus O'Toole était assis devant la fenêtre, un fusil posé sur les genoux.

— Père, c'est Sean! Je suis revenu.

Shamus le dévisagea durant de longues minutes en silence.

— Pardonne-moi. J'ai tenté l'impossible pour te faire libérer, mais les Montagu tiraient toutes les ficelles.

— Plus maintenant. Père, je n'ai pas tué Joseph. Tu dois me croire!

Une lueur de braise incendia les yeux de Shamus.

— Tu n'as pas besoin de me le dire. Je sais qui a tué Joseph et qui m'a privé de toi durant cinq ans.

128

Cette vermine anglaise ! Maintenant que tu es libre, nous allons égaliser le score.

— Je n'attends que ça. Où est maman ?

— Dans le jardin, parmi ses fleurs qu'elle aime tant.

Sean dévala les marches et se retrouva dans le ravissant jardin de sa mère. Il scruta les buissons touffus séparés par des parterres colorés, cherchant celle qu'il aimait plus que sa vie.

C'est alors qu'il vit la petite pierre tombale au pied d'un saule pleureur.

Kathleen FitzGerald O'Toole
Avec notre amour éternel

Sous le choc, Sean tomba à genoux, le cœur rempli de haine. Pendant cinq ans, il avait ruminé sa vengeance contre les Montagu pour les deux vies qu'ils leur avaient volées. Une troisième s'ajoutait à leurs crimes. Kathleen était l'âme de Greystones. Son rayon de soleil. Un être d'exception que tous chérissaient. Il ne connaîtrait pas un instant de paix avant d'avoir châtié ses assassins. Il lui en fit le serment.

Paddy posa la main sur son épaule en manière de réconfort.

— Elle nous a quittés voilà deux ans, dit-il. Depuis, Shamus vit avec moi dans la tour de guet. Il ne supporte plus la grande maison sans elle. Il a bien failli perdre la raison quand elle est morte. Il a eu une attaque qui l'a beaucoup affaibli, alors il passe ses journées là-haut, dans la tour, attendant le jour où il pourra loger une balle dans le cœur de Montagu. Car il est sûr qu'il finira par se montrer.

— Cette mort est un châtiment trop doux pour William Montagu, monsieur Burke. Il mérite de mourir, certes, mais à petit feu.

Le lendemain, Sean passa sa journée seul, sur l'*Enfer*. Quand il rejoignit son père dans la tour, il apprit avec surprise que ce dernier avait lui aussi élaboré un plan pour se venger.

— Je ne me suis pas tourné les pouces pendant ton absence, Sean, mon fils. J'ai préparé le jour où tu nous vengerais de ce monstre en plaçant un Fitz-Gerald sur chaque vaisseau de Montagu ainsi que sur la plupart des navires de l'Amirauté.

Un sourire désabusé éclaira le visage de Sean.

— Voilà qui me fera gagner un temps considérable. Je ne connais pas d'homme plus rusé que toi, père.

La métamorphose de Sean O'Toole alimentait toutes les discussions des domestiques. Bien sûr, il était le nouveau comte de Kildare et ils le traitaient avec une grande déférence, mais les langues allaient bon train.

Nora Kennedy prenait le thé avec Mary Malone dans la cuisine.

— Il n'est plus le jeune homme facétieux que nous connaissions. Castle Lies résonnait d'éclats de rire autrefois, de débandades dans les couloirs, de bagarres. Les temps ont bien changé.

— Ah, pour ça, oui! Il est tellement triste, tellement silencieux maintenant... Il me fend le cœur, répondit Mary.

— Vous savez qu'il change de chemise trois fois par jour? J'ai dû engager une blanchisseuse rien que pour lui. Et il n'enlève jamais ses gants. On dirait qu'il a peur de se salir les mains.

— Ça, c'est rien, Nora Kennedy. Quand il se met à table, c'est tout un rituel. Il lui faut la porcelaine la plus fine, le cristal le plus pur et des nappes immaculées. Quant à la nourriture... Ah, Nora Kennedy! C'est un fanatique de cuisine, c't'homme-là!

En se plongeant dans les livres comptables, Sean découvrit avec satisfaction que les affaires dont s'occupaient Shamus et Paddy Burke étaient florissantes. Cela lui faciliterait la tâche d'avoir une flotte à sa disposition pour ruiner les Montagu.

Chaque soir, il rejoignait les deux hommes dans la tour. Ils lui racontèrent comment la révolte avait grondé en Irlande, après la mort de son grand-père, et comment les troupes anglaises avaient soumis leur peuple par la force.

— Ce vaurien de William Pitt propose un Acte d'Union pour transférer le contrôle législatif de l'Irlande de Dublin à Westminster. Il va acheter les électeurs à coups de pots-de-vin ! se lamenta Shamus.

— Père, des affaires urgentes m'appellent en Angleterre, dit Sean. Je vais devoir m'absenter.

— Maintenant que vous êtes le comte de Kildare, milord, je suppose que vous allez poursuivre l'œuvre de votre grand-père pour notre cause ? dit Paddy.

L'expression de Sean se durcit.

— L'Irlande attendra, monsieur Burke. J'ai, pour l'heure, des projets plus personnels.

— Va, mon fils, dit Shamus. Et que nos trois disparus te gardent.

Avec un équipage de FitzGerald tous plus vaillants les uns que les autres, Sean O'Toole retourna à Londres à bord de l'*Enfer*. Pendant la traversée, il consulta la liste des ennemis des Montagu et retint quelques noms. Sir Horace Walpole et son fils, des politiciens avisés farouchement opposés à toutes les propositions soutenues par Montagu et Sandwich à la Chambre des lords. Mais Sandwich devait son poste à l'Amirauté à son grand ami le duc de Bedford. A eux deux, ils formaient une force non négligeable.

Sean sourit en découvrant l'annotation portée

par Johnny à côté du nom du duc de Newcastle. Johnny Montagu était bien plus perspicace qu'il n'en avait l'air. Sa note spécifiait que le duc de Newcastle était le plus grand ennemi du duc de Bedford.

Le comte de Kildare décida d'inviter ces éminentes personnalités à dîner au Savoy. Quand il leur aurait révélé de quels actes de trahison les Montagu s'étaient rendus coupables envers leur roi et leur pays, ceux-ci ne feraient plus de vieux os à l'Amirauté…

Après son mariage, Esmeralda sombra peu à peu dans la mélancolie. Des années de pratique lui avaient appris à dissimuler ses sentiments afin de rendre sa vie entre les murs sinistres de Portland Square plus supportable.

Toutefois, un événement étrange se produisait depuis quelque temps. Chaque jour, à seize heures trente précises, des nausées lui soulevaient le cœur, accompagnées d'une horrible angoisse. Elle ne comprit pas tout de suite l'origine de son malaise, puis elle se rendit compte que c'était l'heure à laquelle son mari quittait l'Amirauté. Dès cet instant, elle pouvait dire adieu à sa tranquillité. Pour combattre son anxiété, Esmeralda prit l'habitude d'aller faire une promenade en solitaire.

Ce jour-là, la jeune femme se sentait particulièrement oppressée. Durant la nuit, Jack avait tenté de lui faire l'amour deux heures durant avant d'exploser :

— Tu n'es pas seulement glaciale, tu es frigide ! Emma, je crois que tu n'es pas normale !

— Tu n'aurais jamais dû m'épouser.

— Cela ne peut pas durer ainsi ! A partir de demain, les choses vont changer. Je ne veux plus te voir pleurer. Tu dois participer, Emma, me manifester un peu de tendresse, de chaleur ! J'ai l'impression de faire l'amour à un cadavre !

À seize heures trente précises, elle sortit donc prendre l'air pour calmer son angoisse, plus violente que jamais. Au lieu de faire le tour de la place, elle se dirigea vers Baker Street, plus animée que Portman.

Une voiture s'arrêta soudain à sa hauteur. La portière s'ouvrit et un homme descendit. Les yeux verts s'agrandirent dans le visage blême en forme de cœur.

— Esmeralda.

Elle parcourut lentement les traits taillés à la serpe, la peau brune, les yeux gris qui la détaillaient avec acuité. Il portait des cuissardes de cuir sur un pantalon à taille haute et un long manteau noir qui ne cachait rien de ses larges épaules. Une chemise d'un blanc immaculé et des gants de daim noir complétaient sa tenue.

— Sean, dit-elle dans un souffle.

Il lui offrit son bras.

— Venez, Esmeralda.

Elle hésita. Il ne fallait pas, elle était une femme mariée, elle ne l'avait pas vu depuis cinq ans, il était irlandais. Tout ce qu'on lui avait appris à exécrer. Ces retrouvailles lui parurent déplacées. Ne voyait-il pas qu'ils étaient deux êtres différents aujourd'hui ? Rien ne serait plus jamais comme avant.

Pourtant, elle regarda sa main tendue et y posa la sienne. Sans un mot, il l'aida à monter dans la voiture et frappa sur le toit avec sa canne d'ébène pour donner au cocher le signal du départ.

Les questions se pressaient dans l'esprit de la jeune femme. Il avait considérablement changé. Une maturité virile et ténébreuse avait éclipsé sa jeunesse. Il n'émanait de lui que force et dureté. Même ses lèvres, qui l'avaient si souvent embrassée dans ses rêves, semblaient avoir perdu toute douceur. Son corps mince et bien découplé exprimait la puissance. Le danger. La menace.

— Je vous emmène visiter l'*Enfer*, Esmeralda.

— On m'appelle Emma maintenant.

Il plongea ses yeux gris dans les siens.

— Non, vous vous appelez toujours Esmeralda. Et vous resterez Esmeralda à jamais. C'est un très beau prénom.

En effet, songea-t-elle, surtout dans sa bouche. Elle prit conscience de tout ce qu'il lui en coûtait d'être devenue Emma. Un prénom terne et lourd qui lui était étranger.

— La Tamise, c'est trop loin... Il faut que je rentre.

— Pourquoi ? demanda-t-il doucement. Est-ce que quelqu'un vous attend ?

Esmeralda pensa à Portman Square et frissonna. En s'attardant, elle s'attirerait des ennuis.

Comme s'il lisait en elle, il ajouta :

— Détendez-vous. Vous ne risquez rien.

Indécise, elle se demanda si elle oserait visiter son voilier, puis il lui apparut qu'avec Sean auprès d'elle, elle aurait toutes les audaces.

La voiture s'arrêta près de l'embarcadère. Les mouettes tournoyaient au-dessus des mâts en poussant des cris stridents.

Sean aida sa passagère à descendre de l'attelage et ne lâcha sa main que lorsqu'elle fut sur le pont de l'*Enfer*. Il remarqua qu'elle relevait la tête et que ses narines frémissaient tandis qu'elle inhalait l'âpre brise marine, tel un élixir de vie. Comme si elle venait de retrouver sa liberté... Il reconnut le geste — il le faisait depuis qu'il s'était évadé.

Il l'observa intensément. Le simple plaisir de voir les bateaux glisser sur le fleuve chassa la tristesse qui ternissait son regard d'émeraude. Elle caressa la rampe d'acajou tandis qu'ils descendaient dans la cabine et ses joues s'empourprèrent quand elle se souvint du jour où elle avait surpris Bridget Fitz-Gerald dans le plus simple appareil...

— Je me souviens de tout comme si c'était hier.

— Ce n'était pas hier, Esmeralda, c'était il y a cinq ans.

Elle se tourna vers lui.

— Je croyais ne jamais vous revoir. Après la... disparition... de ma mère, mon père nous a tous ramenés à Londres. Depuis, nous vivons très... différemment. Je n'ai pas eu une seule nouvelle de votre famille. Et vous ? Où étiez-vous pendant ces cinq années ? Qu'avez-vous fait ?

Il l'étudia à travers ses paupières mi-closes.

— Je vous narrerai tout cela par le menu pendant que nous voguerons vers l'Irlande.

— Quoi ? Mais vous ne pouvez...

Elle se rendit soudain compte que le bateau bougeait. Elle courut sur le pont et vit que l'*Enfer* hissait les voiles.

— Mais... que faites-vous ? Je ne vous permets pas de m'emmener en Irlande !

Les yeux gris pétillèrent d'amusement.

— Je vous enlève, Esmeralda. Vous n'avez pas votre mot à dire.

— Sean O'Toole, auriez-vous perdu la tête ? Je suis mariée !

Les yeux gris pétillèrent de plus belle.

— Oui, vous êtes mariée à mon ennemi, Jack Raymond. Mon autre ennemi s'appelle William Montagu, votre père. Ils ont en commun une chose inestimable dont j'ai l'intention de les priver.

— Quoi donc ?

— Vous, Esmeralda.

— Vous êtes fou ! Vous ne pouvez faire une chose pareille !

— C'est fait, Esmeralda.

Elle courut jusqu'au bastingage. L'*Enfer* quittait l'embouchure de la Tamise.

Sean la rejoignit d'un pas résolu. Elle ouvrit de grands yeux effrayés quand il avança vers elle sa main gantée. Il ôta la perruque poudrée de sa tête et la laissa s'envoler au gré du vent. Les longues boucles noires se déployèrent alors comme une crinière indomptable. Après un bref instant de stupeur, elle partit d'un grand éclat de rire.

Je parie que c'est la première fois qu'elle rit en cinq ans. Il avait envie qu'Esmeralda exprime ses sensations, jouisse de sa liberté retrouvée. Il reconnaissait la moindre de ses émotions pour avoir vécu exactement la même chose après son évasion. Les textures étaient si riches qu'on ne pouvait s'empêcher de les toucher, les couleurs, si vives, métamorphosaient le monde en une palette luxuriante. Le simple fait de regarder faisait venir les larmes aux yeux.

— Les Montagu ont fait de vous une lady anglaise fade et pitoyable. Je compte balayer toute trace de leurs méfaits jusqu'à ce que vous redeveniez l'Irlandaise resplendissante que j'ai connue.

— Les Montagu haïssent les Irlandais.

Sean sourit jusqu'aux oreilles.

— Je sais. Quelle douce revanche !

Ce fut seulement alors qu'Esmeralda prit vraiment conscience de ce qui lui arrivait. Il la kidnappait, purement et simplement. Les souvenirs remontèrent à la surface. Lors de leur première rencontre, elle avait rêvé qu'un jour il reviendrait pour l'emmener en Irlande, où ils vivraient heureux pour toujours. Eh bien, ce jour était arrivé !

A ceci près qu'il n'était plus le Prince Charmant, mais l'incarnation du diable... Il la tenait à sa merci. En même temps, une part d'elle-même se sentait soulagée de ne pas rentrer dans le mausolée des Montagu ce soir...

14

— Esmeralda ?

Elle sursauta en l'entendant prononcer son nom. Depuis deux jours, elle l'avait à peine vu.

— Que voulez-vous ?

— Que vous cessiez d'avoir peur de votre ombre. Votre angoisse vous empêche de respirer.

Il lui montra l'immensité de la mer qui rejoignait le ciel à l'infini.

— Je veux que vous appréciiez l'Irlande et tout ce qui s'y rattache.

Les contours de l'île se dessinaient à travers la brume.

— C'est là que le ciel en colère et la mer en fureur s'affrontent depuis des générations. Sur cette île romantique, mystique, hors du temps. Le paradis en enfer. Enivrez-vous de sa beauté. Elle vivra dans votre sang à jamais. Respirez profondément, Esmeralda. Vous sentez son odeur ?

Les narines d'Esmeralda frémirent. Elle huma des senteurs vertes, luxuriantes, mystérieuses.

— Oui… C'est une odeur très… particulière.

— Celle de la liberté. La plus merveilleuse qui soit.

Elle respira de nouveau, à pleins poumons, remarquant le ciel changeant sur la mer. *La liberté, oui. Je me sens vraiment libre, comme si je venais de m'évader de prison…* Esmeralda tourna les yeux vers Sean.

— Auriez-vous été mis en captivité ?

— Oui, répondit-il gravement sans la quitter des yeux.

— Mon père et Jack y sont-ils pour quelque chose ?

— C'est eux qui m'ont fait emprisonner.

Esmeralda fut surprise sans l'être. Elle savait son père capable de tout, et Jack était à sa botte. Voilà donc pourquoi Sean l'avait enlevée — pour les punir ! Un petit rire sans joie lui échappa. Il les punissait, oui, mais uniquement parce qu'ils lui avaient dérobé un bien qui lui appartenait, pas parce qu'il l'aimait.

Tandis qu'il l'observait, Sean comprit qu'elle était si vulnérable qu'il n'avait qu'à lever le petit doigt pour qu'elle lui tombe dans les bras. Non, il prendrait son temps, savourerait ce moment. Pourquoi se hâter ? D'ailleurs, séduire une pâle copie d'Esmeralda ne l'intéressait pas. Il voulait conquérir la belle et sauvage Irlandaise. Il l'aimait impérieuse, provocante, envoûtante. Il faudrait qu'elle le défie, telle une déesse inaccessible. Alors seulement il la séduirait. Triomphalement !

Assise sur une glène, Esmeralda attendit patiemment que l'*Enfer* jette l'ancre.

Sean lui tendit la main.

— Venez. Castle Lies vous attend.

Il la conduisit galamment jusqu'à Greystones. Nora Kennedy les accueillit dans l'entrée et s'inclina devant son maître.

— Bienvenue chez vous, milord.

— Nora, voici Esmeralda FitzGerald. Elle va vivre avec nous, ajouta-t-il avec un petit sourire.

Embarrassée, Esmeralda voulut retirer sa main, mais il l'en empêcha et entrelaça ses doigts aux siens. Avec satisfaction, il la vit relever fièrement la tête.

— Elle occupera la chambre contiguë à la mienne. A cause de la vue, ajouta-t-il malicieusement.

Il se dirigea vers le grand escalier et Esmeralda n'eut plus qu'à le suivre.

La chambre, jaune pâle, donnait l'impression d'être toujours ensoleillée. D'immenses fenêtres à petits carreaux ouvraient sur le jardin et les bois proches. Au-delà, de vertes collines doucement ondulées se dressaient jusqu'à d'imposantes montagnes violettes.

Ils pénétrèrent dans la chambre adjacente, celle de Sean, Nora Kennedy sur leurs talons.

— Et si vous vous lassez de votre panorama, vous pourrez venir ici.

Il l'entraîna jusqu'à la fenêtre qui surplombait la mer et scruta attentivement son visage.

Il semblait ne jamais la quitter des yeux et ce regard inquisiteur rendait Esmeralda infiniment consciente d'elle-même. Elle se redressa et secoua ses boucles ébouriffées. Les joues rosies, elle dénoua ses doigts de ceux de Sean et regagna la chambre jaune. Elle remarqua alors qu'il y avait des miroirs partout — sur les murs, près du lit, au-dessus de la coiffeuse — et elle se trouva bien terne dans sa robe guindée. Elle baissa les yeux, comme on le lui avait enseigné.

Sean était revenu à ses côtés, la surplombant de sa haute taille.

Elle le regarda.

— Je n'ai pas de vêtements de rechange !

Puis elle rougit en se rappelant la présence de Nora.

Sean se mit à rire.

— Estimez-vous heureuse de n'avoir pas d'autre robe dans le style de celle-ci ! A Castle Lies, nous faisons venir des étoffes du monde entier. Demain vous ferez votre choix parmi des soies, des velours, des dentelles de mille et une nuances. Certaines couleurs vous étonneront.

— Il n'est pas question que vous m'habilliez !

Il haussa les épaules.

— Dans ce cas, vous devrez vous promener nue car j'ai l'intention de jeter au feu ces horreurs que vous portez... à moins que vous ne vouliez vous réserver le plaisir de les brûler vous-même ?

— Oh, oui ! s'écria-t-elle spontanément.

Sean eut un sourire approbateur.

— C'est donc décidé... vous irez nue !

— Milord, vous devriez avoir honte de vous amu-

ser à faire rougir ainsi cette pauvre jeune fille!
intervint Nora.

— Ah, ces femmes! s'exclama Sean en faisant un
clin d'œil à Esmeralda. Toujours à se liguer contre
moi. Qu'est-ce qui m'a pris d'en enlever une!

— Vous l'avez enlevée? s'étrangla Nora.

Il caressa lentement du regard les lèvres d'Esmeralda, la courbe de ses seins, revint se perdre dans
le vert de ses yeux.

— Je n'ai pas pu résister, lança-t-il avant de disparaître dans sa chambre.

Pour cacher sa confusion, Esmeralda alla à la
fenêtre. Des volutes de brume dansaient dans le jardin. Elle ferma doucement les battants.

— Où est Kathleen? demanda-t-elle timidement.

— Elle repose dans sa tombe, Dieu ait son âme!
répondit Nora. Je reviens tout de suite, madame.

Une fois seule, Esmeralda s'aperçut que ses jambes
ne la portaient plus et elle se laissa tomber sur le
vaste lit. Les émotions faisaient rage dans son esprit
sens dessus dessous. Elle eut la bizarre impression
de se dédoubler.

Quelles sont ses intentions? demanda Emma.

Tu le sais parfaitement! répondit Esmeralda.

Pas du tout!

Il veut te voir déambuler nue!

Esmeralda ne crut pas nécessaire d'argumenter
davantage. Prise d'une étrange faiblesse, elle se remémora les jours bénis d'Anglesey, et l'après-midi où
Sean et elle s'étaient couchés sur le sable, au soleil. Le
bel Irlandais l'avait subjuguée. Il avait ravi son cœur à
jamais. Elle le trouvait encore plus séduisant aujour-
d'hui, avec son corps mince, son visage buriné et son
regard d'acier qui la transperçait jusqu'à l'âme.

*Tu n'es qu'une créature impudique, comme ta
mère!* accusa Emma.

Peut-être, oui… admit rêveusement Esmeralda.

Sa main effleura le couvre-lit richement brodé, puis

140

elle se leva pour voir le soir déposer ses voiles d'ombre sur l'Irlande. Des histoires de forêts enchantées avaient peuplé son enfance. Son cœur cogna dans sa poitrine quand elle entendit la porte. *Il arrive!*

Ce n'était que Nora Kennedy, les bras chargés d'une pile de draps et de serviettes de toilette.

— Le lit est déjà fait, dit Esmeralda.

— Mais pas comme le maître l'exige. Il ne supporte que linge séché au grand air, repassé de frais, immaculé et parfumé à la lavande.

— Je vois, murmura Esmeralda.

La conclusion était évidente: le *maître* entendait dormir dans ces draps...

— Vous vous habituerez à la longue. Le comte est un perfectionniste.

— Le comte?

— Il est comte de Kildare, vous l'ignoriez?

Tout s'embrouillait de nouveau dans la tête d'Esmeralda.

— Je m'en vais demander à Mary Malone de vous préparer un plateau. Vous devez mourir de faim.

Esmeralda s'installa dans un confortable fauteuil à oreillettes et se remémora une fois de plus la nuit de l'anniversaire des O'Toole. Les paroles de son père lui revinrent à l'esprit: *J'ai convaincu Shamus O'Toole de fiancer Esmeralda et son fils Joseph. Je te présente la future comtesse de Kildare!* avait-il dit à Amber.

Sean ne pouvait être comte de Kildare que si Joseph était mort. Elle avait toujours cru que sa mère s'était sauvée avec lui, mais les choses s'étaient peut-être passées autrement. Tant de questions sans réponses l'agitaient! Sean aurait-il perdu toute sa famille? Après un moment d'hésitation, elle se leva et s'arrêta devant la porte de communication. Elle frappa. Pas de réponse. Retenant son souffle, elle entrebâilla le battant et parcourut la chambre du regard. Elle était vide.

Dans la tour de guet, trois hommes sirotaient du whisky fleurant bon la tourbe.

— Tu es resté absent un mois. Je commençais à m'inquiéter.

— Ne t'inquiète plus jamais pour moi, père. Je nargue le destin. J'ai décidé de me venger, et rien ne pourra se mettre en travers de ma route.

— Mais les Montagu sont tellement rusés…

— Rusés, ces crétins d'Anglais ? Des amateurs en la matière, rien de plus.

Paddy Burke fronça les sourcils.

— Vous avez ramené la fille de Montagu ?

— Oui, monsieur Burke, répondit calmement Sean.

— Dommage que tu n'aies pas ramené son père en même temps. Qu'il pose l'ombre d'un pied sur mes terres, et c'est un homme mort !

— Je ne veux pas qu'il meure tout de suite, père. J'ai longuement discuté avec sir Horace Walpole et d'autres politiciens influents. Je leur ai dit que les Montagu avaient tout le Pale dans leurs poches et qu'ils pouvaient faire entrer ou sortir n'importe quoi d'Irlande en toute impunité. Ils savaient que des pots-de-vin circulaient, mais sans suspecter les Montagu. Je leur ai également appris que William Montagu s'était servi de sa position à l'Amirauté pour vendre des fusils au précédent comte de Kildare, des fusils destinés à l'armée anglaise. J'ai glissé que seule la complicité de son frère, Sandwich, premier lord de l'Amirauté, a rendu cette félonie possible.

— Et ils t'ont cru ? s'enquit Shamus.

— Oh, oui ! J'ai mis le feu aux poudres, crois-moi !

Shamus vida son whisky et se lécha les lèvres.

— Les Montagu sont tellement aveuglés par leur

haine et leur mépris des Irlandais qu'ils ne se rendent pas compte à quel point ils nous sous-estiment.

— Conquérir l'amitié du duc de Newcastle m'a pris un certain temps, mais je suis arrivé à mes fins, ajouta Sean. La duchesse est charmante.

— J'espère que tu n'as pas l'intention de faire carrière dans le kidnapping de femmes mariées ? La fille de Montagu devrait te suffire.

— Elles sont tellement sensibles au charme irlandais ! plaisanta Sean.

— Comment Newcastle peut-il nous aider ?

— C'est un proche du roi. Il pourrait par exemple le prévenir qu'en ce moment même Montagu fait du trafic d'esclaves. Les cargaisons sont enregistrées sous un autre nom, bien sûr — celui de Jack Raymond.

— La loi n'a-t-elle pas aboli ces pratiques ? s'étonna Paddy.

— Elle est sur le point de passer au Parlement, dit Sean, mais cela n'empêche pas la traite des Noirs de continuer. Quand le roi et son Premier ministre Pitt apprendront que le premier lord de la marine anglaise fait du commerce d'esclaves, ce dernier sera châtié comme il le mérite.

— Les Montagu sont des amis du prince de Galles. Cette relation ne les met-elle pas à l'abri ? s'inquiéta Shamus.

— Détrompe-toi, père. C'est le roi George qui dirige l'Angleterre. Son adipeux de fils n'est qu'un bouffon.

— Parfait ! Si ces salauds perdent leur position à l'Amirauté, cela produira un tel scandale que nous serons vengés !

— En partie, père. Ils seront certes discrédités aux yeux de la bonne société, mais ils auront toujours leur fortune. J'ai l'intention de les acculer également à la ruine. J'ai donné de nouveaux ordres aux capitaines de plus de la moitié de notre flotte.

Sean posa son verre et s'étira.

— Bonne nuit à tous les deux, dit-il.

Paddy le suivit jusqu'à la porte.

— Est-ce que la fille sait que sa mère vit tout près d'ici, à Wicklow ?

— Non. Elle ne sait rien d'Amber, telle est ma volonté.

— Avez-vous l'intention de la violer ?

— La violer ? La posséder seulement charnellement ne m'intéresse pas, monsieur Burke. Je la veux corps et âme.

Il ne restait plus grand-chose de l'homme du monde en lui, songea Paddy. Sous l'humour et le charme de Sean O'Toole se cachait le Prince des Ténèbres...

Esmeralda dîna seule. Le repas fut délicieux, bien supérieur à tout ce qu'elle avait jamais mangé à Portman Square. Chaque fois que la porte de sa chambre s'ouvrait, son cœur s'affolait, mais seule Nora Kennedy troubla sa solitude.

— Je vous ai fait préparer un bain, madame. Si vous voulez bien me suivre.

Habituée à obéir docilement, Esmeralda lui emboîta le pas.

D'une taille impressionnante, la salle de bains entièrement carrelée de marbre blanc possédait elle aussi des miroirs sur tous les murs. Dans un panier en argent elle vit tout un assortiment de savons, d'onguents et d'éponges. Et, à côté, une pile de serviettes blanches moelleuses.

Esmeralda n'osa pas se déshabiller tout de suite. Elle porta les doigts à la broche d'argent fixée à sa chemise, à l'abri des regards indiscrets. Et la vérité se fit jour en elle. Sean avait assisté à son mariage. Il avait lui-même déposé le cadeau parmi les autres ! Oh, pourquoi ne l'avait-il pas enlevée avant qu'elle soit légalement unie à Jack Raymond ? Avec un long soupir, elle entra dans l'eau et se lava en évitant de surprendre son reflet dans les miroirs.

De retour dans la chambre, elle remit sa chemise et s'assit dans son lit. Elle caressa nerveusement le petit dauphin en attendant Sean. Quel être diabolique ! Pourquoi ne venait-il pas tout de suite, qu'on en finisse ? Elle ne se laisserait pas faire, songea-t-elle en frissonnant de dégoût à l'évocation de ses relations physiques avec Jack.

Les bougies se consumèrent lentement et Esmeralda se mit à bâiller. Se remémorant son incroyable aventure, elle se demanda ce qu'allaient faire son père et son mari quand ils découvriraient sa disparition. Ses yeux se fermèrent. Jamais ils ne devineraient où elle était.

Esmeralda se trompait. A Portman Square, Jack Raymond et William Montagu savaient exactement où elle était. Une rage impuissante leur fit grincer des dents quand ils prirent connaissance du billet qu'on leur avait apporté. Il n'était pas signé mais ils comprirent instantanément qui en était l'auteur.

Esmeralda ne sera rendue à sa famille aimante qu'avec un bâtard irlandais dans le ventre.

— Tu aurais dû tuer ce salaud la nuit où tu as poignardé Joseph ! accusa Montagu.

— Nous avons tous deux poignardé Joseph O'Toole ! rectifia Jack. Vous ne croyez tout de même pas que vous allez vous laver les mains de ce crime !

Pour l'heure, les deux hommes avaient suffisamment de soucis sans qu'Esmeralda vînt y ajouter le déshonneur. Non seulement le comte de Sandwich venait d'être accusé d'incompétence et de corruption, mais il faisait l'objet d'une enquête pour trahison. Les Montagu avaient beau se démener pour étouffer les ragots, le Tout-Londres n'avait déjà que ce scandale à la bouche.

— Nous irons la chercher tous les deux et nous la ramènerons, déclara Jack.

— Tu n'y penses pas ? A la minute où nous mettrons le pied sur leur île nous serons des hommes morts. Shamus O'Toole attend ce moment depuis des années. Il ne me ratera pas.

— Dans ce cas, envoyons-lui John... Il sera notre émissaire et leur demandera ce qu'ils veulent en échange de ma femme.

— Sean O'Toole est comte de Kildare. Il est très puissant. Crois-tu que John soit de taille à traiter avec lui ?

— Il est notre seul espoir.

Sans se soucier le moins du monde des risques auxquels il exposait son fils, Montagu tomba d'accord avec son gendre.

— Brûle ce billet avant qu'il ne tombe entre les mains d'un domestique. Nous avons assez de scandales comme ça dans la famille.

15

Au matin, quand Esmeralda se réveilla, elle était seule dans la chambre jaune. Au même moment, Sean entra par la porte de communication. La jeune femme remonta le drap jusqu'au menton et baissa les yeux.

— Je ne vous laisserai pas gâcher une seule minute de cette magnifique journée, déclara-t-il.

La mine espiègle, il saisit drap et couvertures au pied du lit et, d'un mouvement vif du poignet, les enleva.

Esmeralda se recroquevilla sur elle-même.

146

Sean redevint sérieux.

— Bon Dieu, à quoi bon taquiner une fille si elle n'entre pas dans le jeu!

— Que voulez-vous que je fasse? murmura-t-elle.

— Je veux que vous ouvriez grands vos splendides yeux verts. Je veux que vous souriiez, que vous riiez, que vous soyez coquette. Je veux voir en vous l'effet de toutes les émotions qui viennent naturellement à toutes les jolies femmes. On vous a confinée dans une boîte. Je viens d'en ouvrir le couvercle! Vous avez le droit de rire, Esmeralda, de rire aux larmes! Le droit de vous mettre en colère. Quand j'enlève vos couvertures, je veux que vous vous défendiez comme une tigresse. Je veux vous voir secouer vos boucles et vous admirer dans chaque miroir de cette maison. Je veux que vous dépensiez des sommes extravagantes pour vos robes, jusqu'à me mettre au bord de la ruine. Je veux voir briller en vous la flamme de la passion, le goût de vivre!

Elle s'attendait si peu à un tel discours qu'elle se détendit peu à peu malgré elle.

Sean aperçut la broche en argent.

— Je veux que vous portiez des bijoux sur votre chemise, et sans les cacher, parce que vous n'êtes pas comme les autres. Esmeralda, vous êtes irlandaise, que diable! Réveillez-vous!

Ses paroles lui insufflèrent le courage d'affronter son regard. Il portait des bottes et une culotte de cheval noires. Sa chemise de lin blanc était déboutonnée au col et des gants de cuir noir cachaient ses mains. Il s'assit près d'elle sur le lit.

— Qu'aimeriez-vous faire aujourd'hui?

A cet instant, Nora Kennedy apparut avec le plateau du petit déjeuner. En voyant le couple sur le lit, elle s'arrêta net et la jeune femme s'empourpra.

— Nora, je suis un homme, pas un moine. Elle m'attire comme un aimant. Mieux vaudrait vous y faire, ajouta-t-il dans un sourire.

Bien qu'il s'adressât à la gouvernante, Esmeralda comprit que c'était à elle qu'il parlait. Il se leva, prit le plateau des mains de Nora et le déposa sur les genoux d'Esmeralda.

— Une couturière va venir de Dublin, mais elle ne sera pas là avant des heures. Si je vous déniche une tenue, viendrez-vous vous promener à cheval avec moi ?

Elle acquiesça et il partit en quête de vêtements. Esmeralda se sentit infiniment plus à l'aise sans ce regard rieur posé sur elle.

— Il a dormi dans sa propre chambre, dit-elle timidement à Nora.

— Je ne me mêle pas de savoir dans quelle chambre dort le comte, répliqua Nora avant de s'éclipser.

Tout en déjeunant, Esmeralda songea à l'attitude de Sean. Elle n'avait guère d'expérience en matière de séduction, mais il la courtisait, elle en aurait juré. Son assurance monta d'un cran.

Sean revint avec l'une de ses chemises et une culotte de garçon.

— Je vous donne cinq minutes. Frappez à ma porte quand vous serez prête.

Quatre minutes s'écoulèrent durant lesquelles Esmeralda resta à observer les habits. Elle se réveilla brusquement et les enfila en moins d'une minute.

Quand Sean ouvrit la porte, il lui adressa un sourire radieux.

— Vous avez beaucoup à apprendre, jeune Irlandaise. Quand un homme vous donne cinq minutes, il faut le laisser languir des heures !

— Ecoutez, soyez sérieux, d'accord ? Je ne peux pas sortir ainsi... Regardez-moi !

— Vous allez rendre fous tous mes lads. Je n'ai pas vu de plus jolie chute de reins depuis des années et vos seins se dessinent sous la chemise avec une rare impertinence. Où est le problème ?

— Le problème, c'est vous.

Il posa un doigt ganté de noir sous son menton et releva son visage pour la regarder dans les yeux.

— Et ce n'est qu'un début, jeune Irlandaise !

Elle écarta son doigt et se campa face à lui, poings sur les hanches. Au moment où elle ouvrait la bouche pour lui dire sa façon de penser, il se baissa souplement et la fit basculer sur ses épaules.

— C'est parti ! lança-t-il en quittant la pièce au galop.

Esmeralda allait crier quand une nouvelle folie le prit. Enfourchant la rampe de bois poli, il la descendit en glissade avec Esmeralda sur son dos. Une fois en bas, ils atterrirent sur le tapis, lui dessous, elle dessus.

— Aïe ! Mais vous êtes fou !

— J'ai amorti la chute ! protesta-t-il en riant.

— Amorti ? Vous êtes plus dur que du marbre !

Il roula les yeux.

— Jeune Irlandaise, vous ne vous imaginez pas à quel point !

M. Burke choisit ce moment pour surgir dans le vestibule, deux chiens sur ses talons. Quand les animaux virent le couple par terre, ils se précipitèrent aussitôt sur eux pour se mêler à la bataille. Le chien-loup de Sean se roula sur le dos avec son maître tandis que le lévrier venait lécher l'oreille d'Esmeralda.

La jeune femme éclata de rire.

— Oh, j'ai toujours rêvé d'avoir un chien, mais ils n'ont jamais voulu !

Sean lui tendit la main et la mit debout.

— Prenez les deux ! offrit-il.

Et il s'élança vers l'écurie, l'entraînant à sa suite, les chiens bondissant autour d'eux.

— Vous voulez un chat ? Une poule ? ajouta-t-il, feignant d'en poursuivre une.

— Arrêtez ! le supplia-t-elle, riant aux éclats tout en s'efforçant de reprendre son souffle.

— J'aime jouer avec vous.

L'intensité de sa voix émut Esmeralda qui reperdit le souffle, mais pour une autre raison.

— La sellerie est là-bas. Trouvez-vous une paire de bottes pendant que je selle les chevaux.

Lorsqu'il la souleva peu après pour la mettre en selle, elle adora le contact de ses mains autour de sa taille.

— Une lady ne monte pas à califourchon, dit-elle pour cacher sa confusion.

— Je ne veux pas que vous ressembliez à une lady, murmura-t-il d'une voix rauque, l'imaginant sur lui dans la même position.

A cette seule pensée, il avait la bouche sèche.

— C'est Lucifer, l'étalon que vous avez reçu en cadeau d'anniversaire cette année-là ?

— Oui, acquiesça-t-il en caressant l'encolure de l'animal. C'était encore un poulain, à l'époque, jeune et turbulent.

— Comme vous.

Ils se regardèrent brièvement et Esmeralda enchaîna sur une autre question :

— Etes-vous comte de Kildare ?

— Pour vous, je préfère être Sean, rien de plus.

— Si vous êtes le comte, cela signifie que votre frère Joseph est mort.

— Paix à son âme, murmura Sean avant de mettre sa monture flanc contre flanc avec la sienne. Esmeralda, le tempérament irlandais s'accorde au temps. Aujourd'hui, le soleil brille. Soyons donc d'humeur légère. Le ciel change vite, ici. Nous aurons maintes occasions de sombrer dans la noire mélancolie qui mène au désespoir.

Esmeralda devina qu'elle ne tirerait rien de lui, aussi regarda-t-elle le ciel pour oublier tous ses soucis. Elle était dans son Irlande bien-aimée, pourquoi ne pas jouir du moment présent ?

Tandis qu'ils chevauchaient, le ciel changeait sans cesse. Un instant serein et bleu azur, il se couvrait soudain de nuages menaçants. Puis, tout d'un coup, le soleil brillait de nouveau entre les nuées.

Sean désigna du doigt les verts pâturages.

— Les couleurs foncent ou s'éclaircissent comme par magie. Et l'air a une qualité différente en fonction du moment de la journée.

— L'Irlande est vraiment un pays unique, dit Esmeralda, sous le charme.

— En été, le soleil se couche toujours dans un incendie de jaunes, de rouges ou de roses, même s'il a fait un temps gris.

— Les mots semblent glisser entre vos lèvres comme une source d'eau pure.

La sensualité de sa voix émut Sean, attisant son désir, mais l'aboiement des chiens les rappela à la réalité. Sean lança sa monture au galop et le lévrier le devança aussitôt. Esmeralda n'avait pas chevauché ainsi depuis son dernier été à Anglesey. Pressant les genoux contre les flancs de la jument, elle l'aiguillonna pour rattraper le jeune démon qui la menait à un train d'enfer.

Ils suivirent les rives de la Liffey pendant plusieurs lieues, admirant les chutes d'eau et les fleurs sauvages. Sean ralentit pour qu'Esmeralda puisse rester à sa hauteur.

— Cela vous plairait de voir un endroit que l'on appelle Salmon Leap?

Elle acquiesça, se réjouissant de mettre pied à terre.

A la jonction du Rye et de la Liffey, il l'aida à descendre de selle et attacha les montures à un arbre. Les rivières qui se mêlaient dans une magnifique chute écumante offraient un spectacle de toute beauté. Sean prit la main d'Esmeralda et l'entraîna au bord de l'eau. Il s'allongea à plat ventre dans l'herbe et l'invita à s'étendre près de lui.

Fascinés, ils observèrent les saumons sautant pour atteindre le sommet de la chute. La plupart retombaient dans des gerbes d'éclaboussures, certains sur le ventre, d'autres sur le dos.

— Oh, les pauvres ! murmura Esmeralda.

— Non, regardez bien. Ils sautent ainsi pour mesurer la hauteur exacte qui les sépare du sommet. En général, ils réussissent au deuxième essai.

— Pourquoi font-ils cela ?

— Pour remonter le courant afin d'aller pondre. C'est l'instinct de survie qui les mène.

Ils contemplèrent un moment les acrobaties des saumons. Esmeralda sentit la main de Sean qui l'effleurait. Elle y blottit la sienne, si blanche contre le cuir noir. Les yeux gris s'attardèrent longuement sur le petit visage en forme de cœur puis, lentement, Sean approcha ses doigts de ses lèvres et les embrassa un à un.

Cette caresse propagea dans le corps de la jeune femme des ondes frissonnantes. Jamais de sa vie elle n'avait été aussi consciente d'être une femme... mais Sean O'Toole était un homme dangereux, troublant.

Ces sensations n'étaient pas nouvelles. Il l'avait toujours affectée de la sorte. Durant toutes ces années où elle ne l'avait pas vu, elle avait tenté de l'oublier mais il n'avait jamais cessé de hanter ses rêves. A présent, il était là, tout près, et elle n'était plus maîtresse des sentiments qu'il lui inspirait. Il l'envoûtait.

— Venez, dit-il soudain en l'aidant à se lever. Il est temps de s'occuper de votre garde-robe.

Nora Kennedy avait installé Mme McBride et ses ouvrières dans l'une des salles de réception. La couturière était tout émoustillée d'avoir été demandée à Greystones par le comte de Kildare et fort curieuse de connaître l'identité de la femme pour qui il commandait toutes ces robes. Quand elle tenta de questionner Nora Kennedy à ce sujet, elle fut remise à sa place dans les règles. Nora ne détestait pas bavarder mais jamais avec des étrangères.

Quand le maître des lieux apparut, Esmeralda toute dépenaillée sur ses talons, Nora lui signala d'un geste direct la pièce où attendaient les couturières.

— Dites à Mary de leur préparer un bon déjeuner. Nous ne serons pas prêts avant au moins une heure.

Un pied sur la première marche de l'escalier, il tendit la main à Esmeralda et ils gravirent les marches ensemble. Elle sentait son cœur cogner dans sa poitrine. Sean avait le don de lui faire perdre ses moyens. Elle ne savait jamais à quoi s'attendre avec lui.

Et certainement pas à cette immense pièce du troisième étage équipée d'étagères du sol au plafond et regorgeant d'étoffes de toutes sortes !

— Choisissez ce que vous aimez. Prenez l'échelle, si nécessaire. Je reviens.

L'échelle coulissait sur des rails tout autour de la pièce, comme dans une bibliothèque. Esmeralda avait l'impression de se trouver dans la caverne d'Ali Baba. Eblouie, elle balaya du regard les rayonnages puis, peu à peu, elle remarqua certaines couleurs, toucha différents tissus.

Sean la rejoignit après avoir fait une toilette rapide et changé de chemise.

— Vous n'avez encore rien choisi ?

— Tout est tellement beau !

— Que diriez-vous d'une tenue d'équitation pour commencer ? Marron foncé, ce serait parfait. Cette alépine lie-de-vin ferait une jolie robe d'après-midi et je suggérerais ce satin bleu ciel pour une robe du soir.

— Je... oui... une tenue d'équitation serait pratique, murmura-t-elle, sans pouvoir cacher sa déception.

— Pratique, triste, terne et sans le moindre attrait !

Elle se tourna vers lui sans comprendre.

— Vous vous moquez de moi... Pourquoi ?

— J'essaie de vous mettre à l'aise, que diable ! De vous inciter à choisir ce qui vous plairait à vous, *Esmeralda*, pas à moi ! Soyez extravagante, dépensière ! Ne vous refusez rien.

Apres une brève hésitation, Esmeralda releva le menton et désigna un coupon de soie bleu paon puis un autre vert émeraude. Sean les descendit de l'étagère. Quand ils examinèrent les mousselines, choisir entre le jaune, l'abricot, le bleu lavande et le vert d'eau fut une véritable gageure.

— Les quatre ! décida Esmeralda impulsivement.

Sean sourit et Esmeralda comprit qu'il s'amusait.

— Ce lainage de soie crème serait trop salissant pour une tenue de cheval.

— Affreusement salissant ! renchérit-elle en ajoutant l'étoffe à la pile.

Ses doigts effleurèrent ensuite un lin rouille.

— Je ne voudrais pas être trop gourmande, dit-elle.

— Pourquoi pas ? Prenez tout ce qui vous fait envie.

Elle choisit alors une cotonnade blanche entrecroisée de fils d'argent, puis un mohair violet, qui formait un contraste saisissant avec ses cheveux noirs.

Quand elle s'estima comblée, elle remercia Sean de sa générosité et il emporta les coupons dans sa chambre, où il les jeta sur le lit.

— Mme McBride occupera la chambre voisine de la vôtre. Je crains qu'elle ne doive s'installer ici un certain temps, ajouta-t-il en considérant le nombre de pièces de tissu. Si nous déjeunions, maintenant ?

— Oh, je suis trop excitée pour avoir faim ! Ne pourrions-nous commencer tout de suite ?

— Faites exactement ce qui vous plaît. L'impatience n'est qu'un charme de plus chez une belle femme.

Esmeralda retint sa respiration. Lui aussi était plein de charme, un charme troublant, infiniment sensuel, irrésistible…

Elle passa les deux heures suivantes avec Mme McBride qui prit ses mesures tout en lui décrivant les dernières tendances de la mode. Elle habillait les femmes les plus riches et elle suivait de près ce qui se passait à Londres et à Paris.

Le comte entrouvrit la porte.

— Madame McBride, puis-je vous dire un mot ?

Impressionnée par la prestance du comte de Kildare, Mme McBride trottina vers lui. Contrairement à la plupart de ses clients qui se bornaient à lui donner des ordres, il s'adressait toujours à elle très poliment.

Sean lui apportait un nouveau tissu.

— Pensez-vous pouvoir couper une robe du soir dans ce velours rouge ? Et peut-être une cape assortie, bordée de satin blanc ?

— Bien sûr, monsieur le Comte.

— Parfait. J'ai demandé à Nora Kennedy de réunir nos servantes les plus douées pour manier l'aiguille. Vous aurez besoin de nombreuses tables de travail. N'hésitez pas à réquisitionner toutes les pièces nécessaires. Il vous suffira de vous adresser à ma gouvernante. J'allais oublier… Madame McBride, je voudrais aussi que vous confectionniez un de ces petits masques de velours, un loup, je crois. Je compte emmener mon invitée au théâtre, demain soir, et je ne tiens pas à ce que tout Dublin sache qu'elle est la fille de William Montagu. D'autant plus qu'elle vient de se marier…

La couturière cilla. Quelle aubaine de se retrouver en possession d'une information aussi scandaleuse ! Qui ne connaissait pas William Montagu ! Son patron en resterait bouche bée quand elle lui apprendrait que le comte de Kildare avait enlevé la fille de Montagu et qu'ils étaient amants au vu et au su de tous !

16

Le lendemain après-midi, trois chambres furent transformées en salles de couture. Esmeralda remarqua que Sean s'attirait les regards des ouvrières dès qu'il se montrait, mais comment les en blâmer ? Il était tellement séduisant !

Un petit sourire joua sur ses lèvres. Ce matin, elle ne lui avait pas donné l'occasion de la surprendre. Quand il avait frappé à la porte de communication, elle était déjà levée et habillée. Amusé, il s'était incliné sans rien dire. Il la voulait coquette ? Qu'à cela ne tienne !

— J'ai un faible pour les culottes de cheval noires et moulantes, assorties de gants de cuir, comme le comte, dit-elle à Mme McBride.

Elle surprit le regard furtif de Sean et se sentit féminine jusqu'au bout des ongles. Oubliant son trouble, elle ajouta :

— Vous m'emmenez vraiment au théâtre ce soir ?

— Si cela vous fait plaisir, répondit-il en portant la main de la jeune femme à ses lèvres.

— Attendez de voir ma robe ! continua-t-elle, emportée par l'enthousiasme. Vous n'allez pas me reconnaître !

— Il est temps de se préparer si nous allons à Dublin. Nora vous attend en haut.

156

Une heure plus tard, Esmeralda se contemplait avec un plaisir sans mélange. Elle ne s'était jamais trouvée aussi élégante. La robe de velours pourpre dénudait ses épaules. Le décolleté profond plongeait jusqu'à la naissance de ses seins. Quant au loup de velours, il la rendait encore plus troublante sans dissimuler vraiment son identité.

Elle se détourna du miroir quand elle entendit la voix grave.

— Etes-vous prête, ma belle ?

La vue de Sean en smoking noir lui coupa le souffle. Il était plus beau, plus attirant que jamais. Une onde de désir l'enflamma tout entière. Du vif-argent courut dans ses veines.

Elle aurait voulu qu'il la soulève dans ses bras et l'emporte dans sa chambre. Un soupir lui échappa quand il s'approcha d'elle pour l'envelopper dans la cape de velours.

— Venez, dit-il en lui prenant la main.

Dans la voiture, il s'assit en face d'elle afin de pouvoir l'admirer à loisir.

— Je veux me repaître de votre beauté, dit-il.

Dans l'espace exigu, elle se retrouvait si près de lui qu'elle se troubla à l'extrême. Sans un mot, elle se laissa caresser des yeux et elle ne referma pas les pans de sa cape quand cette caresse s'attarda sur le renflement de ses seins. Elle se surprit à l'observer aussi. Ses yeux verts contemplèrent ses lèvres où ils restèrent comme accrochés. Elle brûlait de sentir sa bouche sur elle, ses mains sur son corps. Leur désir mutuel devenait presque tangible, électrique. La voix grave rompit soudain la tension.

— Qu'aimeriez-vous voir, ce soir ? Une pièce de théâtre, un opéra, un concert ?

Elle avoua qu'elle n'était jamais allée au théâtre.

— Ce qui vous plaira me plaira aussi.

— Je n'en ai jamais douté, murmura-t-il d'un ton équivoque.

Esmeralda devina qu'il ne parlait plus de théâtre. Il la dévorait des yeux, ne cessait de la provoquer, mais il lui avait seulement concédé des baisers sur le bout des doigts.

Esmeralda désirait davantage. Elle ferma les yeux en imaginant sa bouche sur la sienne. Ne savait-il pas qu'elle brûlait d'envie qu'il l'embrasse ? Quand elle rouvrit les yeux, il faisait presque sombre dans la voiture. Le soir tombait. Il lui sembla qu'il s'était renfoncé dans son siège. Refrénait-il son désir parce qu'elle était un fruit défendu ?

Sean avait très bien vu Esmeralda fermer les yeux pour lui cacher l'émoi qu'il suscitait en elle. Elle n'attendait qu'un baiser et il en frémissait d'envie. Son désir d'elle s'amplifiait d'heure en heure. Plus elle s'affranchissait de l'emprise de son père et de son mari, plus il la voulait. Mais avant de passer à l'acte, il tenait à ce qu'Esmeralda soit la proie d'un désir fou, dévorant. Insatiable. Alors seulement il la ferait sienne, corps et âme.

Au théâtre, il choisit la loge la mieux placée. Avant que les lumières ne s'éteignissent, l'assemblée eut le temps d'admirer le couple splendide que le comte formait avec la belle et mystérieuse inconnue. Les hommes l'enviaient tandis que les jumelles des femmes détaillaient la robe de velours rouge en regrettant de ne pas être à la place d'Esmeralda.

Sean se réjouit de constater qu'elle s'attirait l'admiration de tous. Elle n'en serait que plus confiante, et la confiance l'embellissait encore.

L'orchestre entonna l'ouverture et le rideau se leva. Le spectacle retint toute l'attention de la jeune femme qui se pencha légèrement pour n'en rien perdre. Sean ne se lassait pas de la regarder. Elle était si fine, si exquise... Comme elle devait manquer à son mari ! Imaginant la souffrance de Jack Raymond, il soupira d'aise. La rumeur de cette soirée ne tarderait pas à atteindre Londres. Elle ne ferait que retourner le couteau dans la plaie de ce moins que rien.

Après le spectacle, ils dînèrent au champagne dans un restaurant proche du théâtre. Installés dans une petite alcôve particulière, des rideaux préservant leur intimité, ils étaient assis côte à côte.

Quand elle lui raconta combien elle avait apprécié la représentation, il la trouva captivante. Le doux éclairage des chandelles lui conférait un éclat envoûtant. Leurs doigts entrelacés ne se quittèrent pas du repas.

— Savez-vous à quel point vous êtes belle ce soir ? Regardez-vous, dit-il en désignant le miroir sur le mur.

Quand elle tourna la tête, il en profita pour déposer un baiser sur son épaule nue.

— Pourquoi êtes-vous aussi lumineuse, ma belle ?

— Sans doute parce que je suis heureuse.

Au moment de partir, il drapa sa cape autour d'elle et en profita pour l'attirer contre lui.

— Nous ne rentrons pas à Greystones ce soir, lui souffla-t-il à l'oreille. C'est trop loin. Nous dormirons à Merrion Row, dans ma résidence dublinoise.

Esmeralda eut l'impression que les bulles du champagne crépitaient dans ses veines. Son excitation grandissait de minute en minute. Elle adorait qu'il l'appelle « ma belle ». Allait-il lui dire qu'il l'aimait, cette nuit ? Elle l'espérait de tout son cœur.

Sean ouvrit la porte donnant sur la rue avec sa propre clé et salua le majordome qui entretenait sa demeure citadine depuis dix ans. Il souleva ensuite Esmeralda dans ses bras et l'emmena dans une chambre à l'étage.

Vibrante de désir, elle s'accrocha à lui. Quand il

la posa sur le tapis moelleux, elle chancela légèrement. Ce n'était pas le champagne qui l'étourdissait mais l'idée de leurs corps pressés l'un contre l'autre. Elle ne vit rien de l'élégante chambre lambrissée de bois de rose tandis qu'il allumait les lampes. Elle n'avait d'yeux que pour lui.

Il prit sa main et l'attira devant le miroir.

— Je veux que vous vous admiriez, ma belle.

Elle trouva que l'image du couple que lui renvoyait la psyché était celle de l'amour. Ils formaient un contraste saisissant, lui si grand dans son habit noir et elle si éclatante en velours rouge. Il ôta sa cape et la laissa glisser sur le tapis. Puis il enleva le masque avant de retirer une à une les épingles qui relevaient ses cheveux. Leur masse ondoyante se répandit en cascade sur ses épaules.

— Vous êtes vraiment une belle Irlandaise, déclara-t-il.

Pour la première fois de sa vie, Esmeralda eut conscience de sa beauté et du pouvoir qu'elle lui conférait.

Il l'entraîna ensuite devant la coiffeuse et l'invita à s'y asseoir.

— Je veux que vous vous prépariez pour la nuit, dit-il d'une voix rauque.

Ses yeux gris semblèrent la happer dans le miroir.

— Je n'ai rien à me mettre pour dormir, dit-elle dans un souffle à peine audible.

Il poussa vers elle un flacon de parfum.

— Cela devrait suffire.

Il prit une brosse en argent.

— La première fois que je vous ai vue, j'ai pris vos cheveux pour un nuage de brume. Je brûle de les toucher. Puis-je les brosser, Esmeralda ?

Elle opina, la gorge nouée. Un frisson d'anticipation la parcourut.

— Vous n'enlevez pas vos gants ? demanda-t-elle

tandis qu'il faisait courir la brosse dans ses longues mèches.

Sa requête enflamma le cœur de Sean. Lentement, il ôta le gant droit et plongea sa main nue dans la masse soyeuse qu'il effleura, caressa, pressa entre ses doigts, laissant couler les boucles sur sa peau. Il en porta une brassée à son visage et respira leur odeur en fermant les yeux, puis il dégagea la nuque fragile de la jeune femme et posa les lèvres sur ce lieu secret.

Esmeralda retint sa respiration quand elle sentit qu'il dégrafait sa robe. Elle ne portait rien dessous. Sa bouche descendit le long de son dos et elle ferma les yeux. Quelle merveilleuse façon de commencer à faire l'amour…

Une main se glissa sous sa robe, une autre se referma sur ses seins. Le voir faire dans le miroir décuplait l'excitation. Il soutenait son regard avec une intensité qu'elle ne lui connaissait pas, une fixité ardente. Sous l'effet de la passion, ses prunelles étaient presque noires. Le souffle court, il contemplait sur le visage de la jeune femme les effets du désir fulgurant qu'il éveillait en elle. Il frotta les bouts de ses seins jusqu'à ce qu'ils durcissent à l'extrême.

La sensation n'était pas la même d'une main à l'autre et Esmeralda s'aperçut qu'il avait gardé un gant. La robe lui cachait en partie la vue de ses mains mais elle se représenta le cuir noir sur sa peau de lait, vision érotique qui amena une moiteur chaude au plus secret de son être. Un gémissement rauque lui échappa et Sean lui saisit la taille et la souleva sans le moindre effort.

La robe de velours glissa au sol et elle se retrouva complètement nue. Blottie contre son épaule, elle le laissa l'emmener au lit.

Il l'étendit sur les draps, étala ses cheveux sur l'oreiller en un halo de brume puis posa ses lèvres sur les siennes.

Elle attendait ce baiser depuis si longtemps que sa bouche s'ouvrit d'elle-même tandis qu'elle se cambrait vers lui. Le goût de ses lèvres décupla son ardeur. Elle brûlait de tout son être, frémissait d'impatience.

La bouche de Sean abandonna la sienne pour se loger au creux de son oreille où il murmura avec une lenteur voulue :

— Bonne nuit, Esmeralda.

Elle retint un cri de frustration tandis qu'il quittait tranquillement la pièce. Des larmes coulèrent sur ses joues.

— Sean, aimez-moi !

Esmeralda se retournait dans son lit à la recherche du sommeil. L'incendie de ses sens refusait de s'éteindre. La moindre caresse des draps contre sa peau l'excitait. Elle dut attendre des heures avant que le feu ne consente à s'éteindre.

Elle ne se reconnaissait plus. Où était celle qui détestait les relations physiques ? Jack avait raison. Avec lui, elle avait toujours été frigide parce qu'elle ne le désirait pas.

Avec Sean... Elle lui était profondément reconnaissante de l'avoir libérée de sa prison et de lui avoir révélé qu'elle était une femme normale. Elle l'aimait. Esmeralda sourit. Il lui inspirait une confiance aveugle. Devait-elle continuer à le laisser mener le jeu ? Oui, quand il serait prêt à lui faire l'amour, il le ferait.

Le lendemain, Esmeralda se réveilla avec l'impression de ne s'être pas reposée. Sans lui laisser le temps de se lever, Sean entra avec un plateau.

Il portait une culotte de cheval et une chemise de lin blanc ouverte sur la poitrine.

— Je suis désolé que vous n'ayez pas de quoi vous changer, Esmeralda.

Elle balaya ses excuses d'une main insouciante.

— J'ai appris à prendre quelques libertés avec les conventions, ces derniers temps. Et avec le sommeil! Je ne suis pas habituée à sortir le soir.

Elle rejeta en arrière ses cheveux d'un noir brillant et lui coula un regard langoureux entre ses longs cils.

Il s'assit au bord du lit.

— Vous avez l'air fatiguée, c'est vrai.

Il se pencha vers elle mais elle posa le plateau du petit déjeuner entre eux.

— N'essayez pas de m'embrasser, le provoqua-t-elle. N'entreprenez rien si vous n'êtes pas décidé à aller jusqu'au bout!

Sean partit d'un grand éclat de rire.

— Ma belle s'enhardit!

Avec un petit sourire mutin, elle laissa le drap glisser légèrement de ses épaules.

— J'ai simplement entrepris d'établir quelques règles personnelles dans cette délicieuse partie que nous jouons, vous et moi.

Plus tard, dans la voiture, Sean s'apprêtait à s'asseoir en face d'elle quand elle lui dit:

— Venez plutôt à côté de moi.

Amusé, il lui obéit. Aussitôt, elle desserra les pans de sa cape et s'appuya sur son épaule.

— Je n'ai pas assez dormi. Réveillez-moi quand nous serons à Castle Lies, fit-elle en bâillant.

Prenant ses aises, elle s'installa confortablement contre sa poitrine puis elle imagina son regard moqueur et les mots qui couraient dans sa tête. *Vous apprenez vite…* se disait-il à coup sûr.

Quoi qu'il en soit, le doux bercement de la voiture, ajouté à la chaleur des bras du comte, eut tôt fait de l'assoupir. Quand Sean la sentit totalement abandonnée, il s'étonna de la confiance qu'elle lui témoignait. Quelle imprudence de se fier au Prince des Ténèbres !

Doucement, il la fit glisser sur ses genoux pour qu'elle soit plus à l'aise, mais ce fut une erreur. La pression de la jeune femme sur son ventre l'enflamma de désir. Malgré tous ses efforts, il ne put contrôler une érection.

Son manteau ouvert exposait son décolleté. Sa peau satinée le rendait fou. Fasciné, il se retrouva prisonnier de sa beauté, de sa chaleur, de sa douceur. Son désir s'amplifia. Il s'en voulut de ne pas avoir passé la nuit avec elle. Il la revit nue dans le lit, vibrante d'émoi, offerte et impatiente. Comme il lui en avait coûté de se retirer après lui avoir dit bonsoir !

Il étendit les jambes et elle glissa contre son sexe tendu à l'extrême. A chaque mouvement de la voiture, elle s'y appuyait un peu plus. La tension devenait tellement douloureuse qu'il comprit qu'il ne pourrait différer bien longtemps l'inévitable.

Comme elle était jolie ! Elle éveillait en lui un besoin jalousement protecteur. Mais il devait l'ignorer. Combattre ces émotions qu'elle suscitait en lui. Son cœur devait rester étranger à l'affaire. Peut-être avait-il commis une erreur tactique. En voulant l'amener à le désirer jusqu'à l'insupportable, il s'était mis dans le même état. La prudence voulait qu'il ne se laisse pas prendre au jeu.

Et s'il la déshabillait tout de suite pour lui faire l'amour ici même, dans la voiture ? Il jeta un coup d'œil au-dehors. Il n'avait plus le temps et il jura dans sa barbe. Serait-il capable de se maîtriser jusqu'à cet après-midi ?

164

17

Quand la voiture s'arrêta dans la cour de Greystones, Esmeralda ouvrit les yeux et s'étira langoureusement. Fraîche et rose, elle se précipita hors de la voiture et courut vers la maison.

Les poings sur les hanches, Nora Kennedy lança :

— On ne vous attendait plus ! Ce diable d'homme vous a tenue éveillée toute la nuit ?

— Nous avons dormi à Merrion Row.

— Cela ne répond pas à ma question !

Esmeralda commençait à apprécier l'humour sans détour de la gouvernante.

— Nora, je meurs de faim. Vous voulez bien prévenir Mary Malone pendant que je vais voir où en est Mme McBride ? Vous viendrez ensuite m'aider à me changer et je vous raconterai mon inoubliable soirée à Dublin.

Sean attendit quelques minutes avant de descendre de la voiture. Il monta directement au premier, encore pénétré de la douceur d'Esmeralda abandonnée sur ses genoux, de son odeur. Le moment était venu. Il la voulait plus que tout et entendait occuper son après-midi entier à jouir de son corps.

Il traversa sa chambre et ouvrit la porte de communication. Il savait que la première chose qu'elle ferait serait d'enlever sa robe de velours rouge et il tenait à profiter du spectacle.

Il attendit. Le temps passait et elle ne se montrait toujours pas ! *Qu'est-ce qui peut bien la retenir ?* Il arpenta la pièce pendant au moins dix minutes avant de décider finalement de se déshabiller. Il laissa la porte entrouverte, au cas où Esmeralda serait de retour à temps pour le surprendre.

A sa grande déception, la chambre de la jeune

femme fut subitement assiégée par une armée de couturières affairées et volubiles. Sean tâcha de se calmer. Consterné, il vit le lit d'Esmeralda disparaître sous une montagne de robes.

Pour couronner le tout, ce fut Nora Kennedy qui apparut dans l'entrebâillement. Ravie, elle admira sans ciller le corps sculptural de son maître, ses muscles longs, sa peau lustrée.

— Vous feriez aussi bien de vous rhabiller, monsieur le Comte. Elle a au moins une douzaine d'essayages à faire avant de passer à autre chose.

Et elle referma la porte. Sean jura comme un beau diable contre toutes les femmes de la terre. Elles se liguaient contre lui ! A regret, il remit son pantalon, une chemise propre et décida de s'armer de patience. D'ailleurs, n'avait-il pas fréquenté la meilleure école pour apprendre la patience ? Il savait ce qu'il avait à faire : se concentrer sur le but à atteindre, ne jamais douter de la réussite et se tenir prêt à saisir la moindre occasion au vol.

Il rit de sa propre sottise. La perspective de coucher avec une femme n'était tout de même pas une question de vie ou de mort ! Il enfila des gants de cuir noir et descendit aux cuisines. Il était temps de rassasier une faim d'un autre ordre.

Attablés, deux capitaines de bateau, des Fitz-Gerald, racontaient à Mary Malone leurs mésaventures aux Canaries. La cuisinière pleurait de rire et s'essuyait les yeux avec le coin de son tablier.

Les hommes reprirent leur sérieux dès que Sean apparut. Ils revenaient d'une mission qu'il leur avait confiée et s'empressèrent de l'informer de leur réussite.

— Les deux ? s'enquit Sean.

— Oui, confirma David. Tes informations étaient au poil. Les pauvres bougres n'atteindront peut-être jamais la Côte d'Ivoire, mais au moins ils sont libres.

— Aucun problème pour vendre les bateaux ?

— Non, nous les avons laissés à Gibraltar et l'équipage s'est partagé l'argent, selon tes vœux. Je pense toutefois que tu es trop généreux. Nous aurions pu garder les bateaux.

— Non, David. Un bateau d'esclaves ne se débarrasse jamais de l'odeur. Le bois en reste imprégné pour toujours.

Sean se remémora l'ignoble puanteur des bagnards confinés dans les cales exiguës. Il n'avait plus faim tout à coup.

— Pas de cargaison de valeur à bord ?

David FitzGerald eut un sourire félin.

— Un petit millier de fusils, des Brown Bess.

— Bravo, David ! Nous les distribuerons à nos matelots. Paddy Burke sait quels bateaux manquent d'armes.

— Il nous en a déjà donné la liste et s'est empressé d'aller montrer l'un des fusils à Shamus.

— J'ai fait porter quelques tonnelets de bière à tes hommes. La nouvelle mission attendra demain.

— Plus l'enjeu est diabolique, plus ils s'amusent !

— Alors ils devraient jubiler, promit Sean avant de quitter la cuisine pour gagner les écuries.

Dès qu'il fut dehors, il s'arrêta et leva la tête en humant le vent. Le moment était venu. Il fit demi-tour, monta l'escalier en courant et entra en trombe dans la chambre de sa captive.

— Esmeralda, il pleut !

Une douzaine de regards féminins convergèrent sur lui, mais il continua comme si Esmeralda était seule :

— Jamais vous n'avez rien connu d'aussi doux qu'une pluie d'été en Irlande, ajouta-t-il en lui tendant la main. Allons nous promener.

Les couturières se regardèrent avec consternation. Le comte avait perdu l'esprit. En revanche, un sourire ravi éclaira le regard d'Esmeralda. Elle portait une robe de mousseline vert pâle qui lui allait à merveille.

— Ce sera tout pour l'instant, mesdames. Je vais courir sous la pluie.

Main dans la main, ils sortirent.

— Asseyez-vous, l'invita-t-il en désignant les marches du petit perron.

Il ôta ses bottes et s'agenouilla pour lui enlever ses mules.

— Il faut marcher pieds nus sous la pluie, c'est indispensable.

Avant de lâcher ses pieds, il les porta à ses lèvres pour y poser un baiser. Ce geste poétique la fit frémir d'émoi.

— Le jeu consiste à courir à perdre haleine jusqu'aux écuries en nous débrouillant pour passer entre les gouttes. Etes-vous prête ?

— Prête, milord !

Ils traversèrent la cour en un éclair, puis l'écurie en riant à gorge déployée, et s'arrêtèrent devant la porte du fond, celle qui donnait sur la prairie. Sean examina la mousseline qui recouvrait ses épaules et sa poitrine.

— Etes-vous sûre d'être passée entre les deux dernières gouttes ?

— Certaine ! Je suis sèche comme le sable du désert !

— Bien. Maintenant, flânons.

Ils marchèrent tranquillement dans l'herbe grasse qui ne tarda pas à les tremper jusqu'aux genoux.

— Regardez comme elle est douce et chaude, dit-il en tendant son visage vers le ciel.

Esmeralda l'imita.

— C'est magique... Elle a un goût... divin, dit-elle, passant sa langue sur ses lèvres mouillées.

— Permettez que je goûte, fit-il en levant le bras d'Esmeralda vers ses lèvres.

Il huma sa peau, promena sa langue à l'intérieur

du poignet, remonta le long du bras, léchant les gouttelettes au passage.

— Mmm, c'est grisant. A vous.

Elle lui jeta un regard provocant et fit de même sur sa gorge, dans l'échancrure de sa chemise. Il retint son souffle en posant ses mains sur ses hanches et la plaqua contre lui pour qu'elle sente son désir.

— La pluie fait croître toute chose, murmura-t-il.

— Je vous l'ai dit, c'est magique! riposta-t-elle en se dégageant pour partir en tournoyant au milieu des fleurs des champs.

Il la laissa s'éloigner avant de se lancer à sa poursuite. Quand il l'attrapa, il la renversa dans l'herbe et s'allongea sur elle.

Elle le contemplait en riant, plus amoureuse de minute en minute.

Ils roulèrent et elle se retrouva sur lui. Sans hésiter, elle se lova contre lui, de haut en bas, se cambra, se frotta. Ils en restèrent pantelants de désir mais Esmeralda tenait à prolonger la torture. Sean s'était amusé à l'exciter jusqu'au paroxysme pour la laisser en plan. A elle de jouer! Très vite, elle perçut son jeu. Quand elle appuyait, il se dérobait. Si elle lui échappait, deviendrait-il féroce?

— Sean, vous voulez bien m'emmener au jardin?

Ses yeux luisants de passion s'étrécirent puis s'arrêtèrent sur sa poitrine qui se soulevait au rythme de sa respiration. Elle brûlait d'envie de le sentir en elle, c'était palpable, électrique. Alors pourquoi voulait-elle subitement qu'il l'emmène au jardin?

S'évertuant à la patience malgré le feu qui l'incendiait, il répondit:

— Comment pourrais-je vous refuser quoi que ce soit?

Ils traversèrent la prairie détrempée puis les pelouses de Greystones jusqu'au magnifique jardin. Les roses alourdies par la pluie baissaient momentanément la tête. Elles n'en seraient que plus belles, le soleil revenu.

Esmeralda s'arrêta à l'abri d'un hêtre rouge.

— Ne bougez pas, ordonna Sean.

Sous le couvert des feuilles d'un brun luisant, Esmeralda ressemblait à une fée dans sa robe vert pâle plaquée contre sa peau si pâle. Il secoua une branche au-dessus d'elle et une ondée de cristal l'éclaboussa au son de son rire argentin. Ils continuèrent entre les magnifiques parterres de fleurs dont les arômes enivrants se mêlaient au parfum de la terre mouillée.

Sean cueillit une digitale. Il en inclina la corolle vers les lèvres d'Esmeralda pour qu'elle s'abreuve à ce fragile calice. Amusée, elle s'accroupit près de la mare et cueillit une fleur de nénuphar dont les pétales abritaient une pleine bolée d'eau pure. Elle l'en aspergea en riant avant de partir en courant.

Sean la poursuivit aussitôt et la souleva dans ses bras avec une exclamation de triomphe.

— Maintenant nous attend le moment le plus agréable... lui murmura-t-il. Nous allons nous sécher mutuellement.

Et il l'emmena jusqu'au pied du grand escalier.

— Enroulez vos jambes mouillées autour de moi, ajouta-t-il dans un souffle.

Esmeralda s'accrocha à son cou en croisant ses jambes autour de ses hanches. Il monta les marches et s'arrêta devant la porte de sa chambre qu'il ouvrit d'une poussée.

Elle leva la tête.

— Ne suis-je pas censée vous résister, frapper, crier, vous échapper ?

Il n'avait plus envie de rire.

— Non. Le moment est venu de vous plier au moindre de mes désirs.

Il la posa sur ses pieds au milieu de la chambre.

— Ne bougez pas! ordonna-t-il en allant ouvrir les tentures.

Le ciel s'éclaircissait. La pièce baignait dans une douce lumière. Il alla chercher une pile de serviettes qu'il posa à leurs pieds. Il sécha d'abord ses cheveux, les frottant jusqu'à ce qu'un flot de boucles s'éparpille sur les épaules de la jeune femme.

Hypnotisée par ses gestes lents et précis, Esmeralda se laissait faire. Il dénoua tout d'abord le haut de sa robe. La mousseline détrempée lui collait au corps de la tête aux pieds. Il découvrit ses seins et ôta la chemise rendue transparente à cause de l'eau. Il prit ensuite le temps d'admirer son buste dénudé.

Ses seins tendus et fermes pointaient impudemment. Sean ôta un gant. Il se baissa ensuite et Esmeralda crut qu'il allait prendre une serviette. Mais non; il glissa les deux mains sous ses jupes et remonta le long de ses jambes mouillées pour s'arrêter sur ses fesses nues, l'attirer vers lui et refermer ses lèvres sur ses seins. D'abord, il but les gouttes de pluie autour des aréoles tandis que ses mains se refermaient entre ses cuisses. En même temps qu'il saisissait le bout d'un sein entre ses lèvres, ses doigts écartaient doucement les plis moites entre les poils. Son souffle brûlant caressait sa poitrine dont les pointes durcissaient de plus en plus.

— N'est-ce pas excitant de sentir les mains d'un homme s'aventurer sous vos jupes?

Elle sentit son doigt se glisser entre les replis secrets et réprima un cri, devinant instinctivement qu'il ne faisait que commencer.

Sa langue se promenait sur ses seins, contournant les bouts si sensibles, puis ses lèvres se refermèrent sur leur pointe et en aspirèrent la saveur tandis que ses deux pouces, l'un nu, l'autre habillé de cuir, entamaient une valse lente entre ses cuisses.

Esmeralda émettait des sons incohérents, gémissements, soupirs, cris étouffés. Jamais elle n'aurait imaginé éprouver des sensations pareilles.

Sean la sentit tellement éperdue, tellement livrée à sa merci dans un ravissement total qu'il comprit qu'elle n'avait jamais éprouvé de plaisir jusque-là. Une jubilation secrète courut dans ses veines. Son mari lui avait volé sa virginité, pas son amour.

— Je veux que tu voies ce que je te fais, murmura-t-il d'une voix vibrante. Et je veux te voir succomber au plaisir.

Il la débarrassa de sa robe trempée et la contempla, debout devant lui dans toute sa nudité.

Jamais elle ne s'était sentie aussi belle. Il saisit une serviette, la roula sur elle-même et la glissa entre les cuisses de la jeune femme. Il lui imprima un mouvement de va-et-vient léger, sensuel. Esmeralda renversa la tête en arrière, haletante, consentante. Alors il la prit dans ses bras. Le moment tant attendu du baiser était venu.

Il prit possession de sa bouche au moment où un cri s'en échappait. Lentement, il transforma ce cri une série de soupirs. Il était maintenant certain qu'elle n'avait jamais éprouvé d'orgasme. Il voulait lui apprendre à répondre à la moindre de ses caresses. Il voulait la conduire aux rives du plaisir, à ces instants insupportables où le plus léger effleurement de ses doigts l'amènerait au septième ciel.

Il glissa à genoux, l'installa en travers de ses cuisses et glissa un doigt en elle en s'emparant de ses lèvres. Il voulait la conduire au plaisir avec ses lèvres, par le seul pouvoir de ses baisers. Son doigt en elle ne bougeait pas, mais bientôt il la sentirait se contracter autour de lui, trembler, relâcher, palpiter...

Esmeralda ouvrit les jambes, se cambra, ondula, s'arc-bouta, mais son doigt ne bougeait toujours pas. En revanche, sa langue faisait à la sienne tout ce que son corps lui criait de lui faire. Il ne tarda pas à sentir une série de pulsations autour de son doigt, suivies de contractions irrégulières. Elle ouvrit plus grande la bouche, pour ne rien perdre des caresses de sa langue.

Les pulsations s'amplifiaient, les contractions l'emprisonnaient à présent, de plus en plus fermes et rapides. Sean s'empara de sa bouche avec une ardeur sauvage, effrénée, jusqu'à ce qu'elle succombe.

Des spasmes se déployèrent dans tout son corps et Sean les ressentit dans tout son bras. Elle connut un orgasme violent, aigu, et il dut étouffer son cri dans sa bouche.

Esmeralda crut s'évanouir de plaisir.

Son abandon le rendait heureux. Il retira son doigt et referma la main sur son sexe brûlant qu'il caressa, effleura, pinça savamment entre ses doigts jusqu'à ce qu'elle s'apaise peu à peu.

Tout à coup, une détonation déchira le silence. Esmeralda ouvrit les yeux en sursautant violemment.

— Qu'est-ce que c'est ?

— Un coup de fusil.

Sean était déjà sur ses pieds, se dirigeant vers la porte.

— Mon père.

— Ton père ?

Il quitta la pièce sans autre explication.

Esmeralda s'assit sur ses talons, stupéfaite. Elle n'avait vu aucun signe de la présence de Shamus O'Toole à Greystones, aussi avait-elle pensé qu'il était mort avec le reste de la famille. Nerveusement, elle se rhabilla avant de courir sur les traces de Sean.

Quand elle se rua dehors, elle perçut des éclats de voix. Un groupe d'hommes se tenait sur la jetée menant au petit port. Hésitante, elle avança de quelques pas et reconnut la silhouette de son frère. Deux hommes le soutenaient. Le choc lui coupa le souffle quand elle comprit que c'était sur Johnny que l'on avait tiré.

18

Esmeralda releva sa jupe trempée et courut jus-qu'à lui.

— Johnny, Johnny, tu vas bien ?

Pâle et visiblement choqué, le jeune homme sou-rit néanmoins à sa sœur :

— Esmeralda... je vais bien.

Elle se jeta à son cou, tellement soulagée qu'elle faillit éclater en sanglots.

L'équipage anglais qui avait accompagné John sur le *Swallow* ne quittait pas les Irlandais des yeux. La tension menaçait d'exploser à tout instant.

Sean prit la situation en main.

— Il n'y aura pas de problèmes. Retournez à vos vaisseaux.

Les hommes lancèrent des regards sceptiques vers la tour de guet mais lui obéirent.

— Quelqu'un a voulu te tuer ! s'écria Esmeralda en secouant son frère.

— Em, si Shamus O'Toole avait vraiment voulu me tuer, je serais un homme mort.

Sean sourit à John et lui donna une tape dans le dos.

— Bien raisonné. Viens donc prendre un verre.

Les deux hommes s'en retournèrent bras dessus, bras dessous comme les meilleurs amis du monde, laissant Esmeralda bouche bée. Elle avait disparu depuis une semaine, mais Johnny n'avait pas été sur-pris de la trouver à Greystones. Quels rapports entre-tenait-il exactement avec Sean ? Venait-il souvent ici ? Dans ce cas, pourquoi lui avait-on tiré dessus ? *S'ils s'imaginent qu'ils vont continuer à m'ignorer longtemps, ils se trompent lourdement !*

Le tempérament irlandais de la jeune femme

reprenait le dessus. Plus question de réprimer ses colères. D'ailleurs, celle-ci, elle la passerait sur quelqu'un! Elle se dirigea droit vers la tour et frappa résolument à la porte. Paddy Burke lui ouvrit.

— Qui a tiré ces coups de feu?

— Un seul coup de feu, rectifia Paddy.

Les yeux émeraude lançaient des éclairs.

— Qui? répéta-t-elle, les poings sur les hanches.

Paddy pointa le pouce vers le plafond.

— Monsieur. .

Il s'esquiva prestement tandis qu'Esmeralda se précipitait dans l'escalier.

Assis devant la fenêtre, une paire de jumelles à la main et quatre fusils posés près de lui contre le mur, Shamus O'Toole ouvrit des yeux intéressés.

— Vous avez failli tuer mon frère! lança-t-elle avec colère.

Il émit un clappement de langue teinté d'une sorte d'allégresse.

— Si j'avais voulu le tuer, il serait un homme mort. Je comptais seulement lui ficher la trouille.

— Eh bien, c'est raté! C'est moi qui ai eu peur! Pourquoi lui avez-vous tiré dessus?

— C'est un Montagu.

— Moi aussi.

— Pas de quoi se vanter, petite.

Ses yeux d'un bleu vif l'examinèrent de la tête aux pieds.

— D'après ce que je vois, vous êtes plutôt une FitzGerald. Approchez...

Elle obéit, mais uniquement pour lui montrer qu'elle n'avait pas peur de lui.

— C'est bien ce que je pensais, vous ressemblez à ma Kathleen. Pas étonnant que Sean soit amoureux de vous. Vous avez marché sous la pluie, petite? Elle adorait ça, elle aussi.

Ses yeux se perdirent dans le lointain comme s'il repartait dans le passé. Esmeralda pensa que Shamus O'Toole avait l'esprit dérangé et qu'il n'était pas tout à fait responsable de ses actes. D'ailleurs, pourquoi vivait-il ici, tel un reclus, quand le somptueux manoir était si spacieux ? Il fallait l'empêcher de toucher aux armes à feu. Elle en parlerait à Sean le soir même.

— Courez vite vous changer, ma belle. Vous allez être en retard pour le dîner.

Esmeralda eut l'étrange impression que Shamus O'Toole s'adressait à sa femme.

— Je... Oui, tout de suite, balbutia-t-elle.

De retour dans sa chambre, le miroir lui renvoya l'image d'une bohémienne en guenilles. Pour se redonner courage et confiance, elle choisit sa robe de soie bleu lavande. Plusieurs questions restaient à éclaircir.

La porte de communication s'ouvrit et elle fit volte-face.

— Je regrette que nous ayons été interrompus aussi brutalement, mon amour, mais je ne m'attendais pas que ton frère débarque ici aujourd'hui.

Esmeralda s'interdit de rougir.

— Où est-il ?

— Dans la chambre d'amis, bien sûr. A deux portes de la tienne. Devons-nous aller le chercher pour dîner ?

Elle voulait parler à Johnny, mais en tête à tête. Sean lui offrit le bras et elle n'osa refuser. Johnny les attendait dans le hall et ils entrèrent ensemble dans la salle à manger.

Sean tira la chaise d'Esmeralda qui s'assit entre lui et son frère.

Johnny sourit à sa sœur.

— Je ne t'ai jamais vue aussi belle, Em.

Sur ce, les deux hommes s'engagèrent dans une conversation excluant totalement la jeune femme.

Ils parlèrent de navires marchands, d'Amirauté, de politique, du Premier ministre Pitt, de Newcastle, de Bedford et du roi George. Mais ils s'exprimaient à mots couverts pour qu'elle ne puisse les comprendre. Johnny évoquait par exemple *cette information que vous m'avez demandée* ou *notre affaire privée*, tandis que Sean se référait à une *mission confidentielle* ou bien annonçait : *J'ai autre chose pour vous*.

Ils parlèrent ensuite de choses et d'autres, riant, plaisantant. Le sujet glissa sur les chevaux. Sean promit à Johnny de l'emmener à Curragh et Johnny s'enquit de Maynooth et d'une certaine Nan FitzGerald.

Esmeralda n'en revenait pas. Comment osaient-ils se comporter comme si elle n'était pas là ? Elle attendait que John explique les raisons de sa venue et que Sean évoque son père et le coup de fusil. Mais non ! C'était une conspiration !

Elle jeta sa serviette, frappa du poing sur la table et se leva.

— Ça suffit !

Les deux hommes la regardèrent avec une attention polie. Elle secoua ses boucles et tourna le dos à Sean pour s'adresser à son frère :

— J'ai disparu depuis une semaine. Comment m'as-tu trouvée ?

— Père m'a dit que tu étais à Greystones.

— Seigneur Dieu ! Comment le sait-il ?

— Je l'en ai informé, bien sûr, intervint Sean. Où serait le plaisir de torturer son ennemi sans pouvoir remuer le couteau dans la plaie ?

— T'ont-ils envoyé pour me ramener ?

Johnny se tourna vers Sean.

— Ils m'ont envoyé vous demander combien d'argent vous vouliez pour son retour.

Sean se mit à rire.

— Dis-leur que l'argent ne remplace pas le bonheur de posséder. C'est valable pour les bateaux autant que pour ta sœur.

— Voilà qui ne me facilite pas la tâche, commenta John.

— L'adversité aide à former le caractère.

— Bien. La Montagu Line a perdu un bateau, conclut Johnny avec philosophie.

— Le troisième de la semaine, rectifia Sean. Les esclaves se sont mystérieusement évaporés.

— Dieu merci! répondit John avec ferveur.

— Dieu n'a rien à voir là-dedans, crois-moi, plaisanta Sean.

— Ce n'est pas vrai, voilà qu'ils recommencent! cria Esmeralda, exaspérée.

— Où as-tu appris des manières pareilles? s'étonna son frère, choqué.

— C'est mon œuvre, répondit Sean. J'aime les femmes rebelles et fougueuses que je peux mater ensuite.

Esmeralda saisit son verre d'eau, en lança le contenu à la figure de Sean, puis quitta la pièce.

Furieuse, Esmeralda arpentait sa chambre en essayant de se calmer. La personnalité dominatrice de Sean n'était pas un secret pour elle, et même si elle n'avait pas tout saisi de leur conversation, elle avait compris qu'il se servait de John.

Sachant pertinemment qu'elle n'obtiendrait rien de Sean, elle décida d'interroger son frère pour en savoir plus. On frappa timidement à sa porte. C'était Mme McBride.

— J'apporte les vêtements de nuit que le comte a commandés, madame.

— Merci, madame McBride, répondit Esmeralda, étonnée que Sean ne l'eût pas consultée.

— J'ai moi-même suggéré la chemise de nuit, mais vous allez mourir de froid dans le voile de soie qu'il a choisi, chuchota Mme McBride. Les hommes adorent les dessous vaporeux et en oublient tout sens pratique.

Esmeralda s'empourpra.

— Merci de vos attentions, bredouilla-t-elle.

— Molly et moi rentrons à Dublin demain. Votre garde-robe est terminée. Quant aux articles que M. le comte a commandés, nous vous les ferons parvenir dès qu'ils seront prêts.

Esmeralda n'avait pas la moindre idée de ce qu'il avait pu commander. Il éprouvait un plaisir secret à la surprendre.

— Je tiens à vous remercier, madame McBride. Vous avez fait des merveilles. Je n'avais jamais eu de vêtements à mon goût, jusqu'ici.

— C'est un plaisir rare de créer des modèles pour une femme aussi belle que vous. J'espère avoir le privilège de vous habiller à l'avenir. Au revoir.

Nora Kennedy entra peu après. Elle s'affaira aussitôt à allumer les lampes, à préparer le lit. La colère d'Esmeralda ne lui échappa pas.

— Est-ce qu'ils sont toujours à table, Nora?

— Non, ils sont partis comploter dans la tour. Ils risquent d'en avoir pour une bonne partie de la nuit.

Que son frère accepte de passer la nuit avec un homme qui avait voulu le tuer la dépassait.

— Nora, est-ce que... Shamus O'Toole est... diminué?

— Oh, il ne peut presque plus se servir de ses jambes.

— Non, je veux dire... mentalement?

— Vous voulez savoir s'il est toqué? Doux Jésus, non! Ses jambes ne valent plus rien, mais les rouages de son cerveau tournent rondement!

Nora s'étonnait moins qu'une dispute ait éclaté dans la salle à manger si Esmeralda avait critiqué le père de Sean.

— Autre chose, ajouta-t-elle. Ne sortez pas vous promener cette nuit. Il y a trois bateaux ancrés au port avec leur équipage. On leur a apporté pas mal de bière. Inutile de vous faire un dessin.

— Merci, Nora. Je vais prendre un bain et me coucher.

Une fois seule, Esmeralda examina ses chemises de nuit. Elles étaient magnifiques. Elle en choisit une en soie blanche bordée de dentelle de Calais, un négligé de laine et partit dans la salle de bains.

De retour dans sa chambre, les miroirs lui renvoyèrent l'image d'une jeune mariée toute de blanc vêtue. *Prends garde à toi et cesse de rêver*, se morigéna-t-elle. Elle s'enveloppa dans son négligé, sortit sur le palier et se dirigea vers la chambre de Johnny où elle se pelotonna dans un fauteuil. Déterminée à savoir de quoi il retournait, elle attendrait son frère toute la nuit s'il le fallait.

— Em, que diable fais-tu là dans le noir ?

Johnny posa le chandelier sur le manteau de la cheminée et alluma les lampes. Esmeralda s'était assoupie mais elle reprit très vite ses esprits.

— Je suis dans le noir parce que c'est exactement là que les hommes entendent confiner leurs femmes ! Tu *dois* me dire ce qui se passe !

— Que sais-tu exactement ? s'enquit-il prudemment.

— *Rien !* Je *subodore* simplement que Sean se sert de toi, qu'il t'oblige à agir contre père !

Johnny prit les mains de sa sœur entre les siennes.

— Oh, Em, il s'imagine qu'il m'y oblige, mais je t'assure que j'agis de mon plein gré. Sean croit se venger, mais c'est moi qui me venge !

— Comment ?

— Nous sommes en train de les ruiner. Ne me demande pas de détails. Mieux vaut que tu ne saches rien.

— Nous avons des raisons d'en vouloir à notre

180

père mais j'ignore ce qui motive les O'Toole à haïr les Montagu à ce point.

— Sean ne t'a donc rien dit? s'étonna Johnny.

— Pas un mot.

John poussa un long soupir et observa sa sœur en silence avant de se décider.

— Quand père a appris que Joseph était l'héritier du comté de Kildare, il a décidé de te fiancer à lui. Pour hâter les choses, il a livré Edward FitzGerald aux autorités en le dénonçant comme un traître coupable d'armer les rebelles. Père connaissait tous les détails parce que c'est lui qui fournissait les fusils. En se débarrassant du comte, tu serais devenue comtesse dès ton mariage avec Joseph.

«Quand les Anglais ont arrêté leur grand-père, Joseph et Sean ont été envoyés à Londres pour se protéger mais, juste avant leur arrivée, père a découvert que Joseph et notre mère s'aimaient en secret. Fou de rage, et voyant ses projets anéantis, il a mis sur pied sa vengeance.

«La nuit où les deux frères ont débarqué à Londres, père nous a tous emmenés au Divan Club, pour une partie de débauche. De retour au bateau, une bagarre a éclaté, une ruse de père pour se débarrasser de Joseph O'Toole. Il a été poignardé. J'ignore si le coupable est Jack Raymond, père, ou les deux. Bref, père a ensuite ordonné que les deux frères soient pendus par les pouces. Au petit matin, Joseph était mort et Sean délirait de fièvre. Ses pouces étaient noirs et on a dû lui amputer le gauche.

— Quelle horreur! dit Esmeralda en frémissant.

— Pourquoi crois-tu qu'il porte toujours des gants? Mais ce n'est pas le pire. Dès que Sean a repris connaissance, père l'a fait arrêter pour le meurtre de son frère. Le procès s'est déroulé à l'Amirauté, inutile de te faire un dessin. Jack Raymond a acheté les témoins et père a présidé. J'ai honte de n'avoir pas eu le courage de dire la vérité. Père me terrorisait.

« Sean a été condamné à dix ans de bagne, sur un bateau. Cela revenait à une condamnation à mort. En général, les hommes ne survivent pas plus de quelques mois sur ces galères. Mais Sean O'Toole a survécu. Il a couvé sa haine pendant cinq ans avant de s'évader.

Au fur et à mesure que son frère parlait, Esmeralda devenait livide. Des larmes tremblaient au bord de ses cils et une boule se formait dans sa gorge.

— Esmeralda, tu te sens bien ?

Elle opina.

— Je suis surpris que Sean se soit adressé à moi après toute cette histoire. Je suis un Montagu, et toi aussi... Il doit t'aimer profondément, Esmeralda, pour oublier que le sang de ses ennemis coule dans tes veines.

Esmeralda déglutit avec peine.

— Il s'est évadé seulement deux jours avant ton mariage. Trop tard pour l'empêcher, alors il t'a enlevée. Les lois ne signifient plus grand-chose pour lui, et encore moins les lois anglaises.

— Pourquoi ne m'as-tu jamais...

Sa voix se brisa.

— Pourquoi ne t'ai-je jamais rien dit ? Parce que je savais que tu l'aimais. Je ne suis ni sourd ni aveugle. Il était ton « prince irlandais », si je ne me trompe. Je ne voulais pas te briser le cœur, Em. Après la disparition de maman, ta vie était devenue un tel cauchemar que je ne tenais pas à en rajouter.

Elle faillit lui demander pourquoi il l'avait laissée épouser Jack, mais c'eût été injuste de le lui reprocher. C'était elle qui avait pris cette décision. Dieu, qu'elle haïssait son mari ! Elle venait de comprendre qu'il ne l'avait épousée *que* pour devenir un Montagu. Un nom digne de Satan. Une malédiction qui ne la touchait pas. Elle était une FitzGerald, à part entière.

John emplit un verre de whisky et le lui tendit,

mais Esmeralda se sentait incapable d'avaler quoi que ce soit. Elle caressa la joue de son frère, puis regagna sa chambre.

Silencieusement, elle s'appuya à la porte de communication. De la lumière filtrait par les interstices. Jamais elle n'avait eu autant besoin de lui qu'en ce moment mais elle voulait donner, et non pas recevoir. Elle voulait l'envelopper de son amour pour que rien ne puisse plus jamais lui faire de mal.

Elle surprit son visage défait dans un miroir. Elle s'aspergea d'eau fraîche, puis s'assit sur son lit et s'efforça de respirer calmement pour recouvrer son calme.

Le besoin de rejoindre Sean dominait. Elle l'aimait. Il était toute sa vie. Elle voulait le lui dire, le lui montrer. Lentement, elle ouvrit la porte et entra dans sa chambre, une bougie à la main.

Voyant la petite flamme approcher, il se redressa sur un coude.

— Esmeralda ?

Elle voulut lui répondre mais les mots ne franchirent pas la barrière de ses lèvres. Comme elle approchait du lit, Sean s'aperçut que sa main tremblait et que des larmes brillaient dans ses yeux.

— Que se passe-t-il ?

Les jambes de la jeune femme chancelèrent et elle se laissa tomber sur le lit. Il cacha aussitôt sa main gauche sous les draps. Ce geste déclencha les sanglots d'Esmeralda.

Sean lui ôta la bougie et la prit contre lui.

— Allons, allons... je ne sais pas de quoi il s'agit mais j'arrangerai ça, murmura-t-il en posant les lèvres sur son front. Que se passe-t-il, mon amour ?

— John m'a raconté ce qu'ils t'ont fait...

19

— Bon sang, il n'aurait jamais dû te le dire !
— Sean, je t'aime tant ! Je ne peux le supporter...
— Et moi je ne supporte pas de te voir pleurer !
Il releva son menton et plongea son regard dans le sien. Elle paraissait si jeune... si innocente et pure dans la soie blanche. Mais elle ne le resterait pas longtemps, pas s'il allait jusqu'au bout de sa vengeance.

— Ne pleure pas à cause de moi, Esmeralda, je n'en vaux pas la peine.

Un sourire trembla sur les lèvres de la jeune femme.

— Tout le monde a sa part d'ombre, Sean. Laisse-moi t'aimer.

Par son amour, elle voulait effacer toutes les violences qu'il avait subies.

— Ce n'est pas seulement une ombre, Esmeralda, j'ai connu l'enfer, le noir me colle à la peau bien au-delà de la rédemption. Eloigne-toi de moi avant qu'il ne soit trop tard.

Pour toute réponse, elle glissa la main sous les draps et la posa sur la sienne. Il sursauta.

— Non !
— Sean, je t'aime. J'aime tout en toi. Ta main fait partie de toi, ne la cache pas, pas à moi, je t'en prie !
— Eh bien voilà, regarde puisque tu y tiens !
Il l'observa attentivement pendant qu'elle découvrait sa mutilation, cherchant la répugnance dans ses yeux. Comme ils n'exprimaient rien de tel, il pensa qu'elle cachait bien son aversion. Ce serait autre chose s'il essayait de la toucher. Il ne supporterait pas de lui inspirer la moindre répulsion.

Mais Esmeralda n'en éprouvait aucune. Elle blottit sa joue contre sa main avant de l'embrasser, sans craindre de poser les lèvres sur son moignon.

Sean poussa un gémissement étouffé.

— Viens ici, dit-il en rejetant les couvertures pour qu'Esmeralda se glisse près de lui.

Il resserra les bras autour d'elle et la tint enlacée.

Pourquoi ne te sauves-tu pas, Esmeralda ?

Pourquoi me facilites-tu ainsi la tâche ?

Il la serra contre lui jusqu'à ce qu'elle cesse de pleurer. Blottie contre sa peau, Esmeralda ne s'était jamais sentie aussi bien, aussi en sécurité. Entre ses bras, elle était chez elle et pourrait y rester à jamais.

Elle leva la tête et contempla sa beauté sombre, irrésistible. De l'index, elle suivit la ligne de ses sourcils, le modelé de ses joues, la barbe naissante qui soulignait ses mâchoires. Cette exploration lui procura un plaisir tel qu'elle s'enhardit.

Son corps lui était encore inconnu. Elle voulait le découvrir dans ses moindres détails, l'admirer, s'imprégner de son odeur, du goût de sa peau. Il n'était pas prêt à ouvrir à quiconque le chemin de son cœur, de son âme, alors elle se contenterait de l'extérieur. Pour l'instant, cela lui suffisait.

L'amour sans réserve qu'elle lui vouait suffirait à refermer ses blessures, pensait-elle. Ses yeux gris impénétrables la fixaient intensément. Lentement il approcha les mains de son visage qu'il caressa doucement, puis ses lèvres prirent le relais.

Elle l'imita point par point, lui rendant baiser pour baiser, sur la gorge, sur les épaules, dans le cou, au son d'un murmure incessant de mots d'amour.

Il la débarrassa de la chemise de satin blanc sans qu'elle s'en rendît compte. Le contact de son corps nu contre le sien faillit arracher un cri de ravissement à Esmeralda. Les premières caresses qu'il lui prodigua furent presque chastes, tel un baiser au creux d'une main, se prolongeant le long d'un bras. Mais cette lenteur qu'il mettait à l'explorer attisa lentement tous ses sens.

Pressée de lui rendre la pareille, Esmeralda roula sur lui et embrassa lentement ses bras, s'attardant à la saignée du coude, au creux de l'aisselle, se grisant de sa mâle odeur.

Immobile, Sean la laissait faire. Quand elle lui effleura le visage de ses seins, il ferma les yeux et aspira à pleins poumons son délicieux parfum de femme, se délectant de ces instants où la passion infusait en elle.

Elle referma les lèvres autour de son pouce coupé et le suça doucement, sensuellement. Il sentit monter en lui un désir animal. Il eut envie de la prendre tout de suite, de céder à ses pulsions sauvages. Il se raisonna. C'était la première fois qu'il lui faisait l'amour et il tenait à ce qu'elle en savoure chaque instant.

La prenant à la taille, il la fit glisser de façon que sa bouche se retrouve au bas de son ventre. Il prit possession de ce lieu secret, d'une moiteur brûlante. Esmeralda cria. Quand elle sentit sa langue s'aventurer en elle, elle eut l'impression qu'un éclair de lumière la pénétrait.

Même dans ses rêves les plus fous, elle n'aurait jamais imaginé qu'un homme puisse faire de telles choses à une femme. Mais que c'était bon ! Elle s'ouvrit pour lui, déployant ses pétales telle une fleur offerte à la chaleur du soleil. Frémissante de plaisir, elle suivait son rythme avec des exclamations éperdues, se cabrant, ondoyant vers ses lèvres. Enhardi par sa réaction, il précisa ses caresses en insinuant sa langue au cœur de cette fleur palpitante, là où se trouvait le pistil, ce point tendu, infiniment sensible. Et il l'aspira doucement, faisant naître en elle un plaisir indescriptible qui l'éblouit au point de la laisser pantelante.

Il n'y avait plus de couvertures sur le lit. Ils s'admirèrent un instant.

— Si seulement je pouvais te faire la même chose, dit-elle avec candeur, d'une voix voilée.

— Quoi donc?

— L'amour avec mes lèvres.

— Petite innocente, murmura-t-il. Bien sûr que tu le peux.

— Comment? fit-elle en posant les doigts sur son sexe tendu.

Elle s'étonna de sa douceur, de son extrême sensibilité qui propageait en lui des réactions à fleur de peau.

— Tu crois que… avec mes lèvres… ma langue… je pourrais te donner du plaisir?

— Peut-être un peu, plaisanta-t-il.

Au début, elle osa à peine l'embrasser. La réponse de Sean fut tellement électrique qu'elle s'enhardit, passionnée par cette nouvelle découverte. Il semblait vibrer de tout son être, de plus en plus fort, et il ne tarda pas à l'arrêter en enfouissant les doigts dans ses cheveux pour l'écarter de lui avant d'atteindre le point culminant du plaisir.

Esmeralda rougit de découvrir ce pouvoir érotique qu'elle avait sur lui, mais elle en était fière.

Sean n'avait jamais connu de femme aussi belle, aussi émouvante dans la passion. Il sut que le moment qu'il attendait était venu. Il allait la faire sienne, totalement, glorieusement.

Il s'allongea sur elle et lui écarta les cuisses. Il posa le bout de son sexe dans sa moiteur brûlante puis, lentement, d'un seul mouvement, il la pénétra. Son ventre était si doux et si chaud qu'il émit un cri rauque. D'une nouvelle poussée, il alla le plus loin possible tout en lui murmurant à l'oreille ce qu'il allait lui faire.

Esmeralda brûlait de désir. Pressée de se soumettre à son corps exigeant, elle enroula les jambes autour de ses hanches. Dès qu'il commença à aller et venir, lui infligeant des pressions fermes, elle s'enflamma à en perdre haleine. Elle adorait le poids de son corps sur le sien, ses mouvements presque sauvages, sa façon de la pénétrer si loin, toujours plus loin. Elle adorait l'odeur de sa peau, puissante en ces instants, comme si son désir si longtemps contenu s'exhalait par tous les pores.

Esmeralda perdit très vite la notion de tout, sauf de ce qu'il lui faisait. C'était si bon qu'elle en gémissait de plaisir. Elle enfonça les ongles dans son dos, les dents dans ses épaules. Il l'emmenait inexorablement de plus en plus haut, comme pour atteindre l'arête vive d'un haut sommet. Elle s'agrippa à ces pentes escarpées aussi longtemps qu'elle le put, et lui avec elle. Puis elles s'éboulèrent. Alors, accrochés l'un à l'autre, vibrant l'un dans l'autre, ils s'envolèrent dans une explosion aiguë irradiant comme une gerbe de feu dans tout leur corps, jusqu'au bout de leurs doigts. Des milliers d'ondes crépitèrent sur leur peau, en un long decrescendo.

Esmeralda resta agrippée à lui. Elle ne voulait pas qu'il se retire. Pas encore. Elle l'embrassa fiévreusement, éperdue d'adoration. Il venait de lui donner un bonheur tel qu'elle sut sans l'ombre d'un doute que jamais elle ne se lasserait de lui.

C'est alors qu'elle sentit sous ses doigts le relief inégal de son dos strié de cicatrices. En imaginant les souffrances qu'il avait endurées, la force incroyable qu'il avait dû déployer pour survivre, elle sentit son cœur se serrer. Elle haïssait son père, Jack Raymond, et tous ceux qui lui avaient fait du mal.

A une légère tension de son corps, Sean devina ses pensées, sa colère. Il roula sur le dos, l'attirant sur lui. Il ne connaissait qu'une manière d'effacer son courroux. La plus douce, la plus tendre, la plus sensuelle... Ses lèvres s'emparèrent des siennes et il prit possession de sa bouche avec la même ardeur qu'il avait mise à posséder son corps. Esmeralda s'abandonna à ces nouvelles délices.

Elle ne se sentit assouvie qu'avec le lever de l'aube. Une délicieuse lassitude l'enveloppa. Ses paupières s'alourdirent. Elle eut encore la force de s'étirer entre les bras de Sean.

— Il faut que je regagne ma chambre avant que les servantes me trouvent ici.

Il l'emprisonna entre ses bras d'acier.

— Ma chambre sera la tienne désormais. Nous ne passerons plus une seule nuit l'un sans l'autre et chaque matin je te réveillerai par mes baisers. Comme ça...

Ses lèvres effleurèrent son front, s'envolèrent jusqu'à ses tempes, se posèrent sur ses paupières. Quand elles arrivèrent sur sa bouche, Esmeralda s'en empara. Déjà, son corps s'animait d'un nouveau désir.

Elle réagissait à la moindre de ses caresses, consentante, précédant ses envies. C'était ainsi que Sean la voulait, et qu'il la garderait. Il glissa cependant hors du lit et remonta les couvertures sur elle.

— C'est l'heure de la promenade à cheval matinale.

Esmeralda émit un grognement et Sean se mit à rire.

— Pas pour toi, ma belle. Je dirai à Johnny que tu t'es dépensée toute la nuit dans un genre de chevauchée, ma foi...

— Sean !

Il se pencha sur elle, ému de la voir rougir. Il embrassa ses seins avant de les cacher sous les draps et réprima une nouvelle montée de désir.

— Je te désire depuis ce premier jour, dans la grotte de cristal... Tu avais seize ans... et l'attente en valait la peine. Repose-toi pour ce soir.

Ces mots allumèrent des ondes frissonnantes dans le corps alangui d'Esmeralda. Déjà, le creux de son ventre lui brûlait. Comment pourrait-elle attendre la nuit ?

Sean choisit deux de ses plus beaux pur-sang pour la longue promenade qu'il avait prévue avec Johnny. Comme ils galopaient dans l'herbe épaisse des vastes prairies, il devina que le jeune homme était dans son élément — l'expression extasiée, il ne cessait de poser des questions sur les bêtes. Il lui apprit que les meilleurs chevaux de course du pays étaient élevés dans le comté de Kildare.

Ils passèrent l'après-midi à Maynooth, où Sean s'occupa de faire transférer les livres de son grand-père dans sa propre bibliothèque. Pour faire patienter Johnny, il demanda à Nan FitzGerald de distraire son visiteur. Au début, Johnny se sentit intimidé. Nan avait changé, en cinq ans. Elle s'était métamorphosée en une femme éclatante de beauté, mais elle n'avait rien perdu de sa douceur de caractère.

Elle le mit tout de suite à l'aise, bien que son cœur battît fort dans sa poitrine. Pour se ménager un peu d'intimité avec lui, et pour le soustraire aux avances des autres femmes de Maynooth, elle l'emmena dans une tour du château.

— Je suis flatté que vous vous souveniez de moi.

— Oh, Johnny, comment aurais-je pu vous oublier ? J'ai si souvent pensé à vous !

— Vous n'êtes pas mariée ou fiancée ? s'enquit-il d'une voix pressante.

Nan secoua vivement la tête. Elle espérait que ces aveux feraient briller ses yeux, mais Johnny se contenta de rougir de sa propre hardiesse. Nan décida alors qu'elle ne pouvait attendre encore cinq ans. Elle prit son courage à deux mains et se jeta à l'eau.

— Johnny, croyez-vous au coup de foudre ?

— Oui, répondit-il sérieusement. C'est exactement ce qui s'est passé entre Esmeralda et Sean.

— Est-ce vrai qu'il l'a enlevée pour la séduire ? ne put s'empêcher de demander Nan, momentanément distraite de son objectif.

— Oui. C'est un acte répréhensible, je le sais, mais ma sœur est si profondément amoureuse de lui qu'elle en est transfigurée.

— Que c'est romantique... Johnny, en vous revoyant, je me suis rendu compte que moi aussi j'étais amoureuse.

Elle s'approcha de lui. Troublé, Johnny en oublia son embarras. Il l'attira contre lui et osa effleurer ses lèvres d'un baiser. Très vite, l'ardeur de leur passion contenue les enflamma et ils s'embrassèrent à bouche que veux-tu. Il n'était plus besoin de mots pour exprimer leurs sentiments. Leurs corps avaient acquis leur langage propre.

Quand Sean toussa derrière eux, ils se séparèrent en sursautant, confus d'avoir été surpris. Feignant de n'avoir rien remarqué, Sean proposa à Nan Fitz-Gerald de passer le reste de l'après-midi avec eux. Ensemble, ils firent visiter à Johnny les vastes écuries de Maynooth, ses immenses pâturages et ses fermes attenantes.

Johnny était émerveillé.

— Comme j'aurais aimé naître ici ! avoua-t-il en soupirant.

Devant la tristesse du jeune homme qui mesurait soudain tout ce dont il avait été privé, Sean se dit que la vie s'était chargée de le venger de ce Montagu-là. Ils étaient quittes.

En rentrant à Greystones, il se complut à retourner le couteau dans la plaie.

— Je te ramènerai à Londres avec ton équipage à bord du *Half Moon*. Je sais que tu es impatient de rentrer, Johnny. Pourras-tu attendre jusqu'à demain ?

— Vous êtes cruel, Sean.

— Et impitoyable, acquiesça-t-il, une lueur moqueuse dans ses yeux gris.

Johnny songea qu'en tirant sur lui, Shamus O'Toole lui avait rendu un fier service. Ses hommes étaient convaincus qu'il avait frôlé la mort et les

FitzGerald avaient retiré toutes les armes à feu du *Swallow*, donnant l'impression aux matelots anglais qu'ils étaient leurs prisonniers. Johnny avait habilement insinué qu'il suffisait d'un mot de Sean O'Toole pour qu'ils soient assassinés. D'une part, c'était la vérité et, de l'autre, cela servirait les desseins de John quand ses hommes seraient interrogés par William Montagu.

— La Montagu Line va perdre la plupart de ses bateaux dans les semaines qui viennent. Il faudra alors que vous conseilliez à votre père d'en acheter d'autres. Bien entendu, je serai le pourvoyeur. Vous sentez-vous capable de faire aboutir ce plan ?

— Je fais un piètre marin mais, sur la terre ferme, je suis un champion en ce qui concerne la navigation. Pour la paperasserie, mon père se repose entièrement sur moi.

Johnny réfléchit brièvement avant de laisser filtrer une nouvelle information.

— Au moins deux de nos bateaux sur dix ne sont pas assurés. Cela nous permet de faire des économies non négligeables. C'est une pratique courante dans la marine marchande.

— Je suis actionnaire depuis peu à la Lloyd's. Je peux te donner la liste de tous les bateaux de la Montagu Line qui ne sont pas assurés, Johnny.

— Vous ne laissez décidément rien au hasard.

— J'ai eu cinq ans pour échafauder mon plan dans le moindre détail et depuis que le destin a placé dans mes mains le comté de Kildare, j'ai les moyens de le mettre en œuvre.

Johnny Montagu songea une fois de plus que les Anglais avaient tort de toujours sous-estimer les Irlandais. Et il souhaita de tout son cœur qu'Esmeralda fût de taille à se mesurer à Sean O'Toole.

Esmeralda ne cessait de chanter. Tout lui semblait plus beau tout à coup, plus lumineux. Un soleil éblouissant parait sa chambre d'une patine d'or pur. Les couleurs rayonnaient d'un éclat plus intense, son petit déjeuner n'avait jamais été aussi savoureux, l'eau de son bain aussi divine.

Elle mit des fleurs dans toute la maison, s'émerveillant de leur beauté, de leur parfum. Le cœur gonflé de joie, elle voulait que tout le monde partage son bonheur. Dans l'après-midi, elle décida d'aller rendre visite au père de Sean. Son ressentiment envers lui s'était estompé au profit d'une compassion sincère.

Sur le chemin, elle cueillit une brassée de lupins sauvages bleus et jaunes qui laissèrent M. Burke ébahi.

— Je viens rendre visite à Shamus, annonça-t-elle gaiement.

A la lueur qui pétilla dans le regard de son maître, Paddy Burke comprit qu'il appréciait d'avoir une compagnie féminine.

Tout en bavardant, elle rangea la chambre du vieil homme avant de s'installer sur un tabouret près de lui et d'accepter le petit verre de cognac qu'il lui proposa. Elle avait honte de porter le nom de ceux qui avaient semé le malheur dans sa famille. Kathleen avait dû mourir de chagrin d'avoir perdu Joseph et son père et de savoir Sean condamné.

Esmeralda aiguilla habilement la conversation sur les temps heureux. Shamus aimait parler, raconter, particulièrement quand il s'adressait à une auditrice aussi belle et attentive.

Les deux hommes la virent partir à regret.

— N'hésitez pas à revenir, lui dit Shamus. Vous avez ramené un peu de soleil dans cette maison, Esmeralda.

— Je reviendrai, promit-elle, ravie.

Ce soir-là, elle s'habilla pour le dîner en songeant à Sean O'Toole. Elle choisit de la soie bleu paon et orna ses cheveux d'une couronne de roses en bouton couleur crème.

De la fenêtre de sa chambre, elle aperçut au loin les deux cavaliers. Elle imagina Sean scrutant Greystones à sa recherche. Sans réfléchir, elle releva ses jupes et vola à sa rencontre.

Dès qu'il la vit, il sauta de cheval et elle se jeta dans ses bras. Il la fit tournoyer dans les airs.

— Quelle élégance! Ne me dis pas que c'est pour moi?

— N'êtes-vous pas le comte de Kildare?

— En effet, madame, fit-il avant de s'emparer de ses lèvres dans un baiser bref mais passionné qui lui coupa le souffle. Tu sens si bon... Je n'aurais pas dû te toucher avant de m'être rafraîchi. J'empeste le cheval!

Elle respira son odeur au creux de son cou.

— Mmm... Quel aphrodisiaque!

— Et si je te prenais au mot? Si j'envoyais promener bain et dîner pour t'emmener droit au lit?

Johnny, qui sortait de l'écurie, resta en retrait par discrétion.

— Oh, j'oubliais que tu avais un invité! s'écria candidement Esmeralda. Nous ne couperons pas au dîner, je le crains. Mais console-toi... j'ai demandé à Mary Malone de préparer ton plat favori.

Ce soir-là, ce fut au tour de Johnny de se sentir exclu. Esmeralda et Sean le mêlèrent poliment à la conversation mais ils n'avaient d'yeux que l'un pour l'autre. Au dessert, John remarqua qu'ils se tenaient les mains sous la table. *Si elle parvient à dompter le fauve qui sommeille en lui, alors elle a une chance d'être à sa hauteur*, conclut-il. Pour abréger son supplice, il se hâta de prendre congé.

Dès qu'ils furent dans leur chambre, Sean verrouilla la porte et ôta ses gants. Déjà, Esmeralda déboutonnait sa robe.

— Laisse-moi te déshabiller, Esmeralda.

Il se débarrassa en toute hâte de ses propres vêtements.

— Est-ce que tu obtiens toujours ce que tu veux? le taquina-t-elle.

— Mon charme irlandais y est pour beaucoup.

Esmeralda admira son corps sculptural, ses muscles longs, sa peau cuivrée. Une fine toison bouclait sur sa poitrine, formait une ligne jusqu'à son ventre et rebouclait à profusion, plus bas.

Il marcha vers elle, brûlant de désir. Elle ne bougea pas quand il glissa ses mains sous ses jupes de soie. Il la caressa aussitôt là où sa féminité palpitait, chaude et moite. Ses doigts s'y activèrent, puis son sexe, mais sans la pénétrer. Pas encore.

Tout en se frottant contre elle, il ouvrit son corsage. Elle chancelait de désir. Il se baissa pour saisir le bout de ses seins entre ses lèvres, y promener sa langue. Esmeralda gémit de plaisir.

Il lui ôta enfin sa robe et, la maintenant à deux mains, il la pénétra d'une poussé puissante avec un cri animal.

Et la nuit explosa.

20

Sean aimait le calme qui suivait la tempête. Etendu sur le dos, il tenait Esmeralda à plat ventre sur lui, la tête nichée contre sa poitrine. Il adorait la savoir comblée, la sentir abandonnée dans ses bras. Il la caressait lentement, effleurant son front de ses lèvres. Elle le troublait, le charmait, l'ensorcelait. Mais il ne devait pas oublier qu'elle n'était qu'un moyen d'arriver à ses fins, que leur aventure était placée sous le sceau de l'éphémère.

Son sexe se durcit contre elle. C'était fou! Cette femme éveillait en lui des désirs insatiables. Qu'adviendrait-il s'il ne se lassait pas d'elle?

— Demain, je ramène ton frère et son équipage à Londres. Tu viens avec moi. Je te ferai sortir en secret…

Elle glissa la main entre eux et le caressa en s'émouvant de la force du désir qui renaissait.

S'efforçant de ne pas se laisser distraire, elle réfléchit à sa proposition. Les Montagu étaient à Londres et elle ne voulait pas les revoir. Jamais! D'un autre côté, elle n'envisageait pas d'être séparée de l'homme qu'elle aimait, encore moins pour plusieurs nuits.

— Tu dois vraiment y aller?

Il l'embrassa au coin des lèvres.

— Je te protégerai, tu n'as rien à craindre. Alors, c'est oui?

Elle était prête à le suivre au bout du monde mais elle lui dit, un sourire au bord des lèvres:

— Tâche de me convaincre.

Le pouvoir de persuasion de Sean O'Toole n'opérait pas seulement avec les femmes. Avant que le *Half Moon* ne lève l'ancre, tout l'équipage des Montagu était dans sa poche.

Esmeralda fit ses adieux à son frère, la larme à l'œil.

— Johnny, j'ai peur pour toi. Père sera bien plus furieux d'avoir perdu le *Swallow* que de m'avoir perdue, moi.

Johnny l'embrassa sur le front.

— Il ne s'attend pas que Sean O'Toole te rende à lui. Quant à son bateau, il a tout simplement sous-estimé son ennemi. Cette leçon va lui coûter cher. Ne t'inquiète pas pour moi, Esmeralda. Je ne gère pas les finances des Montagu depuis des années sans avoir pourvu à mon avenir.

L'aveu la rassura. Son frère avait fait du chemin. Il n'avait plus rien du petit garçon terrorisé d'autrefois.

Une fois chez lui, Johnny apprit que le roi George avait destitué le comte de Sandwich de ses fonctions à l'Amirauté en raison des graves accusations qui pesaient sur lui.

— Dieu merci, tu es rentré ! s'écria William Montagu, visiblement à bout. Nous sommes ruinés ! Les portes de l'Amirauté nous sont fermées, désormais. Mon frère n'est qu'un imbécile ! Ses ennemis ont réussi à l'évincer et sa disgrâce s'étend à tous les Montagu !

— Ne dramatisons pas. Seules les répercussions financières peuvent vous nuire, rien de plus.

John se rendit compte qu'il prenait grand plaisir à manipuler son père.

— Le comte de Sandwich a des amis haut placés. Il se relèvera, intervint Jack.

— Oui, et c'est moi qui paierai les pots cassés ! riposta William avec aigreur. Hors de ma vue, abruti ! Un homme qui n'est pas capable de surveiller sa femme ne mérite pas de loger sous mon toit !

— Père, assieds-toi ou tu vas avoir une attaque, intervint John. Nous n'avons pas besoin du comte de Sandwich ni de son grand ami le duc de Bedford pour continuer à faire prospérer la Montagu Line. La marine marchande est un commerce lucratif. C'est le moment ou jamais de nous développer.

John préféra passer sous silence la perte du *Swallow*. Le vieil homme l'apprendrait bien assez tôt. Il masqua sa jubilation intérieure sous un regard désolé.

— Je crains que Sean O'Toole ne refuse de vous rendre Emma... Cela dit, considérez plutôt le bon côté des choses... Songez à la fortune que vous allez économiser en ne lui versant pas de rançon !

Sean laissa Esmeralda dans une suite du Savoy pendant qu'il se rendait en ville pour ses affaires. Quand il la retrouva dans la soirée, il lui annonça qu'il venait de louer une maison.

— Mais je déteste les maisons londoniennes ! protesta Esmeralda. Elles sont laides et sinistres !

D'ailleurs tu ne les aimes pas non plus. C'est comme si tu te privais d'air et de lumière, ajouta-t-elle pour elle-même.

Il lui prit les mains et l'attira contre lui.

— Allons la visiter… Veux-tu que je te persuade ?

— Oui, s'il te plaît, murmura-t-elle dans un souffle en lui offrant sa bouche.

L'élégante demeure située dans Old Park Lane était l'antithèse du mausolée où Esmeralda avait grandi. En façade, les fenêtres donnaient sur la Serpentine et Rotten Row. Celles de derrière offraient une vue magnifique sur les jardins fleuris de Green Park. Les pièces, agréablement meublées, venaient d'être redécorées en vert pâle et blanc.

— J'ai également loué les services de la domesticité.

Esmeralda tomba immédiatement sous le charme de la demeure.

— Tu te sentiras bien ici ? demanda-t-elle toutefois à celui qu'elle adorait.

— Essaierais-tu d'insinuer que je ne suis qu'un paysan ?

Elle lui jeta un regard plein de malice.

— Bon, si cela peut te faire plaisir, nous prendrons un cochon et quelques poules.

Il la plaqua contre lui.

— Tu sais ce qui me fait plaisir, murmura-t-il en lui faisant sentir la force de son désir.

— Es-tu toujours dans cet état ?

— Heureusement pour toi, ma belle, car tu es insatiable.

— Quelle chance que nous nous soyons rencontrés !

Ils emménagèrent dès le lendemain. Le comte réunit toute la domesticité pour donner ses instructions qu'il entendait voir respecter à la lettre. Il insista sur sa volonté d'avoir toujours un linge irréprochable, qu'il s'agisse du sien ou du linge de maison. Il entendait disposer d'eau chaude à toute heure du jour ou de la nuit. Leurs repas seraient préparés par un chef cuisinier qui arriverait dans la journée.

Concernant Esmeralda, il exigea que son identité soit tenue secrète. Quand ses affaires l'appelleraient à l'extérieur, personne ne devrait entrer chez lui sans son accord préalable.

Plus tard ce jour-là, ils reçurent à sa demande un perruquier et un bijoutier.

— La mode à Londres devient grotesque, confia-t-il à Esmeralda. Tu devras porter une perruque poudrée ornée de plumes d'autruche pour paraître dans le monde, même pour aller au théâtre.

— Oh, je sais ! J'ai observé les promeneurs dans le parc. Ils sont tous poudrés, vêtus de tons pastel et de dentelle, même les hommes ! s'écria-t-elle en riant.

Parmi les bijoux que le joaillier venait d'apporter, Sean choisit sans hésiter un collier serti de diamants, sachant combien il rehausserait encore la robe de velours pourpre et les cheveux noirs d'Esmeralda. Car sa perruque ne serait plus d'aucune utilité dès qu'ils rentreraient en Irlande. Il l'imagina nue avec les diamants pour seule parure et décida d'attendre l'heure du coucher pour le lui offrir.

— Nous sommes invités à une soirée donnée par le duc de Newcastle.

Esmeralda ouvrit des yeux étonnés.

— Comment diable connais-tu le duc ?

— Nous sommes devenus amis quand j'ai découvert que nous avions des ennemis communs.

— Les Montagu ?

— Qui d'autre ? Le succès de la campagne menée contre Sandwich a tellement réjoui le duc qu'il a tenu à célébrer la victoire en donnant un bal somptueux.

— Mon oncle est un homme redoutable. Que s'est-il passé exactement ?

— Le roi l'a révoqué de l'Amirauté, répondit gaiement Sean.

Esmeralda n'en revenait pas. Les comtes de Sandwich dirigeaient l'Amirauté depuis Charles II. Comment Sean avait-il réussi à l'évincer ? Visiblement, ses plaies ne se refermeraient que lorsqu'il aurait accompli sa vengeance...

— Tu oublies que je suis une Montagu. Ils ne feront de moi qu'une bouchée.

— Nul ne te reconnaîtra avec ta perruque et ton masque.

Esmeralda ne tarda pas à constater que Sean avait menti. Deux valets en livrée montaient la garde à l'entrée de la salle de bal. L'un prenait les manteaux des dames et l'autre annonçait leur nom. Sean débarrassa sa cavalière de sa cape brodée de satin et dit seulement :

— Le comte de Kildare.

Sur ce, il prit le bras d'Esmeralda et ils entrèrent dans la salle de bal. Aussitôt, tous les regards convergèrent sur eux et le silence se fit. Des murmures de surprise s'élevèrent çà et là. Esmeralda crut que c'était à cause de leurs vêtements. Ils détonnaient dans cette assemblée en couleurs pastel, et surtout elle dans sa robe de velours pourpre, avec les diamants scintillant sur sa gorge. Quant à Sean, il était le seul homme en noir.

La duchesse de Newcastle vint les accueillir et Esmeralda perdit vite ses illusions.

— La nièce est donc venue fêter la chute de son oncle ! s'écria-t-elle. Que c'est drôle !

— Comment savez-vous qui je suis, madame la Duchesse ? demanda Esmeralda avec raideur.

Leur hôtesse lança à Sean un regard provocant.

— Ma chère, Kildare et moi sommes très intimes.

Les yeux d'Esmeralda jetèrent des éclairs sous le masque. Eclatant de rire, elle tapa Sean de son éventail.

— Petit démon ! Mais il est vrai que les jeunes ignorants aiment être initiés à l'amour par des femmes sur le retour.

La duchesse pinça les lèvres. Sean s'inclina pour lui baiser la main, secrètement ravi de l'esprit de repartie de sa délicieuse maîtresse. Elle avait su remettre cette Anglaise immorale à sa place et il était prêt à parier qu'elle ne s'arrêterait pas là d'ici à la fin de la soirée.

Quand Newcastle les salua, Esmeralda défia Sean du regard et délaissa son bras pour celui du duc. Pendant toute la soirée, elle fut le centre des regards masculins. Ils ne se souciaient pas de son identité. Seules les captivaient sa beauté époustouflante et la sensualité rayonnante qui émanait d'elle.

Si elle plaisait à un homme aussi redoutable que Kildare, elle devait être une amante exceptionnelle. On lui fit à trois reprises des propositions sans équivoque, au cas où elle se lasserait du comte. Esmeralda répondit à ces avances par des sourires amusés mais distants.

Tout Londres savait qu'elle avait abandonné son mari pour devenir la maîtresse de Kildare et elle comprit soudain que Sean O'Toole l'exhibait à dessein. Comme elle était naïve ! Cela ne lui suffisait pas de l'avoir enlevée pour se venger des Montagu, il voulait que le monde entier le sache !

Les femmes n'avaient d'yeux que pour lui, même s'il les ignorait. Il passa la soirée à discuter affaires avec les hommes les plus influents. Esmeralda ne craignait aucune rivale — elle les éclipsait toutes —, mais quelle chance avait-elle face à cette soif de vengeance démoniaque?

Elle se grisa de champagne en écoutant les derniers ragots. Elle jugea le «beau monde» anglais bien cynique et mesquin.

Sean, quant à lui, discutait avec Newcastle.

— Je pense que c'est le scandale du trafic d'esclaves qui a tout déclenché, dit le duc. Ajouté aux preuves de corruption et de trahison, il faut reconnaître que cela faisait beaucoup! De manière tout à fait officieuse, mon cher, je suis chargé de vous dire que vous nous ôteriez une belle épine du pied si vous pouviez faire quelque chose au sujet de ces bateaux pour le moins embarrassants.

Le sourire de Sean n'adoucit pas son regard.

— Votre Grâce, je me suis permis d'anticiper votre requête.

Sean dut interrompre Esmeralda au milieu d'une danse pour lui dire qu'il voulait rentrer. Sur le seuil de la salle de bal, elle se retourna et, délibérément, ôta son masque et le jeta en l'air. Des hommes se précipitèrent pour l'attraper et une courte bousculade s'ensuivit.

Sean la foudroya du regard et l'entraîna vers la sortie. Les dents serrées, il récupéra sa cape et l'en enveloppa, couvrant avec soulagement ses épaules nues et la naissance de ses seins.

— Qu'est-ce que cela signifie? s'exclama-t-il en quittant le somptueux hôtel particulier. Tu t'es conduite comme une traînée!

— Mais, Sean chéri, c'est exactement ce que je

suis, minauda-t-elle. D'ailleurs, tu viens de m'exposer en tant que telle à tout le gratin londonien !

— Monte dans la voiture.

Esmeralda obéit mais ignora l'intonation menaçante.

— Veux-tu que je m'agenouille à tes pieds ici même, sur le plancher, pour satisfaire tes désirs ?

Il la saisit aux épaules et la secoua sans ménagement.

— Tais-toi ! Tu me fais perdre tout sang-froid.

— Tu es d'une nature violente, mais je connais un moyen de t'amadouer. Laisse-toi faire... mes lèvres sont si douces...

Il la poussa sur le siège et écrasa sa bouche sur la sienne pour la soumettre. Esmeralda n'était pas d'humeur à se laisser dompter. Elle lui mordit la lèvre et lui griffa le visage.

— Petite garce ! cria-t-il en la repoussant.

Chose promise, chose due... Elle lui donna un aperçu de la douceur de ses lèvres en léchant le sang qui perlait sur ses joues.

Quand ils arrivèrent à Mayfair, Esmeralda gravit en courant les deux volées de marches qui menaient à leur chambre. Elle renvoya la servante qui l'attendait et tenta en vain de se calmer. Elle qui avait cru que la rivière de diamants était un gage d'amour ! Quelle idiote ! En réalité, le bijou n'était destiné qu'à la donner en pâture à tous ces Anglais !

De son côté, Sean arpentait le salon, un verre de cognac à la main. L'alcool produisit son effet lénifiant. Quand il pénétra dans la chambre, il était sur le point de pardonner à Esmeralda.

Elle lui tourna délibérément le dos et se déshabilla, puis s'assit devant sa coiffeuse, gardant ses bas de dentelle et son collier.

Les yeux gris étaient rivés sur elle. Se penchant, elle laissa couler ses cheveux au ras du tapis et les brossa vigoureusement avant de les rejeter en arrière dans un halo d'encre noire. La brosse toujours à la main, elle se dirigea avec une grâce féline vers le lit et prit sa chemise de nuit, une merveille de légèreté et de transparence conçue pour le plaisir des hommes. Au lieu de l'enfiler, elle revint vers la coiffeuse et en drapa le tabouret. Puis elle s'admira dans la glace. Elle donna un ou deux coups de brosse à ses cheveux avant de peigner la fine toison au bas de son ventre.

— Bon sang ! A quoi joues-tu ?

Elle posa la brosse, mit les mains sur les hanches et marcha vers lui en ondulant d'une manière provocante.

— A un jeu de traînée. N'est-ce pas ce que tu veux ? J'admirais les diamants une dernière fois avant de te les rendre.

— Ces diamants sont à toi.

— Je ne crois pas. Ils t'appartiennent, tout comme moi. Nous ne sommes là que pour la galerie.

— Arrête ça tout de suite !

Il tentait de se contenir, mais il n'avait qu'une envie : la renverser sur le tapis et la posséder. Le désir se mêlait en lui à la colère ; le premier l'emporta.

— Quand tu m'as offert ces diamants hier soir, je n'avais pas compris qu'ils étaient le prix des faveurs que je t'accorde. Peut-être la nuit dernière n'était-elle que le début des enchères ? le défia-t-elle.

Elle voulait savoir jusqu'où allait son pouvoir sur Sean. Il la plaqua sans douceur contre lui.

— Tu veux la bagarre ? D'accord...

Elle se débattit comme une tigresse, se délectant de cette lutte acharnée. Ni l'un ni l'autre ne céda et ils se rendirent au même moment. Sean parce qu'il se savait plus fort et qu'il ne voulait pas lui faire de mal ; Esmeralda parce qu'elle ne voulait pas le blesser dans son orgueil. L'amour tendre qu'elle lui inspirait prit le dessus et elle se rendit compte à quel point elle comptait pour lui.

La bataille se transforma en étreintes éperdues...

Plus tard, étroitement enlacés sur le lit, ils se murmurèrent des mots d'amour.

— Ma belle, ce n'est pas toi que j'ai voulu exposer mais ta beauté irlandaise triomphante. Je voulais la jeter à la face de toutes ces Anglaises fardées. Tu n'auras plus jamais à porter le collier en public, mais tu dois le garder. Tu n'as pas d'argent, c'est un gage de sécurité en quelque sorte, au cas où...

— Mon chéri, tu es toute la sécurité dont j'ai besoin.

Il la serra contre son cœur.

— Promets-moi de le garder.

— Je te le promets. Mais cette soirée m'a suffi. J'ai entendu assez de commérages pour le restant de mes jours! Je me moque de savoir que le duc de Devonshire a engrossé en même temps sa femme et sa maîtresse. Je veux rentrer à la maison.

— Encore quelques jours de patience, mon cœur. J'ai des navires marchands à quai. Je dois parler à mes capitaines. Cette nuit, je t'emmène à la découverte des jardins de la capitale, un plaisir secret, juste pour toi et moi. Es-tu déjà allée à Vauxhall ou au Ranelagh?

— Bien sûr que non. Je ne m'étais jamais écartée du droit chemin jusqu'à...

— Jusqu'à ce que je t'enlève!

Elle éclata de rire.

— Et que tu m'apprennes à me perdre dans les lieux interdits, murmura-t-elle en insinuant une jambe entre ses cuisses. De mon plein gré!

21

— Il a fait quoi? s'étrangla William Montagu.

Son teint avait viré au violet.

— Il a volé le *Swallow*. J'avais les mains liées. Nous étions virtuellement ses prisonniers et les Fitz-

Gerald étaient supérieurs en nombre. Je m'estime heureux de m'en être sorti vivant, et ce n'est pas grâce à toi !

— Que veux-tu dire ? aboya Montagu.

— Tu savais que Shamus O'Toole tirerait sur le premier Montagu qui oserait se montrer, c'est pourquoi Raymond et toi m'avez obligeamment délégué. Vous avez de la chance qu'il nous ait rendu notre équipage.

— Et à quoi sert un équipage sans bateau ? Nous avons toujours un contrat à honorer pour transporter les chevaux de l'armée malgré la destitution de mon crétin de frère. Après cette dernière mission, aucune autre ne me sera confiée et j'ai perdu la face devant Bedford.

— J'achèterai un autre bateau. Si nous voulons continuer à prospérer, il faut investir et nous ne pouvons nous permettre de perdre nos matelots.

— Contente-toi de t'occuper de la paperasse, Jack se chargera d'acheter le bateau. Tu ne connais rien aux schooners.

— Ta confiance m'honore, père, jeta sèchement John.

— Je m'en occuperais moi-même sans cette crise de goutte qui me met au supplice !

John jugea inutile de lui expliquer que les crises de goutte survenaient chez les gens teigneux.

Après leur départ, Montagu resta assis à son bureau, l'humeur morose. Pourquoi sa vie avait-elle brusquement basculé ? Il secoua la tête. Pour être honnête, il devait reconnaître qu'elle n'avait plus aucune saveur depuis qu'il avait perdu Amber. Personne n'avait jamais su le réconforter comme les décoctions dont elle avait le secret. Il ignorait ce qu'elle était devenue, mais il supposait qu'elle vivait en Irlande, sans doute avec les FitzGerald, à Maynooth. Parfois, il songeait à lui pardonner et à la ramener auprès de lui...

Tandis que John Montagu et Jack Raymond longeaient les quais de Londres, ce dernier s'étonnait du nombre de vaisseaux arborant le pavillon des O'Toole.

— Si jamais je me retrouve face à cet Irlandais de malheur, je le tue de mes mains !

John se mit à rire.

— Le moment est venu de tenter ta chance. Le *Half Moon* est là. Il doit être à bord.

Jack le regarda, stupéfait.

— Il a voyagé avec toi ?

— Les Montagu ne l'intimident pas. Je crois qu'il était l'invité d'honneur au bal célébrant la victoire de Newcastle, hier soir.

Jack Raymond blêmit de rage impuissante.

— Est-ce que ma femme l'accompagnait ? demanda-t-il entre ses dents.

— Bien sûr que non, mentit John. Il n'est pas fou... Tiens, quand on parle du diable... ajouta-t-il en désignant le pont du *Half Moon* où O'Toole était nonchalamment appuyé au bastingage.

Jack resta figé de stupeur et d'effroi. O'Toole était méconnaissable ; dur, menaçant. Une redoutable force de la nature, même dans ce moment de détente. Jack sentit ses genoux fléchir.

Pourquoi diable n'avait-il pas tué ce sale Irlandais en même temps que son frère ? Après tout, il n'était peut-être pas trop tard... Une telle haine meurtrière couvait entre eux qu'il ne connaîtrait pas de repos tant que son ennemi serait vivant. Il avait osé enlever sa femme à sa barbe mais le pire, c'est qu'il soupçonnait Esmeralda de l'avoir suivi de son plein gré. Elle ne perdait rien pour attendre, la garce !

Comme son cousin pressait le pas, John dissimula un sourire de mépris. Il savait que Raymond ne ferait pas le poids face à O'Toole et qu'il éviterait toute confrontation avec lui.

Les deux hommes passèrent la journée à chercher un bateau. Après en avoir visité plusieurs, ils finirent par en retenir deux, un schooner irlandais et un deux-mâts nouvellement arrivé de Gibraltar et ainsi baptisé.

Ce dernier parut étrangement familier à John, bien qu'il fût repeint de frais. Après un examen discret, il reconnut l'un de leurs vaisseaux ayant servi au commerce des esclaves, et dont O'Toole s'était emparé.

Johnny feignit de préférer le schooner, sachant pertinemment que Jack éprouvait une aversion viscérale pour tout ce qui était irlandais.

— Le deux-mâts a une prise d'eau plus stable et, au moins, il n'aura pas besoin d'être repeint de sitôt.

— Le schooner est plus rapide, je crois, mais… je m'en remets à ton jugement de connaisseur.

— Tu es ici pour t'occuper des papiers, lui rappela Jack.

— Je ne l'oublie pas. Le *Gibraltar* sera enregistré dès aujourd'hui. Je te laisse parler au capitaine et aux hommes d'équipage s'ils ne sont pas ivres morts.

Dès que Raymond l'eut quitté, Johnny ferma les yeux pour une prière silencieuse. *Mon Dieu, faites que je sois là quand père apprendra qu'il a racheté son propre bateau !*

Plusieurs heures s'étaient écoulées depuis que Sean O'Toole avait aperçu Jack Raymond, mais cette étrange sensation de malaise subsistait. Il ne s'agissait pas de peur, non, plutôt d'un mauvais pressentiment. Raymond n'était pas du genre à rechercher les affrontements directs, mais il ne fallait pas le sous-estimer pour autant. Il lui suffisait de penser au regard brûlant de haine qu'ils avaient échangé. Raymond se vengerait, il n'en doutait pas.

L'après-midi était déjà bien entamé quand Sean comprit enfin que son pressentiment concernait Esmeralda. Il rentra aussitôt à Old Park Lane en prenant un chemin détourné pour s'assurer qu'il n'était pas suivi.

Quand il la trouva dans son bain, Sean éprouva un tel soulagement qu'il en eut les jambes coupées.

— Habille-toi. J'ai demandé que l'on fasse tes bagages. Nous partons.

— Sean ! Tu avais promis de m'emmener à Vauxhall.

Elle remarqua soudain son air égaré et s'alarma.

— Que se passe-t-il ?

— Rien... Tu m'as demandé de te ramener à la maison hier soir, si je me souviens bien.

— Avoue que tu as complètement oublié Vauxhall !

Sean se mit à rire.

— Ma belle ! Comment veux-tu que je ne perde pas la tête quand je te vois dans ton bain ?

Maintenant qu'elle était là, devant lui, saine et sauve, il trouvait son appréhension ridicule. Tant qu'il serait auprès d'elle, elle ne risquerait rien. Il suivit le trajet de l'éponge sur les courbes de ses seins qui semblaient flotter à la surface de l'eau.

Consciente de l'effet qu'elle produisait sur lui, Esmeralda s'allongea dans la baignoire, leva l'éponge et la pressa. L'eau dégoulina sur ses épaules magnifiques, le long d'une jambe qu'elle tendit hors de l'eau. Un petit sourire se dessina sur ses lèvres quand elle le vit ôter sa veste et sa cravate.

Il se pencha, la souleva dans ses bras et s'installa sur le tabouret près de la baignoire, la jeune femme sur ses genoux. Sans se soucier de se mouiller, il l'embrassa au creux de l'oreille.

— Nous irons à Vauxhall, puis nous regagnerons directement le bateau pour profiter de la marée de minuit.

Elle sentait son sexe durcir contre ses cuisses.

— Je ne voudrais pas rater le feu d'artifice, dit-elle innocemment.

Il lui mordit le lobe de l'oreille.

— Tu l'auras, ton feu d'artifice !

— Promis ? murmura-t-elle d'une voix sensuelle en se renversant dans ses bras.

Elle ondula doucement contre le sexe tendu à travers le pantalon mouillé. Il referma ses mains sur ses seins et les pressa. Ils étaient tellement sensibles qu'Esmeralda cria.

— Je t'ai fait mal, ma belle ? s'inquiéta-t-il aussitôt. Je ne suis qu'une brute !

Il l'enlaça tendrement.

— Mais non, tu ne m'as pas fait mal, répondit-elle, émue. Jamais tu ne me feras le moindre mal.

Quand Jack Raymond regagna Bottolph's Wharf, où siégeaient les quartiers généraux de la Montagu Line, il eut la surprise de trouver le capitaine Bowers et le second du *Swallow* dans le bureau de William. Montagu n'avait pas perdu de temps pour leur demander des explications au sujet de la perte du bateau.

Les deux hommes enduraient stoïquement ses remontrances, suivies d'une série d'ordres concernant la reprise en main de l'équipage. Bien entendu, ils ne seraient pas payés pour ce voyage en Irlande, mais quand Montagu menaça de retenir leurs gages pendant un an, ils faillirent se révolter.

Jack n'était pas mécontent du tour que prenaient les événements. Une telle menace pesant sur des matelots ne pouvait que les incliner à accepter de travailler pour lui en échange de quelques compensations. Il attira l'attention de William.

— Quoi ? vociféra celui-ci.

— J'ai trouvé un bateau. Je suis sûr que le capitaine Bowers saura reprendre ses hommes en main.

— Ces imbéciles ne méritent pas un autre bateau ! rugit William pour le principe.

Car, en temps de guerre, les hommes d'équipage ne couraient pas les rues et ceux qui étaient disponibles choisissaient de préférence les bateaux appartenant à l'Amirauté ou à la Marine.

Jack Raymond leur donna ses directives concernant le *Gibraltar* en louant ses qualités. Au passage, il s'arrangea pour glisser à l'intention de William que John aurait préféré un schooner irlandais.

William renvoya les deux hommes et demanda à Jack combien avait coûté le bateau.

— Je vais de ce pas vérifier si tu as fait bon usage de notre argent. Ce soir, je dîne au Prospect of Whitby. Retrouve-moi là-bas à huit heures.

Jack Raymond partit aussitôt à la recherche de Bowers et de son second qui s'occupaient de rassembler l'équipage. Ils se trouvaient au Bain-de-Sang, un tripot où se réunissaient les marins et où Jack n'avait jamais osé entrer jusque-là. Il les repéra à la table du maître d'équipage du *Heron*, l'un des bateaux de Montagu ancrés au port, et s'assit avec eux.

— La prochaine tournée est pour moi. J'ai une proposition à vous faire, annonça-t-il de but en blanc. Une proposition alléchante.

Ils l'écoutèrent avec intérêt jusqu'à ce qu'il mentionne le *Half Moon*.

— Mais où dégoterez-vous autant de poudre à fusil ? demanda Bowers, méfiant.

— Seigneur, je ne compte pas faire sauter les docks de Londres ! Une petite explosion suffira à mettre le feu au bateau.

Le second intervint, sceptique :

— Et vous comptez vous y prendre comment pour introduire de la poudre à bord ? O'Toole a un veilleur jour et nuit.

Jack l'ignora.

— Deux livres chacun pour faire sauter le *Half Moon*.

Les hommés secouèrent la tête.

— Cinq! renchérit Raymond.

— C'est non, quel que soit le prix, trancha Bowers. C'est trop dangereux de s'attaquer à O'Toole.

Jack se leva.

— Vous n'êtes qu'une bande de froussards! J'étais prêt à aller jusqu'à dix livres! Mais ce n'est pas grave. Sur les docks, on peut faire assassiner quelqu'un pour moitié moins cher!

Furieux, il quitta la taverne, suivi de près par le maître d'équipage du *Heron*.

Bowers se tourna vers son second et cligna de l'œil.

— Si nous prévenons O'Toole, il nous donnera le double de ce que Jack nous offrait!

Daniels, le maître d'équipage du *Heron*, s'empressa de rattraper Jack Raymond avant qu'il ne fît affaire avec quelqu'un d'autre. On trouvait facilement de la poudre à fusil depuis que le pays était en guerre avec la France.

Il lui tapa sur l'épaule.

— Votre proposition m'intéresse, commença Daniels. Je ne suis pas comme ceux du *Swallow*, j'ai du cran, moi.

— Comment comptez-vous vous faufiler à bord?

— Facile. Je pourrais par exemple me mêler aux matelots lors d'un chargement, ou faire un trou dans la coque de l'extérieur. Je suis maître d'équipage, n'oubliez pas. Les coques de navire, ça me connaît. En dernier recours, je graisserai la patte à un gars.

— Cinq livres maintenant, le reste demain, quand le travail sera fait.

— Je veux tout maintenant. Manier de la poudre, c'est risqué.

Jack lui donna les dix livres sans discuter.

Daniels les empocha, le sourire aux lèvres. Il savait que les navires marchands voguaient rarement jusqu'à Dublin sans cargaison de contrebande. Il ne lui restait plus qu'à attendre. La nuit, tous les barils se ressemblent...

Esmeralda et Sean se promenaient main dans la main dans les magnifiques jardins de Vauxhall. Des chemins serpentaient sous les arbres éclairés de lanternes chinoises. Les parterres de fleurs, les statues et les fontaines inclinaient au romantisme, tout comme les nombreux divertissements proposés sous des tonnelles au détour des allées.

Esmeralda observait les promeneurs avec curiosité.

— Les Londoniens sont bizarres, n'est-ce pas?

— Oui. On dirait qu'ils ne viennent pas pour admirer les jardins mais pour être admirés. Ils sont en représentation, comme des acteurs revêtus de costumes ridicules. Les femmes ressemblent à des gourgandines et les hommes à des bouffons!

Il l'attira contre lui.

— Parce qu'ils le sont, murmura-t-il.

Quand ils arrivèrent aux stands des rafraîchissements, Sean insista pour qu'elle goûte aux huîtres, aux pâtés en croûte, aux noisettes grillées et au plum-cake, le tout arrosé de bière ou de cidre.

A la tombée du soir, ils tentèrent de s'isoler sous une tonnelle pour échanger quelques baisers, mais d'autres couples les imitèrent, si bien qu'ils continuèrent leur promenade au bord du fleuve pour admirer le feu d'artifice, puis ils montèrent à bord d'une barge qui les emmena jusqu'à Tower Wharf. Le *Half Moon* était ancré tout près.

Les quais à peine éclairés facilitaient la circulation des chargements illégaux. Pour ajouter à ce climat lugubre et trouble, une nappe de brouillard flottait sur la Tamise.

Un peu inquiète, Esmeralda se rapprocha de Sean.

— C'est encore loin ?

Il l'enveloppa aussitôt d'un bras protecteur.

— N'aie pas peur. Le *Half Moon* est ancré à côté de l'*Indianman*.

Sean sentit de nouveau des fourmillements désagréables au bas de la nuque, et les attribua à la nervosité d'Esmeralda.

Ils parvenaient au milieu de la passerelle quand le veilleur de nuit les aperçut. Il leva aussitôt sa lanterne pour les identifier.

— Oh, bonsoir, monsieur. Je m'en vais prévenir le capitaine FitzGerald que vous êtes à bord. Le changement de marée ne devrait plus tarder.

Il cria la nouvelle et une réponse perça le brouillard.

— Dis au capitaine que dès que ma compagne sera installée, je le rejoindrai aux commandes. Deux paires d'yeux valent mieux qu'une, par une nuit pareille.

— Bien, m'sieur.

Des volutes de fumée sulfureuses et jaunâtres tremblotaient dans le faisceau des lampes. Dans la plus grande cabine, le maître d'équipage du *Heron* attendait. Sans se faire remarquer, il s'était mêlé aux matelots qui chargeaient du cognac de contrebande et il était monté à bord sans encombre. Parvenir jusque-là n'avait plus été qu'un jeu d'enfant. Quand il entendit des pas approcher, il retint sa respiration et sortit son pistolet.

Sean ouvrit la porte. Son cœur s'arrêta de battre. Il retint Esmeralda derrière lui et sortit un petit revolver de sa ceinture. Pour des raisons de sécurité, son arme n'était pas chargée. Avant qu'il n'ait pu le faire, l'intrus alluma une lampe à pétrole.

— Sacré bon Dieu! Heureusement que tu n'as pas pu tirer. Tu nous aurais envoyés tout droit en enfer! lança une voix moqueuse à l'accent irlandais.

— Danny?... Danny FitzGerald?

Sean ne l'avait pas vu depuis au moins cinq ans.

— Que diable fais-tu ici?

Danny tapota le baril de poudre à fusil posé sur la table de cartographie.

— Je suis venu faire sauter le *Half Moon*. Permets-moi de te dire que ta sécurité laisse à désirer. Tu as pourtant des ennemis tout proches, je travaille pour eux.

— Mon père m'a dit qu'il avait placé des Fitz-Gerald sur tous les bateaux de Montagu.

Danny acquiesça.

— Je suis maître d'équipage du *Heron*, sous le nom de Daniels. J'envoie régulièrement des rapports aux frères Murphy.

— Merci pour ta loyauté, Danny.

Danny haussa les épaules.

— Shamus paie bien.

— Mes hommes vont m'entendre! maugréa Sean.

— A quoi t'attendais-tu, avec ces fichus FitzGerald?

Esmeralda s'efforçait de comprendre la situation.

— Mon père vous a payé pour faire sauter le bateau de Sean? demanda-t-elle.

— Pas votre père, votre mari.

— Jack? Ô mon Dieu, Sean! Il veut te tuer!

Un sourire amusé joua sur les lèvres de Sean.

— Je me demande bien pourquoi...

— A cause de moi, murmura-t-elle, insensible à son humour.

Des larmes lui brouillèrent la vue.

— Il faudra que Jack Raymond se lève de bonne heure, ma belle.

Il l'obligea à s'asseoir et lui servit un verre.

— Bois ça lentement. Je reviens tout de suite.

La chaîne qui remontait l'ancre grinça.

— La marée change, remarqua Danny en regagnant la porte.

— Vous n'oubliez rien ? s'exclama Esmeralda.

— Oh, désolé ! fit Danny en riant.

Il chargea le baril de poudre sur son épaule.

— Bon, je vais récupérer l'argent de Raymond avant que quelqu'un d'autre n'en profite. Les hommes de Montagu ne diraient pas non.

— En tout cas, ils ne crachent pas sur le mien, nota Sean avec ironie.

— Méfie-toi, Sean. Ils ont essayé de te tuer une fois, ils peuvent recommencer.

— Un homme averti en vaut deux, Danny, répondit Sean en prenant le baril de poudre. Monsieur FitzGerald ! cria-t-il d'une voix de stentor en se dirigeant vers son capitaine.

Les mains de David FitzGerald se crispèrent sur la barre.

22

Le brouillard se dissipa avec la nuit et, le lendemain, quand le *Half Moon* arriva en vue de l'île de Wight, le soleil brillait de tous ses feux. Les voiles frémissaient sous la caresse d'une brise légère.

Sur le pont, Esmeralda observait avec fascination les prouesses des hommes d'équipage, Sean y compris, grimpant avec une agilité étonnante le long des cordages et des mâts.

Ils firent escale en Cornouailles pour renouveler leurs provisions et leurs réserves d'eau douce. Sean en profita pour emmener Esmeralda explorer Land's End. Tout en haut des falaises escarpées, il glissa un bras autour de sa taille et lui montra un point à l'horizon.

— Certains, paraît-il, ont vu d'ici une cité engloutie surgir des flots.

— Oh, oui! La légende de Lyonesse! Ma mère me racontait cette histoire quand j'étais toute petite. Il paraît que les dômes et les tours de la cité apparaissent parfois au large.

— Tu crois aux mythes et aux légendes, Esmeralda?

— Oh oui! Pas toi?

Son regard gris flotta un instant sur les flots argentés. Il secoua la tête.

— J'y ai cru, oui, il y a bien longtemps. Préserve tes croyances et tes souvenirs d'enfance, Esmeralda. Ne les laisse pas se perdre, comme moi.

Son humeur mélancolique se prolongea le jour suivant, comme il lui montrait les côtes de l'Ecosse, pays riche en légendes lui aussi. Il lui apprit à prévoir le temps en observant les montagnes.

— Si le sommet est enveloppé de brume, mieux vaut courir se mettre à l'abri. S'il est clair, c'est le beau temps assuré.

Il lui expliqua aussi comment différencier les oiseaux marins, ne pas confondre les pétrels avec les petits pingouins, les mouettes et les fous de Bassan. Le troisième jour, Esmeralda s'assit près de lui à la barre. Sean relayait David FitzGerald pour pénétrer en mer d'Irlande. Il lui laissa un moment les commandes, restant près d'elle de façon à corriger la moindre erreur.

— Devine où nous allons, lui murmura-t-il à l'oreille en posant la main sur la sienne.

Elle leva la tête et aperçut une lueur rieuse dans les yeux gris. Elle se réjouit que son humeur morose l'eût enfin quitté.

— Donne-moi un indice.

— Je ferais mieux de reprendre la barre à présent, dit-il en souriant. Le Menai Strait n'est pas bien large.

— Anglesey! s'écria-t-elle joyeusement.

— Nous y avons laissé des souvenirs heureux, je veux qu'ils deviennent inoubliables. Nous ferons des quelques heures qui nous attendent les plus heureuses de notre vie.

Peu après, les hommes d'équipage plongeaient dans les eaux turquoise tandis qu'Esmeralda et Sean partaient main dans la main vers leur grotte de cristal. Ils se déshabillèrent en silence, sachant l'un et l'autre que tout rituel se célébrait nu. Déjà, leurs sens étaient en éveil.

Ils retrouvèrent avec un plaisir émerveillé les parois incrustées de cristal de leur caverne enchantée et ils baignèrent leurs pieds dans l'eau pure.

Ils contemplèrent mutuellement leur nudité magnifiée par la lumière irisée et ne tardèrent pas à oublier le reste du monde.

Sean lui prit la main et l'entraîna dans le bassin naturel. Se retrouver dans l'eau ensemble tenait du sublime. Ils nagèrent, plongèrent, s'amusèrent. Elle s'accrocha à son cou, enroula ses jambes autour de ses hanches et Sean s'immergea avec elle, comme le marsouin autrefois. Ils s'embrassèrent sous l'eau, s'étreignirent, heureux comme des enfants.

Au bout d'un moment, Sean la ramena sur la berge et la prit dans ses bras. Blottie contre lui, elle murmura :

— C'est fou, je suis prisonnière de tes bras et pourtant, je me sens libre.

Sans avoir besoin de se concerter, ils laissèrent leurs vêtements où ils étaient et sortirent au soleil. La plage de corail les attendait. Esmeralda s'allongea la première et s'étira langoureusement, laissant la chaleur du sable la pénétrer.

Elle ferma les yeux, au comble du bonheur. Sean FitzGerald O'Toole était tout pour elle, sa vie, son souffle, son cœur. Il fallait qu'il soit là, près d'elle, qu'elle puisse admirer la grâce de ses mouvements félins, écouter le timbre profond de sa voix. Sans lui, elle n'était plus rien. Un amour aussi fort avait l'éternité pour lui.

L'anticipation fit couler en elle une délicieuse sensation. Savoir qu'il allait l'aimer l'emplissait d'un bonheur indicible.

Elle garda les yeux fermés jusqu'à ce qu'un frôlement à peine perceptible, un battement d'aile, lui chatouillât les lèvres. Elle sourit et souleva lentement les paupières. Agenouillé devant elle, il l'observait, ses yeux gris pétillant de gaieté. Esmeralda se mit à genoux, son regard rivé au sien.

Leur besoin fiévreux de se toucher rendait toute parole inutile. D'un même geste, ils s'effleurèrent — la joue, le cou, l'épaule... Elle sentit son cœur battre sous sa main. Il était l'homme de ses rêves, son prince irlandais.

Il se pencha... et captura ses lèvres. Dès qu'il s'écarta, elle le rappela :

— Sean, Sean...

— Que j'aime le goût de ta peau chauffée par le soleil... souffla-t-il en passant un doigt entre ses seins, le long de son ventre, entre ses jambes.

Il s'attarda dans la moiteur chaude de son désir, puis posa son doigt sur les lèvres de la jeune femme.

— Goûte...

Elle le lécha, se délectant du goût de miel de cet élixir. L'élixir de l'amour. Il avait le don de trouver les gestes les plus érotiques, les plus irrésistibles.

Se redressant légèrement, il déploya sa chevelure de jais autour de son visage, s'émerveillant de sa beauté. Le regard voilé par la passion, il luttait contre le besoin impérieux de la posséder tout de suite. Pourquoi l'obsédait-elle ainsi ? Pourquoi exerçait-elle sur lui ce pouvoir magnétique ? Sans doute parce que le temps leur était compté. Il devait profiter de chaque moment passé avec elle comme d'un cadeau précieux qui lui était accordé, mais dont il ne jouirait pas éternellement.

Si seulement... Il serra les poings. Allons, il s'égarait. Il ne devait rien perdre de ces instants volés au bonheur. Ne lui avait-il pas lui-même appris à jouir du présent? Ils étaient ensemble, cela seul importait. Il allait lui faire l'amour et garderait ce souvenir comme un trésor.

Le désir montait en lui, courait dans ses veines, mais il se contint pour se concentrer d'abord sur le plaisir d'Esmeralda.

Mais elle brûlait autant que lui et le contrôle de la situation lui échappa. Elle noua les jambes à ses hanches, s'arc-bouta jusqu'à le sentir en elle complètement. Il lui avait appris à ne pas refréner ses pulsions...

Il savait ce qu'elle aimait le plus, aussi commença-t-il par un lent mouvement de va-et-vient, mais de plus en plus loin, de plus en plus appuyé. De brèves pressions. Une dérobade. Une nouvelle pression, plus forte. Plus précise. Plus profonde. Leurs corps accrochés tremblaient ensemble. Ils perdirent le souffle. La voix. Le sentiment du monde autour d'eux.

Il n'existait pas de mots pour décrire l'intensité de leur plaisir. Chaque poussée l'intensifiait. Des cris leur échappaient. Etait-ce la chaude caresse du soleil sur leur peau nue? La mouvance du sable sous eux? Jamais encore ils n'avaient connu une telle fièvre. Une telle soif l'un de l'autre. Un véritable torrent de feu les parcourait. Ils ne savaient plus où ils étaient. Elle allait vers lui, il venait en elle, de plus en plus fort, de plus en plus vite.

Et leur plaisir explosa. Un volcan étincelant les propulsa vers le soleil où ils restèrent le temps d'une extase.

Ils reposèrent dans les bras l'un de l'autre une heure entière, se murmurant des mots d'amour, échangeant des baisers, des caresses. Sean la contempla intensément pour que le souvenir de sa beauté demeure pour toujours gravé dans sa mémoire. Incapables de mettre fin à ces instants magiques, ils attendirent que le soleil décline à l'horizon pour regagner le bateau.

Les hommes leur avaient réservé une surprise. Ils avaient allumé un feu sur la plage et faisaient griller poissons et crustacés. Un plateau d'huîtres les attendait. Cette journée se terminait comme elle avait commencé : dans la perfection.

Il faisait nuit noire quand le *Half Moon* atteignit Greystones. Esmeralda et Sean remontèrent vers la maison, bras dessus, bras dessous. Ni l'un ni l'autre n'avait la moindre envie de mettre un terme à cette parenthèse enchantée, mais à la façon dont Esmeralda inclinait la tête contre son épaule, il comprit qu'elle était fatiguée.

Il la souleva dans ses bras pour gravir l'escalier et la déshabilla. Elle se laissa faire sans protester, bâillant derrière sa main. Quand il se glissa auprès d'elle sous les couvertures, elle se blottit contre lui et sombra dans le sommeil, le sourire aux lèvres.

Le lendemain matin, Esmeralda fut prise de nausées violentes. Nora Kennedy accourut pour tenter de la soulager.

— Vous êtes enceinte, annonça-t-elle sans détour.

Esmeralda leva vers elle un visage blême.

— C'est bien ce que je pensais, avoua-t-elle dans un soupir en se laissant retomber sur les oreillers.

Nora s'activait autour d'elle. Elle changea les draps, prépara un bain. Malgré sa façon de parler plutôt vive, elle entourait la jeune femme d'une douceur attentionnée. En réalité, Nora était ravie de la présence d'Esmeralda à Greystones. En quittant ce monde, Kathleen avait emporté avec elle le cœur et l'âme de la maison. Esmeralda avait tout simplement ramené la vieille demeure à la vie.

L'idée de porter l'enfant de Sean emplissait la jeune femme d'un bonheur secret. Elle avait toujours rêvé d'avoir des enfants. Le fait que Sean O'Toole soit le père, et non Jack, l'étourdissait.

Mais comment allait-il réagir ? Porté à contrôler sa vie de main de maître, imprévisible et dominateur, il risquait de très mal accueillir la nouvelle si un bébé n'entrait pas dans ses prévisions.

Après avoir avalé un toast grillé et un verre de vin coupé d'eau, Esmeralda vit ses nausées s'estomper. Elle choisit l'une de ses plus jolies robes et soigna particulièrement sa coiffure avant de descendre dans la bibliothèque pour chercher les livres rapportés de Maynooth. Elle adorait toucher les volumes reliés de cuir. Pour elle, ouvrir un livre, c'était comme ouvrir une fenêtre sur le monde. Dans l'après-midi, elle irait faire la lecture à Shamus.

— C'est donc là que tu te caches !

La voix de Sean la fit sursauter. Elle ne l'avait pas entendu approcher.

— Tu es magnifique en jaune, avec ta peau dorée par le soleil et ces petites taches de rousseur typiquement irlandaises.

Esmeralda brûlait de lui annoncer la nouvelle, mais elle ne savait comment aborder ce sujet délicat.

— Tu t'es levé de bonne heure, ce matin.

— Tu dormais tellement bien que je n'ai pas voulu te déranger.

— J'ai été malade en me réveillant. Nora pense que je suis… enceinte.

— Je crois plutôt que tu as mangé trop d'huîtres ! rétorqua-t-il.

Il s'approcha d'elle et prit son petit visage entre ses mains.

— Tu souffres peut-être d'une légère insolation ? s'inquiéta-t-il.

222

— Je ne sais pas... Quoi qu'il en soit, je me sens mieux à présent !

— Bien. Nous allons nous reposer aujourd'hui, d'accord ? Nous nous sommes peut-être un peu trop dépensés hier, toi et moi... Je suis heureux de constater que tu apprécies aussi les activités moins physiques telles que la lecture.

Il avait voulu la voir rougir ; elle lui concéda ce plaisir.

— Je pourrais rester dans cette bibliothèque tous les jours que Dieu fait sans jamais me lasser. Tous les genres sont réunis ici, contes de fées, mythologie, légendes, aventures, histoire, géographie... Quel domaine intéresserait ton père ?

— Oh, n'importe lequel dès l'instant où tu es la lectrice. Le spectacle d'une belle femme le captive bien davantage que celui d'une longue-vue !

Après le départ de Sean, Esmeralda pensa qu'il avait peut-être raison, que ses nausées pouvaient s'expliquer autrement. Mais elles persistèrent les jours suivants, aussi dut-elle reconsidérer la question.

Ces jours-ci, Sean se levait avant elle, aussi ne se rendait-il pas compte de son état. Curieusement, quand Nora Kennedy évoquait sa grossesse, il refusait systématiquement de l'admettre.

Esmeralda commença à s'inquiéter. Bien sûr, Sean ne pouvait se réjouir qu'elle fût enceinte de lui. Légalement, l'enfant serait considéré comme celui de Jack Raymond. Il était toujours son mari. Sean ne supporterait pas que son propre enfant ne porte pas son nom et soit publiquement reconnu par un autre homme.

Et si, tout simplement, Sean n'aimait pas les enfants ? Peut-être ne tenait-il pas non plus à partager Esmeralda ? Si ce n'était que cela, elle devait lui laisser le temps de s'habituer à cette idée.

Elle eut un petit sourire. Il pouvait le nier tant

qu'il voulait, il n'en restait pas moins que la vie de son enfant palpitait en elle...

Esmeralda décida de redoubler d'attentions à l'égard de Sean pour qu'il comprenne que la place qu'il occupait dans son cœur était inaltérable, quoi qu'il arrive. Elle ne brusquerait rien. Le temps se chargerait de révéler ses rondeurs et Sean ne pourrait plus nier l'évidence.

Elle était tellement heureuse d'être enceinte de Sean qu'elle était prête à toutes les concessions.

23

Quand le *Silver Star* arriva à Greystones, son capitaine, Liam FitzGerald, remit au comte de nombreux messages ainsi qu'une lettre pour Esmeralda. Ce dernier avait seul le pouvoir de décider si sa captive avait le droit de recevoir de la correspondance.

Sean soupesa la lettre et reconnut l'écriture de Johnny Montagu. Il devinait pourquoi il avait écrit à sa sœur.

Il trouva Esmeralda au jardin, une brassée de chrysanthèmes dans les bras.

— Bonjour, ma belle ! D'où te vient cette passion pour les fleurs ?

— Je n'ai jamais eu de jardin. Notre maison à Londres était entourée de pavés gris. Les fleurs ne poussent que dans les parcs et il m'arrivait de les cueillir quand j'étais petite fille. J'étais alors sévèrement punie.

— Eh bien, ici, à Greystones, tu as le droit de cueillir toutes les fleurs que tu veux. Tu as vu la prairie derrière l'écurie ? Elle est couverte d'asters violets.

— En ce moment, ces fleurs me rendent triste.

— Allons bon ! Ma belle devient plus irlandaise de jour en jour ! Tu mets des fleurs partout, sur chaque rebord de fenêtre, tu te grises de leur parfum, et maintenant tu m'annonces qu'elles te rendent triste !

— Parce que ce sont des fleurs d'automne. Notre été a été si court. Bientôt les feuilles vont tomber pour dérouler à l'hiver son tapis de sang...

Ne sachant que dire pour chasser sa mélancolie, il la souleva dans ses bras.

— Notre été a été torride. N'aie pas de regrets, Esmeralda. Jamais. Garde ce souvenir au fond de toi. Il est éternel.

Ses yeux s'obscurcirent soudain sous l'impact du désir.

— Je ne peux plus marcher dans l'herbe mouillée sans brûler d'envie de te faire l'amour. Grâce à toi, chaque saison est un renouveau.

Il la reposa doucement sur le sol et glissa une main dans la poche de sa veste.

— Il y a une lettre pour toi.

Elle constata avec plaisir qu'elle était adressée à Esmeralda FitzGerald et non Montagu. Elle en conclut qu'elle était de Johnny.

Elle s'empressa d'aller mettre ses fleurs dans un vase avant de s'installer dans l'un des grands fauteuils de la bibliothèque. Elle décacheta le sceau de cire ; une seconde lettre tomba sur ses genoux. Elle était adressée à Nan FitzGerald, à Maynooth.

Ma très chère Esmeralda,

Je joins une lettre pour Nan à la tienne en souhaitant que tu la lui remettes. Je brûle de la revoir, même si cela me pose un sacré dilemme. Comment pourrais-je demander à une FitzGerald d'avoir des pensées tendres pour un Montagu après le désastre dans lequel sont les relations de nos parents ? Et pourtant, c'est ainsi, je n'y peux rien. Aucune femme ne m'a jamais inspiré de tels sentiments.

Le mois dernier, je suis allé à Summerhill pour acheter des chevaux destinés à l'armée. Quand je me suis aperçu que je n'étais qu'à quelques lieues de Maynooth, j'ai couru voir Nan. Jamais je ne m'étais conduit de façon aussi impulsive. Je suis au supplice d'être si éloigné d'elle, et Dieu sait quand je retournerai en Irlande.

Je vous envie, Sean et toi. Je serais prêt à vendre mon âme au diable pour connaître le dixième de votre bonheur!

Ton frère qui t'aime,
Johnny

Esmeralda achevait de lire sa lettre quand Sean la rejoignit. Il s'assit au bureau pour prendre connaissance de son propre courrier. Johnny lui avait écrit, à lui aussi. Il s'efforça de dissimuler sa satisfaction en apprenant que ce dernier envoyait le *Heron* et le *Gibraltar* à Drogheda pour charger une cargaison de cinq cents chevaux. Montagu comptait réaliser un fameux bénéfice quand il les aurait livrés à l'armée. John affirmait qu'aucun des deux navires n'était assuré, pas plus que les animaux.

Sean parcourut rapidement ses autres messages avant de se tourner vers Esmeralda.

— Je vais à Maynooth demain. Tu m'accompagnes?

Comment avait-il deviné? Elle était sûre qu'il n'avait pas commis l'indiscrétion d'ouvrir la lettre.

Il sourit.

— Je sais qui t'a écrit, Esmeralda, et j'ai même deviné pourquoi. J'ai surpris ton frère et Nan ensemble, la dernière fois. Je crois que John est très épris.

— Sean, comment pourrais-je affronter les Fitz-Gerald?

Il prit ses mains dans les siennes et l'attira à lui.

— Toutes les femmes t'envient, Esmeralda. Pas

226

seulement à cause de ta beauté mais aussi pour ton esprit, ton intelligence, ton aisance. Tu n'as vraiment rien à craindre des dames du clan FitzGerald!

— Tu as raison, je les affronterai!

— Tu n'as vraiment aucun souci à te faire, ma belle.

Esmeralda se haussa sur la pointe des pieds et lui tendit les lèvres. Il s'en empara sans hésiter et les garda prisonnières un long moment avant de s'écarter à regret.

— Soyons sages. J'ai des affaires à régler.

— Vraiment? murmura-t-elle en passant lentement la main entre les jambes de Sean.

Il remonta ses jupes pour sentir sa peau nue.

— Je suis heureux que tu te plaises dans cette bibliothèque. C'est un lieu fort éducatif.

Elle caressa ses lèvres du bout de la langue.

— Seulement avec le bon professeur et les bons outils.

— C'est vrai, tu as besoin d'un bureau, admit-il en la soulevant pour l'asseoir sur le sien.

Elle ouvrit aussitôt les jambes tandis qu'il déboutonnait son pantalon.

— J'ai soif d'apprendre, fit-elle d'une voix rauque.

— Je suis un professeur exigeant.

Elle se cambra vers lui puis lui échappa.

— La leçon commence, la défia-t-il.

Il la saisit aux hanches et l'attira à lui. La même fièvre les dévorait. Elle enroula ses longues jambes autour de lui et il vint en elle, s'émerveillant de sa chaleur humide qui n'attendait que lui. Un domestique pouvait les surprendre à tout instant, mais ni Sean ni Esmeralda ne s'en souciaient. Ils perdaient la notion de tout dès qu'ils faisaient l'amour.

Leur passion était si aiguë qu'ils ne purent contenir longtemps leur plaisir. Celui d'Esmeralda éclata le premier, lui arrachant des cris qu'elle étouffa tant bien que mal. Sean connut le sien juste après, avec une telle violence qu'un long gémissement monta en lui.

Quand Esmeralda recouvra ses esprits, elle murmura :

— Suis-je reçue à l'examen, monsieur le Professeur ?

— Avec les félicitations, répliqua-t-il d'une voix cassée. Bon, je vais régler les affaires qui m'appellent à l'extérieur, mais je reprendrai la leçon dès mon retour.

— A votre disposition, professeur !

Esmeralda choisit plusieurs livres pour Shamus, ainsi qu'un bouquet de fleurs.

Dès qu'il la vit, le vieil homme s'illumina.

— Vous êtes plus belle de jour en jour. Mon fils doit y être pour quelque chose.

Esmeralda s'empourpra, se demandant si Nora avait dit à M. Burke qu'elle était probablement enceinte.

— Ma Kathleen avait cet éclat particulier quand elle attendait un enfant, et vous êtes comme elle.

— Ainsi vous êtes au courant ?

— Au courant ? Il suffit de vous regarder pour que cela saute aux yeux !

— Dans ce cas, Sean ne doit pas me regarder souvent !

— Sean n'y connaît rien. C'est son premier, rétorqua Shamus avant de se pencher vers elle pour lui parler plus intimement. Les hommes sont toujours mal à l'aise en ce qui concerne les grossesses. Vous avez besoin de femmes autour de vous en ce moment, celles de votre famille, par exemple.

— Je n'ai pas de famille.

— Esmeralda, voyons ! Vous êtes une FitzGerald ! Ce ne sont pas les femmes qui manquent dans votre clan !

— Elles me détestent.

— Tout ça, c'est de l'histoire ancienne. Vous n'êtes plus une rivale pour elles puisque vous portez l'enfant de Sean. Dès qu'elles apprendront la nouvelle, elles formeront un rempart autour de vous pour vous protéger, vous conseiller, vous aider. Dites-moi, mon enfant, personne ne vous a jamais enseigné ces choses ? Vais-je devoir devenir une mère pour vous ?

A la stupeur du vieil homme, Esmeralda éclata en sanglots.

— Qu'est-ce que j'ai fait ? demanda Shamus à Paddy Burke en écartant les bras.

M. Burke s'éclaircit la voix.

— Vous lui avez parlé de sa mère, je crois que c'est ça.

— Je suis désolée, s'excusa Esmeralda en s'essuyant les yeux. Je croyais que je la haïssais parce qu'elle m'avait abandonnée... Je me trompais. Elle me manque tellement !

Shamus et Paddy se regardèrent. Tous deux savaient que sa mère vivait à Wicklow. Ils se reprochèrent de s'être tus si longtemps, et particulièrement maintenant qu'Esmeralda était enceinte. Shamus décida d'en parler à Sean.

— Allons, mon petit, séchez vos larmes. J'attends une visite des matelots du *Silver Star* et nous, les O'Toole, nous avons la réputation de faire naître le sourire sur le visage des femmes.

Esmeralda rit malgré elle, songeant que Shamus devait être aussi irrésistible que Sean, quand il était jeune.

— Voilà qui est mieux, dit-il en prenant l'un des livres qu'elle lui avait apportés. Nous ouvrirons ces trésors une autre fois, quand nous serons certains de ne pas être dérangés, ajouta-t-il en entendant les hommes d'équipage monter l'escalier de la tour.

Esmeralda se leva pour partir et M. Burke la suivit.

— Le père de Sean ne peut plus aller de son lit au fauteuil. Je n'ose plus le laisser seul.

— J'en parlerai à Sean, le rassura Esmeralda. Il est temps que Shamus revienne à Greystones.

— Il ne veut pas y retourner. Les jeunes servantes que Nora nous envoie ne sont pas de taille à s'occuper de lui. Il les terrorise. Et puis, il est trop solitaire la plupart du temps. Grâce à vous, je me suis rendu compte à quel point il appréciait la compagnie des femmes. Je crois que les FitzGerald devraient venir le voir.

— Vous parlez des femmes FitzGerald ?

— Oui. Il ne pourra pas se montrer aussi autoritaire avec elles qu'avec les domestiques.

— Sean et moi allons à Maynooth demain. Je lui glisserai un mot de vos suggestions, mais parlez-lui de votre côté. Vous avez certainement beaucoup plus d'influence sur lui que moi, monsieur Burke.

Pour se rendre à Maynooth, Esmeralda monta une jument très calme. Lucifer dut ralentir l'allure pour rester à sa hauteur.

— Je suis sûr que Lucifer pourrait redonner vie à ta vieille monture, dit Sean à Esmeralda, un petit sourire au coin des lèvres.

Son sourire s'élargit.

— J'adore te faire rougir !

— Tu es comme ton père, répliqua-t-elle.

Sean reprit son sérieux.

— Paddy Burke pense que la compagnie d'une femme lui manque.

— Moi aussi, approuva-t-elle aussitôt. Il est très seul et il adore les femmes.

— Les très belles femmes.

— Toutes les FitzGerald sont belles.

— Les deux plus belles étaient ma mère et la tienne, glissa Sean, épiant attentivement sa réaction.

Esmeralda ferma un instant les yeux tandis que des souvenirs resurgissaient. Quand elle les rouvrit, des larmes lui brouillaient la vue.

Comme d'habitude, mon père et M. Burke avaient raison, conclut Sean. *Dès que cette affaire de chevaux sera réglée, j'irai à Wicklow et j'aurai une longue conversation avec Amber FitzGerald.*

Malgré la beauté resplendissante d'Esmeralda qui arriva à Maynooth dans une élégante tenue d'équitation en velours crème, les femmes FitzGerald l'accueillirent avec chaleur. Elle se sentit aussitôt adoptée, comme un membre de la famille. Certes, Sean était maintenant comte de Kildare et Maynooth lui appartenait. Il vivait ouvertement avec elle, et pour tout le monde Esmeralda était l'élue de son cœur. Il était donc inconcevable que quiconque la rejette.

Elle s'efforça de retenir les noms des nombreuses tantes et cousines qu'il lui présenta, mais entre Maggie, Meggie et Meagan, elle ne tarda pas à s'y perdre. Elle remarqua une lueur rieuse dans les yeux de Sean quand il lui présenta une certaine jeune femme.

— Tu te souviens de Bridget ? Il fut un temps où elle songeait à prendre le voile. Bien entendu, c'était avant qu'elle ne devienne mère de quatre enfants.

Esmeralda dissimula tant bien que mal sa surprise devant la grosse femme qui n'avait plus rien de commun avec la jeune nymphe qui se prélassait nue sur la couchette de Sean cinq années plus tôt, à bord de l'*Enfer*.

En fait, la plupart des cousines de Sean étaient aujourd'hui mariées et mères de famille. Le clan des FitzGerald n'était pas près de s'éteindre. La plupart des garçons rêvaient de voguer sur l'un des navires marchands de Sean. Bien que les femmes eussent épousé des fils Murphy, Wogan, O'Byrne, leurs enfants restaient les FitzGerald de Kildare.

— Je te laisse à ta famille, dit Sean à Esmeralda. Je suis attendu dans les fermes de Maynooth. Je ne rentrerai pas avant l'heure du dîner.

— Vous pouvez passer la nuit ici, tous les deux, intervint Maggie.

Esmeralda posa les yeux sur une jeune fille élancée qui rosit sous son regard.

— Excusez-moi, dit Esmeralda. Je n'ai pas retenu votre nom.

— Je suis Nan, dit-elle doucement.

Esmeralda l'aima tout de suite. Nan était douce et gentille. Contrairement à la plupart des FitzGerald, elle était svelte et fine.

— Vous m'emmenez visiter la maison? demanda Esmeralda.

— Avec plaisir, murmura Nan, rougissant de nouveau.

— D'abord, vous allez vous asseoir et boire un verre de vin, décida Maggie. A moins que vous ne préfériez de la bière?

— De la bière? intervint Tiara, offensée. Elle va goûter mon cordial à la rose.

Tout en dégustant le délicieux breuvage, plus fort qu'elle ne s'y attendait, Esmeralda remarqua que chaque fois que Tiara prenait la parole, les autres restaient en retrait. Quand elle lui tendit son verre pour la seconde fois, le visage de Tiara s'éclaira.

— Je constate avec plaisir que vous avez le palais délicat.

Nan emmena ensuite Esmeralda dans la chambre où Fiona achevait de faire le lit.

— Je descends appeler Michael pour qu'il allume du feu, proposa Fiona.

— Merci, dit Esmeralda qui attendit d'être seule avec Nan pour lui donner la lettre. Mon frère Johnny m'a chargée de vous remettre ceci.

Nan en resta sans voix.

— Je sais qu'il est passé vous voir le mois dernier, quand il était à Meath, mais je doute que Sean soit au courant.

— Oh, je… je suis tellement contente de pouvoir me fier à vous ! fit Nan, soulagée. Puis-je vous appeler Esmeralda ?

— Bien sûr. Et moi aussi je suis contente de cette confiance qui nous lie. Johnny et moi sommes très proches. Notre père est un homme vil qui s'est montré particulièrement cruel envers Johnny quand il était petit. Il prenait un plaisir pervers à le corriger. Notre mère nous protégeait de ses accès de rage, mais depuis qu'elle nous a abandonnés, nous nous sentons bien seuls tous les deux.

— Votre mère est ma tante Amber. Je ne l'ai pas connue. Je n'étais pas née quand elle a épousé votre père avant de partir pour l'Angleterre.

— Il semble qu'elle l'ait épousé pour quitter Maynooth et l'Irlande, mais elle n'a cessé de s'en mordre les doigts. Elle rêvait de revoir son pays et il l'en empêchait. Je crois qu'elle ne l'a jamais aimé. Nan, je vous demande de ne jamais faire une chose pareille à Johnny. Ne feignez pas de l'aimer pour qu'il vous emmène loin d'ici.

— Oh, Esmeralda, ne me croyez pas capable de telles pensées ! D'ailleurs, Johnny ne veut pas m'emmener, il veut me rejoindre et vivre ici.

— Vous pourriez être heureuse en restant ?

— Je serais heureuse n'importe où avec Johnny. *Comme moi avec Sean…*

— Lisez votre lettre.

Esmeralda se retira discrètement dans la salle de bains. Elle pensait que Greystones était d'un luxe inégalable ; elle fut impressionnée par la vaste pièce aux murs et au plafond tapissés de miroirs. Le sol était en marbre rose, tout comme la baignoire surélevée et les marches qui y donnaient accès.

— C'est magnifique ! s'exclama-t-elle. On se croirait au cœur d'une rose.

Nan apparut dans l'embrasure de la porte. Elle glissa sa précieuse lettre dans son corsage.

— Vous préférez prendre un bain plutôt que de faire le tour de Maynooth ? Je peux revenir plus tard.

— Oh, non ! Je préfère attendre Sean ; nous nous baignerons ensemble.

A la vive rougeur qui empourpra les joues de Nan, Esmeralda devina qu'elle n'était pas initiée depuis longtemps aux plaisirs de l'amour.

Certaines phrases de la lettre que son frère lui avait adressée lui revinrent alors en mémoire. *Jamais je ne m'étais conduit de façon aussi impulsive. Je suis au supplice...* Esmeralda ferma brièvement les yeux. *Mon Dieu, Johnny, qu'as-tu fait ?*

24

L'immense salle à manger de Maynooth était conçue pour accueillir non seulement la famille mais les hommes en armes, comme aux siècles précédents. Les FitzGerald n'employaient pas de domestiques. Ils s'estimaient assez nombreux pour s'en passer. A chacun était assignée une tâche particulière. Les plus jeunes, par exemple, ceux qui avaient entre dix et douze ans, devaient servir les repas.

Les tablées étaient réparties selon le sexe : les hommes d'un côté, les femmes et leurs bébés de l'autre. Les plus âgées, les sœurs du grand-père de Sean, occupaient une même table.

De copieux plats de viande, de légumes, de fromage et de fruits se succédèrent. Comme Esmeralda s'étonnait de cette abondance, Sean lui expliqua que

Maynooth s'étendait sur des hectares de terres cultivables ou vouées à l'élevage.

Pour la première fois, Esmeralda découvrait Sean dans son rôle de comte. Il occupait la place du maître, en bout de table. Comme à l'accoutumée, il était vêtu de noir. De sa chemise blanche, on ne voyait que l'encolure et les poignets. Il ne portait que son gant gauche qu'il n'enlevait jamais en public.

Près de Sean et d'Esmeralda étaient assis les sœurs de sa mère ainsi que ses cousines et ses cousins germains.

— Mesdames, j'ai besoin de vos conseils, déclara-t-il. Comme vous le savez, Shamus vit dans la tour du guet. Hélas, ses jambes s'affaiblissent de jour en jour et Paddy Burke joue depuis trop longtemps les gardes-malades. Pourriez-vous m'aider à résoudre ce problème ?

Un incroyable brouhaha s'ensuivit. Tout le monde se mit à parler en même temps. Dépassée par les événements, Esmeralda adressa à Sean un regard interrogatif, auquel il répondit par un clin d'œil amusé. Quand les FitzGerald se mirent à énumérer un à un les défauts de Shamus, elle crut la partie perdue ; quelle ne fut pas sa surprise quand elles en vinrent à se disputer pour avoir le privilège de l'aider !

Sean leva la main pour rétablir le calme.

— Je vous propose de parler à tour de rôle.

— Bon, mais qui commence ? demanda Maggie.

— A vous de décider, mesdames.

— Dans ce cas, je serai la première, trancha la tante Tiara. Pour moi, nous devrions aller à Greystones dès demain matin.

La vieille dame parcourut l'assistance du regard et, au grand étonnement d'Esmeralda, personne ne s'avisa de la contredire. Sean souriait toujours, comme s'il attendait ce dénouement depuis le début.

Quand ils se retrouvèrent dans la suite du maître,

Esmeralda laissa libre cours au fou rire qu'elle avait retenu toute la soirée.

— Seigneur, que va dire ton père?

— Beaucoup de choses, essentiellement des jurons, j'en ai peur! répliqua Sean en riant lui aussi.

— Je crains qu'il ne trouve pas cela drôle du tout.

Sean s'approcha du lit où Esmeralda était étendue et la contempla tendrement.

— Tu as peur de lui, ma belle?

— Bien sûr!

— C'est pourtant l'homme le plus doux que je connaisse, surtout avec les femmes. Ma mère le menait par le bout du nez. Tout homme qui en arrive là se retrouve un jour ou l'autre à la merci des femmes.

Esmeralda comprit qu'il s'agissait d'une mise en garde. Il n'entendait pas tomber dans le même piège, le message était clair. Pourtant, elle choisit d'ignorer l'avertissement. Elle était certaine qu'il viendrait manger dans sa main si elle le lui demandait...

On frappa un coup léger à la porte. Sean fronça les sourcils et alla ouvrir.

— Ma toute belle! Nous parlions justement de toi.

— Alors, vous ne perdiez pas votre temps, répliqua allégrement Tiara. J'apporte une chemise de nuit pour Esmeralda, ajouta-t-elle en tendant à Sean un vêtement de mousseline rouge. La couleur de la passion.

— Pour ce qui est de la passion, je m'en charge, répondit Sean.

Tiara le jaugea de la tête aux pieds.

— Oui, je te fais confiance. Bonne nuit, mes chéris.

Dès qu'ils furent seuls, Esmeralda se tourna vers Sean.

— Et d'où lui vient cette «confiance»?

Il sourit.

— Ce n'est pas parce qu'elle ne s'est jamais mariée qu'elle est totalement inexpérimentée. La sexua-

236

lité l'inspire. Regarde ça! fit-il en déployant la chemise diaphane.

— Elle est indécente!

— A propos, tu as vu la salle de bains?

— Oh, oui! J'ai cru que ce dîner n'en finirait jamais.

Elle lui ôta son gant de cuir et lui présenta son dos pour qu'il dégrafe sa robe. Dès qu'il posa les mains sur elle, Sean se sentit durcir de désir. Jamais ils n'arriveraient jusqu'aux marches de marbre rose...

Sean resta longtemps éveillé après qu'Esmeralda se fut endormie. Blotti contre elle, une main sur un de ses seins, il constata qu'il était plus plein. D'ailleurs, son corps s'était arrondi, ses formes adoucies. Même sa peau avait acquis le poli de l'ivoire. Esmeralda rayonnait d'un éclat nouveau et il se rendit à l'évidence: elle était enceinte. Comme il le craignait, cette réalité ne faisait qu'amplifier ses sentiments pour elle.

Il regrettait que ce soit arrivé si vite. Il allait devoir la rendre à sa famille, et l'idée de renoncer à elle était comme une mutilation. Mais c'était inévitable. La vengeance qu'il s'était juré d'accomplir quand il était au bagne n'était rien comparée au serment qu'il avait prononcé sur la tombe de sa mère.

Résolument, il repoussa les regrets. Il n'avait pas besoin de la rendre aux siens avant plusieurs mois, alors inutile de penser à l'avenir pour l'instant. Mieux valait se consacrer au présent. Le moment le plus heureux de la vie d'une femme était celui où elle portait son premier enfant. Il se jura de ne pas lui gâcher ce bonheur. Il redoublerait d'attentions à son égard.

Le lendemain matin, il eut confirmation de l'état d'Esmeralda. Victime d'une nouvelle crise de nausées, elle quitta le lit précipitamment.

— Je suis désolée, dit-elle en revenant de la salle de bains.

— Ne t'excuse plus jamais, Esmeralda.

C'est moi qui devrais te demander pardon...

Il l'aida à s'installer confortablement contre les oreillers.

— Repose-toi jusqu'à ce que tu te sentes mieux, lui conseilla-t-il en s'habillant rapidement. Je vais chercher Tiara. Les potions et les herbes n'ont pas de secret pour elle.

Il revint peu après avec la princesse Tiara.

— Je m'en doutais! déclara-t-elle d'emblée.

— Que puis-je faire pour me rendre utile? s'enquit Sean.

— N'en as-tu pas assez fait comme ça? Sois gentil de nous laisser, répliqua Tiara en lui désignant la porte.

Esmeralda et Sean échangèrent un regard amusé.

Dès qu'elles furent seules, Esmeralda poussa un soupir d'aise.

— Je me sens déjà mieux!

Tiara lui adressa un sourire éblouissant.

— Ah, mon enfant! J'ai tant à vous apprendre! Commençons par ces inconforts du matin. Que préférez-vous? La camomille, la menthe, la tisane d'orge?

— A vous de décider. Vous êtes seul juge en la matière.

— Je vous trouve bien téméraire, ma chère petite! s'exclama Tiara, ravie.

— Ne vous réjouissez pas trop vite, murmura la jeune femme sur le ton de la confidence. J'ai deviné que vous n'étiez pas aussi excentrique que vous aimez le laisser croire.

La vieille femme reprit son sérieux.

— Seigneur, promettez-moi de garder cela pour vous! Sean a compris, bien sûr. Il a toujours été d'une perspicacité redoutable, mais tous les autres me prennent vraiment pour une illuminée.

238

Elle ne tarda pas à revenir avec un remède et un flacon d'huile d'amande douce et de rose.

— Vous vous en masserez chaque jour le ventre, les seins et les cuisses. Cela vous épargnera ces horribles vergetures qui déparent le corps de tant de femmes.

— Des vergetures ?... Je dois être très ignorante, mais je ne sais pas ce que c'est.

— Eh bien, il faut vraiment que je parte à Greystones avec vous ! Vous sentez-vous assez bien pour voyager à cheval ?

— Oh, oui ! Mes nausées ont disparu. Et vous, Tiara, vous montez ?

— Bien sûr, quelle question ! Je ne suis pas encore bonne pour l'équarrisseur. Entre nous, mon enfant, mon vrai nom, c'est Tara. On m'a surnommée Tiara quand j'ai commencé à porter la tiare. C'est qu'elles ont de l'humour, dans la famille !

Quand Sean revint pour le petit déjeuner, il fut soulagé de trouver Esmeralda rétablie. Il l'aida à agrafer sa tenue d'équitation.

— Chérie, si nous invitions l'une des jeunes FitzGerald à Greystones ? Mes affaires vont m'obliger à m'absenter quelques jours et je serais plus tranquille de te savoir entourée.

— J'ai un faible pour Nan, dit Esmeralda en épiant sa réaction.

Elle savait qu'il s'était délibérément servi de Nan pour appâter son frère.

— Entendu, acquiesça-t-il sans hésiter.

Esmeralda se demanda s'il se montrerait aussi enthousiaste, sachant que Johnny ne s'était pas contenté de mordre à l'hameçon.

— Est-ce qu'elle monte à cheval ? demanda-t-elle.

— Bien sûr ! A bride abattue. C'est une FitzGerald de Kildare !

— Dans ce cas, vous nous précéderez tous les

deux. Tiara et moi vous suivrons plus tranquillement.

— Tiara? Tu es une petite futée!

— J'ai eu un bon professeur, répliqua Esmeralda, provocante. Le temps de son séjour à Greystones, elle a accepté de renoncer à son trône afin de m'apprendre à me comporter comme une princesse.

— Tu en as naturellement l'allure, ma belle.

Esmeralda secoua ses boucles.

— Tu ne m'aimerais pas autrement.

Les feuilles s'étaient parées des rousseurs de l'automne. Dès son arrivée à Greystones, Tiara inspecta les jardins, puis s'attribua la distillerie comme son domaine privé.

Esmeralda installa Nan dans la chambre que Johnny avait occupée et crut faire plaisir à Tiara en lui proposant la chambre lavande.

— Cette couleur me donne des boutons! Vous n'avez rien en vert pâle? C'est si reposant! J'entre dans une nouvelle phase de retour à la nature, ajouta-t-elle théâtralement.

Esmeralda l'emmena dans une autre aile de Greystones et lui attribua la chambre verte, près de celle de Nora. Un voisinage légèrement explosif pour une princesse, mais elle n'avait pas le choix.

Au matin, quand Esmeralda ouvrit les yeux, son lit croulait sous une profusion de roses, les dernières de la saison. Sean admira le tableau enchanteur qu'elle offrait parmi les fleurs. Il lui tendit une infusion de camomille, de menthe et d'eau de rose. La jeune femme la but avec plaisir. Les remèdes de Tiara étaient miraculeux.

— Quelle merveilleuse façon d'être réveillée! Il ne doit plus rester une seule rose dans les jardins?

— Ce sont les ordres de Tiara. Elle a l'intention de les distiller, aussi ai-je voulu t'en faire profiter une dernière fois avant qu'elle ne les emporte dans son antre. Elle a également prédit une tempête.

— Peut-être voulait-elle parler de celle qui se lèvera quand tu annonceras sa présence ici à Shamus.

— Justement, je voulais te charger de cette mission délicate, Esmeralda.

— La situation t'amuse, n'est-ce pas ?

— Au plus haut point, avoua-t-il. Je m'en remets entièrement à ton charme.

Une heure plus tard, un vent violent et froid soufflait, si bien qu'Esmeralda se demanda si Tiara n'était pas un peu sorcière... Elle laissa Nan relire d'un air rêveur la lettre de Johnny dans la bibliothèque et décida de prendre le taureau par les cornes. Shamus refusait de retourner au château depuis la mort de Kathleen parce qu'il ne supportait pas d'y vivre sans elle. Mais il fuyait également les femmes Fitz-Gerald parce qu'il se sentait diminué à cause de ses jambes et préférait rester caché. Tiara et elle s'enveloppèrent de châles bien chauds et coururent jusqu'à la tour, bravant le vent furieux.

Dans l'escalier, elles croisèrent Sean et M. Burke qui se hâtaient vers une retraite prudente.

— Déserteurs ! jeta Esmeralda comme ils dévalaient les marches.

Elles étouffèrent leur rire derrière leur main pour ne pas être entendues par Shamus.

Il était assis devant sa fenêtre favorite, un plaid en mohair sur les genoux, sa longue-vue à portée de la main. Son sourire de bienvenue suscité par Esmeralda mourut sur ses lèvres dès qu'il aperçut Tiara.

— Vous vous souvenez de Tiara, la tante de votre femme, n'est-ce pas, Shamus ? Elle a gentiment proposé de nous tenir compagnie durant un mois. Elle manie les plantes comme une vraie magicienne et pense pouvoir soulager les douleurs de vos jambes.

— Magicienne? Sorcière, vous voulez dire? Je n'ai besoin d'aucune infirmière! cria-t-il.

Esmeralda s'agenouilla près de lui et lui prit la main.

— Je sais bien, Shamus. C'est M. Burke qui a besoin d'aide, mais il est trop fier pour le demander.

— Elle est toquée, tout le monde le sait.

— On le dit, en effet, Shamus O'Toole, intervint Tiara en approchant une chaise pour s'asseoir à ses côtés. Mais je vais vous apprendre une chose. C'est à cause de vous que j'ai perdu la tête.

Etait-ce la solitude qui attisait sa curiosité? Toujours est-il que Shamus lui prêta l'oreille, visiblement intéressé par son histoire.

— Quand vous êtes venu la première fois à Maynooth pour courtiser Kathleen, vous étiez l'homme le plus séduisant, le plus irrésistible que j'eusse jamais vu. J'ai aussitôt fait le pari de gagner votre cœur, croyant que l'affaire était dans le sac. J'étais très belle, Shamus, et je pensais que cela suffirait à vous détourner de ma nièce. Mais j'ai eu beau me débrouiller pour me mettre en travers de votre chemin, déployer toutes les ruses imaginables afin d'attirer votre attention, vous n'aviez d'yeux que pour Kathleen qui, elle, vous ignorait royalement!

«Pour ménager ma fierté, je me suis mis dans la tête que vous préfériez Kathleen parce qu'elle était l'aînée du comte. J'étais si éperdument amoureuse de vous que j'en ai eu le cœur brisé. J'ai perdu l'appétit, le sommeil. Je suis devenue l'ombre de moi-même.

«Cette situation m'a valu la sollicitude de toute la famille, et j'ai commencé à l'apprécier. Quand j'ai repris un peu mes esprits, je me suis aperçue que plus Kathleen vous rejetait, plus vous vous obstiniez. Plus elle vous traitait de haut, plus vous l'aimiez. Mais votre virilité alliée à votre tempérament dominateur ont eu finalement raison de sa résistance.

Elle a capitulé. J'ai alors compris que c'était elle qui vous voulait depuis le début, mais qu'elle s'était comportée en reine pour être sûre de vous avoir.

Ce discours stupéfia Shamus. Vaincu, il tapota la main d'Esmeralda.

— Paddy a besoin de repos. Après tout, un mois, ce n'est pas le bout du monde.

— Y a-t-il des iris bleus dans le jardin? enchaîna Tiara.

— Oui, mais ils ne sont plus en fleur.

— Je sais. Ce sont les bulbes qui m'intéressent. Il n'existe pas de meilleur remède pour soulager les articulations.

— J'espère que vous allez me remettre sur pied d'ici peu. Je dois retrouver l'usage de mes jambes si je veux avoir une chance de vous échapper, sacre-bleu! jeta Shamus.

Tiara ignora la pique.

— Vous voulez bien me montrer où se trouvent ces iris bleus, mon enfant?

— Oui, le long du mur du jardin. Venez.

Quand elles quittèrent la tour, Esmeralda dit à Tiara :

— Votre histoire m'a touchée.

— C'était une bonne idée, n'est-ce pas? Il se sent très flatté à l'idée que nous étions toutes un peu amoureuses de lui. J'ai fini par lui dire ce qu'il voulait entendre, à savoir que Kathleen l'aimait depuis le début.

Esmeralda ne fut pas dupe. Elle était sûre qu'il y avait une part de vérité dans cette fable.

Le vent ne faiblit pas de la journée et il hurla toute la nuit. Au moment où Esmeralda allait enfin s'endormir, Sean se leva dans la lumière grise et froide de l'aube. Le voyant mettre des vêtements dans un sac de voyage, elle se redressa.

— Où vas-tu?

— Je t'ai dit que je devais m'absenter quelques jours pour affaires. Je vais seulement remonter la côte jusqu'à la pointe.

Esmeralda se sentit soudain glacée d'effroi.

— Tu ne comptes pas prendre la mer par ce temps?

— Ce n'est qu'un grain, ma belle, ne t'inquiète pas.

Esmeralda rejeta ses couvertures et courut pieds nus jusqu'à la fenêtre. Le spectacle qu'elle découvrit la terrorisa. La mer démontée grondait sourdement.

— C'est une tempête!

Sean s'approcha d'elle et posa les mains sur ses épaules.

— C'est plus spectaculaire que dangereux. L'automne est la saison des bourrasques.

Esmeralda fit volte-face, prête à se battre pour l'empêcher de partir, mais la détermination qu'elle vit dans ses yeux l'arrêta. L'espace d'un instant, elle songea à user de ruse pour le garder auprès d'elle, à feindre un malaise, par exemple. Mais elle devina son impatience de partir régler des affaires sans doute très importantes et elle hésita.

— Tu as froid, dit-il en la soulevant dans ses bras pour la ramener au lit. Ton état te rend trop sensible. Je suis un marin, Esmeralda, ne l'oublie pas. Ce n'est pas un grain qui va me faire peur. Ecoute-moi, ajouta-t-il doucement en captant son regard. Je ne risque rien. Après tout, n'ai-je pas conclu un pacte avec le diable?

25

Caché dans une anse de l'embouchure de la Boyne, là où la mer d'Irlande mêle ses eaux à celles du fleuve, l'*Enfer* attendait de fondre sur sa proie, tel un prédateur. En plus de son équipage habituel composé de FitzGerald, Sean s'était entouré des frères Murphy ainsi que de douze des meilleurs cavaliers de Maynooth.

Il descendit à terre à la faveur de la nuit et apprit que les chevaux de Meath étaient déjà arrivés à Drogheda. Les bateaux de Montagu avaient été retardés par la tempête, mais, peu après l'aube, le *Heron* avait jeté l'ancre à bon port pour attendre le *Gibraltar*.

Sean patienta des heures avant que le capitaine du *Heron* ne se décide à donner l'ordre d'embarquer les chevaux, bien qu'un navire manquât toujours à l'appel. L'équipage chargeait les derniers animaux quand le *Gibraltar* apparut, en fin d'après-midi. La mer s'étant calmée, Jones, le capitaine du *Heron*, envoya un message à Bowers, le capitaine du *Gibraltar*, l'informant qu'il avait embarqué sa cargaison et s'apprêtait à lever l'ancre.

O'Toole savait à quel moment précis tomberait la nuit. Le *Heron* longeait la côte, vers le sud, hors de vue de Drogheda, quand l'*Enfer* hissa les voiles et parcourut la distance qui le séparait du bateau. Les frères Murphy derrière lui, il se lança à l'abordage, un pistolet dans chaque main.

Il suffit au capitaine Jones de poser les yeux sur l'homme au regard d'acier et sur les colosses qui l'entouraient pour renoncer à descendre appeler à l'aide. Quand Daniels, son maître d'équipage, émergea de la cale et braqua sur lui ses deux pistolets, il comprit qu'il avait perdu la partie. De toute façon, ses hommes étaient épuisés et nombre d'entre eux souffraient de coups de sabot ou de morsures.

— Capitaine Jones, commença tranquillement Sean O'Toole, c'est votre jour de chance. Vous êtes impatient de vous débarrasser de votre cargaison de chevaux. Je suis prêt à vous alléger de cette charge.

Sean prit la barre et dirigea le *Heron* vers le petit port de Rush, suivi par l'*Enfer* dont les canons étaient pointés sur lui.

Jones et son équipage furent impressionnés par la vitesse avec laquelle les deux cents animaux furent débarqués dans le calme. Sean répartit les tâches aux cavaliers pour emmener les chevaux à Maynooth, puis il se tourna vers Jones et ses matelots épuisés.

— Messieurs, je ne vous apprendrai rien en vous disant que dame Fortune est un oiseau volage. Dès qu'elle cesse de vous sourire, les désastres s'enchaînent. Eh bien, la Fortune a tourné le dos aux Montagu. Le déclin de la Montagu Line s'est ensuivi, et je ne vous parle pas des revers qui s'annoncent. D'ici à quelques mois, ils seront ruinés. Toutefois, rien ne vous oblige à sombrer avec eux. Jusqu'ici, vous avez trimé comme des bagnards pour un salaire de misère. Cela pourrait changer.

« Le *Heron* m'appartient, désormais. Je compte l'envoyer chercher une cargaison de coton à Charleston. Je suis prêt à vous engager.

Sean connaissait les marins, leur incapacité à rester en place et leur goût du changement. Lorsqu'il annonça combien il les paierait, ce fut l'enthousiasme général.

— Je vous propose de passer quelques jours à Rush, le temps que le *Heron* subisse une petite transformation et devienne le *Dolphin*. Il faut aussi qu'il soit ravitaillé pour la traversée vers l'Amérique.

Laissant les frères Murphy prendre le relais, Sean

remonta à bord de l'*Enfer* en compagnie de Danny FitzGerald. Ils remontèrent lentement la côte, sachant que le *Gibraltar* ne commencerait pas à charger le reste des chevaux avant le lever du jour.

Il se lança à l'abordage comme pour le *Heron*, Danny à ses côtés. L'équipage du *Gibraltar* était déjà payé par O'Toole. Les hommes pensèrent que le bateau allait subir le même sort que le *Swallow*. Sean choisit toutefois de jeter l'ancre à Malahide. Les chevaux furent emmenés par le reste des cavaliers à Maynooth. Il attendit que tout soit réglé pour informer le capitaine Bowers et ses hommes de ce qu'il comptait faire du *Gibraltar*.

— C'est un vieux bateau qui a connu des jours meilleurs. M. Daniels va rentrer à Londres où il annoncera que le *Gibraltar* a sombré pendant la tempête. Montagu devra envoyer un bateau pour vous ramener. Nous nous servirons des trois chevaux morts lors du débarquement. Nous les rejetterons sur le rivage avec quelques débris de bois. Je suppose que le capitaine Bowers préférera être porté disparu plutôt que d'endosser le blâme du naufrage ?

— Vous supposez bien, milord.

— Bon, que diriez-vous d'aller en Amérique, Bowers ? Vous aurez Tim Murphy pour capitaine et vous serez son second, d'accord ?

— C'est parfait, milord.

L'abbé qui veillait à la vie spirituelle des habitants de Greystones était un FitzGerald. Il était familièrement connu sous le nom de père Fitz. Tout le personnel assistait à un office quotidien, après quoi le vieux prêtre montait dans la tour pour faire communier Shamus. Seuls Sean et Esmeralda n'entraient jamais dans la chapelle.

Toutefois, quand Tiara et Nan émirent le désir d'assister à la messe, Esmeralda décida de se joindre à elles. Bien sûr, elle priait chaque jour pour son enfant, mais elle songea qu'il était temps qu'elle se rende à l'église pour faire la connaissance du père Fitz.

L'intérieur de la petite chapelle était magnifique. Le soleil d'automne faisait reluire les vitraux et le chêne ciré des prie-Dieu capitonnés de velours grenat. Sur l'autel reposaient des calices incrustés de joyaux et des chandeliers en or massif.

Par contraste, le père Fitz semblait austère dans sa soutane noire, mais son visage rubicond et rieur atténuait ce côté sévère. Il donna la communion à tout le monde sauf à Esmeralda. Quand il fut devant elle, il se contenta de la fixer de ses perçants yeux bleus.

— J'aimerais vous dire un mot en privé, murmura-t-il.

Déconcertée, Esmeralda acquiesça en silence et attendit. L'odeur de l'encens qui se mêlait à celle de la cire des bougies lui rappela le temps où sa mère l'emmenait secrètement à l'église, quand son père n'était pas là.

Tout le monde entra dans le confessionnal. Quand Nan en ressortit, elle semblait heureuse et soulagée.

— C'est tellement réconfortant, confia-t-elle à Esmeralda. Et puis, le père Fitz est très compréhensif. Je vous attends?

— Non, rentrez prendre votre petit déjeuner.

Quand la chapelle fut vide, Esmeralda hésita. Devait-elle entrer elle aussi dans le confessionnal ou attendre le père Fitz? Elle ferma les yeux et pria pour Sean. Le savoir sur la mer déchaînée l'empêchait de dormir depuis son départ. Quand elle rouvrit les yeux, le père Fitz se tenait devant elle.

— Esmeralda Montagu, dit-il sèchement.

Bien qu'elle détestât s'entendre appeler par ce nom, elle ne releva pas.

— Oui, mon père. Je sais que j'aurais dû venir plus tôt mais... mais je m'y suis finalement décidée.

248

— Pourquoi, Esmeralda Montagu ? demanda-t-il. Son visage ne semblait plus du tout avenant.

— Je... je suis venue prier et vous demander votre bénédiction. J'ai prié pour Sean et pour mon...

Quelque chose dans le regard du père Fitz l'empêcha de prononcer le mot *enfant*.

— Sean O'Toole n'a pas mis le pied dans la maison de Dieu depuis qu'il est rentré en Irlande. Les péchés ont noirci son âme, mais il ne vient pas se confesser pour autant ! Il ne manifeste aucune contrition.

— Vous savez sûrement qu'il a connu le bagne pendant cinq ans, dans des conditions épouvantables. S'il y a eu péché, il est la *victime* et non le *coupable*.

— Il est coupable de commettre des péchés mortels chaque jour que Dieu fait. La haine, la colère, l'orgueil et le lucre le consument ! Son seul Dieu, c'est la vengeance, et il est prêt à tout pour l'assouvir : à mentir, à voler, à tuer, à commettre l'adultère ! Vous feriez bien d'user de votre influence sur lui pour le faire revenir dans le sein de Dieu et demander au Tout-Puissant de l'absoudre de ses péchés.

— J'essaierai, mon père, dit Esmeralda d'une toute petite voix, se félicitant de ne pas avoir mentionné l'enfant qu'elle portait.

Il la regarda dans les yeux.

— Etes-vous prête à partir et à renoncer au péché ?

— Partir ? répéta-t-elle, affolée.

— Vous devez rejoindre votre mari, Esmeralda Montagu. Vous êtes une femme adultère !

Esmeralda pâlit.

— Etes-vous prête à confesser vos péchés et à demander le pardon de Dieu ?

— Je... je confesse que j'aime Sean O'Toole et, si c'est mal, j'en demande pardon au Seigneur.

— Ne vous moquez pas de Dieu ! Tant que vous ne mettrez pas un terme à vos amours coupables et que vous ne retournerez pas auprès de votre mari, vous ne pourrez demander ni pardon ni absolution.

— Je... je ne suis pas catholique, répondit-elle sans réfléchir.

— L'adultère est un péché mortel dans n'importe quelle religion !

Sur ce, il lui tourna le dos. Esmeralda céda à l'exaspération.

— La colère et l'orgueil vous aveuglent, mon père, sans parler de votre hypocrisie ! Si ces travers n'entrent pas dans la catégorie de vos péchés stupides, eh bien, il serait temps de les y inclure !

Esmeralda se rua hors de l'église et regagna Greystones. Elle monta droit dans la chambre qu'elle partageait avec Sean et s'y enferma pour tenter de rassembler ses pensées. Le prêtre avait raison. Elle était une femme adultère. A ses yeux, elle était impardonnable. Mais Dieu, comment la jugeait-Il ? N'avait-elle pas péché encore plus gravement en partageant le lit de Jack Raymond qu'elle n'aimait pas ?

Elle s'approcha de la fenêtre et son regard égaré scruta la mer de plomb.

— Reviens... reviens... J'ai besoin de toi.

Sean O'Toole éprouvait une vive satisfaction. Maynooth s'était enrichi de cinq cents nouveaux chevaux aux frais de William Montagu qui ne possédait plus que quatre bateaux.

Comme il l'avait prévu, il gagna le petit port où vivait la mère d'Esmeralda. Pourtant, quand l'ancre de l'*Enfer* plongea dans les eaux de la baie de Wicklow, il se demanda s'il ne commettait pas une erreur. Il savait ce qu'était devenue Amber FitzGerald. M. Burke lui avait tout raconté.

Sean l'avait haïe pendant des années à cause de la responsabilité qu'elle portait dans la mort de Joseph. Puis il s'était rendu compte qu'Esmeralda l'aimait profondément et qu'elle se languissait de sa mère. Il avait donc décidé de rencontrer cette femme qu'il ne connaissait pas pour se faire une opinion et décider ou non de l'inviter à Greystones. Après ce que Montagu lui avait fait, elle devait le haïr tout autant que lui. Peut-être ferait-elle une meilleur alliée qu'une ennemie ? Peut-être pourrait-il l'utiliser, elle aussi...

Sean quitta son bateau et se dirigea vers l'autre bout de la ville. Il s'arrêta devant une élégante demeure et abaissa le lourd heurtoir de cuivre. Une domestique le conduisit dans un bureau.

Amber FitzGerald entra dans la pièce d'un pas décidé et s'arrêta net en découvrant le physique impressionnant de son visiteur. Elle était pourtant habituée aux hommes, les jugeait en général au premier regard, mais celui-ci était différent. Jamais elle n'avait vu de visage aussi saisissant, de port plus altier et de regard plus sombre.

Il était difficile de lui donner un âge. Il n'était visiblement pas très vieux ; cependant, rien en lui n'évoquait la légèreté de la jeunesse. Habillé de noir, il représentait la force inébranlable de ces êtres capables de transgresser les règles si cela pouvait servir leurs intérêts. Il avait l'air... dangereux.

Bien qu'Amber ne l'eût jamais vu, il lui semblait vaguement familier et elle eut l'impression étrange qu'elle aurait dû le reconnaître...

Sean O'Toole ne parvenait pas à croire que la superbe jeune femme qui se tenait devant lui fût la mère d'Esmeralda. La scrutant, il distingua de fines ridules autour de ses yeux. Elles n'enlevaient rien à son charme, au contraire.

Elle portait une élégante robe de soie dont le gris formait avec ses cheveux de feu un contraste surprenant. Quand elle sourit, Sean se souvint des paroles de Joseph : *Si tu la voyais, tu comprendrais*. Effectivement, il comprenait. Amber était féminine jusqu'au bout des ongles, exactement comme Esmeralda. Et belle à couper le souffle.

— Je suis Sean O'Toole, annonça-t-il sans préambule.

Le regard d'Amber s'agrandit. Etait-il possible que cet homme soit le prince irlandais dont sa petite fille était tombée éperdument amoureuse? Sa beauté mâle pouvait attirer une femme mûre et expérimentée, mais comment un regard aussi satanique avait-il pu séduire une enfant? En l'observant, elle revit Joseph, et les souvenirs affluèrent, lui laissant dans la bouche un goût de fiel.

— Asseyez-vous, dit-elle d'une voix mal assurée.

Elle lui servit un whisky, se versa un doigt de sherry avant de s'installer dans un fauteuil en face de lui, plutôt que derrière son bureau.

— Je sais ce qu'il m'a fait et j'ai appris ce qu'il avait fait à Joseph, je peux donc imaginer ce qu'il a pu vous faire.

— Non, répondit Sean en secouant la tête. Je ne pense pas que vous le puissiez, Amber.

Elle l'étudia un instant, devinant les cicatrices douloureuses qu'il portait en lui.

— Vous avez survécu.

— Pas complètement. Une part de moi est morte.

Pourquoi lui disait-il ces choses? Sans doute parce qu'elle connaissait les hommes et qu'elle avait souffert, elle aussi.

— Mais celle qui est restée entière ne vit plus que pour la vengeance, ajouta-t-il.

— Je vois. J'ai moi-même failli me laisser ronger par cette idée fixe jusqu'au jour où j'ai compris qu'il valait mieux attendre le bon moment. Chaque chose vient en son temps.

Sean avala une gorgée de whisky, en savoura l'amertume un peu râpeuse.

— Personnellement, je suis d'une nature trop

impatiente. La première chose que j'ai perdue, c'est ma foi en Dieu. J'ai appris à ne plus compter que sur moi-même.

— Peut-être est-ce de l'orgueil? Quand nous sommes forcés de faire des choses dégradantes, notre cœur se remplit de haine et de mépris.

— Je n'ai plus ni cœur, ni conscience, ni espoir. Je ne sais plus ce qu'est l'amour, la peur, la pitié, la honte.

— Si la plupart de vos émotions n'existent plus, comment pourrez-vous jouir de votre vengeance?

— Il me reste la haine. Et puis, ma vengeance n'est que justice.

Amber sourit.

— Nous nous ressemblons beaucoup.

Il était venu dans un but précis. A présent qu'elle le connaissait, Amber devina qu'il voulait se servir d'elle. Qu'il essaie! songea-t-elle. Elle avait beaucoup appris en cinq ans. Aujourd'hui, c'était elle qui se servait des hommes.

— Qu'avez-vous fait de vos enfants?

Le cœur d'Amber cessa de battre. Mon Dieu, comme elle était vulnérable dès qu'il s'agissait d'eux!

— J'ignore ce qu'ils sont devenus, sinon qu'ils ne sont plus des enfants.

Au voile qui assombrit soudain le regard d'Amber, Sean perçut à quel point ils lui manquaient.

— Votre fille a épousé Jack Raymond.

Amber bondit sur ses pieds.

— Ce salaud a marié ma précieuse Esmeralda à ce bâtard? Je le tuerai!

— Pour l'instant, elle vit avec moi, à Castle Lies.

Amber poussa un soupir de soulagement. Esmeralda aimait Sean depuis toujours. Mais son apaisement fut de courte durée. Ne venait-il pas de lui dire qu'il était incapable d'aimer? Ne venait-il pas d'appeler Greystones « Castle Lies », « le château des Mensonges »? Il était prêt à tout pour assouvir sa vengeance. Elle frissonna de la tête aux pieds quand son regard tomba sur les grandes mains gantées de cuir noir.

— Et Johnny?

— Il se révèle beaucoup plus intelligent que son père ne l'imaginait. Il est mon allié.

— Une alliance FitzGerald-Montagu ne peut rien donner de bon.

— Je ne cherche rien de *bon*. J'ai les moyens de ruiner financièrement Montagu et de salir sa réputation. Mais je veux davantage. Je ne serai pas satisfait avant de les avoir humiliés, lui et Raymond, à la face du monde entier.

Une lueur dangereuse brilla dans son regard.

— Et je détiens l'arme la plus efficace, ajouta-t-il avant de revenir à l'objet de sa visite. Amber, voulez-vous venir avec moi à Greystones pour voir Esmeralda?

Amber se mit à arpenter la pièce, se demandant si Esmeralda lui pardonnerait jamais. Peu importait, après tout. Elle ferait n'importe quoi pour revoir sa fille. *Soyez damné, Sean O'Toole! Vous saviez parfaitement quelle serait ma réponse en venant ici.*

Amber ouvrit la bouche, puis se ravisa. Elle se tourna finalement vers lui.

— Je vous accompagne à une condition.

— Je ne trahirai pas votre secret. Je ne dirai pas à Esmeralda que vous tenez une maison close.

26

La mer se calma, le vent tomba et le soleil d'automne réapparut. Esmeralda ignorait si Dieu avait entendu ses prières, mais elle le remercia tout en buvant sa tisane matinale.

Dès que ses nausées s'apaisèrent, elle courut chercher Nan pour lui proposer une promenade à cheval. Quelle ne fut pas sa surprise, en ouvrant la porte de la jeune fille, de la trouver penchée sur sa cuvette...

— Ô Seigneur... ! murmura Esmeralda.

Nan leva des yeux hagards.

— J'ai dû manger quelque chose que je n'ai pas digéré.

— Nan, vous n'avez aucun besoin de feindre avec moi. Vous attendez un enfant, n'est-ce pas ? Je suis bien placée pour en reconnaître les signes, parce que moi aussi je suis enceinte.

— Mon Dieu, Esmeralda, que vais-je faire ?

— Tout d'abord, il faut soulager vos nausées. Je vais prévenir Tiara.

— Oh, non ! s'affola Nan.

— Elle est au courant, en ce qui me concerne, et le choc ne l'a pas tuée !

— Mais ce n'est pas la même chose !

— Il doit me rester un peu d'infusion. Je reviens.

Peu après, quand Nan se sentit mieux, Esmeralda lui lava le visage et les mains.

— Je ne veux pas que Tiara sache que je suis enceinte. Elle préviendra ma mère qui va se retrouver couverte de honte par ma faute.

— Qui est votre mère ?

— C'est Maggie.

— Oh, non... soupira Esmeralda, se souvenant que cette femme prônait la chasteté comme l'une des valeurs essentielles.

— Je suis désolée d'apprendre que vous êtes dans la même situation que moi, Esmeralda, mais le comte vous protège. Personne n'osera vous critiquer.

— Eh bien, vous auriez dû entendre ce que m'a dit le père Fitz hier, et il ne savait même pas que j'attendais un enfant ! Aux yeux de Dieu, je suis une femme adultère. Dans votre cas, ni vous ni Johnny n'êtes mariés. Le péché est moins grave.

— Est-ce que Sean est heureux que vous attendiez un enfant ?

— A vrai dire, je n'en suis pas sûre. Il n'a pas sauté de joie en apprenant la nouvelle. D'ailleurs, il n'y croyait pas vraiment jusqu'à la semaine dernière.

— Les hommes sont déconcertants. Johnny ne voudra pas y croire, lui non plus. Il sera furieux contre moi.

— Voyons, Nan, c'est vous qui devriez être en colère après lui ! Ecoutez, vous n'allez pas pouvoir cacher votre état très longtemps.

— Pourrais-je rester ici ?

— Bien sûr. Mais Sean va s'en apercevoir.

— Seigneur, il va se mettre en colère !

Esmeralda acquiesça en silence.

— Je vous en prie, ne lui dites rien !

— Vous avez ma parole.

— Et à Johnny non plus.

— Et à Johnny non plus. C'est à vous de le lui dire, Nan. Il faut qu'il vous épouse, et le plus tôt sera le mieux.

— Oui. N'est-ce pas merveilleux ?

— Les FitzGerald risquent de s'y opposer. Ils détestent les Anglais en général et les Montagu en particulier.

Nan réfléchit un instant.

— Si le comte me défend, personne n'osera me condamner. Esmeralda, il faut que vous plaidiez ma cause auprès de lui séance tenante. Je ne vous demande pas d'évoquer ma grossesse, mais suggérez-lui que votre frère devrait épouser une FitzGerald. Choisissez le bon moment en procédant avec douceur, le temps que l'idée fasse lentement son chemin.

Esmeralda resta perplexe. Cette jeune personne ignorait que Sean n'avait pas un caractère malléable.

— Reposez-vous, Nan, dit-elle. Nous irons nous promener à cheval une autre fois. Je réclamerai à Tiara une double ration de potion de façon à vous en faire profiter. Bon, je vais faire la lecture à Shamus. Il adore ça, et Tiara aussi. Pendant ce temps, vous serez tranquille.

Quand Esmeralda arriva dans la tour, Tiara achevait de masser le genou de Shamus avec son onguent à base de décoction d'iris bleus. Il avait posé ses jumelles sur le rebord de la fenêtre. Jamais Esmeralda ne l'avait vu aussi détendu.

— Votre lectrice est arrivée, annonça Esmeralda. J'espère que ce livre-là vous plaira davantage que le précédent. Ce sont les voyages de Marco Polo.

— Vous voulez réveiller mes vieilles passions ?

Esmeralda s'installa auprès de lui et se passionna pour sa lecture autant que ses auditeurs. Deux heures passèrent sans qu'elle s'en aperçût.

— J'ai la gorge sèche comme le sable du désert ! déclara-t-elle en refermant l'ouvrage.

— Tiara, servez-nous donc un petit verre. Quel est votre poison, mesdames ?

Tiara donna un whisky à Shamus et versa de l'alcool de poire pour Esmeralda et elle.

— Hum, délicieux ! s'exclama la jeune femme. C'est vous qui l'avez fait, Tiara ?

— Bien sûr, quelle question ! Je passe des heures dans ma distillerie à communier avec la nature.

Tout en dégustant sa liqueur, Esmeralda glissa pensivement :

— J'ignorais que Maggie était la mère de Nan.

— Il n'y a pas plus rigide que Maggie ! lança gaiement Shamus. Elle n'approuverait pas votre penchant pour l'alcool de poire.

— Ni le vôtre pour le whisky, répliqua Tiara. C'est elle qui me succédera le mois prochain à Greystones.

— Mais qu'ai-je donc fait au bon Dieu ? Pourquoi faut-il que les femmes s'acharnent à priver les hommes de ce qu'ils aiment ?

Esmeralda se leva et lui pressa affectueusement la main.

— Pas toutes les femmes, Shamus, fit-elle en prenant les jumelles qu'elle ajusta à ses yeux pour scruter la mer.

Un cri lui échappa.

— Il est de retour! Sean est de retour!

Abandonnant les jumelles sur les jambes du vieil homme, elle releva ses jupes à deux mains et disparut en trombe.

Après avoir dévalé l'escalier de la tour puis les pelouses jusqu'au chemin qui surplombait la crique, elle reprit son souffle tandis que l'*Enfer* accostait avec majesté le long de la jetée de pierre. Son regard parcourut les hommes rassemblés sur le pont. Et elle le vit. Il était à la barre. Aussitôt elle agita les bras pour attirer son attention. Une main gantée de noir lui répondit et elle s'élança vers l'embarcadère.

Esmeralda contenait son impatience à grand-peine. Elle se félicita d'avoir mis sa robe de lainage couleur pêche dont la forme et la couleur lui seyaient particulièrement. Quand Sean s'avança enfin vers elle, elle cria son nom:

— Sean... Sean...

Les bras puissants se refermèrent autour d'elle.

— Oh, tu m'as tellement manqué... Je t'aime... Tu m'as manqué... balbutia-t-elle entre deux baisers.

Sean la souleva et la fit tournoyer dans les airs.

— Je vais partir plus souvent si tu me réserves un tel accueil chaque fois!

Elle lui saisit les cheveux à deux mains, feignant la colère.

— Je t'enchaînerai au lit pour t'en empêcher, vagabond!

A la minute où elle prononça ces mots, elle s'en mordit les lèvres. Comment avait-elle pu lui rappeler ses années au bagne?

— Oh, je suis désolée! s'écria-t-elle en mettant la main sur sa bouche.

Sean se mit à rire.

— Tu ne perds rien pour attendre !

— Tu oublies mon état.

Il la contempla en secouant la tête.

— Tu es toujours si mince ! Je m'attendais à retrouver une bonbonne !

— Repose-moi par terre !

— J'ai un cadeau pour toi, dit-il plus sérieusement.

Elle glissa aussitôt la main dans la poche de sa veste de cuir noir. Il lui mordit l'oreille en murmurant :

— Plus bas.

— Oh, tu te moques de moi !

— Je plaisantais. C'est une autre sorte de cadeau, dit-il en faisant un pas de côté pour la laisser voir le bateau.

Elle détourna les yeux du regard rieur. Accoudée au bastingage, une femme élégante, aux beaux cheveux couleur d'ambre, les observait. Esmeralda porta la main à sa gorge. Paralysée comme si elle venait de voir un fantôme, elle se mit soudain à trembler de tous ses membres. Tant de temps avait passé... Etait-elle victime de son imagination ?... Mais non...

— Maman ? fit-elle dans un souffle avant de s'élancer vers le bateau.

Amber courut vers l'appontement à la rencontre de sa fille. Les deux femmes s'arrêtèrent face à face, le regard voilé par les larmes, puis elles se jetèrent dans les bras l'une de l'autre, refoulant tant bien que mal leurs sanglots.

Esmeralda se tourna vers Sean.

— Comment l'as-tu retrouvée ?

— J'habite à Wicklow, glissa vivement Amber.

Esmeralda s'essuya les yeux. Bien que des milliers de questions se bousculassent sur ses lèvres, elle se contenta de regarder ces deux êtres qu'elle aimait plus que tout au monde.

Sean les ramena vers le manoir. Amber s'arrêta pour admirer la magnifique demeure.

— Bienvenue à Greystones, maman.

Peu après, Amber prenait place sur les coussins disposés devant la fenêtre donnant sur le jardin, là même où Esmeralda s'était assise la première fois qu'elle était entrée dans cette pièce.

— J'étais venue une fois à Greystones, mais seulement dans la tour du guet, dit Amber, s'interrompant pour ne pas rouvrir les vieilles blessures.

Un silence suivit. L'heure n'était pas aux conversations légères, mais personne ne savait par où commencer.

— Tu es devenue une femme superbe, Esmeralda. Je craignais que ton père n'ait réussi à détruire ta personnalité.

— Il s'y est pourtant acharné ! Dès que tu nous as abandonnés, il a transformé ma vie en un véritable enfer, comme il l'avait toujours fait avec Johnny.

— Oh, ma chérie, je ne vous ai pas abandonnés ! Comment as-tu pu croire une chose pareille ? Après m'avoir battue jusqu'au sang, jurant que je ne vous reverrais jamais plus, il m'a enfermée dans ma chambre.

Esmeralda était atterrée. Elle se souvenait de ce jour funeste comme si c'était la veille.

— Il m'a raconté que tu t'étais enfuie avec ton amant, mais je ne l'ai pas cru. Je suis montée jusqu'à ta chambre et j'ai essayé d'ouvrir. La porte était fermée à double tour et tu ne répondais pas. Oh, maman ! Je regrette tellement que Johnny et moi ayons pu te laisser là ! C'est nous qui t'avons abandonnée !

— Vous n'aviez pas le choix. Montagu est le diable en personne et quand sa folie destructrice le prend, aucune force sur terre ne peut l'arrêter.

— Je ne pensais pas pouvoir le haïr davantage, mais c'est chose faite. Maman, tu te trompes en disant que rien ne peut l'arrêter. Sean O'Toole le peut, lui. Il a l'intention de le détruire.

De nouveau, Amber eut peur pour sa fille. Elle était prise entre deux forces terribles, et il n'en résulterait pour elle que peine et souffrance. Mais elle ne tenait pas à effrayer Esmeralda. Si elle voulait la mettre en garde contre Sean, il lui faudrait procéder en douceur. Elle l'aimait à la folie et sortirait de ses gonds à la moindre critique.

— Sean m'a dit que tu avais épousé Jack Raymond. Comment est-ce possible?

Esmeralda soupira à fendre l'âme.

— C'est une longue histoire... Quand nous sommes rentrés en Angleterre, père a refusé de m'envoyer au pensionnat. Il a engagé une horrible gouvernante chargée de gommer en moi toute trace de sang irlandais. Il m'a interdit de prononcer ton nom et a décidé que je m'appellerais Emma. Cette mégère et lui m'ont façonnée à leur idée: mes cheveux, mes vêtements, ma façon de parler, de me tenir, ma personnalité, rien ne trouvait grâce à leurs yeux. Je suis devenue une jeune fille anglaise, terne et empruntée, et j'ai vécu confinée à Portman Square comme dans un tombeau.

Esmeralda frissonna.

— J'étais en prison, ajouta-t-elle. Plus exactement, je vivais dans une tombe où l'on m'avait enterrée vivante. Je n'avais pas le moindre prétendant, sauf mon cousin Jack. J'ai accepté de l'épouser, pensant que cela me libérerait du joug paternel. Je croyais m'échapper de ma funèbre geôle. Erreur! Le fils illégitime de mon oncle n'avait qu'une ambition: devenir un Montagu et vivre dans le mausolée des Montagu. Je me suis retrouvée prise à mon propre piège.

— Ma pauvre chérie! s'exclama Amber, trouvant plus douloureux d'apprendre le malheur de sa fille que d'avoir enduré le sien. Tu as commis la même tragique erreur que moi quand j'ai épousé ton père pour échapper à Maynooth.

Pour la première fois, elles se regardèrent comme deux femmes partageant les mêmes désirs, les mêmes passions, les mêmes émotions.

— Sean O'Toole m'a délivrée.

Seigneur, pas étonnant qu'elle le prenne pour son prince charmant! Comment vais-je pouvoir lui ouvrir les yeux pour qu'elle s'aperçoive qu'elle n'est pour lui qu'un instrument au service de sa vengeance?

Amber mesura la difficulté de la tâche qui l'attendait. O'Toole n'était pas seulement dangereusement séduisant et viril, il était intelligent, plein de charme, puissant, dominateur, manipulateur. *Il est trop tôt pour reconquérir sa confiance, mais je ferai tout mon possible pour l'aider si elle a besoin de moi.*

Au cours de leur conversation, Nora Kennedy dut intervenir à plusieurs reprises pour renvoyer les servantes qui, poussées par la curiosité, ne cessaient de passer et de repasser devant l'élégant parloir. Esmeralda l'appela. Elle était reconnaissante à cette femme qui avait tout fait pour qu'elle se sente chez elle à Greystones.

— Nora, venez. Je voudrais vous présenter à ma mère.

Nora s'approcha de celle qui n'avait cessé d'alimenter les rumeurs depuis des années.

— Amber FitzGerald... Nora Kennedy, la gouvernante et intendante de Greystones. En plus de ses fonctions indispensables à la bonne marche de cette maison, Nora a été extrêmement gentille avec moi.

Les deux femmes s'étudièrent en silence.

Voilà donc cette FitzGerald dont on a tant parlé, qui a épousé un aristocrate anglais pour son plus grand malheur. Pas étonnant que Joseph ait perdu la tête et l'ait payé de sa vie. Elle est d'une beauté rare dont Esmeralda a hérité, mais avec une douceur que cette femme ne possède pas.

De son côté, Amber pensait: *Elle est aussi rusée que compétente et me juge sans doute sans complai-*

sance, mais peu importe. Il est nécessaire que ma fille ait une alliée comme elle dans la place.

— Je suis très contente de vous connaître, madame Kennedy. La charge Greystones constitue une grande responsabilité.

— Nora, vous voulez bien aller chercher Nan?

— Elle se terre dans sa chambre. Cela ne va pas être une mince affaire de l'en déloger!

— Tant pis, nous la verrons au dîner. Maman, tu te souviens de Tiara, n'est-ce pas?

Nora l'interrompit.

— Qui pourrait l'oublier? Cette maison est envahie de FitzGerald. Bon, je m'en vais préparer la chambre bleue pour votre maman.

— Je me souviens de Tiara avec beaucoup d'affection, bien que Nora Kennedy ne semble pas l'apprécier, remarqua Amber après le départ de la gouvernante.

— C'est-à-dire que tout le monde la croit atteinte de folie douce parce qu'elle prétend être une princesse celte. En réalité, elle n'est pas folle du tout, loin de là!

— Je lui dois de m'avoir appris à connaître les plantes et leurs vertus médicinales.

— Depuis qu'elle est ici, elle passe ses journées dans la distillerie.

Esmeralda aurait voulu reprendre leur conversation là où elle avait été interrompue, mais elle hésita à poser des questions directes à sa mère sur sa vie. Elle interrogerait Sean plus tard.

— Et si tu montais te rafraîchir dans ta chambre, maman? Tu ne peux imaginer combien je suis heureuse de t'avoir retrouvée! Si seulement Johnny était là!

— Il vient parfois vous voir? s'enquit Amber avec espoir.

— Sean et lui ont certaines affaires en commun.

Il est venu une fois et m'a écrit. J'espère le voir plus souvent à l'avenir.

Amber s'étonna.

— Soit il a appris à tenir tête à son père, soit il lui a échappé, comme moi.

— C'est un peu les deux. Il y était obligé pour survivre. Apparemment, père a renoncé à faire de lui un marin. Aujourd'hui, c'est Johnny qui gère la Montagu Line.

— Ah, je comprends pourquoi Sean O'Toole s'intéresse tellement à lui.

Esmeralda rougit. Elle n'aimait pas penser que Sean se servait de son frère.

— Johnny adore l'Irlande. Il est fou de Maynooth.

— Il a toujours eu la passion des chevaux. Il doit se sentir dans son élément, ici.

— Nous irons nous promener à cheval. Tu dois être impatiente de revoir les FitzGerald.

— Pas si vite, ma chérie. Maynooth appartient au comte de Kildare. Il n'a peut-être aucune envie de m'y voir.

Esmeralda secoua la tête.

— Je saurai le convaincre, répondit-elle avec un petit sourire.

— Ne le sous-estime pas, Esmeralda. C'est un pur-sang et je doute que tu le dresses un jour.

— Je n'ai pas la moindre intention de le dresser, maman. Je l'aime comme il est.

Sois prudente, ma chérie. Je ne voudrais pas que ton beau rêve devienne le plus horrible des cauchemars.

27

— Je ne peux pas descendre dîner! gémit Nan.
Jamais je n'aurai le courage de lui faire face.

— Voyons, Nan, ma mère est la douceur et la bonté
mêmes. Quand elle saura que vous aimez Johnny, elle
vous adorera. Personne ne devinera votre secret, à
moins que vous n'éveilliez les soupçons à force de
vous cacher.

Quand les deux jeunes femmes descendirent enfin
dans la salle à manger, Amber et Tiara étaient en
grande conversation à propos des bienfaits des épices
sur la santé. Sean les attendait. En hôte irréprochable, il les plaça à table : Amber à sa droite, Tiara
et Nan à sa gauche et Esmeralda en face de lui, afin
de pouvoir l'admirer à sa guise.

La conversation fut des plus animées. Nan finit par
se détendre un peu et prit la parole de temps en
temps, mais elle ne pouvait s'empêcher de rougir
chaque fois qu'elle croisait le regard d'Amber.

Sean parlait sans monopoliser l'attention. Esmeralda avait du mal à le quitter des yeux. Sa chemise
d'une blancheur immaculée contrastait avec sa peau
cuivrée, ses cheveux noirs et ses yeux gris. L'excitation montait en elle et elle brûlait de se retrouver
dans ses bras, dans l'intimité de leur chambre.

Avant la fin du repas, Amber mesura combien sa
fille était amoureuse du comte. Elle comprit aussi
que cet amour n'était pas totalement à sens unique.
Il éprouvait pour elle plus que du désir, si dévasta-
teur que fût celui-ci. Elle le sentait tendre et possessif. Pourtant, ses soupçons subsistaient. Il ne l'avait
pas enlevée parce qu'il ne pouvait vivre sans elle,
mais pour se venger des Montagu.

Il lui avait clairement dit qu'il ne serait satisfait

qu'une fois ses ennemis humiliés par ses soins à la face du monde. Et il avait les moyens de réaliser son objectif. *Esmeralda faisait-elle partie de ces moyens ?* Amber décida d'avoir au plus tôt une conversation avec sa fille. Pas ce soir, bien sûr. Le désir brûlant qu'ils avaient de se retrouver était presque palpable. L'air vibrait d'électricité.

De son côté, Sean observait Esmeralda. Elle rayonnait de bonheur et il se félicita d'avoir réuni mère et fille. Grâce à lui, elle n'avait plus rien à voir avec la pâle et pathétique créature qu'il avait enlevée à Londres. Et, grâce à elle, à la tendresse et à la profondeur de son amour, il était parvenu à refermer quelques cicatrices. Jamais il ne regretterait cette période qu'ils avaient passée ensemble. Jamais non plus il ne connaîtrait un tel bonheur...

Amber s'adressa à lui.

— Excusez-moi, j'étais distrait.

Leurs regards se rencontrèrent, révélant silencieusement quelles pensées les animaient l'un et l'autre.

— Si vous voulez bien m'excuser, dit Amber. Tiara aimerait me faire visiter la distillerie.

— Cela risque de prendre des heures, aussi nous vous souhaitons une bonne nuit.

A son tour, Nan prétexta qu'elle devait aller prendre un livre dans la bibliothèque.

Sean se tourna vers Esmeralda avec un sourire amusé.

— Les dames FitzGerald conspirent pour nous laisser seuls, il me semble.

— Sommes-nous si transparentes ? releva Amber.

Sean éclata de rire.

En montant l'escalier, il glissa le bras sous celui d'Esmeralda.

— Tu as l'air en pleine forme. Qu'en est-il de ces nausées matinales ?

— Cela va beaucoup mieux, répondit-elle, touchée de voir qu'il s'inquiétait d'elle.

Dès qu'ils furent dans leur chambre, Esmeralda ouvrit les rideaux que Nora avait tirés.

— Comment te remercier, mon chéri ? Je suis tellement heureuse d'avoir retrouvé ma mère ! Mon bonheur est total, infini... comme la mer !

Il la souleva dans ses bras par pur plaisir.

— Je croyais que tu avais peur de la mer, la taquina-t-il.

— Seulement quand tu t'y trouves. Sean, murmura-t-elle en enroulant les bras autour de son cou, quand tu es près de moi, je ne crains plus rien ni personne.

Il se pencha pour murmurer contre ses lèvres :

— Je n'y suis pas pour grand-chose. Tu te sens ainsi parce que tu deviens une femme sûre de toi.

Il l'embrassa au creux de l'oreille et laissa le bout de sa langue errer le long de son cou. Esmeralda frissonnait tout entière.

— Je vais allumer du feu avant de te déshabiller. Je ne voudrais pas que tu prennes froid.

— C'est tellement délicieux d'être entourée d'attentions ! Je suis la femme la plus heureuse du monde. Je t'ai manqué ?

— Plus que ça. Tu ne vas pas tarder à savoir à quel point, fit-il d'une voix rauque.

Il prit les oreillers sur le lit et les disposa devant la cheminée, songeant au brasier d'une tout autre nature qu'il attiserait ensuite. Il avisa soudain un flacon posé près du lit.

— Est-ce une potion prescrite par Tiara ?

Esmeralda souleva ses jupes et présenta ses jambes à la chaleur des flammes.

— Non, c'est de l'huile d'amandes douces et de rose destinée à prévenir les vergetures et à préserver ma peau, à la garder douce et belle pour toi.

— C'est donc une potion d'amour. Je vais te l'appliquer, mais je te préviens, ma belle, mes mains risquent de te faire perdre la raison. Quand je t'aurai massée, tu m'appartiendras corps et âme.

Il s'approcha d'elle et elle soutint son regard. Ne savait-il pas qu'elle lui appartenait déjà ? Il la débarrassa de sa robe, de ses dessous, avant de l'installer nue sur les coussins. Subjugué par sa beauté, éperdu de désir, il la caressa lentement du regard, s'appropriant chaque parcelle de sa peau frémissante, lui promettant le plaisir absolu.

Il versa un peu d'huile parfumée dans ses mains et les approcha du feu pour chauffer l'onguent. L'odeur délicieuse flatta les narines d'Esmeralda, la pénétra alors qu'il posait les paumes sur sa peau. Il commença au niveau du cœur, puis remonta vers les épaules, descendit le long des bras, revint sur ses seins qu'il frotta d'abord lentement, puis au rythme de plus en plus rapide du souffle d'Esmeralda.

— Hum, fit-elle dans un murmure. C'est merveilleux…

Elle étendit ses bras au-dessus de sa tête, lui offrant ses seins durcis. Il se pencha et referma ses lèvres sur leur pointe sensible. Sa langue prit le relais et Esmeralda cria.

Ses mains glissèrent le long de son buste et elle se cambra pour hâter leur chemin vers son ventre. Mais elles se contentèrent d'effleurer la fleur palpitante, papillonnant autour du pistil, le frôlant là où il fallait. Puis elles exercèrent quelques pressions sur cet endroit secret et un doigt s'insinua en elle.

Lentement, il exerça un mouvement de va-et-vient tandis que ses soupirs lui indiquaient qu'elle voulait davantage. Il continua sur le même rythme avec deux doigts. Il eut l'impression de pénétrer au cœur d'un brasier tant elle brûlait à l'intérieur. Alors il l'emmena jusqu'à l'extase, sentant sur sa peau mille frémissements, puis les ondes apaisées après le déchaînement de l'orage.

Sean versa de nouveau un peu d'huile dans sa

paume et entreprit de lui masser les pieds avant de remonter lentement le long des jambes. Esmeralda crut défaillir. De nouvelles vagues de plaisir s'éveillaient déjà. Incapable d'attendre plus longtemps, il se pencha sur elle, et sa langue, ses lèvres prirent le relais de ses mains. Il la dévora de baisers, léchant l'onguent sucré, aspirant le tiède élixir au creux de son ventre. Esmeralda se laissa porter par une déferlante plus impétueuse encore que la première et elle gémit, frissonna, cria.

Quand elle rouvrit les yeux, elle s'aperçut que Sean était nu devant elle. Elle prit son sexe dans sa main.

— Tu m'as donné deux fois du plaisir sans prendre le tien. Pourquoi ?

— Je t'ai accompagnée, Esmeralda, les deux fois. Te voir ainsi comblée, tout en sachant que je suis le seul à pouvoir t'emmener sur ces hauteurs, m'excite plus que tu ne l'imagines.

Sur ce, il la retourna sur le ventre et reprit son massage. Ses mains puissantes s'activèrent, suivies de ses lèvres avides.

— Tu hantes mes rêves depuis des années, ma belle. Je t'y vois ainsi, de dos, tes épaules auréolées d'un nuage d'encre. Une vision des plus troublantes, mais toujours de dos.

Ses mains glissèrent vers ses hanches, se réunirent en coupe, et ses doigts entamèrent un lent ballet érotique entre ses cuisses. Esmeralda se cambra. Un doigt la pénétra tandis qu'un autre s'aventurait au point le plus sensible entre les replis palpitants.

— Sean, je veux davantage !

Il l'attira vers lui et la pénétra enfin.

Esmeralda n'avait jamais fait l'amour dans cette position. Quand il commença à se mouvoir en elle, elle cria comme sous l'effet d'un éblouissement à répétition. Les sensations qui déferlaient en elle étaient différentes, mais bien plus intenses.

Elle éprouvait à chaque mouvement de va-et-vient un plaisir sans nom. Elle se demanda brièvement comment cela pouvait durer aussi longtemps, avant de comprendre qu'il savait exactement ce qu'il faisait en lui prodiguant deux orgasmes successifs. Le troisième serait plus long à venir, même si son excitation demeurait, et c'était ce qu'il voulait. Contenir leur plaisir pour qu'il soit plus violent.

Maintenant, il pressait ses seins dans ses mains, comme pour lui démontrer, si ce n'était déjà fait, qu'elle lui appartenait tout entière. Puis ses caresses se concentrèrent sur les pointes si sensibles, les pinçant, les malaxant. Quand il sentit le premier spasme de son orgasme comprimer son sexe, il se laissa enfin aller, et leurs cris se mêlèrent.

Depuis son arrivée à Greystones, Amber savait qu'elle devrait affronter Shamus car elle tenait à lui exprimer sa reconnaissance pour son aide financière. Il lui avait en quelque sorte sauvé la vie.

Elle remercia d'abord Paddy pour la part qu'il avait prise dans son sauvetage, et la sympathie que lui témoigna ce dernier lui réchauffa le cœur. Quand ils quittèrent la cuisine bras dessus, bras dessous, les regards mauvais de Mary Malone et de Nora Kennedy la poursuivirent. Jalousie ?

Paddy l'accompagna dans la tour et Tiara repartit avec lui.

Amber reçut un choc en revoyant Shamus. Il n'était plus que l'ombre de l'homme qu'elle avait connu.

— Shamus, murmura-t-elle avec émotion.

Il l'étudia longuement, cachant son trouble. Amber FitzGerald était une femme d'une beauté hors du commun. Il comprenait maintenant Joseph, mais il lui apparut soudain qu'il était injuste de lui faire porter tout le blâme de la tragédie qui en était résulté. Amber était une victime des Montagu, elle aussi. Il l'invita à s'asseoir.

— Je suis venue vous remercier pour l'argent que vous m'avez donné. Vous êtes généreux, Shamus.

— Ce jour-là, j'avais toujours ma Kathleen. Et mes deux fils. Je n'étais pas encore aveuglé par la haine.

Amber résista au désir instinctif de baisser les yeux.

— Je ne peux vous demander de me pardonner pour la part de responsabilité que j'ai dans ce drame. Je ne me le pardonne pas moi-même. Je voudrais seulement que vous acceptiez que je vous rembourse.

— Je ne vois qu'une seule manière de vous acquitter de cette dette : attirez Montagu à Greystones.

— Shamus, je voudrais qu'il soit mort... mais je n'ai aucune influence sur lui. Il me hait autant que je le hais.

— Ah, ma chère, permettez-moi d'en douter ! Vous avoir perdue constitue sans doute le plus grand regret de sa misérable vie. Vous êtes une FitzGerald, Amber, une femme non seulement unique, mais fatale.

Cette fois, Amber baissa les yeux. Elle avait certes été fatale à Joseph, et rien ne la soulagerait jamais du poids de cette culpabilité, mais pour rien au monde elle ne se mettrait en danger en permettant à Montagu de l'approcher. Elle sourit tristement à Shamus et tenta de le rassurer.

— Si l'occasion se présente, je vous rembourserai comme vous le souhaitez, Shamus.

Esmeralda et Amber ne voyaient plus le temps passer. Sean les emmena à Maynooth où Amber fut chaleureusement accueillie par ses cousines.

En fin d'après-midi, il proposa une visite de l'une des fermes attenantes où ils choisirent une nouvelle monture pour Esmeralda. Elle arrêta son choix sur un cheval blanc à la crinière soyeuse. Nan et Sean approuvèrent et Esmeralda décida de le baptiser Bucéphale.

— Tu as encore lu ta fameuse encyclopédie! s'exclama Sean en riant.

Elle se réjouit à l'idée qu'il se rappelait leur première rencontre dans les moindres détails.

— Mais non, le détrompa-t-elle. C'est à cause du dernier livre que j'ai lu à ton père, *Alexandre le Grand*.

Sean incita Amber à choisir un cheval à son tour et lui proposa de l'embarquer pour Wicklow quand elle rentrerait.

Amber refusa poliment. Elle ne voulait en aucun cas se sentir redevable envers lui.

Il devina ses pensées et sourit.

— En vérité, ce sont des chevaux que j'ai... subtilisés à Montagu, lui murmura-t-il au creux de l'oreille.

— Dans ce cas, j'accepte votre offre! J'aurais bien tort de m'en priver!

Le lendemain, Amber estima que le moment était venu de parler à Esmeralda en tête à tête.

— J'ai demandé à Sean de me ramener à Wicklow demain.

— Oh, non!... Je sais que tu as une entreprise à gérer, mais le temps a passé trop vite! On dirait que tu viens d'arriver.

— Ma chérie, ce ne sera plus comme avant. Nous nous reverrons, maintenant.

— Je ne sais même pas ce que tu fais exactement.

— Je m'occupe de... d'approvisionnement. J'emploie essentiellement des femmes.

— Et tu as beaucoup de demande? s'étonna Esmeralda.

— Enormément, répondit Amber sans mentir. Ecoute, ma chérie, il faut que je te parle en privé.

Intriguée, Esmeralda scruta le visage de sa mère. Elle semblait tenir à ce que personne ne risque de surprendre leur conversation.

— Nous pouvons aller promener les chiens.

— Bonne idée. Couvre-toi bien. Il semble que l'hiver s'annonce.

Esmeralda la rejoignit peu après vêtue de son manteau de velours vert doublé de renard. Amber la regarda, la gorge serrée.

— Il me rappelle le passé…

— Sean l'a fait faire pour moi en souvenir de celui que je portais le jour de son anniversaire.

Elles allèrent chercher les chiens à l'écurie.

— Le lévrier appartenait à Joseph, bien qu'ils n'aient pas eu beaucoup de temps pour se connaître.

Amber se baissa pour caresser l'animal.

— Quel gâchis, mon Dieu…

Le chien-loup de Sean se dressa sur ses pattes arrière pour faire fête à Esmeralda.

— Oh, chérie, fais attention au bébé !

— Tu es au courant ?

— Je m'en suis doutée, à cause de cet éclat particulier qui émane de toi. J'espérais m'être trompée.

— J'avais peur de te le dire.

— Est-il de ton mari ou bien de Sean ?

— De Sean, bien sûr !

— Alors tu portes un enfant illégitime.

— Ne parle pas ainsi ! Sean et moi nous nous aimons.

— Marchons un peu, dit Amber, qui avait besoin de rassembler ses idées.

Les chiens s'élancèrent dans les prés en direction des bois. Elles les suivirent lentement.

— Je sais que tu es amoureuse de Sean O'Toole. Cela se voit comme le nez au milieu de la figure. Mais lui, est-ce qu'il t'aime ?

— Bien sûr !

— Esmeralda, réfléchis ! Te l'a-t-il déjà dit ? T'a-t-il déjà dit qu'il ne pouvait vivre sans toi ? T'a-t-il parlé de mariage ? T'a-t-il demandé d'être la mère de ses enfants ?

— Tu oublies que je suis mariée ! Le père Fitz

m'a traitée de femme adultère et m'a poussée à retourner auprès de Jack. C'est ce que tu veux, toi aussi ?

— Grand Dieu, non ! J'espère seulement que tu ne t'es pas précipitée un peu vite dans les bras de son ennemi.

Elles s'assirent sur un muret de pierre.

— Les Montagu se sont acharnés à me faire répudier mon sang irlandais, comme s'il m'avait souillée. Quand Jack me touchait, je n'éprouvais que du dégoût. J'étais leur prisonnière, je ne rêvais que de leur échapper.

Amber avait elle aussi enduré le même calvaire durant dix-huit années.

— Quand Sean a surgi dans ma vie, il m'est apparu comme un sauveur. Je l'aimais depuis toujours. D'ailleurs, tu as raison. Je me suis pour ainsi dire jetée dans ses bras. C'est lui qui m'a fait découvrir l'amour. Il m'est devenu aussi indispensable que l'air que je respire. J'ai alors compris ce qui te liait à Joseph et j'ai eu honte de t'avoir condamnée. C'est vrai, Sean ne m'a jamais dit qu'il m'aimait, mais ses regards, ses gestes, ses attentions me le montrent à chaque instant.

« Jamais il ne m'a blessée. Il est la douceur même. Nous ne nous sommes disputés qu'une seule fois, à Londres, un soir où je lui reprochais de m'exhiber comme sa maîtresse. C'était une façon de se venger des Montagu, mais je l'ai compris. Après ce qu'ils lui ont fait, il est normal qu'il veuille se venger.

— Mais, chérie, il n'y a peut-être pas de place pour autre chose, dans son cœur.

— Maman, quoi qu'il arrive, je ne regretterai rien de ces instants que nous avons passés ensemble. Et certainement pas cet enfant. Il est une part de lui et de moi, la meilleure part.

Amber eut du mal à retenir ses larmes.

— Tout comme toi, ma chérie, tu es la meilleure

part de moi-même. Promets-moi simplement que si jamais il te faisait du mal, si ton rêve se transformait en cauchemar, tu reviendrais vers moi.

Esmeralda prit tendrement sa mère dans ses bras.

— Vers qui d'autre pourrais-je me tourner ?

28

Quand William Montagu apprit qu'il avait perdu deux bateaux dans la tempête, et tous les chevaux qu'ils transportaient, il entra dans une rage noire. Il ne décolérait plus du matin au soir et la vie à Portman Square devint tellement insupportable que Johnny prit un appartement à Soho.

Quand il arriva aux bureaux de la Montagu Line ce matin-là, son père fulminait toujours, mais au moins ne s'en prenait-il plus à lui.

— J'adore les chevaux, tu le sais, mais nous avons perdu tout l'équipage du *Gibraltar*. Tu ne sembles pas t'en soucier !

— Non ! Et je regrette seulement que l'équipage du *Heron* n'ait pas coulé avec eux ! Une bande d'ivrognes, de bons à rien !

— Estime-toi heureux qu'ils n'aient pas coulé. Leurs familles auraient pu te réclamer des compensations.

— Quoi ? Pas un penny, tu m'entends ! Si jamais l'un ou l'autre s'avise de venir pleurnicher, envoie-les à Jack. Il s'en débrouillera.

William Montagu se laissa lourdement tomber sur sa chaise.

— Les deux bateaux étaient assurés, n'est-ce pas ?

— Bien sûr, mentit Johnny. Mais tu sais combien les remboursements sont longs à venir. Nous ne pouvons attendre l'argent pour en acheter de nouveaux.

Je peux m'en occuper, si tu veux. Rappelle-toi ce qui est arrivé quand Jack s'en est chargé.

Johnny eut la satisfaction de voir le visage de son père virer au violet, comme chaque fois qu'il lui rappelait qu'il avait acheté un bateau qui lui appartenait déjà.

— Cette fois, je te fais confiance.

— Je m'occupe de tout. Il faut que j'aille à Lambay Island pour récupérer l'équipage et évaluer l'état du *Gibraltar*. S'il est irrécupérable, je ferai un rapport à l'assurance.

William se recroquevilla sur lui-même en songeant à l'argent qui lui filait entre les doigts plus vite que le vent. Ah, elle était loin, l'époque où Shamus et lui réalisaient de tels profits qu'ils n'avaient même pas le temps de dépenser leurs gains !

Au lieu de mettre directement le cap sur Lambay, Johnny fit un détour par Greystones.

Dès qu'Esmeralda s'aperçut que le bateau qui venait d'accoster n'était autre que le *Seagull*, elle courut accueillir son frère, impatiente de lui annoncer la nouvelle de la visite de leur mère.

— Tu es rayonnante ! s'exclama-t-il en l'embrassant.

— Viens vite ! Il faut que je t'annonce une nouvelle ! Une bonne nouvelle ! J'ai vu maman. Elle est venue ici ! Tu l'as manquée de peu. Sean l'a ramenée chez elle, à Wicklow.

— Wicklow ? Mon Dieu, mais c'est tout près ! Je n'arrive pas à y croire. Elle va bien ?

— Elle n'a pas changé, elle est toujours aussi belle. Johnny, elle ne nous avait pas abandonnés ! Père l'avait sauvagement battue pour la punir d'aimer Joseph et il s'était arrangé pour qu'elle ne puisse nous retrouver. Elle a failli mourir.

— Je me suis parfois demandé si elle n'avait pas trouvé un moyen de lui échapper. J'en suis heureux.

— Elle voudrait tellement te revoir, Johnny. Pourquoi ne fais-tu pas un saut à Wicklow?

— Pas aujourd'hui, Em. Je ne devrais même pas être ici. Peut-être la semaine prochaine. Dis-moi, as-tu transmis ma lettre à Nan?

— Oui, se contenta-t-elle de répondre.

Elle aurait aimé lui annoncer que Nan était enceinte, mais elle avait donné sa parole.

— Tu crois que je pourrais emprunter un cheval pour aller jusqu'à Maynooth?

— Ce n'est pas la peine, Nan est ici.

— Mais c'est fantastique! Où est-elle?

— Là-haut, dans la chambre que tu occupais lors de ton précédent séjour. A propos de bonnes nouvelles, je crois que Nan t'en réserve une…

Déjà, le jeune homme se précipitait vers le manoir. Deux heures plus tard, il était toujours dans la chambre de Nan. Esmeralda décida de monter avant que Nora ne les surprenne. A travers la porte close, elle entendit Nan pleurer et Johnny qui essayait de la consoler. Elle frappa doucement.

Le visage pâle, Johnny semblait un peu perdu. Il accueillit sa sœur avec soulagement.

— Je veux que nous nous mariions. Je l'emmènerai avec moi.

— A Portman Square? Tu n'y penses pas!

— Je n'habite plus Portman Square. J'ai un appartement. Je veux l'épouser.

— Johnny, je te comprends, mais n'emmène pas Nan en Angleterre. N'oublie pas qu'elle est irlandaise. Elle ne serait pas heureuse à Londres, loin de sa famille.

Johnny soupira. Esmeralda avait raison.

— Eh bien, nous nous marierons et nous vivrons séparément, tout au moins dans un premier temps.

Il est hors de question que j'abandonne Nan avec un enfant anglais dans son ventre!

Esmeralda ferma brièvement les yeux. Elle aussi portait un enfant illégitime...

— Pensez-vous que le père Fitz accepterait de vous marier?

— Oh, j'en suis sûre! s'écria Nan, retrouvant un peu d'espoir.

— Cela t'ennuie d'être marié par un prêtre catholique, Johnny?

— Bien sûr que non. Allons tout de suite lui parler.

— Heureusement que Sean n'est pas là! murmura Esmeralda. Nan, je crois que nous devrions emmener Tiara. Le père Fitz est très rigide. Elle saura lui tenir tête s'il s'obstine.

Le père Fitz maria Johnny et Nan et leur donna sa bénédiction avec un sourire satisfait sur son visage rubicond. Esmeralda s'étonna de sa complaisance alors qu'il demeurait aussi froid à son égard. Elle n'osa lui demander de garder le secret de ce mariage, aussi glissa-t-elle un mot à l'oreille de Nan qui s'en chargea.

— Mon enfant, Dieu vous a bénis, et c'est bien ainsi. Il n'entre pas dans mes attributions de répandre la nouvelle.

Au lieu de regagner le château, Nan et John prirent le chemin des écuries pour y chercher un peu d'intimité, se faire leurs adieux et se murmurer des promesses. Ils s'installèrent dans une stalle vide et s'assirent l'un contre l'autre dans le foin.

— Je t'aime tant, Nan! Je suis désolé de m'être montré aussi égoïste et insouciant.

— John, tout est ma faute! Je ne me rendais pas compte qu'il suffisait d'une fois... Je n'ai pas voulu te prendre au piège pour t'obliger à m'épouser.

— Ne te reproche rien, ma chérie. Je suis le seul responsable. En vérité... je ne suis pas désolé, non, bien au contraire! Grâce à cet enfant, nous voilà mariés plus tôt que prévu. Mon seul regret est de devoir te quitter, mais je crois qu'Esmeralda a raison. Mieux vaut que tu restes en Irlande. Je dois finir de régler mes affaires avec mon père et je préfère te savoir en sécurité ici. J'ignore quand je te reverrai, mais je t'écrirai, et si tu as besoin de moi, envoie un message à Soho. Ne signe pas de ton nom, je n'attends pas d'autres lettres personnelles que les tiennes.

Elle lui tendit les lèvres.

— Johnny, aime-moi. Je risque de ne pas te revoir pendant des mois, tu vas me manquer…

Avant de regagner son bateau, Johnny laissa un billet adressé à Sean.

— Il saura immédiatement que je suis venu. Dis-lui que je voulais lui faire un rapport.

— Il a un cinquième sens pour deviner ce qui se passe.

Johnny semblait de nouveau anxieux.

— Ne t'inquiète pas pour Nan. Les FitzGerald l'entoureront comme des louves dès qu'elles sauront qu'elle attend un enfant. Elles forment un clan serré et veilleront sur elle quoi qu'il arrive, tout comme sur moi.

Johnny écarquilla les yeux.

— Seigneur! Je devais être aveugle! Que vas-tu faire, Esmeralda?

Elle sourit tranquillement.

— Je mettrai au monde l'enfant de Sean, bien sûr. Johnny, je ne pourrais être plus heureuse et plus en sécurité qu'ici, à Greystones. Pars en paix et prends garde à toi.

Johnny leur fit ses adieux et enlaça Nan pour un dernier baiser.

Malgré sa tristesse de voir partir l'homme qu'elle venait d'épouser, Nan était infiniment soulagée.

— Esmeralda, je n'arrive pas à croire que je suis mariée! J'avais besoin de lui, et il est venu. N'est-il pas le plus adorable des hommes?

— Je suis fière de la façon dont il a affronté ses responsabilités. C'est un gentil garçon qui ne donne pas son amour et sa confiance à la légère. Heureusement que Sean n'est pas arrivé en plein milieu de la cérémonie!

— Oh, Esmeralda! Jamais je n'aurai le courage de le regarder en face. Cela vous ennuie si je rentre à Maynooth? Je suis impatiente d'annoncer la nouvelle à maman! Mes cousines vont en pâlir d'envie!

— Bien sûr que non. Voulez-vous que je vous accompagne?

— Non, c'est gentil. Je demanderai à un domestique de le faire. Si Sean arrive et qu'il ne vous trouve pas ici, il se précipitera à Maynooth.

— Il vous intimide tant que cela?

Nan frissonna.

— C'est le comte de Kildare.

Une heure après le départ précipité de Nan, l'*Enfer* accostait au port de Greystones. Esmeralda venait de se changer en prévision de son retour et, en enfilant la robe de velours vert, une chose l'avait frappée : la robe lui allait parfaitement malgré son tour de taille. Or, quand Sean avait commandé sa garde-robe à Mme McBride, il ignorait qu'elle était enceinte. Aurait-il agi à dessein, en anticipant cette grossesse?

Après avoir brossé ses longs cheveux, elle les para de rubans du même vert tout en songeant que l'homme qu'elle aimait était une énigme. Il partageait beaucoup de choses avec elle, mais jamais ses pensées profondes.

Elle oublia ses soucis dès qu'il arriva. Il lui consacra aussitôt toute son attention, et Esmeralda se reprocha de ne pas se sentir comblée.

Quand il se fut baigné et changé, Esmeralda le rejoignit. Comme elle aimait le regarder, écouter le son de sa voix !

— Sean, je ne pourrai jamais te remercier assez d'avoir invité maman à Greystones. Et tu sais quoi ? Une heure après votre départ, Johnny arrivait. Quel dommage qu'ils se soient croisés !

— Ce n'est que partie remise.

— Il a laissé une lettre pour toi... un rapport, je crois.

En prenant l'enveloppe qu'elle lui tendait, Sean remarqua un voile d'anxiété dans son regard. Il parcourut brièvement le contenu du billet.

— Les nouvelles sont bonnes, mais je ne comprends pas pourquoi il ne m'a pas attendu. Il n'était pas si pressé d'aller à Lambay Island... C'est tout près, j'irai le voir.

Il l'observa plus attentivement.

— Tu as l'air fatiguée, ma belle.

Il la souleva dans ses bras et l'étendit doucement sur le lit. Puis il la rejoignit et l'attira contre lui.

— Je ne suis pas obligé de repartir tout de suite. Je vais rester pour m'assurer que tu te reposes. Veux-tu que je te masse le dos ?

Esmeralda enfouit son visage dans la chaleur de son cou.

— Non, je préfère rester ainsi, contre toi, et laisser ton amour me réchauffer.

Sean ne bougea pas jusqu'à ce qu'elle se fût endormie. Tendrement, il écarta une boucle de son joli visage. Le sourire qui flottait sur ses lèvres acheva de le rassurer. Elle avait seulement besoin de se reposer après les émotions causées par le retour de sa mère.

Quand Johnny vit les voiles de l'*Enfer* approcher de Lambay Island, il s'alarma. O'Toole savait-il qu'il avait épousé Nan en secret? S'était-il lancé à sa poursuite pour lui faire sauter la cervelle? Déjà, il imaginait Nan portant son deuil... Sean n'avait aucun sens moral. N'avait-il pas fait un enfant à Esmeralda alors qu'il ne pouvait l'épouser?

Quand Sean sauta sur le quai, il fut heureux de constater que le bateau qui avait servi à Montagu pour transporter les esclaves était en cours de remise à flot. Danny FitzGerald avait bien travaillé. Il salua Johnny et reporta son attention sur l'un des quatre vaisseaux appartenant encore à son ennemi. Puis il rejoignit Johnny sur le *Seagull*.

— Combien d'équipages as-tu amenés?

— Seulement trois. Je suis officier de marine, bien que je déteste la mer.

Sean lui assena une claque sur l'épaule.

— Je te trouve un peu pâle, c'est vrai, mais tu te défends, Johnny. Réunis tes matelots, veux-tu? Maintenant qu'ils sont allés à Castle Lies, nous ne pouvons prendre le risque de les laisser répandre des bruits auprès des Montagu. Dans ton billet, tu me dis que ton père a l'intention d'emprunter une grosse somme d'argent?

— Il croit que ce sera temporaire, le temps que les assurances le remboursent de ses pertes.

— Non seulement tu es rusé, mais tu deviens machiavélique! Des qualités non négligeables pour qui veut survivre dans ce monde corrompu qui est le nôtre. Je serai à Londres d'ici peu. Votre emprunt vous sera accordé par une compagnie nommée Barclay and Bedford. Un nom qui sonne bien anglais, n'est-ce pas? J'aurai seulement besoin d'hypothéquer la maison de Portman Square pour accorder ce prêt.

Johnny le considéra avec une admiration non déguisée. Son père et Jack n'avaient pas la moindre chance de s'en tirer. D'ici peu, ils n'auraient même plus de toit.

— Tu devrais suggérer à ton père de se tourner vers le cognac de contrebande. Les profits énormes devraient lui faire oublier les risques, d'autant qu'avec Noël qui approche, la demande va grimper.

Comme l'*Enfer* et le *Seagull* s'éloignaient dans deux directions opposées, John remit la conduite du bateau à son équipage. La rencontre avec Sean O'Toole l'avait mis mal à l'aise et il dut rester accroché au bastingage pour essayer d'enrayer une violente crise de mal de mer.

La vengeance de Sean O'Toole serait impitoyable. Johnny se souviendrait toute sa vie de cette nuit où il s'était réveillé avec la lame du poignard de Sean entre les jambes. Comment réagirait-il quand il apprendrait son mariage avec Nan ?

A la barre de l'*Enfer*, Sean O'Toole pensait à Johnny. Sans lui, il n'en serait pas là, aujourd'hui. Le jeune homme avait bien changé. Il n'avait plus rien à voir avec le mollasson qu'il avait connu.

La nuit était tombée depuis longtemps quand il arriva à Greystones. Il se glissa silencieusement dans sa chambre pour ne pas réveiller Esmeralda mais elle l'attendait, assise dans son lit, la lampe allumée.

— Je suis désolé, ma chérie, je ne voulais pas te déranger.

Le regard d'émeraude pétilla de malice.

— Nous sommes très différents, très cher, parce que moi j'aurais tout fait pour te déranger, au contraire. Cela fait partie des plaisirs irrésistibles de ma vie.

Sean ôta sa veste de cuir, ouvrit sa chemise et se dirigea vers la salle de bains.

— Ces quelques heures de sommeil semblent t'avoir fait le plus grand bien.

— Ne te lave pas, Sean. J'ai envie de respirer ton odeur, de m'en griser... viens.

Sean s'arrêta net. La voix rauque avec laquelle elle venait de s'exprimer faisait courir du feu dans ses veines. Pour la première fois depuis son évasion, il renonça à son désir obsessionnel d'être toujours immaculé.

29

L'hiver déploya ses frimas sur le tapis rouge de l'automne. Esmeralda se félicitait que l'Irlande ne fût pas un pays de glace et de neige. Certes, il faisait gris et humide, les jours avaient considérablement raccourci, mais au moins les soirées étaient plus longues.

La plupart du temps, Esmeralda et Sean se retiraient de bonne heure et s'enfermaient dans leur chambre. Certains soirs, ils y dînaient même, après quoi ils jouaient aux échecs ou lisaient près du feu. Avant de faire l'amour.

La grossesse d'Esmeralda était visible, désormais. Cependant, comme souvent chez les femmes menues, elle restait discrète. Sean devint plus attentionné que jamais. Dès qu'il la devinait un peu lasse, il la portait, lui massait le dos, les jambes. Esmeralda se sentait comblée.

Pour l'instant, Sean avait renoncé à la rendre à sa famille. Il y viendrait plus tard. Pourtant, ses projets gâtaient le présent.

Après son retour du bagne, il s'était rendu chaque jour sur la tombe de sa mère. Jamais il n'oubliait d'apporter des fleurs fraîches et de se recueillir un instant sous le saule. Puis, peu à peu, il s'était mis à éviter la tombe, comme s'il redoutait le jugement de

Kathleen. Il passait ses nuits à tenir tendrement Esmeralda contre lui, comme pour se rappeler qu'elle était bien là. Mais le remords l'empêchait de trouver le repos dans le sommeil.

Jamais il ne s'était fixé de but aussi difficile à atteindre. Il ne cessait de compter les jours qu'il leur restait à passer ensemble.

On était fin novembre. D'après les calculs de Sean, l'enfant naîtrait au début du mois de février. Ou fin janvier. Le voyage en mer risquait de mettre la santé d'Esmeralda en péril. Plus le temps passait, plus le poids de la culpabilité le torturait. Il se fixa pour objectif de passer Noël à Greystones avec elle. Et de ne pas penser au-delà. Surtout pas.

Sa décision prise, il se sentit plus léger et retrouva goût à la préparation des fêtes.

Toute la maison fut décorée de houx, de lierre et de gui. Tiara revint à Greystones après Maggie, Meggie et Meagan. Elle passa des heures dans son laboratoire à confectionner des bougies parfumées, des pots-pourris de fleurs séchées, à préparer des liqueurs de poire, de coing et d'abricot.

Pendant tout le mois de décembre, chaque fois qu'un bateau des O'Toole arrivait, les équipages de FitzGerald étaient invités à des repas festifs que Mary Malone mijotait du matin au soir. M. Burke se chargeait d'apporter la bière et le whisky, et Greystones résonna de rires et de musique.

Même Shamus accepta de quitter la tour de guet pour aider aux préparatifs. Il se plaisait à taquiner Esmeralda en lui disant qu'elle ferait un pudding de Noël délicieux et elle se prêtait de bon cœur à ses plaisanteries.

Après le repas de Noël, les habitants de Greystones au grand complet se rendirent à l'église pour assister à la messe de minuit. Tous, sauf Esmeralda et Sean. Ensemble, ils soufflèrent les bougies de l'immense sapin et Sean souleva Esmeralda dans ses bras pour l'emmener dans leur chambre.

— La messe ne te manque pas? lui murmura-t-elle à l'oreille.

— Non, la religion, c'est bon pour les ignorants.

— J'y suis allée un jour, pendant que Nan était là. Le père Fitz a refusé de me donner la communion.

Il la posa sur le tapis.

— Pourquoi as-tu éprouvé le besoin d'aller à l'église?

— Je voulais prier pour l'enfant et pour toi qui étais en mer en pleine tempête.

— Personne ne nous protège, Esmeralda. L'adversité m'a appris à ne compter que sur moi-même.

— Le père t'en veut parce que tu n'as plus remis le pied à l'église depuis ton retour en Irlande.

— Que t'a-t-il dit d'autre?

Devant son hésitation, il referma les mains autour de son visage.

— Dis-le-moi!

— Il a dit que ton âme était noire de péchés et que tu n'éprouvais pas la moindre contrition.

Sean eut un rire dur.

— Quelle perspicacité! Quoi d'autre?

Esmeralda renonça à ajouter que le prêtre avait déclaré que Sean n'avait plus qu'un Dieu, la vengeance. Elle craignait trop qu'il ne lui donnât raison. Décidant de clore le sujet, elle se haussa sur la pointe des pieds et lui tendit ses lèvres.

— Il m'a conseillé d'user de mon influence sur toi...

— Et tu t'y appliques nuit et jour, murmura-t-il d'une voix rauque.

Ils se déshabillèrent et s'allongèrent sur les coussins que Sean avait disposés devant la cheminée où crépitait un feu joyeux.

Esmeralda contempla le corps magnifique de son amant abandonné à la chaleur des flammes. Il la désirait. Lentement, elle laissa sa main glisser jusqu'à son ventre puis se refermer autour de son sexe. Un grondement sourd lui échappa quand elle en effleura le bout avec ses doigts. Quand il sentit la brûlure de ses lèvres prendre le relais de ses mains, il gémit de plaisir.

— Oh, oui... oui... dit-il dans un souffle.

Elle laissa courir sa langue sur l'extrémité douce comme du velours, dessinant des cercles avant d'aspirer doucement.

Sean gémissait de bonheur, haletait, émettant des sons d'une voix méconnaissable. Quand elle referma plus fermement les lèvres, dans un mouvement de va-et-vient de plus en plus rapide, il rendit les armes. Esmeralda se redressa et enserra son sexe entre ses seins, continuant de le caresser jusqu'à ce qu'il ne pût plus se retenir.

Tremblant d'émoi, il glissa la main entre ses jambes et elle ne tarda pas à le rejoindre sur les rives du plaisir.

— Ma belle, tu te donnes toujours si généreusement...

Ils restèrent dans les bras l'un de l'autre, comme pour prolonger ces instants à l'infini. Esmeralda finit par s'étirer langoureusement.

— J'ai un cadeau pour toi, moi aussi, lui dit-il. Mais avant, laisse-moi te laver.

— Si tu veux, dit-elle en lui caressant la joue.

— Je le veux, répondit-il en la soulevant dans ses bras pour l'emmener dans la salle de bains.

Le bain chaud était divin. Ils y pénétrèrent tous les deux et il savonna longuement la peau satinée.

— J'adore te sentir contre moi, lui avoua-t-il au creux de l'oreille. L'érotisme de ton dos me rend fou.

Esmeralda sourit.

— Mon ventre est un peu moins appétissant, depuis quelque temps.

Il passa les mains sur ses seins gonflés.

— Ce n'est pas vrai. Tu es plus belle que jamais. Viens, je vais te masser.

Sean l'enveloppa dans une grande serviette et la ramena devant le feu. Quand il eut fini, il alla chercher un petit écrin dans la commode.

— Tiens, fit-il en le lui donnant. C'est pour toi.

Esmeralda souleva lentement le couvercle.

— Des émeraudes! s'exclama-t-elle, émerveillée.

Les pierres brillaient de lueurs mystérieuses à la lumière des flammes.

— Joyeux Noël, ma chérie.

Des larmes tremblaient dans les yeux de la jeune femme.

— C'est de la folie!

— Personne ne les mérite plus que toi, Esmeralda. Tu m'as tant donné.

— J'espère que je te donnerai un fils.

Comme elle se parait des boucles d'oreilles et du bracelet, elle ne vit pas l'ombre soudaine dans le regard de Sean. Il se glissa derrière elle pour accrocher le collier.

— Dormons, maintenant. Une journée mouvementée nous attend demain.

A Greystones, le matin de Noël était consacré à la distribution des cadeaux. Tous les domestiques et les fermiers du comté se réunirent avec leurs présents, recevant en échange ceux des O'Toole, connus pour leur largesse. A midi, le *Silver Star* accosta et l'équipage fut invité à partager le repas.

Pour Sean, le plus beau cadeau fut la nouvelle que lui apporta le capitaine Liam FitzGerald : deux vaisseaux appartenant aux Montagu venaient d'être arraisonnés par l'Amirauté anglaise avec une cargaison de cognac de contrebande. L'Angleterre et la France étant en guerre, les deux navires avaient été saisis.

Le capitaine avait également une lettre de Johnny Montagu qui confirmait l'événement. Sean la mit dans sa poche et s'en fut à la recherche de Paddy et de Shamus pour leur faire partager sa joie.

Il mit presque une heure pour trouver M. Burke.

— Que se passe-t-il, Paddy? Vous m'avez l'air inquiet.

— Eh bien, je cherche Shamus et je ne le trouve pas.

— Il n'a pas pu aller bien loin, le rassura Sean. Peut-être a-t-il demandé à un domestique de le ramener dans sa tour?

Ils gagnèrent ensemble le repaire du vieil homme.

— Seigneur, j'espère qu'il n'est pas tombé dans l'escalier de la cave! s'alarma Paddy.

— Allez vérifier. Je vais voir en haut.

Les deux hommes ne le trouvèrent ni dans la tour ni à Greystones, qu'ils fouillèrent de fond en comble. En redescendant, Sean jeta un coup d'œil par l'une des fenêtres donnant sur le jardin et aperçut enfin son père. Son corps gisait inerte sur la terre.

Sean dévala le reste des marches et traversa en trombe le salon ouvrant sur le jardin. Seigneur, depuis quand Shamus était-il étendu sur le sol, dans le froid?

Le vieil homme sanglotait sur la tombe de Kathleen. Retenant son souffle, Sean s'agenouilla près de lui et posa une main réconfortante sur son épaule. Mais Shamus était inconsolable. Quand il tenta de l'éloigner de la tombe, il se débattit.

— Laisse-moi! Je n'ai pas tenu ma promesse. Je lui avais juré de me venger de Montagu. Elle ne s'en est jamais remise!

— Papa, tu es bouleversé parce que c'est Noël. Elle te manque particulièrement aujourd'hui.

— Tais-toi! Ne vois-tu pas qu'elle me manque chaque jour que Dieu fait? Chaque minute qui s'écoule ? Elle était le cœur, l'âme de Greystones, la flamme de ma vie. Ils m'ont puni à travers elle. Ils se sont servis d'elle pour me briser. Elle était mon talon d'Achille, et ils le savaient !

Sean regarda la tombe de sa mère, et une boule se forma dans sa gorge. Il avait lui aussi promis à sa défunte mère de la venger de la même façon en s'en prenant à la femme qui était au centre de la vie des Montagu.

Il prit son père entre ses bras puissants et le serra contre lui.

— Je te jure que notre promesse à Kathleen sera tenue !

Puis il ramena le vieil homme dans sa chambre et le coucha. Paddy Burke fit chauffer des pierres qu'il plaça sous ses pieds tandis que Tiara lui préparait du whisky chaud additionné d'une décoction de pavot.

Pour épargner le cœur sensible d'Esmeralda, Sean, Paddy et Tiara décidèrent de ne rien lui dire au sujet de Shamus. Ce soir-là, épuisée par la journée de fête, elle s'endormit dès qu'elle posa la tête sur son oreiller.

Allongé près d'elle dans l'obscurité, les mains derrière la nuque, Sean songeait que cette période heureuse de sa vie touchait à sa fin. Il l'avait prolongée aussi longtemps que possible, mais le moment d'agir était venu. Et il s'interdit de s'apitoyer sur son sort ou de se poser des questions inutiles.

Mentalement, il était déjà loin de la femme qui dormait à ses côtés. Il avait réussi à se persuader qu'elle n'avait plus besoin de lui. Elle n'était plus la timide et passive jeune fille qui avait quitté l'Angleterre. Il lui avait offert les émeraudes à dessein, car son père, dorénavant, était au bord de la ruine. En plus des diamants, les pierres précieuses lui assureraient une indépendance financière. Si elle décidait de quitter les Montagu, elle pourrait toujours s'installer en ville, à Park Lane par exemple.

Quand Esmeralda se réveilla, Sean était déjà levé et habillé. Contrairement à son habitude, il ne vint pas s'asseoir près d'elle sur le lit, mais se posta devant la fenêtre qui donnait sur la mer.

— Mes affaires m'appellent à Londres.

— Tu ne pars pas aujourd'hui ?

— Non, tu as deux jours pour préparer le voyage.

Le visage de la jeune femme s'illumina.

— J'ai eu peur que tu ne décides de partir sans moi à cause de mon état. Je ne me serais pas laissé faire ! Je me serais battue bec et ongles !

Sean leva un sourcil, et son sens de l'humour lui vint en aide.

— Bec, je ne sais pas, mais ongles, je veux bien le croire !

Esmeralda était surprise. Elle avait cru qu'il la laisserait à Greystones. Bah… Il y avait plus de médecins et de sages-femmes à Londres qu'au manoir. Le médecin des O'Toole vivait à Dublin, mais elle ne l'avait jamais vu car Shamus refusait ses services. De toute façon, elle n'était pas pressée de faire sa connaissance. Sean et elle seraient de retour bien avant la naissance du bébé.

Pourvu qu'elle ne souffre pas du mal de mer !

— N'oublie pas les potions et les huiles de Tiara, lui rappela Sean, songeant quant à lui qu'il devrait lui demander l'un des puissants somnifères qu'elle avait préparés pour Shamus.

Il préférait épargner à Esmeralda une confrontation directe.

— Resterons-nous assez longtemps à Londres pour que je puisse voir Johnny?

— J'en suis sûr, répondit-il avant de la laisser commencer les bagages. Je t'envoie Nora.

Deux jours plus tard, comme il l'aidait à embarquer sur l'*Enfer*, Sean remarqua que son ventre s'était soudain bien arrondi. Il avait presque doublé de volume en un temps record.

— Esmeralda, tu te sens bien?

— Très bien, merci, milord.

— Je me demande quelle mouche a piqué Nora. Elle m'a complètement ignoré ce matin, au petit déjeuner.

— Elle est scandalisée que tu m'emmènes dans mon état. Elle pense que je devrais rester cachée dans ma chambre. Et elle a peut-être raison! ajouta-t-elle en riant. Pardonne-lui, Sean. Elle est la bonté incarnée. Elle m'a même proposé de m'accompagner. Quand on sait que, pour elle, poser un pied sur le sol anglais serait comme pénétrer dans l'antre de Satan!

— Tu n'as pas emporté beaucoup de bagages, remarqua-t-il en avisant la petite malle posée près de la sienne.

— Je doute que tu m'emmènes au bal ou à des réceptions mondaines, répondit-elle d'un ton léger, s'appliquant à lui cacher combien elle s'essouflait vite depuis quelques jours. Va sur le pont, ton domaine, pendant que j'installe nos affaires. Je suis assez grande pour me débrouiller toute seule!

292

30

William Montagu ne savait plus à quel saint se vouer. Depuis Noël, il évitait soigneusement les bureaux de Bottolph's Wharf et vivait terré à Portman Square, comme une bête traquée. Bientôt il serait forcé de vendre ses meubles pour subvenir aux dépenses de la maison. Tout Londres ne tarderait pas à savoir qu'il n'avait plus un sou.

Jack était le seul qui supportât encore sa compagnie. Johnny se faisait de plus en plus rare. Même les domestiques ne se montraient plus.

— Quand je pense que ton père et moi dirigions l'Amirauté. L'*Amirauté*, Jack, c'était nous!

Jack remplit de nouveau le verre de William et s'en servit un. C'était la dernière bouteille de cognac qui leur restait.

William leva ses yeux injectés sur son gendre.

— Peux-tu seulement imaginer combien ça me coûte d'aller pleurer auprès de mon frère?

Pas autant qu'à moi. Je suis son fils bâtard, nom d'un chien! rétorqua Jack pour lui-même. *En épousant ta traînée de fille et en devenant un Montagu, je croyais être définitivement à l'abri des humiliations.*

— Je ne comprends pas comment la malchance a pu soudain s'abattre sur nous avec un tel acharnement. Il me semble impossible que cet enchaînement de pertes soit seulement dû à un malheureux concours de circonstances. Au début, je n'ai pas vu de rapport entre la disparition des esclaves et ces bateaux que nous avons perdus dans la tempête. Et puis soudain, les soupçons me sont venus. L'un des ennemis de ton père, peut-être cette canaille de Newcastle, nous a vendus!

Il étreignit son verre avec une telle violence qu'il

se brisa entre ses doigts, lui entaillant profondément le pouce. Du sang noir se mit à couler. William fixa la blessure avec une horreur grandissante, assailli par des souvenirs depuis longtemps enfouis dans l'oubli… *O'Toole*. Il n'osa même pas prononcer son nom à voix haute. C'eût été comme invoquer le diable.

— Je n'ai jamais fait confiance aux amis de mon père, et encore moins à ses ennemis, vous vous en doutez bien. Qui a-t-il invité à cette fête de fin d'année qu'il donne au manoir de Pall Mall ?

Jack Raymond n'éprouvait pas la moindre envie de retourner dans cette maison où il avait grandi en tant qu'enfant illégitime du comte de Sandwich.

— Une assemblée éclectique, je suppose : poètes, politiciens, nobles. Bien entendu, le prince de Galles et ses amis seront de la fête. Je ne lui proposerai pas ma collection, on dit que ses finances sont en bien piètre état. Je pense plutôt à Francis Dashwood. Il paierait n'importe quel prix pour des dessins érotiques ou pour assister à des saynettes du même genre.

« Le jardin regorge de statues obscènes et de symboles phalliques. Même les chemins représentent des jambes de femmes ouvertes avec des buissons pour en marquer l'entrée !

— Il paraît qu'ils y célèbrent des messes noires, murmura Jack, émoustillé.

Quand ils eurent fini d'évoquer les pratiques de leurs amis dépravés, William était lui aussi au comble de l'excitation. Rien ne l'enflammait plus que la perversité. Mais il avait trop bu pour aller au Divan Club et il ne tenait pas à ce que son argent aille grossir les poches de son frère. Il ne lui restait qu'à se rabattre sur l'une des servantes.

Sean O'Toole mena son bateau de façon à arriver à Londres à la Saint-Sylvestre. La mer resta calme jusqu'au dernier soir, où une violente tempête se leva dans la Manche. Les éclairs crépitaient, déchirant le ciel, et quand le tonnerre éclatait, on avait l'impression que la terre entière tremblait.

Sean passa la nuit à courir du pont aux cabines se partageant entre son bateau et Esmeralda. Personne ne dormit, et encore moins la jeune femme qui regrettait amèrement d'être venue. Au matin, la tempête s'était un peu calmée, mais Sean dut renvoyer Esmeralda dans sa cabine car le pont restait dangereux.

— Si je dois mourir, je veux être avec toi!

Sean perdit patience. Il la souleva dans ses bras et redescendit avec elle.

— Personne ne va mourir. Ne sois pas ridicule, Esmeralda!

Elle s'accrocha à lui comme pour y puiser force et réconfort, et Sean faillit renoncer à son indigne projet. Il la mit au lit tout habillée.

— Tu as besoin de dormir. Repose-toi!

— Je ne peux pas dormir!

— Il le faut. Nous arriverons à Londres sains et saufs. Fais-moi confiance.

A la minute où il prononçait ces mots, il les regretta. Il ouvrit un coffre et prit le flacon que Tiara lui avait donné.

— Bois, dit-il à Esmeralda en lui présentant un fond de verre.

— Qu'est-ce que c'est?

— L'un des remèdes miracle de Tiara.

Esmeralda but docilement. Sean s'assit au bord de la couchette et prit sa main entre les siennes en attendant qu'elle s'endorme.

La potion agit presque aussitôt. Il la contempla un moment. Comme si son bateau était jaloux de l'attention qu'il accordait à cette femme, il se mit à tanguer, à grincer. Sean se leva en jurant. Avant de quitter la cabine, il déposa un baiser sur les paupières closes d'Esmeralda.

Sept heures plus tard, Esmeralda dormait toujours. Elle ne s'était même pas réveillée quand Sean l'avait débarquée dans ses bras, puis l'avait installée dans l'attelage qui roulait maintenant dans les rues de Londres.

La voiture prit le chemin de Piccadilly. Il neigeait. Les flocons dansaient dans la lumière dorée des réverbères. Sean ne sentait plus le froid mordant de cette nuit glaciale. Il n'éprouvait plus la moindre sensation. Il tâchait de concentrer ses sombres pensées sur le réveillon qui se déroulait en ce moment même à Pall Mall, chez le comte de Sandwich.

Depuis des mois, Johnny le tenait informé des moindres faits et gestes de Montagu et de Raymond.

Quand la voiture s'arrêta, il resta assis sans bouger durant un long moment. Puis, tel un automate, il descendit, prit Esmeralda dans ses bras et monta les marches du perron de Portman Square.

Belton, le majordome, arborait un visage blasé. Mais quand il vit les traits sombres et menaçants de l'homme qui se tenait sur le seuil, avec la fille de William Montagu dans les bras, la peur métamorphosa ses traits. Il s'écarta. La haute silhouette vêtue de noir entra et déposa la femme endormie et enceinte de plusieurs mois sur le divan du salon.

Rassemblant son courage, Belton osa demander :
— Qu'est-ce que cela signifie ?

Sans répondre, Sean alla chercher la malle d'Esmeralda qu'il posa dans l'entrée.
— Prenez grand soin de cette femme, Belton.

Puis il sortit une lettre de sa poche et la lui tendit. Adressée à William Montagu et à Jack Raymond, elle disait en gros que, s'il arrivait quoi que ce soit à

Esmeralda, il les tuerait de ses mains et leur ouvrirait lui-même les portes de l'enfer.

Quand O'Toole disparut dans la neige, Belton murmura d'un ton sarcastique :

— Bonne année !

Le comte de Kildare, élégamment vêtu d'un smoking noir, ne rencontra aucune difficulté pour pénétrer dans le manoir de Pall Mall. Les salons enfumés regorgeaient de monde. Appuyé contre un pilier de marbre, il scruta la foule, dénombrant les personnalités célèbres qui la composaient.

Le prince de Galles passa devant lui et le salua avec condescendance.

— Kildare, dit-il du bout des lèvres.

Tranquillement, ses yeux d'acier continuaient leur examen, cherchant deux hommes en particulier. Quand il repéra enfin William Montagu, Sean s'amusa intérieurement de voir qu'il était en grande conversation avec Wilkes, l'un de ceux qui avaient causé sa ruine. O'Toole ne fut pas surpris de la présence du politicien en ces lieux de débauche. La pornographie en attirait plus d'un.

Satisfait, le comte de Kildare se dit qu'il n'aurait pu mieux choisir son public. L'humiliation des Montagu serait totale.

Le rapace qui sommeillait en lui attendit patiemment le moment propice pour fondre sur sa proie.

Quand Jack Raymond rejoignit William et Son Altesse Royale, Kildare avança vers eux et leva son verre.

— Le moment est venu de porter un toast, annonça-t-il d'une voix ferme. Votre fille ne va pas tarder à mettre au monde votre premier petit-fils, Montagu.

Il désigna Raymond d'un geste méprisant.

— Je savais qu'il en serait incapable, alors j'ai préféré m'en charger moi-même. Ne sous-estimez jamais un Irlandais.

Un silence de mort s'abattit sur l'assistance. Kildare leva la main, exposant un pouce mutilé.

— Ne prenez pas la peine de me remercier, messieurs, ajouta-t-il à l'adresse des Montagu. Tout le plaisir a été pour moi.

Sur ce, il fendit la foule des invités qui s'écartèrent sur son passage, jubilant d'avoir été les témoins de révélations aussi croustillantes. La disgrâce publique et la honte formaient un mets des plus exquis. La fête était décidément délectable.

Esmeralda se débattait dans des cauchemars dont elle n'arrivait pas à émerger. Elle rêvait qu'elle était de retour à Portman Square. Et, malgré tous ses efforts, il lui était impossible de se réveiller.

Elle se redressa en chancelant jusqu'au moment où elle se rendit compte… qu'elle ne rêvait pas. Elle se frotta les yeux, comme pour dissiper une hallucination. Horrifiée, elle constata qu'elle se trouvait bien dans le salon de Portman Square.

Comment suis-je arrivée ici ? Où est Sean ?

Elle avait tenu à faire ce voyage avec lui, mais jamais elle n'aurait pu imaginer qu'elle échouerait ici ! Seigneur ! Non !

L'enfant dans son ventre s'agita et elle fut prise de nausées. Se tenant aux meubles, elle se dirigea vers l'escalier qu'elle monta lentement.

Elle était toujours penchée sur la cuvette quand elle perçut un bruit derrière elle. Pensant qu'il s'agissait d'une servante venue l'aider, elle se retourna et découvrit le visage vibrant de haine de Jack Raymond.

— Sale petite traînée ! grinça-t-il. O'Toole m'avait

prévenu qu'il ne te libérerait qu'avec un bâtard dans le ventre ! Tu n'as pas honte, espèce de grue !

Blanche comme la mort, Esmeralda referma les bras autour d'elle comme pour protéger son enfant du torrent de haine qui se déversait sur elle. Jack mentait. Sean ne pouvait avoir commis une action aussi vile.

— Dehors ! Je ne veux pas des restes de ce serpent !

Esmeralda releva la tête dans un accès de fierté.

— Je ne te laisserais pas l'occasion d'en profiter, de toute façon. Le comte de Kildare est un amant hors pair. Tu me fais rire si tu t'imagines que tu pourrais de nouveau me toucher !

Et elle trouva Dieu sait comment la force de sortir de la pièce la tête haute.

— Ce bâtard irlandais ne verra pas le jour chez les Montagu. Je le tuerai d'abord !

Esmeralda se retourna, soudain prise de panique en constatant qu'il l'avait suivie. Ce fut alors comme si le temps s'arrêtait. Elle sentit une poussée violente dans son dos. Elle se rattrapa de justesse à la rampe, s'y agrippa de toutes ses forces, mais ses pieds partirent dans le vide. Elle perçut nettement le bruit d'un os qui se brisait et elle hurla. Puis la voix de son père s'éleva :

— Que se passe-t-il ici ?

Derrière lui se tenait Belton, bouche bée devant la scène à laquelle il venait d'assister. Il tenta de renvoyer deux servantes qui n'auraient pas dû se trouver là, mais la stupeur et l'horreur le figeaient sur place.

— Allez chercher un docteur, ordonna Montagu.

Il considérait sa fille avec dégoût, mais il venait d'obéir à son instinct de père.

Belton envoya une des deux filles chercher un médecin et l'autre préparer un lit.

— Pas dans ma chambre ! glapit Jack. Cette créature n'est plus ma femme.

— Mettez-la avec les domestiques, jeta William.

Un lit fut préparé dans l'ancienne chambre d'Irma Bludget, la gouvernante. Quand Jack voulut s'approcher d'Esmeralda, elle lui cracha à la figure.

— Ne me touche pas, assassin !

Ce fut finalement la cuisinière, Mme Thomas, qui la transporta dans sa chambre, la déshabilla et la vêtit de l'une de ses vieilles chemises de nuit. Esmeralda avait l'impression qu'un fer rouge lui brûlait la jambe tant elle souffrait, mais elle ne s'inquiétait que pour son enfant. Mme Thomas la questionna sur les endroits précis où elle avait mal et regarda si elle avait perdu du sang. Quand elles constatèrent qu'il n'y en avait pas trace, elles soupirèrent de soulagement.

William Montagu était blême. S'il avait eu un pistolet quand O'Toole avait surgi au milieu de la foule pour faire ses déclarations, il n'aurait pas hésité à le tuer. Il venait de comprendre que l'Irlandais était l'instigateur de sa ruine, et c'était bien pire que l'humiliation qu'il subissait à travers sa fille. Mais il ne perdait rien pour attendre ! Les Irlandais n'étaient pas les seuls à savoir se venger !

L'arrivée du médecin l'interrompit dans ses noirs desseins. Sur le moment, il en voulut à la servante d'avoir choisi son médecin personnel. Il aurait préféré quelqu'un d'étranger à la famille, qui ignore tout de ses affaires personnelles. Puis il songea que le Dr Sloane pouvait au contraire devenir un allié.

— S'agit-il d'un accident ? s'enquit le médecin en regardant tour à tour Jack et William. A vous voir tous les deux, je vous prescrirais bien un sédatif.

William jeta un coup d'œil oblique vers la servante et invita Sloane à le suivre dans la bibliothèque.

— Toi aussi, Jack, ajouta-t-il à l'adresse de son neveu. Tu es concerné, il me semble, non ?

William referma soigneusement la porte.

— Ma fille s'est cassé la jambe, il faut lui mettre

une attelle, mais ce n'est pas ce qui nous préoccupe. Elle attend un enfant et, apparemment, c'est pour bientôt. Ce n'est pas l'enfant de son mari, ajouta-t-il sèchement. Nous voudrions que vous l'en débarrassiez.

— Pardon? fit le docteur, outragé. Je dois avoir mal entendu, vous ne pouvez me proposer d'accomplir un acte criminel. Vous vouliez peut-être dire que vous aimeriez confier cet enfant à une famille d'adoption. Dans ce cas, oui, je peux vous aider. Moyennant un certain prix.

L'argent, l'argent! Tout se résume toujours à l'argent! William fulminait.

— Où est ma patiente? dit gravement Sloane.

William le conduisit dans le quartier des domestiques. Mme Thomas s'efforçait d'installer Esmeralda au mieux.

Cette dernière frémit quand elle reconnut le médecin de famille, un homme dur et sec dont elle gardait le pire souvenir.

Sloane ne cacha pas le mépris qu'elle lui inspirait. Il lui ausculta le ventre comme s'il répugnait à le toucher. Finalement, il sortit de fines attelles de sa sacoche et remit la jambe en place. Esmeralda ne put réprimer un cri de douleur.

— L'os est cassé, dit-il d'un ton brusque. C'est normal que vous souffriez.

Après avoir solidement fixé les attelles, il examina de nouveau le ventre qui l'intriguait. Il sentait l'enfant bouger sous ses mains, d'un côté, de l'autre... Ses épais sourcils se haussèrent.

— Que se passe-t-il? s'inquiéta Esmeralda.

Sloane posa une coupelle retournée sur le ventre et écouta longuement. Il se redressa enfin et déclara froidement:

— Vous attendez des jumeaux, ma chère.

31

Avachi dans un fauteuil, Jack suivait d'un œil morne les allées et venues de William dans la pièce.

— Elle est entrée en travail? demanda William, impatient d'éliminer la preuve la plus flagrante de son humiliation.

— Non, je dirais dans une semaine, peut-être moins, peut-être plus, répondit le médecin.

Montagu lui jeta un regard mauvais.

— Débrouillez-vous pour être là le moment venu et pour nous débarrasser de ce petit bâtard irlandais.

— Je viens de l'examiner, glissa Sloane non sans une pointe de malice. Il y aura *deux* bâtards irlandais.

Sloane n'avait pas refermé la porte que la colère de William explosait.

— A quoi ça sert de rester affalé dans un fauteuil à se prendre la tête entre les mains? Tu n'as donc pas compris que c'est O'Toole qui a organisé notre anéantissement depuis le début?

Les paroles de William firent lentement leur chemin dans le cerveau embrumé d'alcool de Jack. Il se redressa enfin en prenant conscience de leur signification.

— O'Toole avait peut-être raison. Tu n'as rien entre les jambes!

Jack bondit sur ses pieds.

— Espèce de vieux porc! C'est *votre* fille qui s'est conduite comme une catin, exactement comme votre femme, si ma mémoire est bonne! C'est *vous* qui avez trahi le vieux comte, *vous* qui avez trahi votre partenaire, *vous* qui avez manigancé le meurtre de Joseph, *vous* qui avez envoyé Sean O'Toole au bagne avec une main mutilée. Alors moi, les Montagu, j'en ai ma claque !

Sur ce, Jack sortit en trombe et claqua la porte d'entrée derrière lui.

Ivre de rage, William se rua dans la bibliothèque et prit son pistolet dans le tiroir du bureau. Il était prêt à tirer sur n'importe qui. Son gendre se révélait aussi inutile que son fils. Il s'occuperait lui-même de Sean O'Toole. Son bateau était sans doute mouillé sur la Tamise...

Anéantie, Esmeralda ne prêta pas grande attention aux éclats de voix des deux hommes qui se disputaient quelque part dans la maison. La douleur de sa jambe irradiait maintenant dans tout son corps. Mais elle se concentrait sur cette souffrance, pour oublier celle qui lui déchirait le cœur.

Sean avait donc accompli sa vengeance. Le pire, c'est qu'elle l'aimait toujours. L'amour véritable était éternel et indestructible. Hélas, seule la haine animait Sean, et ni ses enfants ni elle n'avaient la moindre place dans sa vie.

Elle caressa son ventre. Dès l'instant où elle avait appris qu'ils étaient deux, son amour avait doublé. A présent, ce n'était plus pour elle qu'elle s'inquiétait, mais pour eux.

— Tout ira bien, leur murmura-t-elle. Nous n'allons pas rester ici longtemps. Nous irons chez ma mère. Johnny nous aidera.

Esmeralda se tourna vers le mur, les joues baignées de larmes. Chez Sean, elle se sentait protégée, entourée. Comment parviendrait-elle à mettre ses enfants au monde toute seule ?

Quand Johnny se rassit dans le bureau de Bottolph's Wharf, il poussa un long soupir de soulagement. La brève visite de Sean O'Toole lui enlevait un poids des épaules.

— Johnny, je veux te remercier pour ton aide, avait dit Sean. Sans toi, je n'aurais pas réussi aussi vite, aussi magistralement. Je n'aurai plus besoin de toi, désormais. J'ai atteint mon but.

— Ils seront obligés de vendre leurs deux nouveaux bateaux pour payer l'amende de l'Amirauté.

— Johnny, tu crois vraiment que Barclay et Bedford auraient avancé l'argent pour ces bateaux ?

— Il doit donc les bateaux plus l'amende...

— Et l'hypothèque de Portman Square est en ma possession.

John était resté un instant silencieux.

— Comment va Esmeralda ?

— Elle allait bien quand je l'ai quittée, avait répondu évasivement Sean.

Johnny avait failli lui parler de Nan, mais O'Toole semblait déjà ailleurs et il lui avait bientôt fait ses adieux.

Johnny considéra lentement le bureau qu'il occupait. Il détestait toute cette paperasse, les factures, le calendrier des marées, les cartes maritimes et tout ce qui concernait de près ou de loin les bateaux ! C'est alors qu'il prit conscience d'une réalité nouvelle : si O'Toole n'avait plus besoin de lui, il était libre !

Libre de retourner en Irlande, libre de vivre avec Nan et leur enfant ! Exalté, il se leva et décida de porter un toast à l'avenir souriant qui s'ouvrait devant lui. Il prit une bouteille de whisky irlandais dans l'armoire, se servit un verre et le leva en disant tout haut :

— A la nouvelle année ! A ce nouveau départ !

Johnny portait le verre à ses lèvres quand son père apparut dans l'encadrement de la porte. Une sueur froide lui glaça l'échine quand il vit la lueur démente qui brillait dans ses yeux, puis le pistolet dans sa main.

— Père, que diable fais-tu ici ?

— Je voulais le tuer, mais il est parti !

Johnny comprit aussitôt qu'il faisait allusion à Sean O'Toole.

— Il est venu à Pall Mall... il nous a ruinés !

Johnny parvint à faire asseoir son père dans un fauteuil mais, quand il voulut s'emparer de son pistolet, William résista. Son fils lui tendit alors un verre de whisky.

— Ce sale Irlandais a souillé Esmeralda ! Il l'a engrossée.

Seigneur, il les a humiliés devant tout le monde en lançant la nouvelle publiquement. Je comprends à présent pourquoi O'Toole était si pressé de rentrer... songea Johnny.

Il débarrassa discrètement le pistolet de sa poudre avant de remplir de nouveau le verre paternel.

— Je l'aurai, Johnny ! C'est lui qui a organisé notre ruine !

John s'étonna qu'il ne l'ait pas deviné plus tôt. Combien de temps lui faudrait-il pour comprendre qu'O'Toole avait eu un allié dans la place ?

Tout à coup, Montagu éclata en sanglots. Johnny le considéra avec dureté. Il ne croyait tout de même pas qu'il le prendrait en pitié !

— Ta mère me manque ! Amber me manque tellement... se lamenta William sous l'effet de l'alcool.

Johnny serra les poings avec rage. A la mention de sa mère, la colère monta en lui avec une violence qui le choqua presque. La perversité et la cruauté de Montagu avaient transformé la vie de la douce Amber en un véritable enfer. Il l'avait battue et laissée pour morte. Johnny ne put s'empêcher de retourner le couteau dans la plaie.

— Tu n'es donc pas au courant ? C'est étrange,

tout le monde le sait, pourtant. Elle est sous la pro-
tection de Shamus O'Toole.

William fut parcouru d'un violent soubresaut.

— Ce n'est pas grave, père. Elle t'a seulement
épousé pour ton argent. Aujourd'hui, c'est Shamus
qui croque le sien pour elle.

Malgré son ébriété, William se sentit écrasé sous le
poids de la défaite. Johnny l'aida à se coucher sur le
divan et le couvrit de son manteau. Quand William
s'endormit, assommé par le whisky et par l'ampleur
de sa déconfiture, Johnny comprit qu'il avait une dette
envers Sean O'Toole. Grâce à lui, l'homme qui l'avait
terrorisé toute son enfance ne lui faisait plus peur. Il
ne le haïssait même plus. Il était vraiment libre !

John Montagu employa la semaine suivante à
mettre ses affaires en ordre. Il passa en revue tous
ses papiers afin de s'assurer qu'il ne subsistait aucun
document compromettant. Il résilia son bail à Soho
et fit ses bagages. Il acheta ensuite un billet de coach
pour Liverpool. Quatre heures pour traverser la mer
d'Irlande lui semblèrent préférables à quatre jours
de voyage de Londres à Dublin.

Il avait conscience de se lancer dans l'inconnu
mais il se rassurait en songeant qu'il ne saurait être
pire que ce qu'il laissait derrière lui. Il avait hâte de
tirer un trait sur le passé. De plus, il n'avait pas vu
Nan depuis des mois et elle lui manquait chaque
jour davantage.

Il éprouva un intense sentiment de bien-être à
l'idée qu'il allait dormir dans cette chambre pour la
dernière fois.

Mais son soulagement fut de courte durée. Quand
on frappa à la porte et qu'il ouvrit à Mme Thomas, la
cuisinière de Portman Square, il crut que son père
l'envoyait chercher, qu'il avait besoin de lui et entendait qu'il accoure comme il l'avait toujours fait.

— Bonsoir, madame Thomas. Si c'est mon père qui vous envoie, je crains qu'il ne vous ait dérangée pour rien.

— Non, monsieur, c'est miss Emma.

— Esmeralda ?

— Oui, c'est elle qui m'envoie vous chercher.

— Où est-elle ?

— A Portman Square.

— A Portman Square ? Mais que diable fait-elle là-bas ?

— Elle est… elle ne va pas bien. Je vous en prie, monsieur, ne leur dites pas que c'est moi qui suis venue vous appeler !

John prit son manteau.

— Allons-y.

— Ils l'ont installée dans le quartier des domestiques. Le Dr Sloane a soigné sa jambe cassée.

— Elle s'est cassé la jambe ? Comment est-ce arrivé ? s'enquit John, de plus en plus inquiet.

— Je ne devrais pas dire ça, monsieur, mais son mari n'est pas un homme bien.

Johnny héla un fiacre et, dès qu'ils arrivèrent devant Portman Square, Mme Thomas s'éclipsa vers l'entrée de service. Johnny, qui croyait ne plus jamais franchir ce seuil, carra les épaules et frappa lentement à la porte. Quand Belton lui ouvrit, il parut presque heureux de le voir.

— C'est vrai, Belton ? Ma sœur est ici ?

La tête basse, le majordome le conduisit jusqu'à l'ancienne chambre d'Irma Bludget. John faillit éclater en sanglots quand il découvrit Esmeralda, livide, dans la pièce lugubre. Son ventre lui parut énorme.

— Em, mon Dieu, Em ! Qu'est-ce qu'ils t'ont fait ? Elle pressa la main de son frère.

— Johnny, je vais avoir des jumeaux.

Le jeune homme ouvrit de grands yeux.

— O'Toole t'a abandonnée ! Il ne s'est pas contenté

307

de se servir de moi, il a fallu qu'il t'utilise, toi aussi ! Pardonnez-moi, Seigneur, mais je le tuerai !

— Non, Johnny, je t'en prie. Oublions la vengeance !

— J'ignorais que tu étais là. Je m'apprêtais à partir pour l'Irlande. Mais tu ne peux pas rester ici. Je ne te laisserai pas.

Esmeralda eut une grimace de douleur quand il souleva les couvertures pour regarder sa jambe.

— Johnny, malgré toute l'horreur que m'inspire cette maison, je n'ai pas le choix. Je suis obligée de rester, tout au moins jusqu'à la naissance des bébés. Le Dr Sloane doit m'accoucher. Mme Thomas m'a promis d'aller le chercher dès qu'il le faudra.

— J'ai cru comprendre que c'est Jack Raymond qui t'a cassé la jambe.

— Il a essayé de me pousser dans l'escalier pour provoquer un avortement. C'est père qui m'a sauvée de sa folie meurtrière et qui a appelé le docteur.

La haine que Johnny croyait avoir laissée derrière lui le submergea de nouveau.

— John, quand j'aurai accouché, je pourrai voyager. Je voudrais que tu m'emmènes chez maman, à Wicklow. Je lui ai promis de m'adresser à elle si j'avais besoin d'aide.

Johnny rentrerait en Irlande, mais avant d'aller à Wicklow, il passerait pas Castle Lies. Il se débrouillerait pour que l'Irlandais agisse honorablement envers Esmeralda. Par ses soins, les Montagu étaient sans le sou pendant que lui jouissait de la fortune et du titre de comte de Kildare. John se jura de le lui faire payer d'une façon ou d'une autre.

Il dut vraiment prendre sur lui pour laisser sa sœur à la merci de son cruel et dangereux mari, mais que pouvait-il faire d'autre ? Il devait agir, et vite. Esmeralda était en trop mauvaise posture. Il n'y avait pas une minute à perdre.

Il l'embrassa tendrement.

308

— Je t'aime, Esmeralda. Repose-toi et garde tes forces.

Il se mit aussitôt en quête de Belton.

— Raymond est-il là ? s'enquit-il, contenant difficilement la fureur qui bouillait en lui.

— Non, monsieur. Nous ne l'avons pas beaucoup vu cette semaine.

John serra les dents.

— Et mon père ?

— Il ne devrait pas tarder. Il a l'habitude de souper en rentrant.

John gagna la cuisine et mit vingt livres dans la main de Mme Thomas.

— C'est tout ce que j'ai sur moi. Si Esmeralda avait besoin de quoi que ce soit, n'hésitez pas à vous en servir. Si jamais vous ne pouviez joindre le Dr Sloane, allez chercher un autre médecin, ou une sage-femme. Surtout, que mon père n'apprenne pas que vous détenez cet argent, il vous le prendrait.

Quand John ouvrit la porte d'entrée, Jack Raymond montait les marches du perron. La chance lui souriait. Pour la première fois de sa vie, John eut des envies de meurtre. Une sensation enivrante. Comme Raymond arrivait à sa hauteur, il lui envoya son poing en pleine figure. Jack tomba à la renverse et se retrouva étalé de tout son long au bas de l'escalier, une jambe en appui sur la dernière marche.

Sans la moindre pitié, Johnny leva son pied botté et lui écrasa le tibia. L'os craqua affreusement. Alors il se baissa et empoigna Jack par son col taché de sang.

— Ce n'est pas une jambe que je te casserai la prochaine fois, mais ce que tu as entre les deux. Ne t'avise plus jamais de porter la main sur Esmeralda !

Celui qui avait appris à Johnny Montagu à se conduire comme un homme s'isola du reste du monde pendant toute la journée. A Greystones, personne n'osait plus l'approcher depuis son retour d'Angleterre. Tout le personnel, de Paddy Burke aux garçons d'écurie, aurait voulu lui demander pourquoi Esmeralda n'était pas rentrée avec lui, mais l'expression rébarbative du comte l'en dissuada.

Sean O'Toole se retrancha dans le silence et la solitude. Il ne sortait que pour chevaucher Lucifer et galoper à bride abattue à travers les prés, et ce, par tous les temps. Il avait laissé Esmeralda derrière lui, mais elle demeurait en lui. Elle l'obsédait nuit et jour et quand il parvenait à sombrer quelques heures dans un sommeil troublé, elle venait hanter ses rêves.

Fais-moi confiance! avait-il osé lui répéter. Et non seulement elle lui avait aveuglément accordé sa confiance, mais aussi son amour. Il se méprisait tellement qu'il en avait un goût amer dans la bouche. Il s'était conduit comme un monstre.

Il pressa sa monture et se mit à s'insulter à voix haute avant d'éclater de rire, se demandant s'il n'était pas en train de devenir fou. Il devait absolument cesser de s'apitoyer sur son sort s'il ne voulait pas que le dégoût qu'il s'inspirait n'ait raison de lui. Il devait s'accepter tel qu'il était. *Facile à dire! Que lui ai-je donné en retour de son amour? Mensonges et trahison!* Mais il était incapable d'aimer. Esmeralda était plus heureuse sans lui.

Trempé, glacé jusqu'aux os, il reprit le chemin de Castle Lies. Il se moquait d'attraper froid, il se moquait de ce qui pouvait lui advenir, mais il eut pitié de son cheval.

Tandis qu'il étrillait et pansait Lucifer, les garçons d'écurie se tinrent prudemment à l'écart. Quand Sean regagna Greystones, il entra par la porte de derrière et traversa la vaste cuisine. Tous les domestiques s'enfuirent à son approche, aussi fut-il sur-

pris de trouver Shamus qui l'attendait dans la salle
à manger.

— Tu te caches? attaqua le vieil homme.

Sean demeura impassible.

— Pourquoi m'évites-tu?

— J'ai besoin de solitude.

— Où est-elle?

Sean leva ses paupières lourdes et regarda son
père en face.

— Elle est retournée dans sa famille avec un
bâtard irlandais dans le ventre.

— Pourquoi? tonna le vieil homme, furieux.

Il se demanda soudain si l'homme qui se tenait
devant lui était vraiment son fils.

Sean s'étonna de la question de son père. La raison de son acte lui semblait évidente.

— Ils se sont servis de ta femme pour te faire
souffrir. Je leur ai rendu la pareille.

— Ne me dis pas que tu as commis cette infamie
pour moi?

— Pas pour toi, pour maman! Kathleen Fitz-
Gerald O'Toole était le pivot autour duquel tournait
notre vie! J'ai juré sur sa tombe que je la vengerais
en utilisant celle qui était au centre de la *leur*.

Shamus saisit le tisonnier comme s'il s'apprêtait
à en frapper son fils.

— Tu as sali la mémoire de ta mère! Kathleen était
la bonté, la douceur mêmes. En ce moment, du paradis, elle doit pleurer à cause de ce que tu as fait en son
nom. Si tu ne veux pas de ton enfant, eh bien, moi, je
veux être grand-père! Et Kathleen grand-mère!

Il jeta le tisonnier.

— Paddy! Emmène-moi!

Nu devant la cheminée de sa chambre, Sean appuyait son front contre la tablette en chêne massif.
Les flammes dansaient joyeusement, comme pour le

narguer. Il venait de vider la moitié d'une carafe de whisky et n'était même pas ivre.

— Nora! appela-t-il.

Mais il réalisa au même moment qu'elle ne viendrait pas. Ils ne s'étaient plus adressé la parole depuis le soir de son retour de Londres où il avait trouvé le berceau installé dans sa chambre. Il avait aussitôt fait venir Nora pour lui ordonner d'enlever tout ce qui évoquait Esmeralda. Après un bref échange de paroles très dures, il ne l'avait plus revue.

A présent, il brûlait d'envie de toucher quelque chose ayant appartenu à Esmeralda. Elle n'était pas qu'un amour éphémère, une toquade. Il avait besoin d'elle, autant que de l'air pour respirer. Pris de frénésie, il chercha la clé de la porte de communication entre leurs deux chambres, l'introduisit maladroitement dans la serrure, jura...

Dans le noir, il ouvrit à tâtons le chiffonnier, et son parfum exquis le pénétra. Il reconnut aussitôt l'odeur de ses chemises de nuit. D'un geste empreint de révérence, il approcha la soie de son visage pour la humer. Ses doigts rencontrèrent un objet dur et froid.

D'un coup sec, il retira le tiroir de son logement et l'emporta dans sa chambre. Là, à la lumière de la lampe, il découvrit la rivière de diamants et la parure d'émeraudes qu'il lui avait offertes pour atténuer son sentiment de culpabilité.

Ce fut comme si un étau de glace lui comprimait le cœur. Il l'avait abandonnée, jetée aux loups, laissée sans un sou, elle et leur enfant...

32

John Montagu débarqua à Dublin en fin d'après-midi. Il loua une monture, un cheval de somme pour ses bagages et se mit en route sous une pluie glacée et persistante. Quand il arriva à Greystones, d'une humeur plus noire que jamais, il était prêt à mener le combat de sa vie.

Malgré l'heure avancée, il constata avec satisfaction que les lumières brillaient aux fenêtres du château tout comme aux écuries.

Il descendit de cheval dans la cour et emmena les deux bêtes par la bride vers le long bâtiment. Il venait d'y pénétrer quand la haute silhouette de Sean O'Toole apparut dans l'embrasure. Johnny lâcha aussitôt les rênes et fondit sur lui.

Pris par surprise, Sean reçut un violent coup de poing dans la mâchoire. Les deux hommes roulèrent sur le sol. Sean fit de son mieux pour éviter les coups. Il ne voulait pas brutaliser Johnny, lequel n'avait aucune chance contre un homme qui avait appris à se battre avec les FitzGerald et les Murphy. Il réussit à lui échapper en roulant sur lui-même avant de se relever. Il saisit une fourche et tint le jeune homme en respect, le poussant dans une stalle vide.

— Je comprends votre désir de vengeance, et même que vous vous soyez servi d'elle pour les humilier, mais l'abandonner ainsi, dans son état, sans aucun moyen de subsister...! Tout a un prix. Je suis venu le chercher.

— Ce n'est pas Esmeralda qui t'envoie. Elle est bien trop fière pour accepter que je lui donne de l'argent.

— Parce que vous croyez qu'elle a le choix, dans la situation désespérée où elle se trouve?

Les mains de Sean se crispèrent sur le manche de la fourche.

— Que veux-tu dire? Parle, Johnny!

— Posez cette fourche!

Sean jeta l'outil dans une botte de foin.

— Viens à la maison. Tu es trempé.

Il détacha les fontes de selle et confia les chevaux à un lad.

Une fois dans la chambre de Sean, Johnny ôta ses vêtements mouillés devant le feu.

— Crois-moi si tu veux, mais ces bijoux appartiennent à Esmeralda, lui dit Sean en les lui montrant. Je pensais qu'elle les avait emportés.

Sean se souvint des paroles qu'ils avaient échangées à propos des émeraudes. *Tu n'as pas d'argent. Le collier te donnera une sécurité financière.* Et elle lui avait répondu : *Mon chéri, près de toi je serai toujours en sécurité.*

Johnny le regarda dans les yeux.

— Si elle avait su que vous la rameniez à Portman Square, elle aurait pris ses bijoux! Vous ne lui avez rien dit, n'est-ce pas?

Non, il ne lui avait rien dit. Il n'en avait pas eu le courage.

— Quand j'ai trouvé les bijoux ce soir, j'ai immédiatement couru aux écuries pour envoyer quelqu'un prévenir l'équipage de l'*Enfer*. Nous levons l'ancre dans la matinée.

Johnny poussa un soupir de soulagement. Mais il n'en avait pas terminé avec Sean. Le voir sur la défensive ne lui déplaisait pas.

— Vous ne vous êtes même pas demandé ce qu'ils pourraient lui faire, tant la vengeance vous aveuglait.

— Elle est de taille à leur tenir tête.

— Vraiment? Réfléchissez, vous leur avez tenu tête, la nuit où ils ont tué Joseph, et où vous êtes-vous retrouvé?

Sean attrapa la carafe de whisky vide et la jeta dans l'âtre.

— Esmeralda est chez son père. Il tient un tout petit peu à elle, non ?

— Ah, oui ? Je vois qu'elle ne vous a pas beaucoup parlé de la vie qu'il nous faisait mener. Elle était surveillée, rappelée à l'ordre vingt-quatre heures sur vingt-quatre. Punie dès qu'elle s'écartait de la ligne qu'il lui imposait. Battue. Elle a épousé Jack Raymond par désespoir, pour fuir son père et la prison de Portman Square. Hélas, elle s'est retrouvée avec deux geôliers au lieu d'un !

Sean sentit son sang se glacer dans ses veines. Esmeralda ne s'était pas plainte une seule fois. Comme lui, elle avait connu la réclusion, l'humiliation de devoir courber l'échine. Puis elle s'était évadée, grâce à lui. Il comprit alors pourquoi il avait éprouvé tant de plaisir à lui redonner le goût de vivre, à réveiller en elle la femme libre et passionnée qu'elle était lors de leur première rencontre, dans la grotte.

Soudain il se figea. Johnny ne serait pas là sans une raison grave.

— Que lui ont-ils fait ?

— Jack a tenté de la pousser du haut de l'escalier pour qu'elle avorte. Elle s'est rattrapée à la rampe mais elle s'est cassé la jambe.

Sean blêmit.

— Quand le médecin de mon père est venu, il a vu qu'elle attendait des jumeaux.

— Des... jumeaux ? Et tu l'as abandonnée, dans une situation pareille ? siffla Sean, décomposé.

— Ce n'est pas moi qui l'ai abandonnée, mais *vous* !

Quand le Dr Sloane fut de nouveau appelé à Portman Square, il ne s'attendait pas que ce fût pour une deuxième jambe cassée.

— C'est une épidémie ! s'exclama-t-il tandis que William Montagu arpentait furieusement la chambre en insultant tous les membres de sa famille.

Si Jack Raymond ne hurlait pas de douleur, il s'en prenait aux servantes qui tentaient d'exécuter les ordres du médecin. Ce dernier lui fit remarquer qu'il pourrait au moins se laisser soigner avec la même dignité qu'Esmeralda. Du coup, Jack s'en prit à lui et tenta de le frapper.

— Je vais lui donner un sédatif.

— C'est vraiment nécessaire ? cria William. J'ai besoin qu'il reste lucide. Nous avons des problèmes sérieux à régler... les affaires...

— Cela attendra, trancha Sloane. De toute façon, il ne pourra pas bouger avant plusieurs semaines.

Jack se montrant un malade exigeant, il monopolisait l'attention des servantes et Esmeralda restait seule avec ses pensées la plupart du temps.

Pour ne pas devenir folle d'angoisse, elle décida d'affronter la situation en se raisonnant. De tout temps, les femmes avaient mis des enfants au monde. Pourquoi n'y parviendrait-elle pas ? Elle ne serait pas la première à souffrir et à surmonter ses douleurs. Et puis sa jambe ne lui faisait plus mal, ce qui signifiait qu'elle était sur la voie de la guérison.

Elle occupa ainsi ses journées, à réfléchir et à prier pour ses enfants à naître. Elle leur parla de l'Irlande et de leur père, le comte de Kildare.

Sean O'Toole arpentait sa chambre comme un fauve en cage. Il ne contenait plus son impatience de prendre la mer, mais son équipage n'était toujours pas là.

— Dès qu'ils arrivent, nous partons, dit-il à

Johnny en préparant un sac de voyage pour s'occuper les mains.

— *Vous* partez, corrigea le jeune homme. Je ne peux retourner en Angleterre, j'ai brûlé mes vaisseaux. Mon père ne va pas tarder à apprendre la part que j'ai jouée dans sa chute. De plus, j'ai donné un coup de poing à Jack Raymond et je lui ai cassé la jambe.

— J'aurais adoré être à ta place !

— Maintenant, votre devoir est de vous occuper d'Esmeralda... et moi de Nan.

— Nan FitzGerald ? reprit Sean en dardant sur lui un regard chargé d'orage.

— Nan est ma femme. Elle attend un enfant. Je ne veux pas la négliger plus longtemps.

— Ta femme ? répéta Sean, outré. Bon sang ? Depuis quand ?

— Vous étiez tellement obnubilé par votre vengeance que vous ne voyiez plus rien de ce qui se passait autour de vous. Le père Fitz nous a mariés ici même, à Greystones.

— Tu as osé faire une chose pareille derrière mon dos ! gronda Sean en empoignant John au collet.

— Je ne pouvais la laisser avec un enfant illégitime dans le ventre. Et je l'aime.

Cet aveu eut plus d'effet sur Sean qu'un coup de poing. Il lâcha lentement le jeune homme. A ce moment, on frappa à la porte et les deux hommes se retournèrent d'un même mouvement.

— Rory FitzGerald et l'équipage sont là, annonça Paddy Burke.

— Dieu soit loué ! s'exclama Sean, invoquant le Seigneur pour la première fois depuis cinq ans. Nous levons les voiles cette nuit.

Paddy s'éclaircit la voix.

— Nora et moi-même sommes prêts à partir avec vous. Nous savions que vous iriez la chercher.

Sean le considéra avec stupeur. Depuis une semaine, il n'avait regardé personne, mais rien de ce qui le concernait ne leur avait échappé. Leur loyauté l'émut plus qu'il n'aurait su le dire. Puis une pensée plus humble lui vint. Ce n'était pas pour lui qu'ils se dévouaient, mais pour Esmeralda.

Esmeralda entra en travail juste avant l'aube. Rien ne l'avait préparée à l'intensité des douleurs qui lui vrillèrent le ventre. Mme Thomas partit chercher le Dr Sloane mais elle revint sans lui sous prétexte que le travail risquait de durer des heures pour un premier enfant et qu'il n'avait pas de temps à perdre.

Esmeralda souffrit pendant douze longues heures, hurlant, invoquant le ciel, sanglotant, maudissant la terre entière, perdant connaissance. Puis elle se réveillait, de nouvelles contractions reprenaient et le calvaire recommençait.

Pendant tout ce temps, Mme Thomas resta auprès d'elle, l'apaisant, lui parlant, la rassurant, bien qu'elle-même se sentît complètement dépassée par cette naissance gémellaire.

A cinq heures du soir, le Dr Sloane arriva enfin, comme s'il venait prendre le thé. Quand il vit Esmeralda se tordre de douleur sur son lit, il ordonna qu'on lui attache les pieds pour qu'elle ne blesse personne.

Une nouvelle contraction, plus violente que les précédentes, fit perdre connaissance à la jeune femme, mais elle eut le temps d'expulser une toute petite fille. Sloane regarda à peine le nouveau-né qui donnait de faibles signes de vie et le tendit à Mme Thomas.

La brave femme avait préparé de l'eau chaude et des linges propres. Elle lava la fillette en lui parlant doucement.

— Pauvre petite chose, pauvre petite chose... ne cessait-elle de murmurer.

La petite fille avait à peine la force de bouger. Elle parvenait tout juste à respirer, cherchant son souffle.

— Je monte voir mon autre patient, déclara le Dr Sloane en se lavant les mains.

— Vous ne pouvez pas la laisser, docteur, elle est inconsciente! protesta Mme Thomas, scandalisée.

— Il peut s'écouler des heures avant qu'elle ne mette au monde le second. Les nouvelles contractions se chargeront de la réveiller.

William Montagu était d'une humeur noire quand il regagna Portman Square. Depuis quelques jours, il n'avait pas quitté son bureau, tentant de sauver des miettes de la Montagu Line. Il ne lui restait que le *Seagull* et le seul transport qu'il avait réussi à obtenir était une cargaison de charbon de Newcastle.

De plus, dans l'après-midi, il avait reçu la visite d'un homme de loi délégué par la Liverpool Shipping Company lui signifiant que la proposition de prêt de la Barclay et Bedford était un papier sans valeur et que les deux vaisseaux seraient saisis dès leur arrivée à Londres. Il avait ajouté que des dommages et intérêts lui seraient réclamés.

Montagu, qui en voulait déjà à son fils d'avoir cassé la jambe de Jack Raymond, commença à se demander si John n'était pas à l'origine d'un préjudice bien plus profond. Comme par hasard, il s'était volatilisé. On ne disparaissait pas ainsi quand on n'avait rien à se reprocher. Bon sang! Etre trahi par son propre fils, c'était contre nature! Il avait l'impression d'avoir vieilli de dix ans en quelques mois. Il se sentait brisé, épuisé.

Belton l'informa que le Dr Sloane était en haut.

— Je ne sens aucune odeur de cuisine.

— Non, monsieur. Mme Thomas est restée auprès de miss Esmeralda tout l'après-midi. Elle est en train d'accoucher.

Il ne manquait plus que ça! Il ne pouvait même plus se réfugier sous son propre toit, où deux invalides encombrants lui rappelaient chaque jour l'ampleur de son humiliation et allaient de surcroît lui coûter des honoraires de médecin qu'il ne pouvait plus payer!

Il monta à l'étage en maugréant des jurons obscènes. Les plaintes de son neveu s'entendaient sur tout le palier.

— Tu n'es qu'une sangsue! aboya-t-il en surgissant dans la chambre. Un parasite qui vit à mes crochets et qui n'a même pas été fichu de me protéger du complot fomenté contre moi! Bon sang, donnez-lui un sédatif, ce que vous avez de plus fort! ajouta-t-il à l'adresse de Sloane. Je ne peux plus supporter de l'entendre gémir comme une mauviette!

Des cris de femme s'élevèrent soudain dans la maison.

— Laissez-la souffrir, jeta Jack.

— Je dois descendre auprès d'elle, répondit le médecin.

— Elle va seulement avoir un enfant, alors que moi je suis à l'agonie. Docteur! Je vous en prie!

— Chacun sa croix, répliqua Sloane, impassible.

William le suivit et ils redescendirent ensemble.

— Vous en avez pour combien de temps? s'enquit William, regrettant amèrement d'être rentré chez lui.

— Cela ne devrait plus être long. J'ai déjà mis au monde un bébé avant votre arrivée. Vous n'êtes pas le seul à avoir faim, Montagu.

Esmeralda, livide, les cheveux collés par la sueur, semblait à bout de forces. Sloane la gifla violemment.

— Allons, ma fille, ce n'est pas fini!

Esmeralda rouvrit les yeux, anéantie par les violentes douleurs qui montaient à nouveau. Elle n'avait même plus la force de crier. *Qu'on me laisse mourir!* implora-t-elle en silence.

— Poussez! Poussez! ordonna Sloane.

Où trouva-t-elle l'énergie de lui obéir? Une douleur terrible lui déchira le ventre et un vagissement s'éleva dans la chambre.

— Bon, celui-ci est plus vaillant, dit Sloane.

— Oh, c'est un garçon! Merci, Seigneur! s'écria Mme Thomas en présentant le nouveau-né que lui tendait le médecin.

Tout en se lavant les mains, il jeta un coup d'œil à la petite fille chaudement emmaillotée que la servante avait posée au pied du lit. Il fut déçu de constater qu'elle respirait toujours. Il referma sa trousse et quitta la chambre.

— Vous allez être content, Montagu, ce déplaisant travail est terminé.

— Avez-vous trouvé un endroit où les placer?

— Oui. Heureusement, un seul survivra. Je vous apporterai le certificat de décès dans la matinée et je vous débarrasserai de l'autre.

— Parfait, Sloane. Je vous accompagne. Je ne soupe pas ici ce soir.

Mme Thomas regarda anxieusement Esmeralda. Grâce à Dieu, la pauvre enfant était tellement épuisée qu'elle ne semblait plus consciente de ce qui l'entourait. Elle n'avait pas entendu la conversation des deux hommes. La cuisinière savait depuis toujours que William Montagu était un être vil. Elle venait de découvrir qu'il était aussi froid qu'un reptile. Il n'y avait pas l'ombre d'un sentiment en lui et le Dr Sloane ne valait pas mieux. Elle regrettait à présent de ne pas être allée chercher une sage-femme. Cela n'aurait rien changé pour la pauvre petite fille, si elle n'était pas viable, mais la mère avait besoin de soins.

Le petit garçon pleurait à pleins poumons. Mme Thomas ne prit pas le temps de laver Esmeralda. Elle posa son fils contre son sein et il se mit aussitôt à téter avec ardeur. Sa mère ne réagit pas. Mme Thomas s'alarma.

Elle se redressa et posa la main sur ses reins douloureux. Debout depuis l'aube, elle n'en pouvait plus. Elle approcha un fauteuil et s'y installa. Puis elle regarda la petite forme inerte au pied du lit. *Seigneur, aidez-moi !* pria-t-elle en silence. *Que dois-je faire ?*

Toujours immobile, Esmeralda avait les yeux fermés. Mme Thomas, espérant qu'elle dormait, s'en remit à la grâce de Dieu.

33

Quand il ne tenait pas la barre de l'*Enfer*, Sean O'Toole arpentait le pont inlassablement. Cette course contre la montre le rendait fou. Il espérait qu'Esmeralda n'était pas encore entrée en travail et qu'il aurait le temps de l'emmener dans sa jolie demeure d'Old Park Lane où ils avaient été si heureux. Et, surtout, il voulait être là pour voir naître ses enfants et se racheter.

Il était deux heures du matin quand l'*Enfer* jeta l'ancre. A trois heures, une berline noire s'arrêtait devant la maison des Montagu. Ses trois occupants en descendirent. L'un avait déjà bondi sur le trottoir et montait quatre à quatre les marches du perron. Il frappa à coups de poing contre la porte.

Belton, qui s'était endormi dans l'entrée en attendant William, se réveilla en sursaut. Dans sa hâte à ouvrir, il heurta de plein fouet le porte-parapluies et jura en évitant la chute de justesse.

L'homme qui se tenait dans l'embrasure n'était pas William mais son ennemi mortel. Il semblait décidé à entrer, comme cela était déjà arrivé une fois.

— Vous ne pouvez débarquer comme ça au milieu de la nuit !

O'Toole contenait à grand-peine la fureur qui couvait en lui.

— Ecartez-vous, dit-il simplement. Cette maison m'appartient. Elle a été hypothéquée par mes soins et à mon profit.

Belton en resta sans voix. Il recula, laissant le passage à O'Toole et à l'homme et à la femme qui l'accompagnaient.

— Où est-elle ? Je veux la voir immédiatement.

Sans discuter, Belton le pria de le suivre, rougissant à l'idée que la maîtresse de maison était installée dans le quartier des domestiques.

Quand Sean pénétra dans le réduit qui lui servait de chambre, son estomac se noua. Il arrivait trop tard pour la naissance et, apparemment, trop tard pour tout. Une servante se réveilla, mais Esmeralda, attachée sur le lit, un bébé contre son sein, ne frémit même pas. Des bougies vacillantes répandaient une chiche lumière.

— Allumez les lampes ! ordonna-t-il à Mme Thomas avant de s'agenouiller près du lit.

Il prit la main flasque d'Esmeralda. La lumière révéla exactement ce qu'il craignait. Esmeralda était pâle comme la mort. Il écarta ses cheveux trempés de son front brûlant.

Il n'eut pas le temps d'exprimer son indignation de voir que sa bien-aimée reposait dans des draps souillés, repoussants ! Derrière lui, Paddy Burke s'exclama :

— Sainte Mère de Dieu !

Sean se sentit en proie à une rage meurtrière. Si Montagu et Jack Raymond avaient été là, il les aurait tués sans hésiter. Il s'efforça de dompter sa colère pour se consacrer à Esmeralda et aux deux nouveau-nés.

— Il nous faut un prêtre, lança soudain Nora

Kennedy d'une voix étranglée. Cette toute-petite ne va pas tarder à rendre l'âme.

Ces paroles galvanisèrent Sean. Il prit le bébé des bras de Nora et regarda le visage violacé.

— Pas de prêtre ! Personne ne mourra cette nuit !

Quand la fillette recommença à chercher son souffle, il la rendit à Nora et détacha Esmeralda.

— Nous devons les emmener d'ici.

Le petit garçon blotti contre sa mère ouvrit la bouche et se mit à crier. Sean le prit délicatement et le mit dans les bras de Paddy.

— Ouvrez-moi le chemin, ajouta-t-il avant de soulever Esmeralda.

Avec la jeune femme serrée contre lui, Sean eut l'impression qu'il venait de retrouver un objet égaré, infiniment précieux. Non, pas égaré. Jeté...

Il l'installa dans la voiture aussi doucement qu'il le put. Esmeralda ouvrit les yeux et les referma.

— Non, pitié ! murmura-t-elle.

Ces mots déchirèrent le cœur de Sean. Il savait bien qu'elle n'était pas en état de voyager, mais ce n'était pas sa jambe qui l'inquiétait le plus. Il craignait pour sa vie.

Paddy confia le bébé à Nora et monta près du cocher. Sean soutint Esmeralda de son mieux pendant le court trajet.

Dès qu'ils arrivèrent, tout le personnel fut mis à contribution. On envoya un valet chercher un médecin, on alluma des lampes dans chaque pièce, on mit de l'eau à bouillir et on prépara des lits.

Sean déposa Esmeralda sur un drap de lin immaculé.

— Ça va aller, mon amour, murmura-t-il d'une voix rauque.

Il se tourna vers Nora et Paddy.

— Paddy, donnez-moi l'enfant et allez me chercher du whisky.

Sean emporta la fillette dans le salon. Il s'installa

devant l'âtre et ôta les langes avec précaution. Son cœur se serra quand il vit le corps minuscule de sa fille.

Paddy lui apporta une bouteille de whisky irlandais. Sean en versa un peu dans ses mains qu'il réchauffa à la chaleur des flammes et entreprit lentement de masser le nouveau-né.

Il commença par la poitrine. Ses mains lui paraissaient énormes, en comparaison. Ensuite, il lui frotta le dos, les bras, les jambes, les fesses, la nuque, de façon à stimuler la circulation.

Au bout d'une heure, la cyanose céda du terrain. Deux heures plus tard, la peau de la fillette n'était plus violacée, mais rouge. Sean se demanda s'il n'y avait pas été un peu fort. Il blottit sa fille au creux de son bras et l'emmena dans la cuisine.

— Avez-vous du lait ? demanda-t-il à la cuisinière.

— Nous sommes livrés en lait frais tous les jours, milord.

— J'aurais besoin d'un linge stérile. Du lin serait parfait.

Tout en préparant ce qu'il lui demandait, la femme déclara :

— Avec deux bébés, vous allez avoir besoin d'une nourrice, milord.

— Pourquoi n'y avais-je pas pensé... Vous en connaissez une ?

La femme sourit, ravie qu'il tienne compte de ses conseils.

— L'agence qui s'occupe de placer les majordomes et les domestiques de grandes maisons vous en fournira une. Les dames anglaises n'allaitent pas leurs enfants, milord.

Sean regagna le salon. Il versa un nuage de whisky dans le lait et y trempa un coin du tissu bouilli. Du bout des doigts, il maintint les lèvres de l'enfant ouverte et la nourrit patiemment, goutte à goutte.

Tout à coup, le bébé s'étrangla et Sean s'affola. Il

la retourna entre ses immenses mains et tapota le dos minuscule. La fillette éjecta une mucosité qui lui obstruait la gorge et aspira une longue bouffée d'air, laissant échapper un faible vagissement.

— Bien, ma fille. Bravo! Ça va mieux maintenant? On va pouvoir déjeuner.

Paddy Burke apparut à la porte.

— Dieu merci, quel soulagement! fit-il en s'illuminant au moment où la fillette émettait ce son rassurant. Si seulement ce petit garnement pouvait se taire deux minutes, là-haut!

— Il y a du lait à la cuisine et demain, nous aurons certainement une nourrice. Ce satané médecin n'est toujours pas là?

— Il faut attendre que le jour se lève. Les médecins sont maîtres chez eux. Ils décident de leurs horaires.

Sean accrocha le regard de Paddy.

— Comment est-elle?

— D'après Nora, elle a perdu beaucoup de sang. Elle est très faible, mais au moins est-elle couchée dans des draps propres.

Paddy se garda d'ajouter qu'Esmeralda avait la fièvre et délirait.

Sean fit boire à sa petite fille un quart de tasse avant de prendre enfin conscience qu'il était père de deux enfants, un garçon et une fille! Il était comblé...

En contemplant ce tout petit enfant qui était le sien et qu'il venait de sauver d'une mort certaine, il retrouva la foi. Il remercia le Seigneur de lui avoir permis d'accomplir ce miracle et il pria avec une ferveur retrouvée.

Comment avait-il pu se persuader qu'il n'y avait aucune place pour l'amour dans son cœur? Il débordait d'amour pour cette femme, pour ses enfants. Il les aimait de toute son âme, et pour toujours.

Quand sa fille s'endormit, il l'enveloppa chaudement, conscient que ses chances de vivre étaient maigres. Elle était trop menue, trop fragile. Elle avait besoin d'une attention constante et de beaucoup d'amour. Sa propre mère avait eu un frère jumeau qui n'avait pas survécu.

Sean emmena le bébé endormi dans sa chambre et le coucha dans le grand lit. Il posa la main sur l'épaule de Nora.

— Je voudrais que vous vous reposiez un peu. Je prends le relais.

Nora protesta immédiatement.

— Nora, j'insiste. Il faut que vous soyez vaillante si vous voulez aider Esmeralda.

— Bon, je vais m'allonger pendant deux heures, répliqua Nora en se levant.

Sean regarda Esmeralda avec effroi. Son visage était cramoisi, ses yeux gonflés, et elle ne cessait de marmonner des paroles incompréhensibles en tournant la tête d'un côté et de l'autre. Il posa les doigts sur ses joues brûlantes de fièvre. Nora l'avait rafraîchie à l'aide d'une éponge, mais cela n'avait pas suffi à faire baisser la température.

Il décida de recommencer. Tout en passant l'éponge mouillée d'eau tiède sur son corps, il lui parla.

— Nora a pris la peine de te mettre une jolie chemise de nuit, mais je vais te l'enlever, ma belle. Tu auras moins chaud et je sais que tu préfères dormir nue. Voilà… c'est beaucoup mieux comme ça, fit-il en grimaçant devant le bandage d'une propreté douteuse autour de sa jambe cassée.

Si le médecin n'arrivait pas très vite, il serait obligé de lui ôter lui-même.

Il continua de la baigner avec une infinie douceur sans cesser de parler car cela semblait l'apaiser.

La maternité avait épanoui sa poitrine. Ses seins étaient lourds et fermes.

— Tu es très belle, Esmeralda, mon amour. Une Irlandaise dans toute sa splendeur. Dès que tu auras la force de voyager, je te ramènerai à la maison. Tu m'as dit un jour que tu me donnerais un fils, mais tu as fait mieux. Tu m'as aussi donné une fille, minuscule, certes, mais une fille !

Il humecta son ventre distendu par la grossesse.

— Pas une seule vergeture grâce aux potions magiques de Tiara.

Quand il l'eut rafraîchie, il la sécha délicatement. Elle lui sembla un peu moins chaude. Il regarda de nouveau les bandes souillées autour de sa jambe et prit une décision.

— Je vais essayer de ne pas te faire mal, mon amour. Je ne te ferai plus jamais de mal, plus jamais.

Une fois la bande déroulée, il palpa la cuisse. Esmeralda ne frémit pas une seule fois. Sean avait déjà vu des jambes cassées au cours de ses nombreuses traversées. Il constata que les attelles n'étaient plus nécessaires.

En revanche, la partie inférieure était enflée du genou à la cheville. Il s'agissait d'une fracture du tibia et Sean pria pour que la cassure soit nette. Il lava la jambe, la tamponna pour la sécher, puis la banda serré afin de l'immobiliser.

Paddy introduisit le Dr Brookfield qui venait d'arriver. Après un bref examen du membre fracturé, le médecin se déclara optimiste.

Un regard à Sean lui fit comprendre qu'il valait mieux ne pas y aller par quatre chemins avec lui.

— Si la jambe reste au repos pendant six semaines, il n'y aura pas de problème.

— Elle a de la fièvre, docteur. Comment puis-je la faire baisser ?

Brookfield prit le pouls d'Esmeralda.

— Les fièvres consécutives aux accouchements sont très fréquentes. En général, les soins appropriés et le repos suffisent à en venir à bout. Les femmes que l'on néglige meurent. Mais c'est parfois l'inverse qui se produit.

Sean se retint d'étrangler le médecin. Visiblement, il ne comptait pas intervenir et se contentait de débiter ses platitudes.

— Les naissances gémellaires sont plus délicates. Les hémorragies sont inévitables. Si elle ne se rétablit pas très vite...

— Elle se rétablira, Brookfield, l'interrompit Sean. Dites-moi ce que je dois faire pour hâter ce rétablissement.

— Vous pourriez essayer de la faire boire. Je vais vous laisser un sédatif. Pendant que je suis là, je peux en profiter pour examiner les enfants.

— Inutile. Ils vont bien.

Brookfield jeta un coup d'œil au nouveau-né couché au pied du lit.

— Celui-là n'est pas en pleine forme. Kildare, vous êtes un homme intelligent, capable de faire face. Chez les jumeaux, un seul survit en général. La mortalité est déjà très élevée chez les bébés normaux et en bonne santé. Préparez-vous à l'inévitable. Celui-là n'est pas viable. Il arrive que la mort soit une bénédiction...

— Sortez! jeta Sean en serrant les poings. Paddy! appela-t-il.

Paddy surgit aussitôt au pas de course, l'autre bébé endormi dans ses bras.

Il le posa sur le lit.

— Raccompagnez le Dr Brookfield pendant qu'il est encore entier, siffla Sean entre ses dents.

Il se pencha sur Esmeralda.

— Nos enfants sont là, avec nous. Ils vont bien. Ils ont mangé et maintenant, ils dorment, lui dit-il. Je vais te donner de l'eau.

Il s'assit près d'elle et la redressa. Aussitôt, elle se nicha contre son épaule et il la fit boire à petites gorgées. Puis il la tint contre lui. Elle était toujours aussi chaude, mais elle semblait plus calme.

Sean voulait qu'elle sache qu'il était là, qu'il était

revenu. Pour s'en assurer, il lui prit la main et enroula ses doigts autour de son pouce mutilé.

Peut-être qu'en se glissant contre elle et en collant son corps au sien absorberait-il une partie de la fièvre, lui transmettrait-il sa force ? Si l'amour avait le pouvoir de guérir, elle n'en manquerait pas. Etait-ce son imagination ? Il eut l'impression que les doigts d'Esmeralda pressaient les siens.

Il la garda enlacée durant des heures. L'aube succéda à la nuit. Au matin, son fils se réveilla et se mit à pleurer.

Nora apparut aussitôt et prit le bébé.

— Nous avons trouvé une nourrice. Cet enfant est votre portrait craché. Que Dieu nous aide !

— Il faudrait peut-être prendre une nourrice pour la petite aussi, suggéra-t-il, sans cacher sa crainte qu'Esmeralda ne se remette pas. Qu'en pensez-vous, Nora ?

— Le lait d'Esmeralda va monter aujourd'hui. Elle souffrira affreusement si ses bébés ne peuvent téter. Elle ira peut-être mieux d'ici à ce soir.

Encouragé par l'optimisme de Nora, Sean resta au chevet de la jeune femme. Il la baigna d'eau fraîche toutes les heures, lui donna à boire régulièrement.

Paddy sortit acheter un second berceau. Deux servantes s'occupèrent de réunir de la layette. Nora relayait Sean auprès d'Esmeralda quand il s'absentait pour prendre un bain, se changer ou manger un peu.

Sean garda Esmeralda blottie contre lui jusqu'à la nuit. Elle n'avait toujours pas repris connaissance et son inquiétude grandissait d'heure en heure. Il posa une fois de plus la main sur son front et retint son souffle... la fièvre avait cédé !

34

Sean lui passa de nouveau de l'eau fraîche sur tout le corps et lui remit sa chemise de nuit. Il la garda dans ses bras le temps que les draps soient changés, puis il la recoucha avec d'infinies précautions, lui rappelant où elle se trouvait, lui expliquant que Nora et Paddy étaient là pour prendre soin d'elle.

— Ne parle pas, mon amour ! Cela te fatiguerait. Ménage tes forces, nous nous occupons de tout.

Il était sûr qu'elle l'entendait et il s'efforçait de lui sourire, d'avoir l'air rassurant, bien que, en vérité, il fût complètement affolé. La fièvre était tombée, mais le rétablissement promettait d'être long.

Il s'assit au bord du lit et lui prit la main.

— Tu sais que tu as un petit garçon et une petite fille ?

Sean faillit exploser de joie quand un pâle sourire joua sur les lèvres d'Esmeralda, même si cet effort infime semblait l'avoir épuisée.

— Je vais te les amener. Ne te sauve pas, ajouta-t-il, taquin. Je reviens tout de suite.

Dans la chambre transformée en nursery, Sean annonça la nouvelle à Nora et lui confia qu'il hésitait à lui montrer la petite fille, de peur qu'Esmeralda ne s'alarme de sa faiblesse.

— Il faut à tout prix lui éviter le moindre choc. Vous pourriez peut-être lui montrer le même deux fois ?

Sean réfléchit un instant. Non. Il ne voulait plus jamais lui mentir.

— Non, Nora, fit-il avant de se tourner vers la jeune nourrice. Est-ce que ma fille a la force de téter, Alice ?

— Pas tout à fait, monsieur. Elle avale une gorgée ou deux, puis elle s'endort.

— Débrouillez-vous pour qu'elle reste réveillée le temps de se nourrir correctement. Aidez-la, Nora, il faut qu'elle y parvienne.

Quand Sean alla chercher son fils, Paddy sourit.

— Cela me rappelle votre naissance. Shamus a passé plus d'une nuit blanche à vous bercer dans ses bras.

— Donnez-le-moi. Je vais le montrer à sa mère.

Quand Esmeralda vit son fils, des larmes de joie brouillèrent ses splendides yeux verts.

— Il est beau, c'est vrai, mais il a un sacré caractère. Quand il pleure, il ameute toute la maison !

Esmeralda sourit à travers ses larmes.

— Tu as une montée de lait, mon amour, cela te ferait plaisir de le nourrir ?

Il installa le bébé contre son sein et celui-ci se mit aussitôt à téter avec voracité. Emu, Sean contempla le visage d'Esmeralda illuminé de bonheur.

Au bout d'un moment, il le changea de sein.

— Comment pourrions-nous appeler ce petit diable ?

Esmeralda plongea les yeux dans ceux de Sean.

— Joseph, murmura-t-elle.

Sean en fut touché jusqu'à l'âme. Malgré tout ce qu'il lui avait fait, elle restait la femme la plus généreuse qu'il eût jamais connue. Il ne la méritait pas.

Quand Joseph commença à s'endormir, Sean le tint contre son épaule et lui tapota le dos, comme Nora le lui avait appris.

— Est-ce que tu te sens la force de rester éveillée encore un peu, le temps de faire la connaissance de ta fille ?

Il aurait préféré qu'elle se sentît trop fatiguée ; cela lui aurait laissé un jour de plus.

— Au risque de me répéter, ne bouge pas, je reviens tout de suite !

Dès que Sean eut quitté la chambre avec son fils, Esmeralda ferma les yeux pour calmer sa détresse. Depuis qu'elle était entrée en travail, elle avait été consciente de presque tout ce qui se passait autour d'elle. Elle avait entendu la conversation entre son père et le Dr Sloane concernant le sort qu'ils entendaient réserver à ses enfants. Quand elle s'était rendu compte que l'un était mourant et que l'autre allait lui être enlevé, elle s'était évanouie d'épuisement et de désespoir. Anéantie, elle s'était repliée sur elle-même pour attendre la mort.

Ce qui s'était produit ensuite avait été comme un rêve. Un ange était descendu du ciel et l'avait emportée dans ses bras. Ce n'est que plus tard qu'elle avait compris qu'il ne s'agissait ni d'un rêve, ni d'un ange, mais de Sean O'Toole en personne. Il avait tout simplement décidé qu'elle ne mourrait pas et avait même ramené sa fille à la vie. Malgré tout, Esmeralda ne gardait pas beaucoup d'espoir. Elle avait entendu deux médecins dire que le bébé était trop petit et trop fragile pour vivre.

Sean avait fait l'impossible pour les sauver, elle et ses enfants, et elle lui vouait une immense gratitude. Nuit et jour, il leur avait insufflé sa force. Elle espérait seulement en avoir assez pour affronter ce qui allait suivre.

Quand Sean entra, il tenait son minuscule petit fardeau d'une manière tellement possessive qu'Esmeralda en fut bouleversée.

— Elle n'est pas bien grosse, Esmeralda. Ne t'inquiète pas. La nourrice l'a déjà nourrie, elle vient juste de s'endormir.

Il plaça le bébé contre le cœur de sa mère mais ne s'éloigna pas pour autant. Il semblait si attaché à cette toute petite fille qu'Esmeralda n'osa pas décevoir ses espoirs. Elle la contempla avec émotion, refoulant un nouvel accès de larmes.

— Nous l'appellerons Kathleen.

Sean faillit céder lui aussi à l'émotion. Il s'agenouilla près du lit et ils échangèrent un regard d'une intensité vibrante.

— Esmeralda, je te jure que je suis prêt à tout pour sauver notre fille. Kathleen lui va parfaitement. Peut-être ma mère a-t-elle été désignée pour être son ange gardien?

Il effleura le nouveau-né somnolent et laissa mère et fille faire connaissance.

Un peu plus tard, il revint avec un grand berceau en bois qu'il installa près du lit. Il y installa Joseph, puis il baissa les lampes et s'allongea près d'Esmeralda. Une main autour de la petite fille endormie entre eux, il s'assoupit avec la sensation rassurante qu'ils ne formaient plus qu'un.

Quinze jours s'écoulèrent durant lesquels Joseph grossit et prit des forces. En revanche, Kathleen restait toujours aussi minuscule. Elle mangeait à peine et respirait parfois avec difficulté. Quand sa peau prenait une couleur cireuse, Sean la massait, jusqu'à ce que la circulation soit rétablie. Elle avait rarement la force de crier mais quand cela lui arrivait, seul un pauvre filet de voix sortait de son petit corps.

Esmeralda et Sean étaient convenus de la tenir toujours dans leurs bras, à tour de rôle. Ils étaient persuadés que les caresses et le contact de la peau détenaient un pouvoir magique.

De son côté, Esmeralda se remettait lentement. Ils restèrent trois semaines à Old Park Lane avant de pouvoir partir. En ce mois de février, un soleil annonciateur d'un printemps précoce apparut, réchauffant les cœurs d'un regain d'optimisme.

Ce jour-là, Sean arriva dans la chambre d'Esmeralda avec un bouquet de jonquilles. Il les posa au pied du lit et sourit au spectacle de la jeune femme avec sa petite fille dans les bras.

— Je sais que tu adores les fleurs et que tu les accepteras... mieux que les bijoux, ajouta-t-il doucement en s'asseyant sur le lit. Il y a autre chose que j'aimerais que tu acceptes.

Il prit le bébé et tendit à Esmeralda une longue enveloppe contenant l'acte de vente d'Old Park Lane.

— Tu l'as achetée ?

— Oui. Je sais combien tu aimes cette maison. Elle est à ton nom, j'aurais dû le faire depuis longtemps.

— Merci. C'est un geste très délicat.

— Je t'aime, Esmeralda.

— Ne dis pas cela.

Tu ne m'as donc pas pardonné, pensa-t-il. Il n'attendait pas qu'il en soit autrement. Pourtant, il découvrit qu'il l'avait espéré. Il lui sourit pour lui montrer qu'il comprenait. C'était trop tôt, mais il lui laisserait tout le temps nécessaire. En attendant, il l'entourerait d'amour et d'attentions pour lui montrer combien il l'aimait.

Ils dormaient tous les quatre dans la chambre. Sean s'occupait lui-même d'Esmeralda. Il la baignait, l'habillait, la nourrissait, car elle n'avait pas encore la force de le faire. Elle le laissait faire sans protester. Apparemment, elle ne rejetait que ses déclarations d'amour...

Il lui dit un jour, en choisissant soigneusement ses mots :

— Je ne veux pas te bousculer tant que tu ne seras pas rétablie mais... j'aimerais que tu commences à penser à notre retour à Greystones.

Sa réaction le soulagea :

— Si tu crois que ce voyage ne présente aucun risque pour Kathleen, je suis prête, Sean.

Il exerça une petite pression sur sa main:

— Je ne te mentirai plus jamais, ma chérie... je ne peux donc te promettre qu'elle le supportera.

— Je sais, dit-elle doucement.

— Je la garderai tout le temps dans mes bras.

Elle sourit.

— Et Joseph?

— Oh, il est assez fort pour tenir la barre!

C'était merveilleux de la voir rire. Il ignorait qu'elle était pressée de partir avant tout pour éloigner Sean des Montagu. Il n'avait pas fini de se venger, encore moins maintenant, et s'il se consacrait tout entier à elle et à ses bébés, il n'avait pas pour autant renoncé à leur faire payer très cher cette nouvelle infamie.

Sean lavait Esmeralda à l'éponge.

— Un alitement trop prolongé ne t'aidera pas à reprendre des forces. Tes muscles vont finir par s'atrophier. Il te faudrait un bon massage quotidien et un peu d'exercice.

— Pour l'exercice, je te fais confiance, le taquina-t-elle.

— Ah, ah... je vois que tu es sur la voie de la guérison.

Esmeralda s'abandonna à la douceur de ses soins. Après l'avoir lavée, il enduisit ses mains d'huile parfumée et entreprit un long massage. Esmeralda ferma les yeux, s'étirant comme un chat, anticipant ses mouvements avec une souplesse féline. A travers ses yeux mi-clos, elle le contemplait, le trouvant infiniment séduisant. Continuant son examen, elle descendit vers son ventre pour voir si ce massage l'excitait, lui aussi. Elle esquissa un sourire.

— Les signes encourageants sont partout, remarqua-t-elle avec humour. Il faut savoir maîtriser ses désirs. C'est dur?

— Tu n'en as pas idée!

336

Esmeralda tendit la main.

— Si l'inaction entraîne une atrophie des muscles, continua-t-elle sur le même ton, il faudrait stimuler celui-ci. Que dirais-tu de quelques baisers ?

Sean s'interrompit, la repoussa contre les oreillers et plongea les yeux dans le regard vert pétillant de gaieté.

— Cesse de me provoquer. Tu dois d'abord terminer tes exercices, les baisers suivront.

Consciencieusement, elle fit les mouvements qu'il lui indiquait pour rééduquer ses muscles. Nora arriva, un bébé dans chaque bras.

— Vous êtes déjà lavée et prête à retourner au lit, à ce que je vois, dit-elle.

— C'est le moins qu'on puisse dire, glissa Sean.

— Je ne sais pas ce qu'il a ! dit Esmeralda en riant.

— Ce doit être cet avant-goût de printemps qui flotte dans l'air, commenta Nora. Paddy Burke a le sang chaud, lui aussi !

Sean et Esmeralda se regardèrent avec stupeur et dès que Nora eut refermé la porte derrière elle, ils éclatèrent de rire.

— Il est vraiment temps de rentrer, conclut Sean. Ces deux-là sont restés trop longtemps ensemble !

Au cours de leur dernière nuit à Old Park Lane, Sean se leva pour installer Kathleen dans le berceau où dormait son frère.

— Que fais-tu ? s'enquit Esmeralda dans un souffle.

— Je veux te sentir contre moi un moment. Je te la redonnerai ensuite.

Il se glissa contre elle entre les draps. Appuyé sur un coude, il la contempla. Un peu plus tôt, il lui avait lavé les cheveux et en avait éprouvé un plaisir intense.

— Tes cheveux sont plus beaux que jamais, fit-il en frottant une boucle contre sa joue.

— C'est lié à la maternité.

Il effleura ses seins gonflés, leur bout rosé.

— Tu es plus épanouie, plus voluptueuse...

Les coins de sa bouche se relevèrent.

— Tel le fruit défendu.

— Défendu, oui. J'ai l'impression qu'il y a une éternité que nous n'avons pas fait l'amour. Je sais que tu n'en as pas encore la force, mais peut-être que quelques caresses...

— Ai-je le choix ? Je suis ta prisonnière. Je ne peux pas vraiment me sauver. Tout du moins pas encore, ajouta-t-elle sérieusement. Car je me sauverai.

Elle sentait son sexe contre sa cuisse.

— Pas cette nuit, en tout cas, fit-il d'une voix rauque.

Il referma ses lèvres sur les siennes, prenant totalement possession de sa bouche, tel un rapace de sa proie. Esmeralda se livra à son pouvoir et se montra particulièrement inventive pour le satisfaire.

Pour une fois, il s'endormit avant elle. Ce long séjour au lit lui avait donné du temps pour penser au passé et réfléchir à l'avenir. Quand Sean lui conseillait de vivre le moment présent sans envisager le futur, c'est qu'il savait qu'ils seraient séparés. Il l'avait mise en garde la première fois où ils avaient fait l'amour. *Mon âme est noire. Sauve-toi avant qu'il ne soit trop tard.* Il avait également insisté pour qu'elle garde ses bijoux. *Tu n'as pas d'argent. Ces diamants t'assureront une sécurité financière.*

Etendue dans le noir, Esmeralda échafaudait ses projets tout en contemplant Sean endormi. Elle avait été honnête. Elle lui avait clairement dit qu'elle le quitterait.

Quand l'*Enfer* entra dans le port de Greystones, Sean remarqua avec amusement que le vieux drapeau de l'Irlande vert et or flottait au sommet de la tour de guet.

338

Nora réunit tout le personnel. Huit jeunes servantes se portèrent volontaires pour s'occuper des jumeaux et Nora en choisit deux, elles-mêmes issues de familles nombreuses. Elle entreprit aussitôt leur formation.

Dès que la nouvelle parvint à Maynooth, la moitié des FitzGerald se précipitèrent à Greystones où se trouvaient déjà Maggie, venue aider Tiara en l'absence de M. Burke, et sa fille Nan. Maggie n'avait pas voulu que sa fille retourne à Maynooth dans son état et bien lui en avait pris car, l'après-midi même, Nan entra en travail et mit au monde un petit garçon. Rayonnant de fierté paternelle, Johnny fit le tour de la propriété pour montrer son fils à tout le monde.

Avec trois bébés à Greystones, l'animation ne manquait pas. Même Shamus quitta sa tour.

Ce soir-là, Sean et Johnny burent un verre ensemble, une fois le calme revenu.

— John, je suis arrivé juste à temps. Ma fille était aux portes de la mort et Esmeralda, gravement malade. Merci d'avoir eu le courage de venir me prévenir.

— Vous seriez retourné la chercher, de toute façon.

— Oui, mais sans doute trop tard.

— Esmeralda a repris des forces.

— Oui, elle se rétablit. Je pense que, dans une semaine, elle pourra marcher de nouveau.

— Et la petite Kathleen ? Est-elle hors de danger ?

— Je l'espère, Johnny, mais elle sera toujours fragile. Nous devrons veiller sur elle de très près.

— C'est une lourde responsabilité d'être un bon père. J'ai pensé… Si jamais l'une des fermes attenantes à Maynooth se libérait, je pourrais vous la louer et me lancer dans l'élevage de chevaux.

— J'ai autre chose à te proposer, Johnny. Que dirais-tu de prendre la direction de Maynooth à ma place ? Les écuries, les paddocks, les pâturages sont vastes. Certains FitzGerald sont d'excellents entraîneurs, mais aucun n'est un homme d'affaires. Autrefois, mon grand-père élevait les meilleurs chevaux de course de Kildare. Tu es l'homme qu'il faut pour redonner aux écuries de Maynooth leur gloire d'antan.

John n'en croyait pas ses oreilles.

— Quelle est la contrepartie ? demanda-t-il lentement.

— C'est moi qui te suis redevable, Johnny. Tu as fait tout ce que je t'ai demandé, et ce n'était pas facile pour toi. En ruinant ton père, je t'ai dépouillé de ta fortune alors que tu m'as témoigné une totale loyauté. Je me suis juré de te mettre à l'abri du besoin.

Il lui tendit une enveloppe.

— Tiens, c'est l'acte de propriété de Portman Square. C'est à toi qu'il revient. Tu le mérites. J'avais une autre récompense en tête... Nan FitzGerald. Mais tu n'as pas attendu ma bénédiction !

Les deux hommes éclatèrent de rire.

Avant de monter se coucher, Sean avait une dernière tâche à accomplir. Il s'enveloppa dans son manteau noir et prit le chemin de la chapelle. Il ne demanda pas pardon à Dieu pour ce qu'il avait fait, mais il le remercia pour ses enfants et il promit de veiller sur eux toute sa vie. Puis, humblement, il pria pour Esmeralda et pour Kathleen.

35

Chaque après-midi, Sean prit l'habitude d'installer Esmeralda au soleil, sur la terrasse, et les jumeaux dans un landau près des portes-fenêtres, de façon qu'au moindre soupir Nora ou l'une des jeunes nourrices les entende.

Nan rejoignait souvent Esmeralda avec son fils. Elle avait tellement de lait qu'elle nourrissait parfois le fils d'Esmeralda.

— Nan, je vous suis tellement reconnaissante!

— Il n'y a pas de quoi. J'ai trop de lait pour un seul bébé. Mes seins s'engorgent et me font mal.

— Non, non, je parle de Johnny. Je ne l'ai jamais vu aussi heureux. C'est un autre homme, et cela, grâce à vous.

— Il aime toutes les FitzGerald et elles le lui rendent bien. Je crois qu'il est content d'appartenir à la ménagerie!

— Il a enfin trouvé la famille aimante qui lui a toujours manqué.

— Sean aussi a changé. Je n'aurais jamais cru qu'il serait un si bon père. L'autre nuit, il les berçait tous les deux pour les aider à s'endormir, un sur chaque bras.

— Il est de ces hommes qui ne comprennent la valeur de ce qu'ils ont que lorsqu'ils ont failli le perdre.

— Il vous aime tant, Esmeralda.

— Oui, je sais.

Mais parfois l'amour ne suffit pas.

Le soleil commençait à peine à décliner quand Sean réapparut sur la terrasse.

— As-tu fait porter le message à ma mère? lui demanda-t-elle.

— Oui, mon amour. Je l'ai invitée à passer un mois avec nous.

— Il faut que je marche quand elle arrivera.

— Bon, le grand jour est venu. Tu es sûre de vouloir essayer?

Il la souleva de sa chaise en effleurant tendrement son front de ses lèvres.

— Je n'ai jamais été aussi sûre.

— Cela me manquera de ne plus t'emmener dans mes bras, murmura-t-il.

— Oh, je te laisserai faire, au moins pendant quelque temps.

Devinant qu'elle préférerait certainement être seule pour cette première tentative, Sean la monta à l'étage. Il redoutait terriblement ce moment. Lui qui avait oublié la peur, elle ne le quittait plus depuis qu'il avait retrouvé sa femme et ses enfants.

Il l'assit sur le lit, releva ses jupes et dénoua le bandage qui entourait sa jambe.

— Oooh, cela fait du bien! s'exclama-t-elle.

Les mains de Sean remontèrent le long de ses cuisses.

— Mmm, tu as raison, plaisanta-t-il.

Esmeralda sourit. Elle savait qu'il faisait de l'humour pour cacher son angoisse. Elle glissa au bord du lit et étendit ses jambes devant elle. L'une était plus pâle et légèrement plus fine que l'autre, mais un peu d'exercice lui redonnerait son aspect normal.

Sean lui tendit la main, mais elle la refusa.

— Je dois apprendre à me passer de toi.

Si ces paroles le blessèrent, il ne le montra pas.

Lentement, Esmeralda se leva. Elle attendit que la douleur vienne mais elle ne ressentit rien, alors elle fit un pas, deux pas, avec l'impression que ses jambes allaient se briser tant elles tremblaient. Sean voulut la soutenir, mais elle parvint au fauteuil et s'agrippa au dossier.

— Tu as mal? demanda-t-il.

Elle secoua la tête, étonnée de ne pas souffrir.

— Essaie encore, l'encouragea-t-il.

Esmeralda se tourna vers lui puis, lentement, elle mit un pied devant l'autre et alla jusqu'à lui. Alors il la souleva dans ses bras et ils virevoltèrent.

— Tu as réussi! s'écria-t-il en l'embrassant bruyamment.

— C'est merveilleux! Je ferai de l'exercice chaque

jour jusqu'à ce que mes jambes soient musclées comme elles ne l'ont jamais été. On va se promener à cheval, demain?

— Doucement, Esmeralda!

— Oh, j'ai tellement envie de monter à cheval, de nager, de faire plein de choses! Dans combien de temps crois-tu que j'en aurai la force?

Son visage radieux l'emplissait de bonheur.

— Avec de l'exercice quotidien et des massages chaque soir, un mois devrait suffire.

— C'est trop long! J'y arriverai en moins de temps. Tu vas m'apprendre à danser la gigue sur un baril de bière!

— C'est un peu ambitieux, jeune fille! dit Sean en riant.

— Non, je veux tout faire… et plus particulièrement un certain sport, ajouta-t-elle en s'approchant de lui d'une manière suggestive.

Il l'attira contre lui, imaginant ses longues jambes enroulées autour de ses reins.

— A quel genre de sport penses-tu?

— Sean O'Toole, j'ai l'intention de te faire gagner Dublin à coups de pied pour te punir de ce que tu m'as fait endurer!

Il se renversa sur le lit en éclatant de rire et l'entraîna avec lui.

— Grâce à Dieu! Je désespérais de jamais te revoir en colère! Pendant combien de temps as-tu l'intention de me punir?

— Pendant le reste de ta vie, bien sûr.

Elle s'exprimait sur un ton léger, mais Sean perçut un éclat dur dans les yeux verts et son appréhension le reprit. Il était devenu si vulnérable en ce qui concernait Esmeralda qu'elle pourrait le blesser mortellement si elle décidait de se venger.

Sa jambe se mit soudain à lui démanger.

— Je prescrirais un bain, proposa Sean.

— Un bain! Mon Dieu, quel délice! Voilà presque deux mois que je n'ai pas pris de bain.

— Il y autre chose dont tu as été privée pendant presque deux mois.

Esmeralda enfouit les doigts dans les cheveux noirs de Sean et traça le contour de ses lèvres du bout de sa langue.

— Si nous commencions par un bain, pour voir jusqu'où il nous mènera?

Il la souleva de nouveau dans ses bras avec la sensation qu'elle ne se livrait pas tout à fait à lui. Une part d'elle-même restait en retrait. Sean décida de tout mettre en œuvre pour y remédier. Tout! Car il ne se contenterait pas de demi-mesures.

Au même moment, à Portman Square, Jack Raymond apprenait lui aussi à remarcher, mais la chance ne jouait pas en sa faveur. Il souffrait d'une fracture beaucoup plus grave et il n'avait pas été entouré des mêmes soins et du même amour qu'Esmeralda.

Pendant les semaines qu'il passa au lit, Jack développa une haine terrible envers William Montagu et ses enfants. Ignorant tout des sentiments qu'il lui inspirait, ce dernier traitait son gendre comme un ami, un confident. Quand il le vit boiter, il lui prêta sa canne favorite, celle dont il se servait lors de ses crises de goutte.

Jack faillit la lui casser sur la tête. Ne voyait-il pas qu'il resterait boiteux jusqu'à la fin de ses jours?

— Je suis content de te voir debout, dit William, sans imaginer un seul instant les noires pensées du jeune homme. Maintenant, nous pouvons passer aux affaires sérieuses.

Les seules affaires sérieuses qui m'intéressent sont le meurtre: le tien, celui de ton salaud de fils, de ma traînée de femme et de son amant!

— Nous n'avons plus qu'un seul bateau. J'ai réussi à obtenir un transport de charbon pour une bouchée de pain. Jamais je n'ai été aussi humilié de ma vie ! Il est temps que nous nous remplumions. Les O'Toole m'ont tout pris. Mes navires, ma fille et ma femme. Ils ont même réussi à monter mon propre fils contre moi, et maintenant il est avec eux !

Ainsi donc, ce lâche s'est réfugié en Irlande, conclut Jack.

— Je dis que nous devons aller récupérer nos biens ! cria William.

Il est fou ! Je ne veux rien récupérer, je veux les anéantir !

— Quel est votre plan ? s'enquit Jack, se demandant s'il ne pouvait pas tirer parti de la situation sur un plan personnel.

— Il nous reste un bateau et deux équipages au sol. Ils n'ont pas gagné un penny depuis que l'Amirauté a saisi nos vaisseaux. Avec ces hommes, nous pourrions organiser une bande et récupérer nos biens. Anglesey serait notre quartier général. Castle Lies n'est qu'à quelques heures de l'île. De la base, nous surveillerons les activités et les déplacements de ces maudits O'Toole et nous choisirons le moment où ils seront le plus vulnérables.

— Ces matelots ne sont pas des enfants de chœur. Il faudra leur montrer la couleur de notre argent.

— Charge-toi de les rassembler, moi je m'occupe de l'argent.

William était déterminé à financer cette entreprise, dût-il vendre à l'encan tout son mobilier.

Amber arriva dans sa voiture, attelée à deux superbes chevaux et conduite par un cocher en livrée. Un équipage digne d'une duchesse. Sur le toit s'étageait une pile de cadeaux pour ses trois petits-enfants, pour Esmeralda et pour Nan.

Quand Johnny entra dans le salon avec son fils dans les bras, Amber se jeta sur eux, les yeux emplis de larmes.

— Ne pleure pas, maman. C'est un grand bonheur de nous retrouver.

— Il y a si longtemps…

Johnny tendit le bébé à Nan et prit sa mère dans ses bras.

— Tu seras le plus merveilleux des pères, dit-elle d'une voix altérée.

— C'est moi le plus merveilleux des pères! intervint Sean en prenant la place de Johnny pour montrer à Amber son propre fils.

Amber cessa brusquement de pleurer quand elle découvrit le bébé aux cheveux noirs et aux yeux gris.

— Il est tout votre portrait!

— Dieu ait pitié de ce pauvre petit diable! glissa Shamus de son fauteuil près du feu. Il faut arroser ça. Paddy! Va chercher une de nos meilleures bouteilles.

— Pas question de boire l'estomac vide, dit fermement Tiara. Je vais aider Mary Malone à nous préparer une collation décente.

— Je vous préférais quand vous aviez un grain, lança Shamus.

— Et maintenant, voici la beauté de la famille! s'écria Sean.

— Esmeralda croyait que tu parlais d'elle, dit Johnny, railleur.

— Elle a toujours été insupportable, renchérit Amber.

— J'ai de qui tenir! rétorqua Esmeralda en riant.

— Est-ce qu'elle ne vous rappelle pas quelqu'un? dit Sean à Amber tandis qu'Esmeralda s'agenouillait près d'elle pour lui montrer Kathleen.

Avec sa bouche vermeille en forme de cœur, ses bouclettes brunes et ses yeux vert émeraude, l'enfant était la réplique d'Esmeralda en miniature.

— Elle est tout son portrait! s'exclama Amber. Je me répète, ajouta-t-elle en riant.

— Nous nous sommes beaucoup inquiétés pour elle, mais elle semble enfin s'être décidée à pousser.

— Laisse-moi la tenir, demanda Amber. Je pense qu'elle ira très bien. Tu as toujours été menue, Esmeralda.

— Mais son effronterie compensait largement sa petite taille, glissa Johnny.

La fête continua jusqu'à la nuit. Les rires et la joie, absents de Greystones depuis des années, renaissaient enfin. Kate, Tiara, Maggie et Amber se disputèrent pour donner leur bain aux bébés.

— Seigneur, il n'y a aucune discipline, ici! déclara Amber. J'estime que c'est à la grand-mère de s'occuper des petits.

— Tout à fait d'accord, renchérit Maggie, triomphante.

— Tu as bu trop de vin, l'accusa Tiara.

— C'est votre vin qui monte à la tête, rétorqua Nora.

— Pfff, vous n'êtes même pas une FitzGerald! rétorqua Maggie.

— Une Kennedy vaut trois FitzGerald! riposta Nora, des flammes dans le regard.

Il s'ensuivit des éclats de rire et des cavalcades dans l'escalier.

— Je t'emmène au lit, dit Sean en soulevant Esmeralda dans ses bras. Tu es si menue!

— Mais pas pour l'effronterie!

Sean la coucha, puis revint au salon retrouver Amber.

Sean servit deux petits verres de brandy.

— Nous arrosons quelque chose? lança légèrement Amber.

— Dans un sens. Je voulais vous féliciter, Amber. Vous avez vendu votre affaire.

Elle ne lui demanda pas comment il le savait. Sean O'Toole était toujours bien renseigné.

— Je n'aurais pas été une grand-mère respectable en restant propriétaire d'une maison close. Je pense avoir agi honorablement.

— Ce n'est pas comme moi.

— Que voulez-vous dire?

— Esmeralda ne vous a rien dit? s'étonna-t-il. Je crois que c'est pour cela surtout que je l'aime autant... pour sa générosité.

Il s'approcha du feu et lui raconta toute l'histoire, du début à la fin.

— Et malgré tout, elle a appelé les jumeaux Joseph et Kathleen, conclut-il.

— Mais elle ne vous a pas pardonné, n'est-ce pas?

Il secoua la tête.

— Non. Je ne le mérite pas non plus. Ce que j'ai fait est impardonnable.

— Je l'avais prévenue que vous vous serviriez d'elle pour vous venger.

— Qu'a-t-elle répondu?

— Qu'elle comprenait votre désir de vengeance. Elle a ajouté que vous lui aviez fait découvrir le goût de la vie et que si votre histoire prenait fin, elle ne regretterait rien.

— C'était au temps où elle me faisait confiance. Je l'ai trahie, Amber. Je crois qu'Esmeralda va me quitter, ajouta-t-il d'une voix brisée.

— Et que ferez-vous?

— Je la ramènerai, bien sûr. Jamais je ne la laisserai partir!

Comme si le démon qui le possédait ne cessait de l'aiguillonner, Sean offrit un bateau à Esmeralda dès le lendemain.

Toute la maisonnée les accompagna sur la jetée pour admirer le *Swallow* entièrement rénové et rebaptisé *Esmeralda Isle*. Et comme pour la mettre au défi, Sean lui glissa à l'oreille :

— Je t'offre ton équipage. Ainsi tu seras le capitaine de ton propre destin.

— Pour le plaisir de naviguer ou pour devenir une femme d'affaires dans la marine marchande ?

— Pour ce que tu voudras, Esmeralda. C'est ma façon de te montrer que ce qui m'appartient t'appartient.

Sean avait toujours gardé secrète une part de lui-même. Aujourd'hui, c'était son tour à elle de se préserver. Elle lui avait tout donné, son cœur, son amour, sa confiance, mais à présent, c'était comme si son cœur s'était soudain gelé et refusait de fondre.

Esmeralda sourit néanmoins.

— Demain, nous sortons en mer. Qui viendra ?

— Pas moi ! répondit Johnny en riant. A partir de maintenant, je reste sur la terre ferme !

— Dans ce cas, nous sortirons entre femmes. Nous pourrions aller jusqu'à la baie de Dublin par exemple ?

Amber, Nan, Tiara et Maggie acceptèrent aussitôt.

— Que faisons-nous aujourd'hui ? demanda Amber.

— Johnny et moi aimerions profiter de votre présence parmi nous pour baptiser notre bébé, répondit timidement Nan. Nous avons décidé de l'appeler Edward, comme mon grand-père.

— Quelle charmante idée ! approuva Amber.

Tout le monde remonta vers la maison ; Sean rejoignit Esmeralda qui contemplait la baie.

— Je suis désolé de n'avoir pas pensé à baptiser les jumeaux. Cela t'ennuie ?

— Un peu, admit-elle.

En ce qui les concernait, le problème était plus compliqué. Il n'était pas question de donner à leurs enfants le nom de Montagu, mais il était impossible de les baptiser O'Toole. Du coup, ils se retrouvaient sans nom.

— J'ai une idée. Baptisons-les FitzGerald. C'est notre nom de famille à tous les deux.

— Le père Fitz refusera, remarqua Esmeralda en rougissant au souvenir des accusations qu'il lui avait jetées à la face.

Le visage de Sean se durcit.

— Fitz fera ce que je lui demanderai, Esmeralda.

Toute la famille se réunit de nouveau dans la chapelle. Le prêtre administra le saint sacrement aux trois bébés sans ciller.

Tout en contemplant Sean rayonnant de fierté avec son fils dans les bras, Esmeralda se sentait le cœur gros. Elle regarda sa petite fille et songea qu'elle ne supporterait pas qu'on la lui enlevât. Elle avait laissé Sean les sauver et prendre soin d'eux jusqu'à ce qu'ils aient récupéré leurs forces. A présent, elle allait le quitter.

Elle lui serait éternellement reconnaissante de leur avoir sauvé la vie, et elle l'aimerait toujours. Mais il avait placé la vengeance avant elle et ses enfants et il recommencerait si jamais l'occasion se présentait.

Le lendemain, Esmeralda et Amber se tenaient à la proue du bateau. Les autres femmes préféraient rester à l'abri du vent pour ménager leur coiffure.

Comme le voilier contournait la baie de Dublin, Amber ouvrit la conversation sur le sujet qui les préoccupait toutes les deux.

— Sean m'a tout raconté.

Esmeralda fut surprise, puis furieuse. C'était à elle de parler à sa mère, pas à lui !

— Ma chérie, il n'a pas essayé de se défendre.

350

— Sa nature, c'est l'offensive! Il a eu tort de me prendre pour cible, c'est pourquoi je le quitterai.

— Quand tu étais en danger de mort, tu l'as envoyé chercher et il est venu.

— Non! C'est Johnny que j'ai appelé pour qu'il te prévienne. Je n'avais pas l'intention de retourner à Castle Lies après que Sean m'eut abandonnée en Angleterre. Nous étions convenues que si jamais il me faisait du mal, je reviendrais vers toi. Quand tu partiras, je partirai avec toi.

— Tu joues sur les mots. Il est venu, et il t'a ramenée.

— Maman, le comte de Kildare est très puissant, mais le choix m'appartient, et *à moi seule*.

De l'autre côté de la baie, tandis que la mère et la fille conversaient, une silhouette s'immobilisa de stupeur à la vue des deux femmes.

Figé sur le pont du *Seagull*, William Montagu n'en croyait pas ses yeux. Là, devant lui, au milieu de la baie de Dublin, se trouvait sa femme, Amber, sur son bateau préféré, le *Swallow*! La gorge sèche, il jura de les récupérer, dût-il anéantir Castle Lies et tous ses occupants pour y parvenir!

36

Dès que l'un des frères Murphy s'arrêtait à Greystones, le second ne tardait pas à suivre, à un ou deux jours d'intervalle. Comme il fallait s'y attendre, Pat Murphy, aujourd'hui capitaine de la *Géhenne*, fut talonné dès le lendemain par Tim, sur le *Dolphin*.

Sean et Paddy passèrent la plus grande partie de la journée avec eux à inspecter les cargaisons, à vérifier les factures et les certificats d'entrée et de sortie des vivres importés d'Espagne et du Maroc.

Une fois leur travail terminé, Tim Murphy prit Sean à part.

— Bowers dit qu'il a vu le bateau de Montagu ce matin, au moment où il quittait Dublin.

Le visage de Sean s'assombrit.

— Allons en parler à Shamus.

Johnny était en train de transporter les bagages de sa mère dans le vestibule. Sean échangea quelques mots avec lui. Quand Paddy descendit Shamus pour l'emmener dans la cuisine, Esmeralda soupçonna qu'il se passait quelque chose.

— Je déteste les voir se réunir ainsi à huis clos, soupira-t-elle.

— Ils parlent seulement affaires, ma chérie. Sean ne te cache rien.

— Tu le connais mal. Dès qu'il y a des problèmes, ils resserrent les rangs et laissent les femmes en dehors.

— Esmeralda, tu exagères !

— Vraiment ? Pourquoi a-t-il appelé Johnny, d'après toi ? Il recommence à vouloir se venger. C'est en lui. Il ne vit que pour ça ! D'ici à une heure, il lèvera les voiles pour je ne sais où et prétextera je ne sais quel mensonge.

Quelques minutes plus tard, Sean surgit dans le salon.

— Esmeralda, j'embarque sur l'*Enfer*. Ne m'attends pas, mon amour. Mes affaires risquent de me retenir un moment.

Esmeralda le regarda droit dans les yeux.

— Où vas-tu ?

— Au bureau de la douane de Dublin. J'ai des papiers à remplir pour les produits importés.

— Cela ne devrait pas te retenir trop longtemps.

— Non, mais il n'y a pas que ça.

— C'est le dernier jour de maman ici, et Nan et

Johnny rentrent à Maynooth demain. J'aimerais que nous restions tous ensemble aujourd'hui.

— Tim Murphy veut que je jette un œil sur son bateau. Johnny m'accompagne. Il ne repart pas avant deux jours.

Son visage avait retrouvé cette expression hermétique qu'Esmeralda lui connaissait. *Si tu passes cette porte, je ne serai plus là quand tu reviendras.* Elle fit une dernière tentative.

— Sean, ne pars pas, le pria-t-elle en franchissant la distance qui les séparait.

Il la prit dans ses bras et la scruta.

— Ma chérie, tu ne vas pas devenir capricieuse ? J'essaierai d'être rentré ce soir pour dîner, si cela peut calmer ton inquiétude.

Sur ce, il l'embrassa rapidement et s'en fut sans un regard en arrière.

Johnny sortit de la cuisine.

— Où est Nan ?

— A l'étage, avec votre fils. Quel mensonge as-tu concocté pour justifier ton départ ?

— Esmeralda, ne te mêle pas des affaires des hommes, rétorqua son frère avant de monter.

Déjà, une tristesse infinie remplaçait la colère dans le cœur d'Esmeralda. Elle se tourna vers sa mère.

— Je pars avec toi aujourd'hui.

Sur ce, elle courut prévenir Ellen et Jane.

— J'emmène les jumeaux à Wicklow. Je compte passer quelques jours chez ma mère. J'aimerais que vous m'accompagniez, si vous êtes d'accord.

Les deux jeunes filles acquiescèrent avec entrain et Esmeralda se sentit coupable de les tromper, mais elle se promit de les libérer si jamais elles regrettaient leur choix.

Un peu plus tard, une énorme pile de bagages encombrait le vestibule. Intriguée, Nora s'approcha d'Esmeralda.

— On dirait que vous partez, remarqua-t-elle.

— Oui, je pars avec ma mère.

— Avec les bébés? s'alarma la brave femme.

— Ellen et Jane m'accompagnent. Tout ira bien, Nora, ne vous inquiétez pas. Je tiens à vous remercier pour tout ce que vous avez fait. Vous me manquerez beaucoup.

Nora refoula ses larmes.

— Pour combien de temps partez-vous?

— Je ne sais pas encore, éluda Esmeralda.

— Mmm… j'ai l'impression que si, au contraire, bougonna Nora avant de quitter la pièce.

— Je l'ai bouleversée, murmura la jeune femme.

— Ma chérie, ce n'est pas de Nora que tu devrais t'inquiéter.

— Je lui ai laissé une lettre.

— Oh, voilà qui l'apaisera certainement!

Il fallut encore attendre un long moment avant que les bagages ne soient prêts. Cette fois, Esmeralda prit sans hésiter ses bijoux et le titre de propriété de la maison de Londres.

Rory FitzGerald tenait la barre de l'*Enfer* quand le bateau quitta l'anse de Greystones. Johnny et Bowers, l'ancien capitaine de Montagu, se tenaient à la proue, d'où ils essayaient de repérer le *Seagull*. Perché dans le gréement, Sean O'Toole balayait la surface de la mer avec sa longue-vue.

Ils passèrent la baie de Dublin au peigne fin. Il n'y avait aucun navire de Montagu à l'horizon. Ils voguèrent vers la pleine mer pour longer la côte de Bray jusqu'à Lambay Island.

Satisfait de constater qu'aucun bateau de Montagu ne croisait à moins de trente milles de Greystones, Sean donna l'ordre de rentrer sans se sentir rassuré pour autant. Il descendit du gréement et s'approcha de Johnny.

— Qu'en penses-tu?

— Bowers a dû se tromper, dit Johnny.

Sean secoua lentement la tête.

— J'ai un mauvais pressentiment.

— La dernière fois que j'ai vu mon père, c'était un vieillard brisé et je me suis assuré que Jack ne marcherait plus. Nous n'avons pas à nous inquiéter.

— Je suis heureux de constater qu'ils ne t'impressionnent plus, Johnny, mais aussi longtemps qu'ils vivront ils représenteront une menace potentielle.

— Oui, s'ils étaient là, mais ils sont partis.

Partis où? se demanda Sean.

— Anglesey! dit-il tout haut. Dès demain, nous irons y faire un tour, histoire d'en être tout à fait sûrs.

Plus l'*Enfer* approchait de Greystones, plus le pressentiment de Sean se confirmait. Dès qu'ils accostèrent, il s'empressa de regagner le manoir.

Il y régnait un calme inhabituel. Il n'aperçut aucun domestique. Des pleurs de bébé déchirèrent soudain le silence anormal, mais Sean ne se sentit guère rassuré pour autant. Il savait qu'il ne s'agissait ni de son fils ni de sa fille.

Quand il fit irruption dans sa chambre et qu'il la trouva vide, tout comme les armoires où plus rien n'appartenant à Esmeralda ne restait, il ne fut pas vraiment surpris.

Dès qu'il avait tourné le dos, elle était partie avec Amber. Il aurait dû s'y attendre!

Il aperçut alors l'enveloppe posée sur son oreiller. Il s'en empara rageusement et la glissa à l'intérieur de sa veste en cuir. Il ne la lirait pas! Quelles que soient ses raisons, elles ne l'intéressaient pas. Il ramènerait Esmeralda et les jumeaux à Greystones cette nuit même!

Il se rendit aux écuries à grands pas et sella Lucifer. Il ne parla à personne, ne demanda l'aide de personne. Sans savoir depuis combien de temps l'équipage avait quitté le manoir, il le rattraperait.

Il parcourut les dix premières lieues à bride abattue, tel un forcené que rien ne détournerait du but qu'il s'était fixé. Une fois aux abords de Dublin, il regarda le ciel. Dans une heure, l'aube se lèverait.

Les rues déjà animées le forcèrent à ralentir l'allure. Et soudain, il aperçut la voiture d'Amber dans une file d'attelages divers se dirigeant vers le centre. Il lança Lucifer sur le pont de la Liffey.

— Arrêtez! intima-t-il au cocher.

Reconnaissant la silhouette menaçante du comte de Kildare, l'homme tira sur les rênes.

Déjà exaspérée par ce ralentissement matinal, Esmeralda jeta un coup d'œil par la portière afin de voir ce qui provoquait ce nouvel arrêt. Quand elle reconnut l'étalon noir et son cavalier, elle faillit hurler de rage.

Hors d'elle, elle descendit de voiture sans crainte d'affronter la colère terrible de Sean. Ses yeux gris brillaient d'un éclat inhumain. Pourtant, elle soutint son regard.

— Monte dans cette voiture. Nous nous expliquerons à la maison.

Jamais elle ne l'avait vu en proie à une telle fureur contenue.

— Je vais à Wicklow. N'essaie pas de me faire changer d'avis, tu perds ton temps!

— Te faire *changer d'avis*? répéta-t-il, les dents serrées.

Son ton indiquait clairement qu'il n'avait pas l'intention de se montrer aussi patient.

— Tu comptes te donner en spectacle devant tout ce monde?

— Je n'ai pas le choix, on dirait, rétorqua-t-il en descendant de cheval.

Il fondit sur elle.

— Je vais à Wicklow!

— A *Greystones*!

Déjà, des regards curieux convergeaient sur eux. Il l'empoigna aux épaules sans douceur.

— Monte dans cette voiture.

— Jamais !

Sans la moindre hésitation, il se pencha, la fit basculer sur son épaule et la jeta sur le siège. La foule l'applaudit tandis qu'il enfourchait Lucifer.

— Demi-tour, ordonna-t-il au cocher.

Ulcérée, Esmeralda ignora les regards effarés des jeunes servantes et entrevit sa mère à travers ses larmes.

— Ma chérie, je t'avais prévenue.

De retour à Greystones, les jeunes nourrices ramenèrent les jumeaux au manoir, suivies par Esmeralda. Un comité d'accueil les attendait : Nora, Tiara, Johnny, M. Burke et Shamus étaient tous dans le vestibule. D'un regard, Amber dissuada Nora et Tiara de dire quoi que ce soit pour éviter l'orage.

Quand Esmeralda reconnut le pas de Sean derrière elle, elle fit volte-face, prête à le défier, mais, d'une main autoritaire, il lui intima le silence.

— Je te donne une heure pour t'occuper des enfants.

Relevant fièrement le menton, Esmeralda traversa la grande pièce telle une reine offensée.

— Une heure, pas une minute de plus, répéta Sean derrière elle.

Pour toute réponse, elle hocha la tête avec dédain. Esmeralda rafraîchit son visage pour effacer les traces de larmes et nourrit ses bébés. Elle finissait de s'occuper du second quand elle se rendit compte que l'ultimatum touchait à sa fin. Inutile de l'ignorer, comme elle l'avait prévu. Si elle ne descendait pas tout de suite, il viendrait la chercher.

Confiant ses enfants aux nourrices, elle brossa ses

cheveux, redressa le menton d'un air belliqueux et alla retrouver Sean.

À peine posait-elle un pied sur la dernière marche de l'escalier qu'elle ouvrait la bouche pour lancer l'offensive. Sean la devança en lui saisissant le bras.

— Pas un mot !

Il l'entraîna vers la porte puis vers la tour de guet. Il ne la lâcha qu'une fois au pied de l'escalier.

Esmeralda n'avait d'autre choix que de le gravir. L'appréhension se mêlait maintenant à la colère. Elle ignorait ce qu'il avait en tête, mais il était clair qu'il ne voulait pas de témoin.

— Ça te plaît de jouer les brutes ? le défia-t-elle une fois en haut.

— Tu as besoin d'être menée d'une main de fer.

— Comme ce matin, à Dublin, devant tout le monde ?

— Tu n'aurais pas dû me provoquer.

— Je recommencerai ! cria-t-elle, furieuse.

— J'exige des explications. Comment as-tu osé emmener mes enfants ?

— Je t'ai laissé une lettre.

Il retira l'enveloppe de sa veste et l'agita sous son nez.

— Tu ne l'as même pas lue !

— Je ne la lirai jamais ! Si tu as quelque chose à me dire, je suppose que tu peux me le dire en face ?

— Tu n'as que ce que tu mérites !

— Je t'ai sauvé la vie, je t'ai soignée jour et nuit et tu me remercies en m'enlevant mes enfants ? Et tu joues les outragées parce que je perds mon calme ? Tu ne croyais tout de même pas que j'allais rester assis à me tourner les pouces ?

Esmeralda se jeta sur lui et martela sa poitrine de coups de poing. Dans sa furie, ses cheveux de brume se déployèrent comme un halo nuageux derrière elle.

— Je ne joue pas les outragées ! Il ne s'agit pas

d'un jeu, tu t'en rendras compte la prochaine fois que je partirai.

Il lui saisit les mains.

— Dès que j'aurai le dos tourné, c'est ça ?

— Parfaitement !

— Jamais je ne te permettrai de partir ! cria-t-il.

— Et comment m'en empêcheras-tu ?

— Je t'enfermerai ici et je jetterai la clé à la mer s'il le faut ! Esmeralda, réfléchis. Je savais que tu m'en voulais et que tu comptais fuir.

— Tu ne t'es jamais donné à moi entièrement. Une part de toi-même est toujours restée secrète. Tu vois où cela nous a menés ?

— Quand j'ai essayé de te dire que je t'aimais, tu ne m'as pas écouté.

Esmeralda céda à l'impatience.

— Bon sang ! Je sais que tu m'aimes, je l'ai toujours su !

— Je t'ai donné des bijoux, une maison, un bateau, dit-il plus calmement.

— Cela n'a rien à voir.

— Dans ce cas, dis-moi que tu ne m'aimes pas !

— Mais je t'aime. Je t'ai toujours aimé au-delà de toute raison. L'amour n'a rien à voir là-dedans.

— Alors de quoi s'agit-il, bon sang ?

— De confiance, murmura-t-elle.

Sean resta sans voix. Il n'avait rien à dire pour sa défense.

— Sean, tu m'as appris à vivre au présent, mais toi, tu es resté dans le passé. Tu ne vis que pour la vengeance. Je te faisais aveuglément confiance et tu m'as trahie pour te venger.

Il ne pouvait la contredire. La douleur assombrit son regard.

— Et tu veux me quitter. Que tu en aies conscience ou non, Esmeralda, toi aussi tu cherches à te venger. Tu ne trouveras pas le bonheur tant que tu ne m'auras pas rendu la monnaie de ma pièce. Tu veux garder les enfants et ne plus jamais me revoir.

Esmeralda le considéra avec épouvante. Des larmes brouillaient sa vue. Dieu du ciel, la seule chose qu'elle voulait, c'était qu'il la prenne dans ses bras et lui jure un amour éternel! Elle voulait qu'il s'engage à faire l'impossible pour la garder. Elle voulait qu'il lui prouve qu'elle et les enfants comptaient plus que tout pour lui. Il brûlait de se venger quand elle ne brûlait que pour lui. Elle voulait qu'un lien de confiance indestructible les unisse à jamais.

Comme il scrutait son beau visage, il comprit qu'il l'aimait depuis le début, même s'il s'en était défendu. Elle occupait toute la place dans son cœur, depuis toujours. Mais il avait refusé de l'admettre parce qu'il croyait devoir la perdre.

Sean effleura ses joues pleines de larmes avec une tendresse poignante.

— L'amour que j'éprouve pour toi et les enfants est absolu et inconditionnel. Je ferai tout ce que tu voudras.

Le penses-tu vraiment? Elle voulait en être sûre. Bien qu'elle se détestât à cet instant, elle le mit à l'épreuve:

— Et si... et si je te laissais ton fils?

Une flamme belliqueuse incendia de nouveau les yeux gris.

— Esmeralda, tu as perdu la tête? Mon fils est robuste et c'est justement ma petite fille qui a besoin de ma force. Je ne les séparerai jamais! Jamais! Ce sera les deux ou rien.

Sean avait réussi la première épreuve. Qu'en serait-il de la seconde?

— Et si... je te les laisse tous les deux?

Ses yeux s'étrécirent.

— Sans toi? La réponse est non! Je veux tout ou rien! Jamais je ne séparerai les jumeaux de leur mère!

Un sourire trembla sur les lèvres d'Esmeralda. Elle ne voulait plus jamais douter de lui.

— Sean, ton besoin de vengeance était tellement dévorant que tu m'as sacrifiée pour l'assouvir. Tu aurais fini par te haïr. Je sais que tu as perdu ton frère et ta mère, mais la vengeance n'est pas un remède. Survivre ne suffit pas. Tu dois jouir de la vie, être heureux, et, pour cela, tu dois aimer.

— Mon Dieu, Esmeralda, je t'aime plus que ma vie !

— Alors donne-toi complètement, Sean. Ne me cache plus rien. Je saurai alors que tu renonces à ta vengeance, dit-elle en lui tendant la main.

Sean contempla son visage défait et il comprit enfin qu'elle seule comptait pour lui, elle seule et ses enfants. Lentement, il lui tendit la main.

— Viens. Fais-moi confiance.

37

Esmeralda frissonna de tout son être quand elle sentit ses doigts se refermer sur les siens. Il l'emprisonna contre lui et ils restèrent là, dans les bras l'un de l'autre. La tête contre sa poitrine, elle écoutait battre son cœur.

Sean enfouit la main dans ses cheveux.

— Je t'aime, Esmeralda.

Elle posa la main de Sean contre son cœur.

— Je t'aime, Sean.

Leur amour était si profond, si total qu'une sorte de miracle se produisit. Comme un bateau entraîné par la marée, il sentit la haine, la colère, le ressentiment accumulés depuis des années céder la place à un sentiment de paix qui le réconcilia avec lui-même. Il était fier de lui, et cela n'avait rien à voir avec son titre ou sa richesse.

Ivre de bonheur, il souleva Esmeralda dans ses bras et l'emmena sur le lit. Tout en la déshabillant, il rendit hommage à sa beauté en lui confiant tout ce qui en elle l'émouvait.

Ensuite, il s'allongea sur le dos et l'attira sur lui avant de s'emparer de ses lèvres.

— Tu es la femme la plus merveilleuse, la plus généreuse du monde. Je ne suis pas surpris que tu m'aies donné des jumeaux. Me donner un enfant ne te suffisait pas, il a fallu que tu m'en offres deux d'un coup, un garçon et une fille. Je voudrais te donner quelque chose à mon tour. Demande-moi ce que tu veux !

— C'est toi que je veux, Sean. Donne-toi à moi. Fais-moi l'amour sans retenue. Je sais maintenant que tu n'abrites aucune arrière-pensée.

Le *Seagull* leva l'ancre et quitta le petit port d'Anglesey dans la nuit. A quatre heures du matin, il entrerait dans le port de Greystones. Tous les habitants de Castle Lies seraient alors profondément endormis.

Parmi les matelots qui composaient l'équipage du *Seagull*, seulement trois étaient acquis aux O'Toole. Les autres n'étaient loyaux envers personne.

William entendait récupérer ses bateaux, le *Heron* et le *Swallow*, et s'emparer de l'*Enfer*. Dans les méandres glauques de son esprit malade, il s'imaginait que Sean lui rendrait sa femme, Amber, en échange.

Jack Raymond, lui, projetait de couler tous les navires mouillés dans le port de Greystones. Avec les canons que possédait le *Seagull*, ce serait un jeu d'enfant. La majorité des hommes d'équipage penchaient pour le plan de Jack, plus expéditif et moins risqué. L'élément de surprise jouait en leur faveur.

Ils avaient le temps de détruire toute la baie avant que les O'Toole ne comprennent ce qui leur arrivait.

Quand William Montagu et Jack Raymond s'aperçurent que les hommes étaient divisés, ils les apostrophèrent vertement.

— Nom d'un chien, pourquoi recules-tu ? s'emporta William en s'adressant à son second.

— Tu marches avec moi ! Nous pouvons toucher tous les bateaux les yeux fermés ! intervint Jack.

Comme les tireurs se mettaient en position, William vit rouge.

— Au nom du ciel, arrêtez ! Vous allez couler mes bateaux !

Comme l'argument semblait donner à réfléchir à l'équipage, Jack s'approcha de William.

— Ecartez-vous de mon chemin, vieux cinglé ! Vous commandez depuis trop longtemps. L'heure a sonné que je prenne la relève.

Ivre de rage, William se précipita sur Jack pour l'étrangler. Jack leva sa canne et frappa violemment la jambe malade de la goutte. Montagu recula en criant de douleur.

Comprenant qu'il perdait le contrôle de la situation, il alla chercher un fusil, le chargea et remonta sur le pont. Il pointa le canon vers Jack.

— Ce n'est pas un petit bâtard qui va me dicter ma conduite ! rugit-il. Ou tu m'obéis, ou je te fais sauter la cervelle !

Jack ne se faisait pas la moindre illusion sur son beau-père. Il savait qu'il n'hésiterait pas à mettre sa menace à exécution. S'inclinant, il lança l'ordre d'amener le *Seagull* le long du *Heron*. Il désigna ensuite les trois matelots les plus proches de lui pour l'abordage du bateau. Il s'agissait de ceux qui travaillaient pour les O'Toole.

Comme le *Seagull* se mettait le long du *Swallow*, le bateau préféré de Montagu, Jack se dit que c'était sa dernière chance d'échapper à l'entreprise suicidaire de William. Il tenta de rejoindre les trois hommes qui abordaient le voilier convoité.

Alors William tira, atteignant son neveu en plein dos. Jack s'écroula sur le pont dans un râle d'agonie.

Sean O'Toole se réveilla en sursaut. Il venait d'entendre un coup de fusil. L'espace d'une seconde, il se sentit désorienté puis il se souvint qu'il était dans la tour de guet. Il se précipita à la fenêtre et scruta la digue puis le port. Il faisait nuit et il ne distingua que les lumières des bateaux ancrés dans la baie de Greystones.

Pendant qu'il s'habillait en toute hâte, Esmeralda se pencha vers la lampe.

— N'allume pas, mon amour !

— Que se passe-t-il ?

Il s'assit au bord du lit et lui prit les mains.

— Hier, j'ai appris que le bateau de ton père avait été vu dans la baie de Dublin. C'est là que je suis allé. Nous l'avons cherché sans succès. Je crains qu'il ne soit en train de nous attaquer.

— Ô Seigneur, les enfants !

— Ils ne pourront atteindre le manoir sans donner l'alarme. Ils s'en prennent plus probablement aux bateaux.

Esmeralda s'habilla à son tour.

— Je rejoins les enfants.

— Je m'en charge. Tu es plus en sécurité ici.

— Non, je dois aller au manoir, je ne peux rester ici à attendre.

Sean réprima son besoin de courir au port. Elle penserait que ses bateaux passaient avant elle et elle se tromperait.

Il lui prit la main et ils descendirent l'escalier.

— Ça recommence ! dit-elle d'un ton désabusé.

— Non, Esmeralda. Je te promets d'essayer d'éviter toute violence.

Comme ils sortaient de la tour, les premières lueurs de l'aube éclaircissaient le ciel.

Une certaine effervescence régnait à l'intérieur du manoir où tout le monde s'était vêtu à la hâte. Sean et Esmeralda coururent au premier pour s'assurer que les enfants allaient bien. Ils rencontrèrent Nora et Amber sur le palier.

— Est-ce Shamus qui a tiré et qui nous a tous effrayés? demanda Nora.

— Non, père n'a pas ses fusils. Ils sont restés dans la tour.

John émergea de sa chambre, le visage soucieux.

— Seigneur! Vous aviez raison! Rien de pire qu'un ennemi que l'on croit inoffensif!

Sean prit Esmeralda aux épaules.

— Je te charge de veiller sur les femmes. En aucun cas elles ne doivent sortir, dit-il en se baissant pour l'embrasser rapidement. Fais-moi confiance.

Sur ce, il partit avec Johnny.

Amber s'alarma de la pâleur de sa fille.

— C'est ton père, n'est-ce pas?

— Et mon mari. Le *Swallow* a été vu à Dublin hier.

— Ne t'inquiète pas, ma chérie. Sean va les réduire en poussière.

— Ô Seigneur! Ils vont le tuer et ce sera ma faute!

— Mais que veux-tu dire?

— Je l'ai menacé de partir s'il ne renonçait pas à se venger! Il m'a juré qu'il renonçait, maman!

— Il a suffisamment de bon sens pour faire la différence entre vengeance et légitime défense.

Les bébés se mirent à pleurer. Nora prit Joseph tandis qu'Esmeralda s'occupait de Kathleen.

— Je vais la nourrir d'abord, dit-elle à Nora.

Esmeralda embrassa sa fille sur le front et s'installa dans le fauteuil à bascule pour lui donner le sein. Elle contempla son enfant, se souvenant que, sans l'amour et le dévouement de Sean, la fillette n'aurait pas survécu. Les larmes lui montèrent aux yeux. Elle caressa les boucles soyeuses. Elle et ses enfants étaient des rescapés, et au moment où l'espoir recommençait à naître, Sean risquait sa vie pour eux. Esmeralda ferma les yeux et pria.

Des cris de colère lui parvinrent soudain.

— C'est Shamus, dit Amber. Je ferais mieux de descendre avant qu'il n'ait une nouvelle attaque.

A bord de l'ex-*Heron*, rebaptisé le *Dolphin*, Tim Murphy se redressa sur sa couchette en tendant l'oreille.

— Si mes veilleurs de nuit avaient fait leur boulot, vous seriez morts tous les trois, à l'heure qu'il est !

— Montagu veut qu'on récupère son bien, mais son gendre a décidé de couler tous les bateaux de la baie ! Il a failli mettre le feu aux canons ! Bon sang, on est tous passés à un cheveu du purgatoire !

Tim Murphy s'empressa de monter sur le pont pour donner ses ordres. Dans la pénombre de l'aube, il aperçut le *Seagull* glissant vers le *Swallow* amarré à la jetée de Greystones. Il mit les tireurs en position.

— Je m'en vais envoyer cet Anglais de malheur chez son ami Satan !

Sean, Paddy Burke et Johnny arrivèrent sur la jetée au moment où les feux de l'*Enfer* se rallumaient. Rory FitzGerald s'apprêtait à le mettre en position pour affronter l'ennemi.

— Fais signe à Murphy de ne pas tirer ! lança Sean à Rory.

Déçu et frustré, celui-ci transmit les ordres. Paddy vit alors Sean enlever ses bottes et entrer dans l'eau.

— Attention, Sean ! Rory FitzGerald vous obéit, mais Murphy a le sang chaud. Ne vous approchez pas du *Seagull*. Si Montagu ne vous tue pas, Murphy risque de tout faire sauter.

— Paddy, j'ai promis à Esmeralda de mettre un terme à tout ça, sans violence si possible.

— Elle ignore donc que la violence appelle la violence ?

— Je dois essayer.

Et Sean s'immergea dans l'eau noire et glacée.

Comme il nageait vers le *Seagull*, le bateau s'éloigna de la rive afin de se positionner le long du *Swallow* et de permettre aux hommes de passer à l'abordage. Le bateau de Montagu se dirigeait maintenant vers le *Half Moon* dont le capitaine, David Fitz-Gerald, et l'équipage se trouvaient en ce moment même à Maynooth.

Sean jura en silence. Si Montagu parvenait à y faire monter ses hommes, il pourrait soit détruire le bateau, soit l'emmener où bon lui semblait. Il aurait dû rester sur l'*Enfer* et faire sauter le bateau de Montagu sans se soucier des hommes qui s'y trouvaient. Pourtant, au fond de lui-même, il ne regrettait pas d'avoir choisi la solution la plus honorable.

Sean nageait sans relâche. Sans ces années passées à draguer la Tamise en plein hiver, il n'aurait jamais réussi l'exploit d'atteindre la coque du *Seagull* dans la mer glacée.

L'arrière du bateau était décoré de moulures qui lui offrirent des prises pour grimper à bord. Mais il se trouvait exactement au niveau de la barre et il ne pourrait passer par-dessus le bastingage sans être repéré car le jour se levait. Il reprit son souffle quelques minutes et hissa lentement sa tête. Il ne s'attendait pas à ce qui devait suivre.

En face de lui, William Montagu menaçait l'homme qui tenait la barre du bout de son fusil. Un corps gisait sur le pont dans une flaque de sang. Il n'était pas mort car il râlait encore. Sean n'avait pas une chance de monter à bord sans que William le voie et le prenne pour cible.

Son seul allié restait l'élément de surprise. Il rassembla ses forces et enjamba le bastingage. Montagu perçut le mouvement. Ses yeux se posèrent sur lui, s'écarquillèrent. Une explosion fit alors voler le grand mât en éclats dans un fracas épouvantable. Un deuxième tir ouvrit une brèche géante dans le flanc du *Seagull*.

— Mon bateau ! Mon beau bateau ! hurla Montagu.

Les hommes d'équipage eurent tout juste le temps de sauter à la mer avant que le voilier ne commence à sombrer.

Sean ôta le fusil des mains de William et regarda avec dégoût le vieil homme se traîner à genoux en implorant sa grâce.

— Je n'ai pas l'intention de me salir les mains en vous tuant, jeta Sean avec mépris.

Le *Seagull* allait couler, et Montagu avec lui. Sean se baissa et retourna le blessé sur le dos. Avec un mouvement de recul, il reconnut Jack Raymond. S'il le laissait où il était, Jack disparaîtrait avec le bateau et Esmeralda serait veuve !

Quand Jack ouvrit la bouche pour implorer sa pitié, Sean se souvint qu'il n'était pas un assassin. Il se leva, avisa un large morceau de bois pouvant servir de radeau. Avec un soulagement intense, il vit l'*Enfer* approcher. Des FitzGerald abordèrent le bateau qui coulait de plus en plus vite et saisirent William Montagu pour l'emmener.

— Rory ! appela Sean. Donne-moi un coup de main.

Alors que Sean tentait de hisser Jack sur son propre voilier, un filet de sang s'échappa de la bouche de ce dernier.

— Sean, il est mort. Autant le laisser couler avec le bateau.

Elle ne croira jamais que ce n'est pas moi qui l'ai tué! songea tristement Sean en sautant sur l'*Enfer*.

William allait et venait sur le pont en pleurant bruyamment tout en maudissant sa femme et son gendre dans un délire incohérent.

— Vous comprenez pourquoi je le trouvais pathétique? dit Johnny à Sean. Que comptez-vous faire de lui?

— Ce n'est pas à moi de décider de son sort. Je vais le remettre aux autorités et la justice se chargera du reste. Bien entendu, il niera avoir tué Jack mais peut-être pouvons-nous récupérer son corps et trouver des témoins? Repêchons ces hommes et mettons tout l'équipage sous clé jusqu'à ce que nous apprenions la vérité.

Shamus O'Toole ne tenait plus en place.

— Quand je pense que cet Anglais de malheur est en train de détruire nos bateaux pendant que je suis là, inutile, incapable de me tenir debout sur mes fichues jambes! Amber, savez-vous combien de temps je suis resté dans ma tour à attendre le moment où Montagu mettrait le pied à Greystones? Et le jour où il arrive enfin, je suis là, dans cette maison, comme un invalide! Amber, il faut m'aider à regagner ma tour!

— Shamus, vous ne pouvez pas marcher et je ne peux vous porter. Tous les hommes sont au port.

— Allez chercher Paddy Burke. Il m'emmènera, lui!

— M. Burke est parti avec Sean et Johnny. Croyez-moi, si je pouvais faire quoi que ce soit, je n'hésiterais pas. Je veux la mort de ce monstre encore plus que vous!

— Amber, ma fille! supplia Shamus. J'ai quatre fusils, vous m'entendez, et pas un seul ici! Jamais je ne m'en remettrai! J'ai juré que je ne le manquerais pas dès le jour où il oserait s'aventurer dans mon domaine.

— Vous n'avez pas besoin d'un fusil. Ils ne viendront pas jusqu'ici.

— Qu'en savez-vous? Willie n'attaquerait pas sans être sérieusement entouré. J'ai entendu deux explosions. Nous ignorons combien de nos hommes sont morts. Après les bateaux, la prochaine cible sera Greystones. Soyez gentille, Amber! Allez me chercher un fusil.

Sous des dehors calmes, Amber bouillait d'appréhension. Et si Montagu et ses hommes parvenaient jusqu'au manoir et faisaient sauter Greystones? Elle-même se sentirait plus en sécurité avec un fusil entre les mains.

— D'accord, Shamus, j'y vais. Mais si quelqu'un me cherche, ne dites surtout pas que j'ai quitté la maison. Où sont vos fusils?

— Contre le mur, près de la grande fenêtre. Ils sont toujours chargés.

Amber sortit par une petite porte latérale. L'air sentait la poudre, mais il n'y avait pas eu d'autres explosions depuis un moment. Des voix d'hommes lui parvenaient du port, en contrebas. Apparemment, les choses s'étaient calmées.

Amber releva ses jupes à deux mains et courut. Une fois dans la tour, elle vit les fusils à l'endroit que Shamus lui avait indiqué. Se demandant si elle devait prendre les quatre ou seulement un pour Shamus et un pour elle-même, elle s'approcha de la fenêtre.

Le spectacle qui s'offrait à sa vue la fit frémir. Une douzaine d'hommes marchaient sur la digue menant au manoir, et leur chef n'était autre que William Montagu!

D'abord glacée d'horreur et d'angoisse, elle s'aperçut que Montagu ne menait pas ces hommes. Il ne marchait en tête que parce qu'il avait été capturé!

Le soulagement laissa peu à peu la place à la haine qui couvait en elle depuis tant d'années.

Amber prit un fusil, épaula et posa le bout du canon contre la vitre. Elle retint son souffle et visa soigneusement. Puis elle tira. Le recul heurta douloureusement son épaule. *Voilà une nouvelle blessure que tu m'infliges, William, mais ce sera la dernière.* Le carreau de la fenêtre avait été pulvérisé, si bien qu'elle entendait les hommes rassemblés autour du corps de Montagu.

Sean se détacha du groupe et courut vers la tour. Tout en grimpant les marches quatre à quatre, il lançait des ordres à l'intention de Shamus pour qu'il cesse de tirer. Quand il ouvrit la porte, il s'arrêta net en découvrant l'élégante silhouette d'une femme en robe de soie grise et aux cheveux couleur d'ambre. Ils se dévisagèrent en silence durant de longues minutes. Puis, lentement, un sourire satisfait apparut sur les lèvres d'Amber.

— Qui ne sait nager va au fond !

38

Quand Esmeralda entendit le coup de fusil, il lui parut si proche qu'elle s'affola. Elle donna sa fille à la jeune nourrice.

— Je vais voir ce qui se passe.

Nora se mit en travers de son chemin.

— Ne sortez pas. Vous avez promis à Sean que les femmes resteraient en sécurité ici.

— Nora, Sean est toute ma vie. S'il est blessé, il a besoin de moi.

Esmeralda se précipita dehors et traversa les prés menant à la mer. Elle aperçut alors les hommes sur la digue, assemblés autour d'un corps étendu sur le sol.

Mon Dieu, faites que ce ne soit pas Sean!

Elle reconnut Johnny et courut vers lui. L'homme à terre était son père. Atteint en pleine poitrine, il gisait sans vie.

— Où est Sean? murmura-t-elle.

— Dans la tour, répondit Johnny.

Esmeralda reprit sa course. Sa mère s'était trompée. Il n'avait pas agi pour se défendre, mais pour accomplir sa vengeance! Elle le rencontra dans l'escalier, alors qu'il descendait. Elle s'assura qu'il n'était pas blessé avant de lancer:

— Pourquoi l'as-tu abattu ainsi, telle une bête malfaisante? cria-t-elle.

— Parce qu'il *était* une bête malfaisante, répondit Amber en apparaissant en haut des marches, le fusil à la main.

— Maman! s'écria Esmeralda en se précipitant vers elle.

Sean récupéra le fusil et laissa Esmeralda ramener sa mère dans la chambre de la tour.

— Shamus m'a envoyée chercher son arme. Il avait juré de le tuer, mais quand je me suis retrouvée le fusil à la main, j'ai su que c'était à moi d'agir.

Johnny apparut. Il se précipita vers sa mère et la prit dans ses bras.

— C'est fini, maman. Il ne nous fera plus jamais de mal. Ni à nous ni à personne.

Puis il leva les yeux vers Sean.

— Que va-t-il lui arriver? s'inquiéta-t-il.

— Rien. Le château des Mensonges sait garder ses secrets.

— Merci! s'exclama Esmeralda en se réfugiant dans ses bras. Mais tu es trempé!

— Ce fou a trouvé le moyen de nager jusqu'au bateau de William alors qu'il risquait d'exploser d'un moment à l'autre!

— Tu as essayé d'éviter la violence... pour tenir la promesse que tu m'avais faite, balbutia Esmeralda, pleurant d'émotion.

— Quand j'ai atteint le *Seagull*, ton père avait déjà tué Jack Raymond. Tu es veuve, Esmeralda.

— Je... je n'arrive pas à y croire !

Elle se tourna vers sa mère. Un immense soulagement les submergea : toutes deux se retrouvaient veuves le même jour.

Pendant que les hommes récupéraient le corps de Jack Raymond, Paddy Burke fit deux cercueils.

Amber et Johnny décidèrent de ramener les dépouilles en Angleterre. Ils profiteraient de leur voyage pour vendre la maison de Portman Square qu'ils avaient toujours détestée.

Le matin de leur départ, Johnny embrassa Nan et son fils tandis qu'Amber disait au revoir à Sean.

— Et attendez-moi pour votre mariage ! le prévint-elle.

Sean se mit à rire.

— Esmeralda tient à être courtisée, mais ne vous absentez pas trop longtemps. Je ne suis pas un homme patient.

Par une superbe journée de la fin du mois de mai, Greystones était en fête. Bourgeons et fleurs s'épanouissaient partout. Dans la petite chapelle, on s'apprêtait à célébrer non seulement un mariage, mais le baptême des jumeaux pour leur donner cette fois le nom de leur père.

Assise devant sa coiffeuse, Esmeralda brossait ses longs cheveux. Elle y fixa ensuite des boutons de roses couleur crème. Un sourire étira ses lèvres comme elle se remémorait la cour de Sean.

Il n'avait cessé de la poursuivre, de la flatter outrageusement, de l'entourer d'attentions, de rendre hommage à sa beauté et de louer ses vertus. Quand il lui avait fait sa demande en mariage, il avait retenu son souffle jusqu'à ce qu'elle réponde « oui ». Puis il avait continué à la harceler, essayant d'obtenir des faveurs interdites.

Il l'attirait dans tous les recoins pour lui voler des baisers, des caresses, lui murmurer des mots fous. Leurs rires ne cessaient de résonner dans toute la maison. Esmeralda avait beaucoup de mal à le tenir à distance.

Pour finir, le père Fitz avait vu rouge. Il avait déclaré qu'il était scandaleux de repousser davantage ce mariage quand leur union avait déjà donné naissance à deux enfants ! Esmeralda avait fait amende honorable et demandé au prêtre de publier les bans.

— Dans trois semaines ! s'était exclamé Sean, dépité. Je ne pourrai jamais attendre jusque-là ! Tu me mets à la torture !

Esmeralda l'avait regardé, les yeux mi-clos.

— Et ce n'est qu'un début.

Durant la dernière semaine d'abstinence, Esmeralda finit par voir ses nuits peuplées de rêves érotiques les plus fous. Elle se mit à rougir chaque fois qu'il la regardait, à s'émouvoir dès qu'elle entendait sa voix grave. Ils ne se quittaient pas de toute la journée et ne se séparaient que devant la porte de communication de leurs chambres.

Ils se promenaient longuement à cheval, en voilier. Ils nageaient des heures entières, allaient au théâtre à Dublin. Où qu'ils soient, Sean ne pouvait s'empêcher de la toucher et toutes leurs conversations prenaient inévitablement un double sens.

Cette cour n'avait rien eu de sage. Au contraire, elle avait été passionnément subversive !

Dans le miroir, Esmeralda vit la porte s'ouvrir et Amber entra.

— Ma chérie, tout le monde est à la chapelle. Nous t'attendons.

— Ce bleu lavande te va à merveille, maman. Es-tu prête à me laisser partir ?

— Tu as donné ton cœur à Sean O'Toole depuis que tu as seize ans, si je ne me trompe.

— Tu ne te trompes pas.

Esmeralda remonta l'allée centrale au bras de sa mère. La chapelle était bondée. Tous les FitzGerald étaient là. La mariée se sentait irlandaise jusqu'au bout des ongles dans sa robe de lin crème rehaussée de dentelle ancienne. Son regard attendri se posa sur les jumeaux dans les bras de leurs nourrices, puis sur Sean qui l'attendait près de l'autel.

Bien qu'elle eût retrouvé le jeune homme facétieux qu'elle avait connu jadis, son côté juvénile avait cédé la place à des traits mûrs et virils. Il évoquait un guerrier celte. Quand elle fut à sa hauteur, il lui sourit. *Mon prince irlandais, comme je t'aime !*

L'odeur de cire des bougies mêlée à celle de l'encens et des roses formait un arôme enivrant. Le visage béat, le père Fitz s'exprima dans un mélange de latin et de gaélique presque païen.

Nora Kennedy tourna les yeux vers la haute silhouette de M. Burke debout à ses côtés.

— J'ai souvent rêvé d'une relation régulière, Paddy. Pas vous ?

— Bien sûr que si, Nora, mais avec qui ? la taquina-t-il. Vous pensez vraiment à moi ? ajouta-t-il sérieusement.

Elle le toisa de la tête aux pieds avant de hocher la tête.

— Cela se pourrait, si vous me courtisiez dans les règles...

Nora n'était pas la seule à se sentir d'humeur espiègle. Quand le père Fitz invita Esmeralda à jurer d'aimer, d'honorer Sean et de lui obéir à Sean, elle dit à haute et intelligible voix :

— Je le jure.

Mais elle ajouta tout bas, de sorte que seul le marié puisse l'entendre :

— Mais de temps en temps, pour l'obéissance...

Sean lui jeta un regard sévère mais dans ses yeux pétillaient la flamme de la passion et une étincelle de gaieté. Son humour était aussi vif que le sien. Elle lui renvoyait la balle avec une adresse égale. Qu'est-ce qu'un homme pouvait demander de plus ? Il lui glissa la bague au doigt et lui donna le baiser le plus chaste qu'elle eût jamais reçu de lui.

— Je vous déclare mari et femme, et que Dieu vous garde, ajouta le père Fitz avec ferveur avant de se tourner vers les jumeaux pour leur donner le baptême.

Les mariés émergèrent de la chapelle sous un soleil radieux et menèrent le cortège vers Greystones où de longues tables avaient été dressées sur les pelouses.

— Les bébés sont souriants, tu as vu, Sean ?

— Ils ne sourient pas. C'est l'amour béat de leur père pour leur mère qui les fait rire !

La fête battit son plein toute la journée sous un ciel sans nuages. Quand les ombres du soir commencèrent à s'allonger, Sean chercha comment s'y prendre pour s'esquiver avec la mariée. C'était compter sans la joyeuse bande de noceurs qui exigèrent à l'unanimité une gigue sur un baril de bière. Entrant dans le jeu, Esmeralda installa deux barils côte à côte, rejoignit son époux et, soulevant sa robe, imita Sean pas à pas.

Un tonnerre d'applaudissements les salua. Aussitôt, Sean fit basculer la mariée sur son épaule et s'en fut en courant jusqu'à leur chambre où il la renversa sur le lit.

— Seigneur, ta jambe! s'inquiéta-t-il.

— Ma jambe va très bien, murmura-t-elle en lui tendant ses lèvres.

— Laisse-moi vérifier, fit-il en soulevant sa robe. Il glissa une main sous les plis de satin.

— Oh... Ffff... c'est affreusement douloureux!

— Petite friponne! Ce n'est pas la bonne jambe. Voilà deux mois que tu me fais marcher!

— Et j'ai adoré chaque instant de ces deux mois, fit-elle dans un souffle.

— Maintenant, je vais t'enlever cette robe. Je n'ai encore jamais vu de comtesse nue.

— Et cette lady Newcastle?

— D'abord, elle était duchesse, et puis elle gardait son corset.

— Espèce de...

Il l'interrompit d'un baiser possessif, exigeant et suffisamment éloquent pour qu'elle ne puisse douter qu'elle était et resterait à jamais la seule.

La robe de mariée fut reléguée dans un coin. Esmeralda était fière de son corps. Sa poitrine était ferme, épanouie. Elle avait retrouvé son ventre plat de jeune fille et sa peau semblait nacrée à la lueur des flammes. Le regard admiratif de Sean la comblait de bonheur et de désir. Elle s'écarta de lui et marcha lentement dans la chambre. Les yeux gris ne la quittèrent pas une seconde, allumant en elle des milliers de brasiers.

Quand elle le rejoignit, il achevait de se déshabiller. Aussitôt, il la souleva dans ses bras et la serra contre lui, se grisant de sa douceur, du parfum de sa peau. Comme il l'allongeait sur le lit, Esmeralda se dit que jamais elle ne pourrait se soustraire au pouvoir de cet homme. Elle se lova contre lui avec bonheur.

Incapable d'attendre plus longtemps, il la pénétra. Aussitôt, elle enroula les jambes autour de ses reins.

— Tu es à moi pour toujours, ma belle, murmura-t-il d'une voix altérée.

Puis il s'en remit aux exigences de son corps et l'aima comme jamais un homme n'avait aimé une femme.

Un peu plus tard, ses sens comblés, Esmeralda lui demanda :

— As-tu lu ce qui est gravé à l'intérieur de ton alliance ?

Il ôta aussitôt l'anneau de son doigt et l'approcha de la flamme. *Fais-moi confiance.*

— Je vous aime, Sean O'Toole.

— L'amour est un voyage entre le premier émoi du désir et la communion des âmes.

Elle entremêla ses doigts aux siens et posa la tête sur son cœur. Sean comprit alors qu'il avait vraiment tiré un trait sur le passé pour se tourner vers l'avenir, ainsi qu'Esmeralda le lui avait demandé. Comment une aussi petite chose pouvait-elle avoir un tel pouvoir, c'était un mystère. Mais, si petite fût-elle, il l'adorait sans la moindre réserve.

Esmeralda retint son souffle quand elle sentit le désir palpiter de nouveau.

— Te rappelles-tu cette gifle que tu m'as donnée quand tu avais seize ans ?

— Oui, murmura-t-elle langoureusement.

— Je t'avais promis qu'un jour je te fournirais une bonne raison de me gifler.

Esmeralda glissa la main entre leurs corps vibrant sur les flots du désir. Refusant de lui laisser le dernier mot, elle répondit dans un soupir :

— Je n'attends que ça. Quand vous voudrez, milord !

4848

Achevé d'imprimer en Italie
par GRAFICA VENETA
le 17 février 2010.

Dépôt légal février 2010.
EAN 9782290015612

ÉDITIONS J'AI LU
87, quai Panhard-et-Levassor, 75013 Paris

Diffusion France et étranger : Flammarion